rororo

④ ST. JAMES SQUARE
⑤ TOTHILL FIELDS

① FLEET STREET

② ST.-PAUL'S-KATHEDRALE

③ THEMSEMÜNDUNG

Petra Oelker, geboren 1947, arbeitete als freie Journalistin und veröffentlichte Jugend- und Sachbücher. Dem großen Erfolg ihres ersten historischen Kriminalromans *Tod am Zollhaus* (rororo 22116) folgten vier weitere Romane, in deren Mittelpunkt Hamburg und die Komödiantin Rosina stehen:
Der Sommer des Kometen (rororo 22256)
Lorettas letzter Vorhang (rororo 22444)
Die zerbrochene Uhr (rororo 22667) und
Die ungehorsame Tochter (rororo 22668).
Der vorliegende Band ergänzt diese Reihe und spielt in London und Hamburg.

Ihr Roman «Der Klosterwald» erschien im Wunderlich Verlag.

PETRA OELKER

Die englische Episode

EIN HISTORISCHER KRIMINALROMAN

ROWOHLT TASCHENBUCH VERLAG

2. Auflage März 2003

Originalausgabe
Veröffentlicht im Rowohlt Taschenbuch Verlag
GmbH, Reinbek bei Hamburg, März 2003

Umschlaggestaltung any.way, Andreas Pufal
(Abbildung: Ausschnitt aus dem Gemälde
«London, gesehen durch einen Bogen der
Westminster Brücke» von Canaletto)
Historische Karte von London Seite 2/3
London Topographical Society
Karte von Hamburg Seite 22/23
Peter Palm, Berlin
Satz Caston 540 PostScript bei
Pinkuin Satz und Datentechnik, Berlin
Druck und Bindung Clausen & Bosse, Leck
Printed in Germany
ISBN 3 499 23289 8

Die Schreibweise entspricht
den Regeln der neuen Rechtschreibung.

The great city, an emporium then
Of golden expectations ...

(Die große Stadt, ein Handelsplatz
von goldenen Erwartungen ...)
William Wordsworth

Ich muss nach England; wisst Ihr's?
Hamlet, Prinz von Dänemark

England
1770

AN DER KÜSTE VON SUSSEX

Als der Tag zu Ende ging, roch die Luft über den Klippen nach Frühling, doch in der Nacht duckte sich das Land wieder unter der Kälte des Februars. Der Himmel über dem Meer war klar, bis die von Sternen glitzernde schwarze Unendlichkeit mit den ersten Stunden des neuen Tages im Dunst verschwand und die Welt klein, eng und tonlos wurde. Der Nebel dämpfte jedes Geräusch: das Schmatzen der Wellen, die sich sanft an den Klippen brachen, den stumpfen Klang der Hufe auf dem Strand, selbst die Stimmen der Reiter.

Die beiden Dragoner, die am Strand Patrouille ritten, froren in dieser kalten Dunkelheit. Die klebrig-nasse Luft legte sich eisig auf ihre Gesichter und durchdrang den festen Wollstoff ihrer Winteruniformen. Vor allem aber gab der Nebel ihnen das Gefühl, allein in Feindesland zu sein, obwohl das nächste Haus der Zoll- und Küstenwache, Unterkunft für fünfzehn Männer und anderthalb Dutzend Pferde, kaum mehr als zwei Meilen entfernt in den Hügeln stand.

«Es ist unsinnig, in einer solchen Nacht Patrouille zu reiten», sagte der Jüngere der beiden, «wirklich unsinnig.» Seine Stimme klang lauter, als er für gewöhnlich sprach, und er fuhr gedämpfter fort: «Heute Nacht ist hier niemand. In so einer Nebelsuppe sieht kein Mensch etwas. Wir nicht und die nicht. Oder glaubst du, die können hexen?»

«Nicht wirklich hexen», antwortete der zweite Reiter bedächtig und wischte sich mit dem Handrücken die Nässe aus den Augenbrauen, «obwohl es manchmal so scheint. Die kennen hier jeden Stein und jeden Ginsterbusch, die machen ihre Geschäfte auch in Nächten, in denen selbst der Teufel zu Hause bleibt.» Er verhielt sein Pferd und neigte lauschend den Kopf zur Seite. «Nichts», sagte er. «Trotzdem wäre ich kaum überrascht, wenn da draußen auf dem Wasser, keine viertel Meile vor unserer Nase, was vor sich geht.»

Beide starrten in den Nebel hinaus, in dem sich das Meer versteckte, bis sie die Kälte wieder vorwärts trieb. Am Ende der Bucht saßen sie ab, führten ihre Pferde behutsam tastend zum Küstenpfad hinauf und ritten weiter nach Westen.

Sie waren kaum hinter dem nächsten Hügel verschwunden, als emsiges, doch nahezu geräuschloses Leben in der Bucht erwachte. Aus den Höhlen der Steilwand, hinter Buschwerk und Felsbrocken huschten hundert, wenn nicht gar hundertfünfzig dunkle Schatten hervor. Stämmige kleine Packtiere standen plötzlich am Strand, die Hufe dick mit Sackleinen umwickelt, die Mäuler gebunden. Zwei flache Boote lösten sich aus dem Uferschilf des Flüsschens, das hier ins Meer mündete, glitten hinaus in die Bucht und waren schon im Nebel verschwunden.

Zwei Stunden später, es war nicht mehr lange bis Sonnenaufgang und mit der aufkommenden sanften Brise begann sich der Nebel in dicke Schwaden zu teilen, kehrten die beiden Reiter zurück. Die auflaufende Flut hatte den Strand schon schmal gemacht.

«Ich hab's dir gesagt», murmelte der Jüngere mit von der Kälte steifen Wangen, «in so einer Nacht liegen alle in ihren warmen Betten. Außer uns. Wahrscheinlich haben wir sie überhaupt endgültig vergrault. Seit sie wissen, dass sie gehenkt oder zumindest deportiert werden, wenn wir sie schnappen ...»

Der Ältere lachte leise und freudlos. Der junge Dragoner aus London musste noch viel lernen. Er blickte auf den Sand hinab, doch über dem Boden war der Nebel noch so dicht, dass er kaum die Hufe seines Pferdes erkennen konnte. Auch nach Sonnenaufgang würde die Suche vergeblich bleiben. Dann hatte die Flut alle Spuren verwischt, auch ihre eigenen.

Zwei Meilen weiter im Land erreichten schwer bepackte Männer, Frauen und Kinder ihr Ziel. Auf dem versteckten Pfad durch die Downs war die kleine Karawane immer kleiner geworden. Bei diesem Busch, bei jenem Stein – immer wieder waren einige der menschlichen Lastträger still verschwunden, als habe sie die dunstige Dunkelheit verschluckt. Die mit den Maultieren hatten eine gute Meile zurück bei der mächtigen, vor Jahren von einem Blitz gespaltenen Esche den Weg zum Dorf eingeschlagen.

Die Männer mit den Booten würden in den nächsten dunklen Nächten zurückkehren, zwei-, vielleicht auch dreimal, und wieder in die Bucht hinausrudern, bis auch die letzte der geteerten Tonnen, die mit dicken Steinen verbunden kurz unter der Oberfläche des Wassers dümpelten, geborgen und in Sicherheit gebracht waren.

Doch jetzt waren auch die Boote längst verschwunden, eines langsamer als gewöhnlich, denn in dieser Nacht war seine Ladung besonders schwer, weit schwerer als die Kisten mit den in Holland ohne Lizenz gedruckten Büchern für die Händler der Provinz. Spätestens bei Sonnenaufgang würde es entladen und fest vertäut am Steg der Pfarrei des Dorfes liegen, als habe es seit Tagen nichts anderes getan.

Hamburg 1770
Im April

KAPITEL 1

Dieses Mal hatte der Tod sein Spiel verloren. Oder hatte er nur gnädig auf seine Beute verzichtet? Das glaubte sie nicht. Was sollte am Sterben eines Kindes Gnade bedeuten? Sie glaubte, dass der Tod mit dem Leben spielte. Ein unerbittliches Spiel, in dem die Rollen so ungerecht verteilt waren wie in keinem anderen.

Ein böiger Nordwest kam vom Fluss herauf, schärfte sich in den engen Straßen und durchdrang die dicke Wolle ihres Schultertuches. Auch in der Kirche hatte sie gefroren, die Mauern von St. Michaelis hielten die Kälte der langen Wintermonate oft bis weit in den Sommer hinein, sie war froh gewesen, dass Merthe darauf bestanden hatte, ihr den heißen Stein mitzugeben.

Der lag nun erkaltet in ihrer Tasche, aber immerhin waren ihre Füße warm.

‹Du darfst nicht krank werden›, hatte Merthe gesagt und wie immer Recht gehabt, als sie streng hinzufügte: ‹Du siehst aus, als könnte dich ein Mückenstich umbringen.› Sicher hatte Merthe auch Recht gehabt, als sie entschieden gegen den Besuch der Morgenandacht protestierte: ‹Du brauchst keine kalte Kirchenbank, sondern Schlaf. Geh endlich ins Bett, es wird Gott nicht stören, wenn du deine Gebete unter einer warmen Decke sprichst.›

«Guten Morgen, Madame Boehlich. So früh schon unterwegs? Aber daran tut Ihr recht. Es ist ein herrlicher Morgen, für Mitte April sogar wahrhaft herrlich. Geht es Onne besser?»

Luise Boehlich blieb stehen und schlug ihr Tuch aus der Stirn zurück. Sie war rasch den seit Jahren vertrauten Weg gegangen und hatte nicht bemerkt, dass sie schon den Großneumarkt erreicht hatte. Schröder, der Bäcker aus dem Valentinskamp, stand vor ihr und sah sie freundlich an. Wieder zerrte eine Bö an ihrem Tuch und an ihren Röcken, doch nun fühlte sie die Kälte nicht mehr. Seit Tagen hatte sie ihr Haus nicht verlassen, seit Tagen mit niemandem gesprochen als mit Merthe und dem Arzt, seit Tagen hatte sie nichts gesehen als deren sorgenvolle Mienen und das fiebernde Gesicht ihres Sohnes. Die gesunde Pausbackigkeit des Bäckers, der süße Duft aus seinem Korb, die Spuren von Mehl auf seiner Schürze erschienen ihr wie die Verheißung von neuem Leben, von Wärme und Alltäglichkeit. Von Glück, dachte sie und fühlte dankbar, wie leicht Glück aus einer Kleinigkeit erwachsen kann.

«Danke, Meister Schröder, ja, es geht Onne endlich besser. Das Fieber ist gesunken und Dr. Reimarus hat uns versichert, dass es nun überstanden ist.»

Sie wollte lächeln, doch ein Schluchzen stieg in ihrer Kehle auf, und sie wischte sich hastig mit ihrem Ärmel über das Gesicht. «Wie dumm von mir, jetzt noch zu weinen», sagte sie und versuchte wieder ein Lächeln.

«Seid froh, wenn Ihr Grund habt, aus Freude zu weinen», sagte der Bäcker, hob das Leintuch von seinem Korb, griff nach kurzer Auswahl ein süßes, zuckerbestäubtes Brötchen und überreichte es Madame Boehlich, als sei es eine duftende Rose. «Nach diesem harten Jahr. Aber nun», er schob das rundliche Kinn vor und sah zum Himmel hinauf, «kommt die Sonne durch die Wolken. Glaubt mir, wenn der Sommer anfängt, wird alles besser. Die Wärme und das Licht machen Euren Sohn im Handumdrehen gesund. Und bald», fügte er nach kurzem Zögern hinzu, als habe er nach etwas besonders Tröstlichem gesucht, «kommt der Mai und dann ...»

«Im Juni», widersprach sie hastig, «ganz gewiss nicht vor Juni. Vielleicht erst im Juli. Es ist noch so viel zu tun im Haus und in der Druckerei, das Auftragsbuch ist voll.»

Sie biss in das süß duftende Brötchen, nickte dem Bäcker einen Dank zu und eilte davon.

Meister Schröder sah ihr verdutzt nach, breitete achselzuckend das Tuch wieder über den Korb und setzte seinen Weg fort. Er mochte Madame Boehlich, alle mochten sie. Seit sie vor einem knappen Jahr Witwe geworden war und selbst die Boehlich'sche Druckerei am Valentinskamp führte, manche fanden sogar besser als Abraham, versagte ihr erst recht niemand den Respekt. Boehlich war fleißig und honorig gewesen, allem Neuen gegenüber jedoch mehr als misstrauisch. Doch die Zeiten waren nun mal so, dass es ständig Neues gab, und wer im Geschäft bleiben wollte, durfte sich dem nicht verschließen. Das hatte er, Schröder, Boehlich immer wieder gesagt, wenn sie im *Bremer Schlüssel* saßen und über Gott und die sich gar zu rasch drehende Welt räsonierten. Das Bewährte, hatte der Drucker dann stets gesagt, bleibe das Bewährte. ‹Lass andere das Neue versuchen und sich ruinieren. Wenn's doch funktioniert, ist immer noch Zeit, es zu übernehmen.› Sein Faktor war wohl anderer Meinung gewesen, aber klug genug, sich seinem Herrn zu fügen.

Sicher war es sein Einfluss, der Luise Boehlich ihre Geschäfte so klug führen ließ, auch wenn sie seit jeher ihren eigenen Kopf hatte. Abraham hatte es in seiner Ehe gewiss nicht immer leicht gehabt.

Nur gut, dachte er und schob die Tür zum Gasthaus *Zur blauen Möwe* auf, dass die Boehlichin sich nicht mehr lange mit der Druckerei plagen musste. Cornelis Kloth, der Boehlich'sche Faktor, galt als ernsthafter Mensch, als ein Fuchs in Geschäften und als Ehemann – nun, er verstand einen Scherz, war in den besten Jahren und würde sie und ihre Kinder schon nicht in Sack und Asche gehen lassen.

Juni, dachte Luise Boehlich noch, als sie die Caffamacherreihe hinuntereilte. Seit Wochen dachte sie immer wieder: Juni. Das war der verabredete Monat, und damals, im September, war ihr die Zeit bis dahin sehr lang erschienen. Bis zum letzten November. Sie hatte um Abraham getrauert und das Versprechen, das sie ihm in der Nacht vor seinem Tod gegeben hatte, für selbstverständlich genommen. Es war auch jetzt noch vernünftig und ehrbar. Sie musste es einlösen.

Sie bog in den Valentinskamp ein und wandte sich nach rechts. Vor der Schröder'schen Bäckerei blieb sie stehen, schnupperte dem köstlichen Geruch von warmem Brot nach und sah die Straße hinunter, in der sie seit zehn Jahren lebte. Ihr Geist war müde und überwach zugleich. Gegen die Sonne, die gerade erst über die Dächer geklettert war und die noch morgengrauen Fassaden mit sanften Farben bemalte, schienen ihr die Reihen der Häuser wie ein Traumbild, vertraut und doch auf seltsame Weise fremd. Die Luft der frühen Stunde war glasklar – der Tag würde wieder Regen bringen – und ließ sie die Straße wie durch eine vergrößernde Linse sehen. Hatte sie je die zierlichen steinernen Farnwedel über der Tür der Feinwäscherei bemerkt? Die moderigen Flecken an den Balken im Fachwerk des nur zwei Fenster breiten Häuschens am Durchgang zur St.-Anscharkapelle? Oder um wie viel stärker der Giebel ihres Nachbarhauses vorkragte als all die anderen?

Jeden Tag war sie an alledem vorbeigegangen und hatte nichts gesehen. ‹Unsinn›, würde Merthe sagen, sollte sie je so leichtfertig sein, Abrahams Schwester von diesen Gedanken zu erzählen. ‹Unsinn. Was ändert ein Farnwedel, was ändert ein vorragender Giebel an deinem Leben. Warum vertust du Zeit mit Herumstehen und Straßenhinunterstarren?› Merthe war ein durch und durch vernünftiger Mensch.

Als Luise vor einer guten Stunde ihr Haus verlassen hatte, war die Straße bis auf einige Karren und mit schweren Körben zum Markt eilenden Frauen aus den Kohlhöfen verlassen gewesen. Nun waren die Stadttore geöffnet, die Zöllner hatten die ersten Wagen geprüft, und vom Gänsemarkt her ratterten hoch beladene Fuhrwerke über das grobe Pflaster. Vor den Werkstätten fegten die Lehrjungen die Straße, in weit geöffneten Fenstern lag Bettzeug zum Lüften, Wasserträgerinnen schleppten ihre doppelte Last vom Brunnen am Großneumarkt. Eine Schar Jungen flitzte vorbei, gewiss auf dem Weg zu einer der Armenschulen in der Neustadt, und scheuchte lärmend ein paar Hühner auf, die gierig in noch dampfenden Pferdeäpfeln kratzten.

Sie hatte wirklich keine Zeit herumzustehen. Umso mehr genoss sie den Blick entlang der Straße, empfand sie die Wahrnehmung jeder Einzelheit als ein Geschenk.

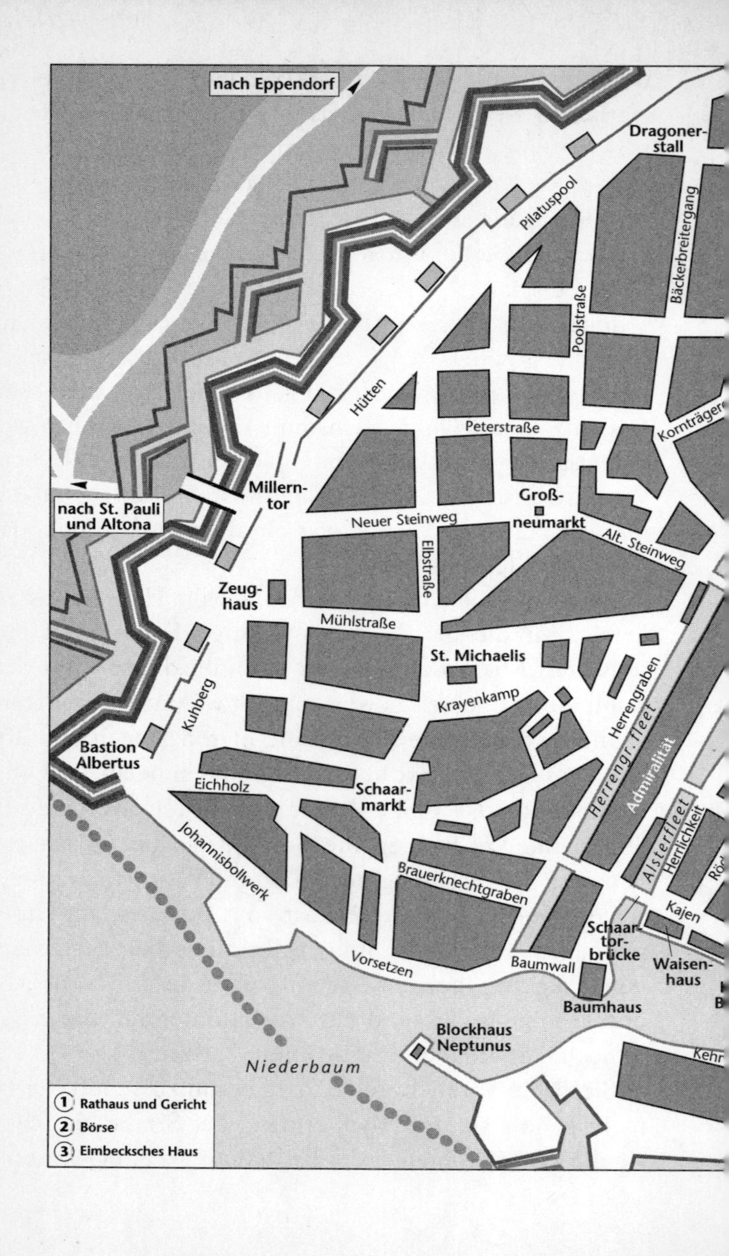
nach Eppendorf
Dragoner-
stall
Pilatuspool
Bäckerbreitergang
Poolstraße
Hütten
Peterstraße
Kornträgere
Millern-
tor
nach St. Pauli
und Altona
Groß-
neumarkt
Neuer Steinweg
Alt. Steinweg
Elbstraße
Zeug-
haus
Mühlstraße
St. Michaelis
Krayenkamp
Kuhberg
Herrengraben
Herrengr. fleet
Admiralität
Bastion
Albertus
Eichholz
Schaar-
markt
Johannisbollwerk
Alsterfleet
Herrlichkeit
Brauerknechtgraben
Kajen
Schaar-
tor-
brücke
Waisen-
haus
Vorsetzen
Baumwall
Baumhaus
Blockhaus
Neptunus
Niederbaum
Kehr
1 Rathaus und Gericht
2 Börse
3 Eimbecksches Haus

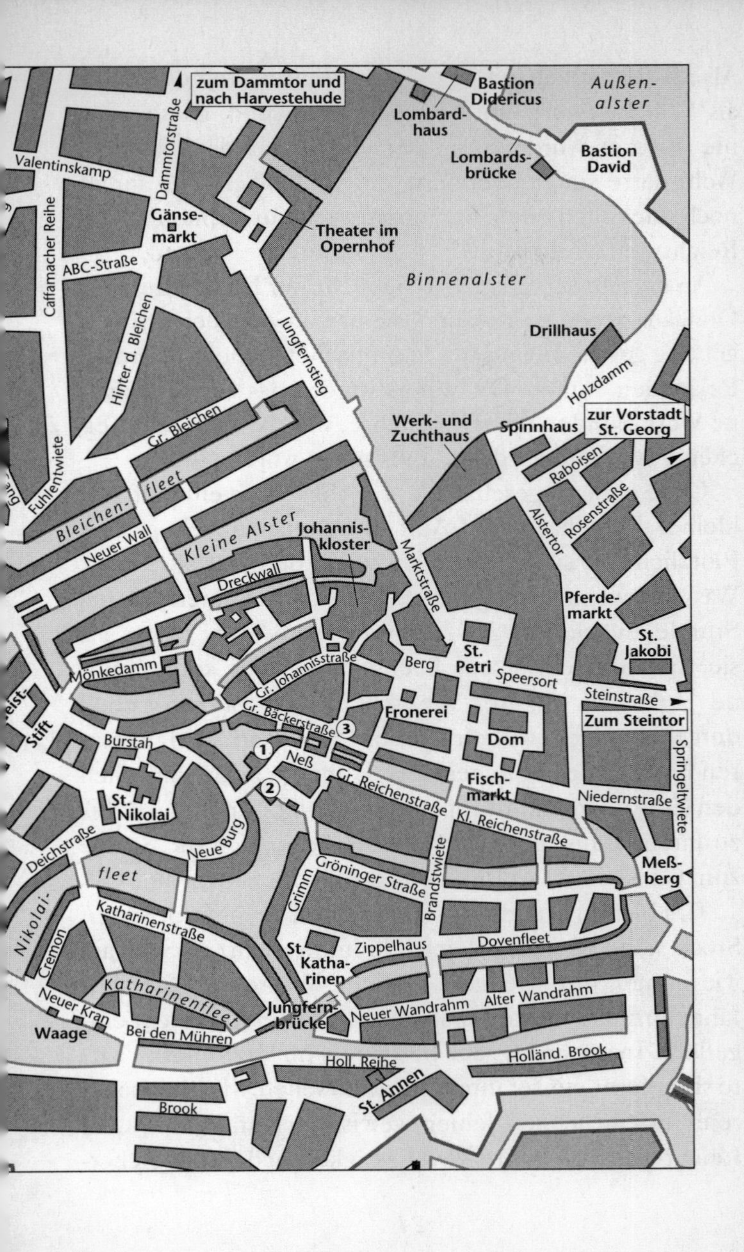

zum Dammtor und nach Harvestehude
Bastion Didericus
Außen-alster
Lombard-haus
Lombards-brücke
Bastion David
Valentinskamp
Dammtorstraße
Gänse-markt
Theater im Opernhof
Caffamacher Reihe
ABC-Straße
Binnenalster
Hinter d. Bleichen
Jungfernstieg
Drillhaus
Holzdamm
Werk- und Zuchthaus
Spinnhaus
zur Vorstadt St. Georg
Gr. Bleichen
Raboisen
Fuhlentwiete
Bleichen-fleet
Alstertor
Rosenstraße
Neuer Wall
Kleine Alster
Johannis-kloster
Marktstraße
Dreckwall
Pferde-markt
St. Jakobi
Mönkedamm
Gr. Johannisstraße
Berg
St. Petri
Speersort
Steinstraße
Stift
Gr. Bäckerstraße
Fronerei
Zum Steintor
Burstah
Neß
Dom
Springeltwiete
Gr. Reichenstraße
Fisch-markt
Niedernstraße
St. Nikolai
Kl. Reichenstraße
Deichstraße
Neue Burg
Brandstwiete
Gröninger Straße
Meß-berg
fleet
Grimm
Nikolai-
Katharinenstraße
Cremon
St. Katha-rinen
Zippelhaus
Dovenfleet
Katharinenfleet
Neuer Kran
Jungfern-brücke
Neuer Wandrahm
Alter Wandrahm
Waage
Bei den Mühren
Holl. Reihe
Holländ. Brook
St. Annen
Brook

Als sei sie endlich auf einer dieser Reisen, von denen sie als Mädchen geträumt hatte, wohl wissend, dass sie sie nie antreten würde. Sie wollte von nun an dankbar sein: Wohl hatte sie viel verloren, doch ihre Welt war immer noch unendlich reich. Sie musste sich nur bemühen, den Reichtum zu sehen.

An diesem Morgen hatte sie nicht nur Dankgebete für Onnes Rettung gesprochen, sie hatte Gott auch um Vergebung gebeten. Und um himmlischen Schutz für einen Reisenden. Sünde. Das war es wieder, das kleine gemeine Wort. Sünde. Aber Onne lebte, war das nicht ein Zeichen des Himmels, dass ihr vergeben worden war?

Onne habe es geschafft, er sei eben doch ein kräftiger kleiner Kerl, hatte der Arzt im Morgengrauen gesagt. Plötzlich fror sie wieder. Und wenn der Arzt sich irrte? Was war womöglich geschehen in dieser einen kurzen Stunde, die sie fort gewesen war? Wer wusste besser als sie, die ehrbare Madame Boehlich, was eine kurze Stunde bedeuten konnte, wie schnell ein ganzes Leben durcheinander gewirbelt wurde? Rasch warf sie den letzten Brocken des Brötchens den Hühnern zu, wischte sich den Zucker von den Lippen, lief die letzten Schritte bis zu ihrem Haus, dem drittletzten, bevor sich die Straße zum Gänsemarkt weitete, und schob das Hoftor auf.

«Da bist du ja endlich.» Am zweiten Fenster im ersten Stock stand Merthe, bleich wie immer, ganz in Schwarz wie immer, mit strengem Gesicht. Während der ersten Jahre ihrer Ehe hatte Abrahams Schwester ihr Furcht eingeflößt. Inzwischen, ganz besonders im letzten Jahr, hatte sie gelernt, hinter ihre Fassade zu sehen. Merthe mochte es an Zärtlichkeit fehlen, gewiss auch an Frohmut, an Leichtigkeit, aber ihre Zuverlässigkeit bedeutete Sicherheit, und sie hatte nie versucht, die so viel jüngere zweite Frau ihres Bruders zur Seite zu drängen, was ihr gewiss nicht immer leicht gefallen war. Für die Kinder, die sie auf ihre spröde Art liebte, war ihre Strenge zweifellos ein guter Ausgleich zu Luises allzu großer Nachgiebigkeit.

«Er ist wach», rief Merthe in den Hof hinunter, «komm schnell herauf. Bring frisches Wasser aus der Küchentonne mit, ich will ihn waschen. Und pass auf, dass die Hunde draußen bleiben.»

Die Hunde, zwei dünne weißbraune Zottelgeschöpfe, lagen seit Tagen vor Onnes Tür und warteten auf Einlass.

«Morgen», murmelte Luise, als sie sich mit der Waschschüssel an ihnen vorbeidrängte, «morgen dürft ihr ihn besuchen.»

Onne lag gegen zwei dicke Kissen gestützt in seinem Bett, das Gesicht unter dem vom Fieberschweiß dunklen honigblonden Haar bleich wie die Laken, und lächelte seiner Mutter entgegen. Seine Augen blickten müde, aber klar, der Fieberglanz war verschwunden.

«War es schön in der Kirche, Mama?», fragte er heiser, und Luise stellte zitternd die Schüssel auf den Tisch am Fenster. Sie küsste ihren Sohn und fühlte wieder dieses erdrückende Gefühl der Schuld.

«Und nun geh endlich schlafen», knurrte Merthe, «oder soll ich morgen zwei Kranke pflegen?»

«Ach Merthe», Luise zog Onnes Decke bis an sein Kinn, strich noch einmal über seine Wangen und stand auf, «was täten wir ohne dich?»

Merthe antwortete nicht. Sie beugte sich über die Truhe, suchte nach frischen Lacken und tat, als habe sie nichts gehört. Dankbar sah Luise auf den hageren Rücken. Merthe wirkte oft barsch, doch nur wer sie wenig kannte, hielt sie für die kalte Frau, als die sie sich gab. Plötzlich fühlte Luise die Müdigkeit der durchwachten Nächte wie schwere Hände auf ihren Schultern und wusste, dass Abrahams Schwester wieder einmal Recht hatte. Noch einmal küsste sie Onne, flüsterte ihm zu, er solle sich nun gesund schlafen, Merthe werde auf ihn Acht geben, und verließ das Zimmer.

Am Fuß der Treppe zog sie Abrahams Taschenuhr hervor, noch zehn Minuten bis zum Arbeitsbeginn. Die Drucker und Setzer, die Korrektoren, Gehilfen und der Lehrjunge würden gleich kommen. Auch Kloth, der Faktor, der ihnen am Morgen die Tür aufschloss.

Seit Abrahams Tod begann Luise Boehlich ihren Arbeitstag mit einem Gang durch die Druckerei. Sie liebte dieses Ritual, liebte den herben Geruch der Druckerschwärze, den feineren des Papiers. Sie liebte auch die Geräusche: das leise Klicken der Bleilettern, wenn die Setzer sie in den Winkelhaken zu Wörtern und Zeilen zusammenfügten, das Scharren, wenn die Drucker den Karren mit dem Schriftsatz unter die Presse fuhren, das sanfte Quietschen des Bengels, des armlangen Hebels für die schwere Platte, die den Deckel mit dem Papierbogen auf den geschwärzten Schriftsatz presste. In ihrem Ohr hatte jede Presse ein eigenes Geräusch. Sie habe ein zu phantasievolles Gehör, hatte Abraham gesagt, Presse sei Presse. Aber er hatte dabei gelächelt. Er, der Nüchterne, hatte ihre lebendige Phantasie oft belächelt, doch er hatte sie auch gemocht. Egal, was in den letzten Monaten geschehen war, immer noch vermisste sie ihren Mann schmerzlich.

Seit Tagen war sie nicht mehr in der Druckerei gewesen, seit Onne um sein Leben kämpfte, hatte sie nicht einmal daran gedacht. Wenn sie nun nicht länger herumstand und sentimentalen Gedanken nachhing, hatte sie einige Minuten für sich allein in der Druckerei. Und konnte anderen sentimentalen Gedanken nachhängen.

Zwei Tauben flogen auf, als sie in den Hof trat, sie beschloss, dass das ein gutes Omen sei. Sie sah den Vögeln nach und zur Krone der Kastanie hinauf. In der vergangen Woche waren die dicken klebrigen Knospen aufgeplatzt, noch waren die Blätter klein, doch schon bald würde der Baum seine ganze Pracht entfalten und die unreifen Knotengebilde seiner Kerzen sich in kleine Pyramiden aus duftig-weißen Blüten verwandeln. Abraham hatte die Kastanie schon vor Jahren fällen lassen wollen. Sie sei nun zu groß, hatte er gesagt, ihr Schatten verdunkle die Druckerei. Immer wieder war es ihr gelungen, ihm noch ein Jahr für den schönen Baum abzuringen, dann noch eines und noch eines. Doch jetzt, da sie alle Verantwortung alleine trug, ertappte sie sich bei dem gleichen Gedanken.

Sie schüttelte energisch den Kopf: Jetzt erst recht nicht. Während der Tage und Nächte, die sie Stunde um Stunde an Onnes Bett gesessen hatte, war der Blick auf das langsam, gleichwohl stetig wachsende Grün ihr größter Trost gewesen. Die stille Kraft des Baumes, der Jahr um Jahr die tote Zeit des Winters überlebte, um im Frühjahr sein üppiges Laub hervorzubringen, war ihr zum Symbol der Zuversicht geworden. Sie legte beide Hände fest an die raue Rinde, wäre es ihr nicht so unchristlich und töricht erschienen, hätte sie danke gesagt.

Rasch zog sie die Hände zurück und barg sie in den Taschen ihres Rockes. Sie stellte sich Merthes Gesicht vor, wenn sie sie bei der Berührung des Baumes beobachtet hätte. Einem Baum zu danken, seinen Stamm zu streicheln, wäre Merthe nicht einmal ketzerisch vorgekommen, sondern ausschließlich einfältig. Davon bekam man nichts als schmutzige Hände.

Sie würde den Baum nicht fällen lassen. Sicher war es möglich, stattdessen die hinteren Fenster zu vergrößern. Gutes Glas war teuer, aber für eine Druckerei eine sinnvolle Investition.

Erst als sie die Klinke hinunterdrückte, fiel ihr ein, dass sie den Schlüssel aus dem Kontor holen und die Tür zur Druckerei aufschließen musste. Doch die Tür gab nach und sie ertappte sich bei einem leisen Gefühl der Genugtuung: Cornelis Kloth hatte vergessen abzuschließen. Es war angenehm, einen fehlerlosen Mann bei einem Fehler zu ertappen.

Der vordere Raum des Hinterhauses war düster, ihn erreichte das wenige Tageslicht, das die Kastanie hindurchließ, zuletzt, deshalb wurde er als Lager benutzt. Ihr Blick glitt über die Vorräte von Papier verschiedener Qualitäten, registrierte unwillkürlich die Zahl der Stapel und deren Höhe, die kleinen Tonnen mit Ruß und die Kannen mit Leinöl für die Druckerschwärze, glitt weiter über das Regal mit allerlei Gerätschaften, über die schweren Schürzen der Drucker an den Wandhaken, den langen, von Hockern umringten Holztisch für die Mittagspause.

Die Tür zum hinteren, dem größeren Raum stand halb geöffnet. Sie schob sie ganz auf und stutzte. Die Angeln hatten immer ein bisschen gequietscht, nun bewegten sie sich geräuschlos. Cornelis musste sie in den letzten Tagen geölt haben.

Noch stand die Sonne zu tief, um den Raum ganz zu

erhellen. An der ersten der drei Pressen konnte den größten Teil des Jahres erst am Spätvormittag gearbeitet werden, doch durch die hinteren Fenster fiel schon das klare Licht des Morgens auf die schrägen Tische mit den Setzkästen und auf die anderen Pressen. Abrupt blieb sie stehen. Die Setzkästen? Die Tische waren leer. Wo waren die Setzkästen? Niemals in all den Jahren hatte sie die Tische leer gefunden. Rasch trat sie vor – und da sah sie es. Das konnte nicht sein, das war nur ein schlechter Traum, sie hatte viele Nächte kaum geschlafen, ihre überreizte Phantasie spielte ihr einen Streich. Es knirschte leise unter ihren Füßen und sie wusste, dass es doch wahr war.

Weder die Theaterzettel für die Wanderkomödianten noch die Warenlisten des Konfitüren- und Spezereienhändlers am Schaarmarkt würden heute gedruckt werden, gar nichts würde unter die Pressen kommen. Auf den schwarzen Dielen vor den Tischen lagen die Kästen wie auf einem mattsilbernen Teppich aus Tausenden von Lettern.

«Mein Gott!», flüsterte sie und sank auf die Knie. Mit flatternden Händen griff sie nach den Lettern, starrte auf ein großes C, fühlte ein winziges Y, fand einen Punkt und ein Fragezeichen – und ließ die kleinen Bleistücke mit den erhabenen Zeichen wieder fallen. Es war hoffnungslos. Es würde Wochen dauern, bis alle wieder in ihren Fächern lagen. Sie waren winzig, und die Setzer mussten blind nach ihnen greifen und darauf vertrauen können, dass alle Zeichen in den richtigen Fächern lagen.

Drei Kästen lagen auf dem Boden, einer musste also noch auf seinem Platz auf dem hinteren Tisch stehen. Wenn seine Fächer gut gefüllt waren, konnten sie die

Lettern auf zwei Kästen verteilen, konnten zwei Setzer arbeiten, jedenfalls so lange, bis die ersten Buchstaben ausgingen. Aber wenn nicht, wenn er nur in einer anderen Ecke lag? Hinter der dritten Presse ausgeleert wie die andern?

Hastig beugte sie sich vor, schirmte mit der Hand die Augen gegen das schräg einfallende Licht und sah zwischen den stämmigen Beinen der Druckpressen hindurch. Ihr Herz machte einen Satz und sie erstarrte. Da lag kein Setzkasten, da lagen auch keine Lettern. Da lag ein Mann. Ein blutiges Rinnsal aus seinem rechten Ohr war an seinem Hals entlang und in seine weiße Halsbinde gesickert.

*

Die Braut saß in der ersten Reihe und strich immer wieder zärtlich über den Stoff ihres lichtblauen Kleides. Es war das schönste und ganz gewiss auch das feinste, das sie je besessen hatte, ein wertvolles Geschenk einer alten Dame, die sie bis heute nicht einmal gekannt hatte. Es war nicht ganz neu, doch selbst die glänzenden weißen Bänder am Dekolleté und an den Ärmeln schimmerten makellos. Dass die ungewohnten Stäbe aus Fischgrat über der Taille sie zwangen, sehr aufrecht zu sitzen, störte sie nicht, heute war ein Tag zum Aufrechtsitzen. Ihre rechte Hand, dünn wie ihr ganzer kleiner Körper und rau und gerötet – daran hatten auch die Einreibungen mit Mattis kostbarer Beinwellsalbe nur wenig geändert –, tastete behutsam nach der Seidenblume in ihrem Haar. Auch die war ein Geschenk, von Rosina, der jungen Frau, die neben ihr in der Bank unruhig hin und her rutschte.

«Ich bin gleich wieder da», flüsterte die ihr zu, «lauf nicht weg.»

Karla nickte, ohne ihren Blick von dem geschnitzten Mittelschrein des Altars abzuwenden. Das leidend-selige Gesicht der heiligen Barbara unter der Gloriole, vielleicht auch die zahlreichen vergoldeten biblischen Figuren auf den Seitenflügeln, schien sie völlig in Anspruch zu nehmen. Oder sie starrte nur auf den einsam davor wartenden Trauschemel.

Rosina schritt rasch durch den kurzen Gang der Seitenkappelle, beantwortete die Fragen in den Gesichtern der anderen Hochzeitsgäste mit einem beruhigenden Lächeln und eilte, so rasch es der Anstand an einem geweihten Ort erlaubte, über die uralten Grabplatten des Seitenganges der St.-Johanniskirche zum Portal. Sie hatte befürchtet, dass es bei dieser Hochzeit die eine oder andere Konfusion geben würde – aber schon bevor die Zeremonie begann?

Als sie vor zwei Stunden vor der Tür der kleinen Wohnung am Plan eintraf, in der das junge Ehepaar ab heute wohnen wollte, fand sie sie unverschlossen und verlassen. Kein guter Anfang für einen Hochzeitstag. Karla lief manchmal in der Stadt oder auf den Wiesen des Hamburger Berges herum und vergaß, beizeiten nach Hause zu gehen. Es gebe dort so viel zu sehen, hatte sie sich mit ihrer dünnen Stimme entschuldigt, wer höre da schon ständig auf die Glocken und denke an die Uhr?

Man müsse das Kind nehmen, wie es sei, hatte Matti, in deren Haus Karla das letzte Jahr gelebt hatte, milde erklärt. Sie sei brav, fleißig, ein wenig langsam, das wohl, aber nicht so dumm, wie es scheine. Das sei mehr, als man von manchen jungen Frauen sagen könne, und wer sei schon gänzlich frei von Marotten? Dabei hatte sie Rosina mit ihren weisen, immer noch veilchenblauen Augen angesehen, und die fühlte sich auf diese liebevolle Art ertappt, auf die sich nur Matti verstand. Ihr Unmut schwand – bis heute Morgen.

Matti, die alte Hebamme vom Hamburger Berg, war eine geduldige Frau. Wofür sie Rosina, der diese Tugend völlig fehlte, bewunderte. Also klopfte sie geduldig an die Türen der Nachbarn, aber niemand hatte Karla gesehen, kaum einer kannte sie, sie war ja erst am Tag zuvor eingezogen.

Dann erinnerte sie sich: die Kleine Alster! An deren Ufer, nur wenige Schritte entfernt neben dem Durchgang zum Gymnasium, hatte Karla ihren geheimen Lieblingsplatz. An den habe sie sich früher oft geflüchtet, hatte sie Rosina vor einigen Tagen anvertraut, während sie gemeinsam das zu große Kleid für die Hochzeit passend machten.

Hier fand Rosina sie auch an diesem Morgen. Sie habe nicht gedacht, dass Rosina so früh kommen werde, erklärte Karla, das Ankleiden gehe doch rasch. Sie habe nur auf die Sonne gewartet, schließlich sei es ein besonderer Tag.

«Schau nur. Ist der Morgen nicht schön?» Ihre hellen Augen glänzten wie die eines Kindes, und Rosina ließ sich aufseufzend auf einen runden Stein sinken. Sie war schlank, auf der Bühne glänzte sie in Hosenrollen und als Tänzerin, nie hatte sie sich als grobe oder gar plumpe Person gesehen, niemand tat das. Aber neben Karla, die mit ihren fast achtzehn Jahren doch nur einige Jahre jünger war als sie, fühlte sie sich wie eine Matrone. Breit, abgeklärt, sogar blind für den Zauber eines sonnigen Frühlingsmorgens. Es war lange, sehr lange her, dass sie selbst die Welt mit so staunenden Augen erfahren hatte.

«Schau», sagte Karla noch einmal und zeigte auf die im Wasser schaukelnden Entenmütter mit ihren flaumigen Küken, auf die leuchtenden Sumpfdotterblumen im Gras und die rosafarbenen und violett gefärbten Morgenwolken über den Dächern. Der Morgen war wirklich schön, und für einen Moment war Rosina froh über Karlas Eskapade. Es hätte schlimmer sein können. Immerhin hatte sie sie gleich gefunden. Manchmal, so hatte Matti besorgt berichtet, verlasse sie das Haus auch mitten in der Nacht. Sie sei somnambul, nur hin und wieder, doch sie bedürfe deshalb besonderer Fürsorge, es sei sehr zu hoffen, dass dies den jungen Ehemann nicht überfordern werde.

Im Moment, dachte Rosina wütend, als sie nun vor das Kirchenportal trat, ist es der junge Ehemann, der uns alle überfordert.

«Wo kann er nur sein?», fragte sie Jean, der vor der Kirche stand und sein Gesicht in die Sonne hielt. Als Prinzipal und Heldendarsteller der Becker'schen Komödiantengesellschaft fühlte er sich verpflichtet, seinem Gesicht schon mit der ersten Frühlingssonne die kräftige Farbe zu geben, die einen verwegenen Mann auf den ersten Blick erkennen ließ.

«Du machst dir mal wieder zu viele Sorgen, Rosina», sagte er gut gelaunt, «unnötig und zu früh. Es kann doch erst kurz vor zehn sein.»

«Richtig, kurz vor zehn. Um halb zehn sollte er hier sein. Er kommt doch sonst nie zu spät.»

«Vielleicht hat er es sich anders überlegt», murmelte Jean und zupfte ein Staubkörnchen von seinem kirschroten Samtrock, der wie die Kniehosen aus silbergrauem

Satin zu den besten Stücken aus den Kostümkörben gehörte. Nur mit Mühe hatte Helena, amtlich angetraute Madame Becker und die erste Heroine der Gesellschaft, verhindern können, dass er auch noch eine frisch gepuderte Perücke über sein volles, noch fast schwarzes Haar stülpte. Die mächtige schwarze Seidenschleife in seinem Nacken schien ihm zwar nur eine geringe Entschädigung für die Pracht aus weißen Locken, aber vornehmer, da hatte er seiner Frau schließlich widerwillig zugestimmt, sei die schlichtere Eleganz. Jedenfalls am Vormittag und in dieser Stadt im Norden. In den südlichen Städten, in denen die Becker'sche Gesellschaft bei ihren Reisen durch die deutschen Länder auch hin und wieder spielte, galt weißer Puder auf dem Kopf auch um diese Stunde immer noch als Zeichen der Bedeutung eines Mannes. Eine ungepuderte Perücke wäre wohl passend gewesen, doch wozu brauchte die ein Mann, der so prächtiges volles Haar hatte wie er?

Jeans Verdacht erschien Rosina keiner Antwort wert. «Vielleicht sollten wir Titus oder Fritz bitten, nach ihm zu sehen», schlug sie vor.

«Besser nicht. Von seinem Zimmer in der Neustadt führen so viele verschiedene Straßen und Gänge hierher. Wer weiß, welchen Weg er heute nimmt. Warum gehst du nicht wieder hinein, Rosina, und unterhältst die Leute mit diesem neuen Lied, das wir gestern geprobt haben? Das vertreibt allen die Zeit und dann ist Wagner sicher da.»

«Das hier ist eine Kirche, Jean.» Rosina lachte, die Sorglosigkeit ihres Prinzipals, seine Fähigkeit, Hindernisse und Gefahren einfach zu ignorieren, erzürnte sie oft, doch heute tat sie ihr gut. Er war so überzeugt von der Kunst der Komödianten, dass er nie darüber nachdachte, ob sie gerade passte oder nicht. «Karla würde es sicher gefallen, aber ich glaube kaum, dass der Pastor ein Schäferlied vor dem Altar gutheißt. Selbst wenn der Text englisch ist. Hoffen wir, dass Wagner bald kommt. Es ist schrecklich kalt dort drinnen, wenn es noch lange dauert, erfriert ihm seine Braut. Karla weigert sich, ihr neues Kleid unter einem Schultertuch zu verstecken.»

Sie warf einen letzten suchenden Blick die Straße hinunter, vergeblich, von dem dringend erwarteten Bräutigam war weit und breit nichts zu sehen, und ging zurück in die Kirche.

Karla hatte sich inzwischen von Madame Augusta überzeugen lassen, dass eine vor Kälte zitternde rotnasige Braut weder die heilige Handlung noch das anschließende Fest schmückte. Sie saß immer noch still, doch endlich in ein wärmendes Tuch gehüllt in der ersten Reihe. Auch die anderen Gäste saßen noch in den Bänken, aber der Pegel ihrer Stimmen war erheblich gestiegen. Helena Becker, deren kastanienbraune Locken im Licht, das durch die alten Kirchenfenster fiel, schillerten, schwatzte munter mit Madame Augusta, der vornehmen alten Dame aus dem Handelshaus Herrmanns und Spenderin des Hochzeitskleides. Titus, der grimmige Spaßmacher der Becker'schen Gesellschaft, hielt ein gerade konfisziertes Kartenspiel in der breiten Faust und erläuterte mit nicht unbedingt christlichen Worten den beiden jugendlichen Komödianten Fritz und Muto, dass es nicht angehe, sich in einer Kirche beim sündigen Kartenspiel erwischen zu lassen. Titus war immer nah am praktischen Leben.

Proovt, der wie immer elegante Polizeimeister von Altona, erst seit dem letzten Jahr mit dem Bräutigam freundschaftlich verbunden, lauschte mit höflich zugeneigtem Kopf einer in fein gesetzten Worten geführten Debatte zwischen Madame Matti und Domina van Dorting, der ehrfurchtgebietenden ersten Frau des Damenstifts im Kloster St. Johannis. Ausnahmsweise ging es nicht um Mattis Heilkräutergarten, sondern um die Notwendigkeit von Reinlichkeit bei der Geburtshilfe. Rosina hatte nicht gedacht, dass sich eine Dame aus gutem hanseatischem Haus, die zudem den Titel Ehrwürdige Jungfrau trug, in solcherlei unfeinen Themen versiert zeigte.

Dann war da noch Jakob Jakobsen, der Wirt des *Bremer Schlüssel.* Er saß in der dritten Bank inmitten einiger seiner Stammgäste, zu denen auch der Bräutigam gehörte, und erläuterte sein Hochzeitsgeschenk, nämlich die Speisefolge des zweiten Frühstücks, das alle nach der Trauung in seinem Gasthaus erwartete. Es klang köstlich, und Rosina fiel ein, dass sie an diesem Morgen noch nichts gegessen hatte.

Nur zwei Menschen saßen still und geduldig, wie es sich gehörte, in der vorletzten Bank. Rudolf, der Kulissenmaler und Baumeister der Becker'schen Gesellschaft, und Gesine, die Kostümmeisterin. Beide in schlichtem dunkelgrauem, nur mit kleinen weißen Kragen geschmücktem Tuch. Sie glichen so gar nicht den Vorstellungen der Bürger von vermeintlich sündigen Wanderkomödianten. Die Köpfe in einträchtigem Schweigen gesenkt, waren sie das Abbild eines frommen Ehepaares.

Fehlte nur noch Manon, ihre Tochter. Rosina entdeckte das Mädchen in einer jener Seitenkapellen, in denen Buchhändler Stände aufgeschlagen und ihre gedruckte Ware unter großen Tüchern verborgen hatten. Seit dem letzten Winter zeigte Manon eine leidenschaftliche Liebe für diese neuen Romane um tragisch liebende Edelfräulein. Rosina hoffte still, sie werde der Versuchung, ein Exemplar ‹auszuborgen›, widerstehen.

Das Geräusch des Kirchenportals ließ sie herumfahren. Endlich, dachte sie aufseufzend. Aber nicht der Bräutigam betrat die Kirche, sondern ein um einige Jahre jüngerer Mann. Er trug einen ärmlichen schwarzen Rock, und seine Schuhe sahen aus, als sei er darin von Rom an die Elbe gewandert. Rosina konnte sich nicht erinnern, ihn je zuvor gesehen zu haben.

Sie glitt neben Madame Augusta in die Bank und fragte flüsternd, ob sie den Neuankömmling kenne.

«Nein», flüsterte Augusta zurück. «Ich glaube nicht. Obwohl ich manchmal Gesichter vergesse. Vielleicht ist er ein Reisender und erwartet hier einen Gottesdienst. Oder unser Bräutigam hat ihn vorm Galgen errettet, danach sieht er eher aus, und er will ihm an diesem Freudentag seine Reverenz erweisen. Wenn es denn ein Freudentag wird», fügte sie hinzu und zog mit vergnügtem Spott die Nase kraus, «eine Hochzeit ohne …»

Da scharrte wieder die Kirchentür und Jean trat ein, eilte mit langen Schritten zur Barbara-Kapelle, gefolgt von dem vermissten Bräutigam, dessen etwas kurz geratene Beine kaum mit den langen des Prinzipals Schritt halten konnten.

«Du meine Güte», flüsterte Madame Augusta amüsiert, «was hat er mit seinen Strümpfen gemacht? Den Boden aufgewischt? Nun gut, die Hauptsache, er ist endlich da.»

Ein Aufatmen ging durch die Reihen der Hochzeitsgäste, alle setzten sich aufrecht, zogen Halstücher, Röcke und Hauben zurecht und sahen erwartungsvoll der Zeremonie entgegen.

Der Neuankömmling ließ sich, immer noch atemlos, neben seine glücklich lächelnde Braut auf die erste Bank fallen, griff mit der Rechten ihre Hand, mit der Linken nach seinem großen blauen Tuch und wischte sich eilig die schwitzende Stirn.

«Und wo», fragte da Karla sanft in die plötzlich eintretende Stille, «wo ist jetzt der Herr Pastor?»

*

«Ich habe es mir doch gedacht!» Merthe stand in der Tür zur Druckerei und sah wie ein wandelndes Strafgericht auf ihre Schwägerin hinab. «Lettern sortieren – was für ein Unsinn. Lass das die Männer machen, die verstehen mehr davon und haben die ganze Nacht geschlafen. Du bist so müde, dass du kaum eine in das richtige Fach legen wirst. Geh endlich schlafen, Maria-Luise.»

Luise zuckte zusammen. Niemand nannte sie bei ihrem vollen Vornamen, außer Merthe, wenn sie zornig war.

«Bald, Merthe», sagte sie. «Ich kann jetzt nicht schlafen, und die Lettern müssen doch ...»

«Wir machen das schon, Madame Boehlich», unterbrach Hachmann sie sanft und warf Merthe einen dankbaren Blick zu. «Wenn die Mädchen kommen, geht es ganz fix. Na ja, ziemlich fix. Ein paar Tage wird es dauern, aber das schaffen wir schon.» Hachmann hatte, kaum dass die Männer von der Wedde und der Arzt gegangen und der Tote abgeholt worden war, nach seinen Töchtern geschickt. Alle vier konnten lesen und schreiben, kaum schlechter als er selbst, alle hatten flinke Finger und einen schnellen Verstand, was oft lästig war, aber in diesem Fall von großem Vorteil. «Versucht zu schlafen, Madame, es war ein schlimmer Morgen nach einer schweren Nacht. Und um das da», fügte er bedächtig hinzu und zeigte mit dem Daumen über die Schulter, «kümmern wir uns auch.»

‹Das da› meinte den blutigen Fleck auf dem Boden hinter der letzten Presse.

«Wenn du meinst.» Sie wusste, dass es mit ‹ein paar Tagen› nicht getan sein würde, auch Hachmann wusste das, aber sie stand auf, strich umständlich ihre staubigen Röcke glatt und blickte prüfend in die Gesichter der Männer, die auf dem Boden hockten und versuchten, aus dem Haufen bleierner Klötzchen die zusammengehörigen herauszuklauben.

Zunächst hatte das Durcheinander der Lettern total ausgesehen, doch als Luise sie zusammenschieben und in Schüsseln füllen wollte, hatte Peters, der älteste der Setzer, ihren Arm festgehalten. ‹Nein›, hatte er gesagt und sich blinzelnd über die Lettern gebeugt. Wer immer das gemacht habe, habe die Kästen nicht einfach runtergeworfen, sondern schnell und aus niedriger Höhe umgedreht. Der Weddemeister habe das auch vermutet, obwohl der gewiss nichts von ihrer Arbeit verstehe. Eine ganze Menge von gleichen Buchstaben liege noch beieinander. Am besten, man lasse sie so und sortiere sie vom Boden. Das könne viel Zeit sparen.

«Aber morgen ...»

«Morgen sehen wir weiter», rief Merthe ungeduldig. «Morgen wirst du auch ohne die Sortiererei genug zu tun haben. Seit Abrahams Heimgang arbeitest du für zwei, nun wirst du für drei arbeiten müssen, bis du einen neuen Faktor gefunden hast. Wenn Hachmanns Töchter nicht reichen, finden wir noch ein paar andere, die uns helfen. Nun komm.»

Schlafen. Das war leicht gesagt. Behutsam öffnete sie die Tür zu Onnes Zimmer. Das Kind wenigstens schlief, immer noch bleich, aber doch mit rosigen Wangen und ruhigem Atem. Er hatte den ganzen Vormittag geschlafen und die Aufregung, die fremden Schritte und Stimmen im Hof und in der Druckerei nicht bemerkt. Sie seufzte erleichtert. Am Nachmittag würde sie ihm von dem neuen Unglück, das die Familie getroffen hatte, erzählen.

In dem Schlafzimmer mit dem großen Bett, in dem sie seit fast einem Jahr alleine schlief, stieß sie die Fensterflügel auf und atmete tief die frühlingsmilde Luft. Der Hof lag verlassen, Hachmann hatte die Riegel am Außentor vorgeschoben und so auch die letzten Gaffer auf der Straße vertrieben.

Aus der weit geöffneten Tür der Druckerei hörte sie die Stimmen der Männer. Lachte da nicht sogar einer? Leise, gewiss, aber es war eindeutig ein Lachen gewesen.

Cornelis Kloth war tot. Das hatte sie gleich gewusst, als sie ihn fand. Der reglose Körper, die starren Augen, der halb geöffnete Mund ließen keinen Zweifel. Er hatte beinahe friedlich ausgesehen, das hörte man oft von Toten, sie war sicher, diesen Anblick nie vergessen zu können. Sie hatte geglaubt, er sei gestürzt und mit dem Kopf auf eine Kante der Presse geschlagen. Aber so war es nicht gewesen.

Sie sank auf den Stuhl am Fenster und versuchte ihre Gefühle zu erkennen. War sie traurig? Entsetzt? Hatte sie Angst? Sie wusste es nicht. Sie fühlte nichts. Nur ihren Körper, schwer und hölzern.

Cornelis' Tod war ein Desaster für die Druckerei. Und für sie selbst? Nicht für die Besitzerin der Druckerei, sondern für die Frau Maria-Luise? Ich fühle mich erleichtert, dachte sie und schob den Gedanken hastig fort. Natürlich war sie entsetzt und traurig. Cornelis Kloth war ein tüchtiger Mann gewesen, zuverlässig und fleißig. Niemand, der ihn nicht achtete.

Das hatte sie auch dem kleinen dicken Mann von der Wedde erzählt, nach dem Dr. Reimarus gleich geschickt hatte.

«Es tut mir Leid, Madame Boehlich», hatte der Arzt gesagt, der ihr bei seiner Ankunft tröstlich vertraut erschienen war, nachdem er während der letzten Tage und Nächte so oft an Onnes Bett gestanden hatte. «Euer Sohn wird wieder gesund, Euer Faktor hingegen, nun ja, Ihr seht es selbst. Jemand hat ihn erschlagen, mit einem Hieb, aber gründlich. Man muss die Wedde holen.»

Sie hatte genickt, als habe er eine belanglose Bemerkung über das Wetter gemacht und einen der Männer auf den Weg geschickt.

‹Jemand hat ihn erschlagen, mit einem Hieb.› Das klang so unwirklich. Und sie war so müde. Dennoch war sie nicht bereit gewesen, die Druckerei zu verlassen. Die Drucker und Setzer trafen ein, die Gehilfen, der Lehrling, als sie noch über den Toten gebeugt auf dem Boden kniete. Hachmann, der Altgeselle, als Erster, er lief gleich nach dem Arzt. Alle standen um sie herum, nah, als müssten sie sie beschützen, und sahen auf den Arzt und den Toten hinter der letzten Presse. Schließlich nahm Hachmann ihren Arm und führte sie zu einem der Hocker an den Setztischen. Dort wartete sie und starrte hinaus, bis der Weddemeister und sein Gehilfe kamen.

Sie saß einfach da, blickte auf den rauen Stamm der Kastanie, und seltsame Gedanken wanderten durch ihren Geist: Wie hoch die Kosten für die neuen Fenster sein mochten, welche Suppe Onne heute Abend am liebsten essen würde oder dass sie unbedingt Tuch für zwei neue Schürzen kaufen musste. Alltägliche Gedanken, an einem Morgen wie diesem jedoch seltsam.

Schließlich trugen Männer, die sie nicht kannte, Cornelis' Leichnam hinaus und zum Eimbeck'schen Haus, wohin alle zur genaueren Untersuchung kamen, die eines unnatürlichen Todes gestorben waren. Sie sah ihnen nach, hörte ihre von der Last schweren Schritte im vorderen Raum verhallen und wischte die Tränen aus dem Gesicht. Sie hatte nicht bemerkt, dass sie weinte. In diesem Augenblick hatte sie noch gespürt, was sie fühlte: Angst. Aber sie wusste nicht, warum.

Der Weddemeister schickte die Männer, die sich immer noch bei der hinteren Presse drängten, in den vorderen Raum und trug ihnen auf zu warten, er habe mit allen zu reden. Seinen Gehilfen, Grabbe, schickte er zum Tor, damit er die Gaffer, die sicher bald auftauchen würden, zu Ruhe und Ordnung rufe und vertreibe.

Sie beobachtete all das, ohne sich dem, was geschah, zugehörig zu fühlen. Es erschien ihr wie eine Szene aus einem Roman.

Plötzlich war es still in der Druckerei. «Madame?», hörte sie den Weddemeister sagen und roch einen Hauch von Rosenwasser. Ein parfümierter Weddemeister? Auch das war unwirklich.

«Wagner», nannte er seinen Namen, zog einen Hocker heran und setzte sich ihr gegenüber. «Ein trauriger Anlass», fuhr er fort und rutschte auf die vordere Hockerkante, «nun ja, sicher seid Ihr nicht in der Stimmung, aber», er räusperte sich und wischte sich mit einem großen blauen Tuch über Stirn und Nacken, «aber Ihr werdet verstehen, ich muss Euch einige Fragen stellen. Wenn Ihr dazu lieber ins vordere Haus gehen wollt, in Eure Wohnung …»

«Nein», rief sie und straffte die Schultern. Wenn sie ihr Haus oder das Kontor betrat, das Schlafzimmer gar, begann endgültig die Wirklichkeit. «Nein», wiederholte sie ruhiger, «lasst uns hier sprechen. Was wollt Ihr wissen, Meister Wagner?»

Sie hatte ihn bisher kaum wahrgenommen, nun betrachtete sie ihn mit plötzlicher Neugier. Das rosig-runde Gesicht des Weddemeisters, er mochte dreißig, höchstens dreiunddreißig Jahre zählen, drückte echtes Bedauern aus, in der rechten Hand hielt er einen kurzen Bleistift, den er unablässig zwischen Daumen und Zeigefinger drehte, in der linken ein paar wenig akkurat geschnittene Zettel. Er trug einen Rock aus dunkelblauem Samt, schwarze Kniehosen und weiße Strümpfe, die bei seinem Eintreffen sicher noch makellos gewesen waren, nun jedoch deutliche Spuren von schmutzigem Staub und Druckerschwärze zeigten. Dass ein einfacher Mann von der Wedde seiner Arbeit so aufgeputzt nachging, erstaunte sie. Sie hätte gerne darüber nachgesonnen, jeder Gedanke, der nichts mit Cornelis zu tun hatte, erschien in diesem Moment verlockend. Entschlossen zog sie ihr Schultertuch vor der Brust zusammen und sah den Weddemeister an.

«Fragt», sagte sie, «ich will Euch alles sagen, wenn ich auch nicht weiß, was das sein könnte.»

«Nun ja», sagte Wagner, «wir werden sehen.» Er wischte ein letztes Mal seine glänzende Stirn und hielt endlich den Bleistift ruhig.

Zuerst wollte er wissen, wie lange der Faktor für das Haus Boehlich gearbeitet hatte. «Aha», murmelte er, «acht Jahre. Eine lange Zeit.»

«Nicht unbedingt», antwortete Luise, «Hachmann, unser Altgeselle, arbeitet fast vierzig Jahre bei uns. Das ist tatsächlich lange. Die beiden Setzer, lasst mich nachdenken, ich glaube, es sind achtzehn und zwölf oder dreizehn Jahre. Nur die beiden jüngeren Drucker und der Lehrjunge gehören kürzere Zeit als Cornelis zu unserem Haus. Und wenn Ihr mich nun fragen wollt, wer von uns ihn so gehasst hat, dass er, dass er …»

Sie stockte und der Weddemeister fragte: «Ihn getötet hat?»

«Ja. Getötet hat. Das tat niemand. Der Faktor war tüchtig, zuverlässig, auch gerecht. Er war geachtet. Von allen. Nicht nur in unserem Haus, in der ganzen Stadt. Ihr werdet nirgendwo anderes hören.»

Das Licht fiel nun hell durch das Fenster hinter ihrem Rücken in den Raum und ließ ihr schmales Gesicht wie aus grauem Marmor erscheinen. Nur ihre Augen leuchteten dunkel. Der Weddemeister beugte sich über seine Zettel und kritzelte ein paar Zeilen, von denen er wusste, dass er sie später nur mit Mühe würde entziffern können. Wie Cornelis Kloth wirklich gewesen war, würde er besser von den Männern erfahren, die jahrelang unter ihm gearbeitet hatten. Und die gewiss weniger geschickt mit der Sprache umzugehen verstanden als eine Madame Boehlich. Geachtet, hatte sie gesagt, ein Wort, das er bei seinen Ermittlungen oft hörte. Es wurde nur selten in Gesellschaft von ‹beliebt› genannt. Höchst selten.

«Ihr seid heute Morgen schon vor allen anderen in der Druckerei gewesen und habt den Toten gefunden. Gewiss sehr unerfreulich, nun ja, tragisch. Was wolltet Ihr so früh in der Druckerei, Madame? Und warum war sonst noch niemand da?»

Das akkurate Setzen und Drucken, erklärte sie, brauche Licht, deshalb beginne die Arbeit in der Druckerei später als bei den meisten anderen Gewerben, nämlich im Sommer um sieben, in den Wochen mit den besonders langen Tagen um die Sommersonnenwende eine halbe Stunde früher, in der dunklen Jahreszeit hingegen eine Stunde später.

«Bei sehr eiligen Aufträgen, bei denen es weniger auf die absolute Akkuratesse ankommt als zum Beispiel beim Druck von Urkunden für den Senat oder die Commerzdeputation, wird notfalls auch bei Lampenlicht länger gearbeitet. Im Winter sogar ziemlich häufig, weil die Tage sonst allzu kurz sind.»

«Zu kurz, gewiss», murmelte Wagner, unverdrossen kritzelnd. «Und Ihr seid immer morgens vor Euren Leuten in der Druckerei?»

Luise schloss für einen Moment die Augen. Was wollte dieser Mensch nur alles wissen? Wozu war das wichtig?

«Natürlich gehe ich an jedem Morgen in die Druckerei, seit ich für alles verantwortlich bin. Allerdings für gewöhnlich später. Cornelis war immer der Erste, er schloss die Druckerei am Morgen auf und am Abend ab. Als Faktor hatte er seit dem Tod meines Mannes einen eigenen Schlüssel.»

Beinahe hätte sie ihm erzählt, wie wichtig es seitdem war, die richtige Balance in ihrem Verhalten zu finden. Sie musste zeigen, dass sie nun die Herrin des Hauses war, auch dem Faktor. Gleichzeitig durfte sie seine Autorität nicht in Frage stellen. Wenn auch keiner der Männer in der Druckerei ihr den Respekt verweigerte, war sie nicht sicher, ob das so bleiben würde, wenn sie sich zu deutlich vor Cornelis drängte. Und weil sie wusste, dass es die kleinen Dinge sind, die die Menschen bewegen, überließ sie es ihm auch, am Morgen der Erste in der Druckerei zu sein. Wäre sie ein Mann gewesen, hätte sie keine Sekunde an solche Gedanken verschwenden müssen. Aber sie war nun mal kein Mann. Während des letzten Jahres hatte sie das an manchen Tagen bedauert.

«Morgens», sagte sie und faltete die Hände im Schoß, «habe ich zu viele Pflichten im Haus. Heute war ich allerdings sehr früh da.» Wegen der Krankheit ihres Sohnes sei sie seit mehreren Tagen nicht mehr in der Druckerei gewesen, nun, da es Onne besser gehe, habe sie gleich nach dem Rechten sehen wollen.

«Und da habt Ihr ihn gefunden. Sofort, als Ihr den Raum betratet?»

«Nein, nicht sofort. Zuerst sah ich die Lettern auf dem Boden, dann erst habe ich hinter die letzte Presse geguckt und da», sie schluckte, räusperte sich leise und fuhr fort, «da habe ich ihn gefunden. Dann kam der Altgeselle – er war heute Morgen nach mir der Erste – und hat gleich Dr. Reimarus geholt. Danach erst kamen die anderen, noch bevor Hachmann mit dem Arzt zurück war.»

«Ihr wart mit Monsieur Kloth verlobt, Madame, Ihr müsst ihn gut gekannt haben. Es wird äußerst schmerzlich für Euch sein …»

«Verlobt?» Das Wort erschien ihr unpassend. «Ja», stimmte sie zögernd zu und ignorierte Wagners letzte Bemerkung, was ging ihn ihr Schmerz an?, «das waren wir. Obwohl es darüber keinen Vertrag gibt. Ich bin Witwe, das wisst Ihr sicher, es ist nur natürlich, dass ich den letzten Wunsch meines Mannes erfülle. Er hat Cornelis vertraut, der Faktor ist …», sie ließ ihren Blick wieder zum Fenster wandern, «er war ein anständiger Mensch und guter Faktor. Eine Druckerei braucht einen Meister, und ich bin kein junges Mädchen mehr. Ich bin eine Witwe in mittleren Jahren mit zwei Kindern.»

Wagner nickte. Was er da hörte, war alltäglich. Eine Handwerkerwitwe, die ihr Geschäft, ihre Werkstatt nicht verlieren wollte, tat gut daran, so bald wie möglich und schicklich wieder zu heiraten. Und zwar einen Mann aus dem richtigen Amt, um ihrem Unternehmen einen neuen Meister zu geben. Kaum eine schaffte es länger als zwei Jahre, die Geschäfte allein aufrechtzuerhalten, denn wer vergab schon gern Aufträge an eine Frau, auch wenn sie noch so tüchtige Gesellen hatte. Wagner zweifelte nicht an diesem Usus. Es war, wie es war. Über solche Dinge war es müßig nachzudenken.

«Monsieur Kloth war kein junger Mann mehr, lebte er allein?»

Luise nickte. «Er war achtunddreißig Jahre alt. Seit seine Mutter vor drei Jahren starb, lebte er alleine am Alten Steinweg. Seine Schwester ist mit einem Drucker im Rheinischen verheiratet, sonst hat er keine Angehörigen.»

«Wann habt Ihr ihn zuletzt gesehen, Madame Boehlich?», fragte Wagner, während er seine Zettel wieder mit dem kratzenden Bleistift traktierte.

«Vorgestern. Er kam am Abend zu mir, nachdem die Arbeit für die Woche beendet war und er die Druckerei abgeschlossen hatte. Mein Sohn ist sehr krank, und er wollte hören, ob es ihm besser geht.»

«Wie lange habt Ihr mit ihm gesprochen?»

«Nur wenige Minuten. Ich wollte schnell zu meinem Sohn zurück. Cornelis kam oft nach der Arbeit zu uns, wir haben dann alles besprochen, wozu tagsüber keine Zeit war. Geschäftliche Dinge», fügte sie hastig hinzu, «das war schon so, als mein Mann noch lebte. Aber am Samstag hatte ich dafür keinen Sinn, es ging Onne sehr schlecht.»

‹Geschäftliche Dinge›, kritzelte Wagner und dachte an das, was er die Männer vor wenigen Minuten hatte flüstern hören. «Er ist gestern Abend, wahrscheinlich in der Nacht erschl…, ich meine gestorben», sagte er. «Was hat er mitten in der Nacht, dazu in einer Sonntagnacht, in der Druckerei gemacht?»

«Darüber denke ich schon den ganzen Morgen nach», log Luise. «Ich weiß es nicht. Ich weiß es wirklich nicht. Vielleicht hatte er etwas vergessen, was er dringend brauchte.»

«Was könnte das gewesen sein?»

Sie schüttelte ungeduldig den Kopf. «Nichts, Meister Wagner. Ich kann mir nichts vorstellen, was nicht bis zum Montagmorgen warten konnte.»

«Papiere? Ein Problem mit einem Auftrag? Vielleicht Listen für Bestellungen?»

«Alle Papiere, wenn Ihr damit Aufträge, Schriftmuster und derlei meint, liegen im Kontorschrank im Vorderhaus. Um eilige Bestellungen ging es gewiss nicht, unser Lager ist gut sortiert, die letzte Papierlieferung ist erst zehn Tage her. Außerdem gehört das zu meinen Aufgaben. Es gibt nichts, was er nachts in der Druckerei tun konnte. Wie ich schon sagte, für die Arbeit wird gutes Licht gebraucht. Wir haben zwar sehr viele Aufträge, tatsächlich sind wir schon ein wenig in Verzug, einer unserer Gesellen hat uns gerade verlassen, da fehlen zwei Hände. Trotzdem gab es keine ernsten Probleme. Jedenfalls keine, von denen ich weiß, und er hat mir nie welche verschwiegen.» Sie hoffte still, dass das die Wahrheit war.

Wagner nickte. Auch das hörte er bei seinen Ermittlungen in Mordsachen oft. Am Anfang zuwenigst, der Sinn erschloss sich gewöhnlich erst am Ende. «Er war also nie vorher nachts in der Druckerei?»

«Natürlich nicht. Jedenfalls weiß ich nichts davon. Aber», fröstelnd schob sie die Hände unter ihre Schürze, «ich wusste ja auch nicht, dass er in *dieser* Nacht in der Druckerei war. Ich verstehe das nicht. Was hat er nur gemacht?»

Genau das hätte Wagner gerne von ihr gewusst. Er hatte sich in der Druckerei umgesehen, noch nicht sehr gründlich, doch offensichtlich wusste er schon mehr als Madame Boehlich. Falls sie nicht log.

«Ihr habt in der letzten Nacht am Bett Eures Sohnes gewacht, Madame. Es war eine ruhige Nacht, kein Sturm, auch der Regen fiel nur sanft und leise. Habt Ihr etwas gehört? Irgendetwas, das Euch ungewöhnlich erschien. Oder auch gewöhnlich, ganz gewöhnlich sogar. Irgendetwas?»

Luise schloss die Augen und legte müde den Kopf in den Nacken. «Nein», sagte sie, «ich habe nichts gehört. Die Fenster waren fest verschlossen, Onne braucht Wärme. Ich verstehe das trotzdem nicht, wenn jemand die Setzkästen heruntergeworfen hat, dann hätte ich das doch hören müssen.»

«Ja.» Wagner blickte stirnrunzelnd auf den silbrigen Teppich von Lettern. «Andererseits», murmelte er, «wenn er sie nicht umgeworfen hat, sondern vorsichtig ausgekippt ...»

«Aber warum? Ich dachte, ich weiß es natürlich nicht, aber ich dachte ...»

«*Was* dachtet Ihr?»

«Nun, ich dachte, warum sollte jemand die Setzkästen ausleeren? Nicht im Zorn, wie man eine Vase oder einen Teller zerschlägt, sondern behutsam. Leise sogar. Das macht doch nur jemand, der verhindern will, dass wir unsere Arbeit tun. Es wird sehr lange dauern, bis die Lettern wieder fehlerlos einsortiert sind. So lange kann nicht gesetzt, also auch nicht gedruckt werden. Ich dachte: Vielleicht gab es einen Kampf und die Kästen sind dabei von ihren Tischen gestürzt. Aber das hätte Lärm gemacht. Glaubt Ihr nicht?»

«Genau das glaube ich auch, Madame. Dann hättet Ihr es gehört?»

«Bestimmt. Es war wirklich sehr still. Wir haben gute Fenster, trotzdem, das hätte ich sicher gehört.»

«Und Schritte? Habt Ihr vielleicht Schritte gehört? Oder eine Tür?»

Nein, Madame Boehlich hatte nichts gehört. Nichts als das Atmen ihres Sohnes. Und einmal die Eule, die oft in der Kastanie rastete.

«Gewiss habt Ihr auch nichts gesehen. Oder habt Ihr mal in den Hof hinausgeschaut in dieser Nacht? Nein. Aha. Kann man vom Zimmer Eures Sohnes, überhaupt von Eurer Wohnung im vorderen Haus, sehen, wenn in der Druckerei ein Licht brennt?»

«Nein. Oder vielleicht doch, von Merthes Kammer. Aber der Holunder vor ihrem Fenster ist so groß geworden – nein, ich glaube, es geht nicht. Höchstens von den beiden kleinen Stuben aus, die in den Etagen darüber liegen. In der einen schläft meine Tochter, aber Lille ist nicht da. Sie wohnt bei meiner Cousine, seit ihr Bruder krank ist. In der anderen, der oberen Stube, wohnt niemand, darin steht nur Gerümpel.»

«Also habt Ihr kein Licht gesehen. Sehr schade. Und wann hat Dr. Reimarus Euer Haus verlassen?»

«In der Nacht? Als Onnes Fieber gesunken war. Es war noch ziemlich dunkel, wohl kurz vor fünf. Bald darauf habe ich die Glocke vom Gänsemarkt schlagen gehört.»

‹Zu spät›, dachte Wagner, ‹da war Kloth längst tot.›

«Nur eine Frage noch, Madame. Ihr kanntet Euren Faktor viele Jahre und als seine zukünftige Frau gewiss auch über das Geschäftliche hinaus. War er am Sonnabend, als Ihr ihn zuletzt saht, anders als sonst? Ihr wisst schon: schweigsamer, schlecht gelaunt, unruhig vielleicht? Oder wirkte er, nun ja, wirkte er bedrängt?»

Auch diese Frage stellte Wagner nur widerwillig. Sie gehörte nun einmal dazu, doch barg sie zwei bedeutende Nachteile. Zum einen war sie zumeist müßig, Punktum. Zum anderen, und das fand er noch unerfreulicher, begannen die Menschen bei dieser Frage zu phantasieren. War ihnen vor einer Minute eine Begegnung noch als ganz gewöhnlich erschienen, glaubten sie nun, dies oder jenes zu erinnern, legten Gewicht auf Gewichtloses, erinnerten sorgenvolle Mienen, wo nur Gleichgültigkeit gewesen war. Kurz, immer wieder nahm er sich vor, beim nächsten Mal diese Frage einfach zu vergessen, nur um sie dann doch wieder zu stellen. Weddemeister Wagner mochte nicht so erscheinen, dennoch war er ein äußerst gründlicher Mensch.

«Anders als sonst?» Luise schüttelte langsam den

Kopf. «Er wirkte wohl besorgt, aber nur wegen Onne. Er nahm großen Anteil an der Krankheit meines Sohnes und sprach mir Trost zu. Vielleicht fragt Ihr auch Merthe danach. Sie hat noch mit ihm gesprochen, nachdem ich zu Onne zurückgegangen war. Ich habe nicht darauf geachtet, was sie redeten, sie sprachen auch zu leise, aber ich bin sicher, ich habe ihre Stimmen in der Diele oder auf der Treppe gehört. Sonst war um diese Zeit niemand im Haus, nur Onne, Merthe und ich. Unsere Magd und das Küchenmädchen wohnen bei ihren Eltern, sie gehen am Abend nach Hause. Ebenso der Lehrjunge.»

Damit war der Weddemeister zufrieden gewesen. Für diesen Tag. Er komme wieder, morgen, nein, wohl erst übermorgen, die eine oder andere Frage sei gewiss noch zu beantworten.

Mit den Männern, die im Lager um den Tisch saßen, hatte er nur kurz gesprochen, hatte Hachmann ihr berichtet, obwohl es zunächst aussah, als werde es sehr lange dauern. Er hatte sich alle Namen aufgeschrieben, jeden auf einen eigenen Zettel, hatte gefragt, was für ein Mensch Kloth gewesen war, wer seine Freunde seien und schließlich, was er mitten in der Nacht in der Druckerei gemacht habe. Das wusste niemand, ebenso wenig wie sie selbst.

‹Und dann›, sagte Hachmann, ‹schlug es zehn, der Weddemeister sprang plötzlich auf, rief nach Grabbe, seinem Gehilfen, und war wie der Blitz verschwunden.› Grabbe, schloss er, habe alle gefragt, wo sie in der letzten Nacht gewesen seien. Was für eine Frage: In einer Sonntagnacht sei doch jeder ordentliche Mensch zu Hause in seinem Bett.

Wo alle gewesen seien? Luise stellte sich die Gesichter der Männer vor, einen nach dem anderen, von Hachmann, dem Ältesten, bis zu Joergen, dem Jüngsten. Wenn der Weddemeister den, der Cornelis erschlagen hatte, unter den Männern in der Druckerei suchte, war das eine absurde Idee. Genauso gut konnte er vermuten, sie habe sich von Onnes Bett in die Druckerei geschlichen. Das hätte niemand bemerkt. Nicht einmal Merthe, die in ihrer hinteren Kammer tief und fest geschlafen hatte, bis sie sie eine Stunde vor Mitternacht weckte und wegen Onnes Krisis nach dem Arzt schickte.

Merthe? Hastig erhob sie sich und schloss das Fenster. Noch so ein absurder Gedanke.

Während der Stunden in der Druckerei war ihr Kopf leer gewesen, nun drehten sich darin die Gedanken wie ein Mühlrad. Es musste bald Mittag sein, sie hatte noch nie um diese Stunde geschlafen, auch heute würde sie das nicht können. Aber sie wollte sich auf das Bett legen und ruhen, bevor sie Merthe an Onnes Bett abwechselte. Und die Männer brauchten ein zweites Frühstück, eine Suppe am besten, Speck und Brot, eine Kanne Bier und – da war sie schon tief eingeschlafen. Die Träume, vor denen sie sich gefürchtet hatte, waren gnädig. Sie blieben aus.

KAPITEL 2

Im Hof des Kröger'schen Hauses in der Fuhlentwiete herrschte bis auf das übermütige Trillern einer Singdrossel, die sich eine Pause vom Brüten gönnte, noch Ruhe. Wohl klangen von der Straße Stimmen und das Hämmern aus der nahen Schmiede herein, und im Stall schnaubten die drei Pferde der Becker'schen Gesellschaft ungeduldig nach Bewegung. Die Geschäftigkeit von Menschen jedoch fehlte, denn die meisten Mieter der Krögerin schliefen an diesem Morgen länger, für einen ganz gewöhnlichen Wochentag tatsächlich viel länger als üblich. Die Hochzeitsfeier des Weddemeisters hatte erst tief in der Nacht ihr Ende gefunden, als die frisch getrauten Eheleute Wagner schon längst in ihre neue Wohnung am Plan verabschiedet worden waren, begleitet vom weinseligen Johlen der Jakobsen'schen Stammgäste.

Trotz des stolpernden Anfangs in der Kirche war es ein wunderbares Fest geworden. Zum Schluss hatte Jakobsen dröhnend verkündet, so viel kunstvollen Gesang samt Flötenspiel habe es noch nie in seinem Gasthaus gegeben, von nun an werde er jeden Sonnabend aufspielen lassen, das mache sein Haus garantiert zur besten Adresse für die zahlreichen Liebhaber delikater Speisen und schöner Künste. Woraufhin Jean sofort auf einen Schemel stieg, leicht schwankend und auf Titus' breite Schulter gestützt, um auch an die Kunst der Poesie zu erinnern, die Jakobsen bei seinem grandiosen Plan keinesfalls vernachlässigen dürfe. Zum Beweis rezitierte er einige Zeilen aus einem der geheimnisvollen Shakespeare'schen Sonette.

> *«… könnt ich die Schönheit Eurer Augen malen*
> *und Eure Reize neu in Verse reihn,*
> *die Zukunft spräche: Hört den Dichter prahlen;*
> *nie traf ein Antlitz solcher Himmelsschein.»*

Die Hochzeitsgäste, zumeist nur an grobere Verse gewöhnt, waren nicht beeindruckt. Umso mehr Helena, deren Blick er bei den der unvergänglichen, gleichwohl nie ganz sicheren Liebe und Schönheit huldigenden Worten festhielt. Dieser Beweis seiner Gefühle würde sie noch lange milde stimmen und manche seiner Eskapaden großzügig hinnehmen lassen. So gewährte sie Jean gleich an diesem Morgen seinen langen erholsamen Schlaf.

Als sie in der Küche rasch einen Becher Milch trank und ein Stück Roggenbrot abschnitt, entdeckte sie durch das Fenster zum Hof Rosina. Die beugte sich tief über eine der großen geflochtenen Reisetruhen, ein Anblick, der Helena umgehend schwindeln ließ. Ihr Kopf schien mit nichts als Watte gefüllt, mit Rotwein getränkter Watte. Dennoch fühlte sie sich voller Tatendrang. Zum ersten Mal in den letzten Wochen spürte sie nicht mehr diese Unruhe vor der nahen Reise in eine unbekannte Welt.

Jean hatte beständig versichert, die Reise nach England sei die Chance ihres Lebens und für ihre Kunst. Wo sonst als im Land des größten aller Theaterdichter, das auch die Schauspieler verehre wie Fürsten (was sie nie und nimmer glauben mochte!), könne eine Komödiantentruppe neu erblühen? Er hatte tatsächlich ‹erblühen› gesagt, was Helena noch misstrauischer machte, und ihren zornigen Einwand, die Becker'sche Komödiantengesellschaft stehe seit Jahren in voller Blüte, dazu brauche es keine gefahrvolle Reise über das Meer und in ein fremdes Land, hatte er nur mit einem Hilfe suchenden Blick zu Rosina beantwortet. Das war ein Fehler gewesen, denn Rosina trug schließlich an allem die Schuld.

Helena trat an die Tür zum Hof und blickte auf die junge Frau mit den dicken, zu einem festen Zopf geflochtenen blonden Locken, die immer noch den Inhalt der großen Weidentruhe inspizierte. Rosina gehörte nun schon seit einem Jahrzehnt zur Becker'schen Gesellschaft, nach den gemeinsamen guten wie schweren Zeiten waren sie einander lieb und vertraut wie Schwestern. Helena, die um gut zehn Jahre ältere und in der Rangfolge erste Frau der Gesellschaft, hatte Rosinas besondere Art bald akzeptiert. Jean hatte das als Page verkleidete Mädchen in einer kalten Regennacht auf einer Straße im Sächsischen aufgelesen und mit in ihre Herberge gebracht. Sie hatten schnell ihre Talente entdeckt und gefördert, und besonders Helena hatte Rosina beschützt und verteidigt, wann immer deren eigensinniger Kopf wieder einmal Kalamitäten verursachte. Jedenfalls meistens.

Doch das letzte Jahr hatte alles verändert. Auch wenn sie sich dagegen wehrte, konnte sie Rosina nicht mehr so sehen wie in all den Jahren zuvor. Sie hatte immer gewusst, dass Rosina anders war, alle hatten das gewusst, und es hatte sie nie gestört. Dass Rosina nun reich war, gewiss nicht in den Augen einer wohlhabenden Kaufmannsfamilie, aber doch für eine Wanderkomödiantin, die zum Sattwerden oft am Abend ausgeben musste, was sie am Tag eingenommen hatte, brachte alles aus dem Lot. Den größten Teil ihres Erbes hatte sie in ein mehr als zweifelhaftes Abenteuer gesteckt, nämlich in die Entwicklung eines Verfahrens zur Zuckergewinnung aus ganz gewöhnlichen Rüben, und der Rest würde mit dem nächsten Abenteuer, der Reise der Becker'schen Gesellschaft nach London, dahinschmelzen wie Butter in der Sonne. Doch das machte es kaum besser und war gewiss kein Trost.

Es ging einfach nicht an, dass eine von ihnen ein gemeinsames Unternehmen finanzierte, für das die Kasse der Gesellschaft allein niemals reichen konnte. Jean war der Prinzipal, sie, Helena, die Prinzipalin. Was waren sie, was war Rosina, wenn die plötzlich zur Mäzenin wurde? Jeans Beteuerung, er nehme Rosinas Geld nur als Darlehen, bis die Londoner, die allesamt das Theater liebten wie kein anderes Volk auf der Welt, ihre Kasse füllten, hatte Helena noch mehr erzürnt. Er war immer ein Traumtänzer gewesen, ein solcher Traum jedoch war reine Torheit. Bisher hatte der Mangel an Geld zu Kummer und Verdruss geführt. Sie hatte nie gedacht, dass Überfluss ihre Seele beschweren könnte.

An diesem schönen Morgen nach einer schönen Nacht erschien ihr Groll ihr plötzlich kleinlich und engherzig. Es war höchste Zeit, wieder Vernunft walten zu lassen. Allerhöchste Zeit. Rasch leerte sie ihren Becher und trat in den sonnigen Hof.

«Guten Morgen», sagte sie und bemühte sich um einen besonders herzlichen Ton und einen unverfänglichen Anfang: «Wo sind die Kinder?»

«Lass sie das nicht hören», antwortete Rosina leichthin, ohne von ihrer Arbeit aufzusehen. «Es ist gegen die Abmachung. Nenne sie dreimal Kinder und sie dürfen sich einen ganzen Tag lang auch wieder so benehmen. Erspar uns das bitte. Wenn ich mich richtig erinnere, wäre dies genau das dritte Mal gewesen. Glaubst du, wir sollten dieses Hemd noch mitnehmen?»

Sie zog einen gelblichen, mit grober, mehr als brüchiger Spitze besetzten Fetzen Leinen aus der Truhe, spannte ihn zwischen beiden Händen gegen die Sonne und betrachtete ihn stirnrunzelnd.

«Es ist beinahe durchsichtig und so oft geflickt, ich bin sicher, beim nächsten Atemzug fällt es auseinander. Gesine hebt einfach alles auf. Aus einem solchen Ding kann doch selbst sie nichts Brauchbares mehr zaubern.»

«Wirf es in den Korb für die Putzlumpen.» Helena schob ihr mit der Schuhspitze einen kleinen, schon gut gefüllten Korb zu. «Irgendwie müssen wir unser Gepäck mindern, auch wenn ein Hemd mehr oder weniger nur geringen Effekt macht. Die Krögerin wird sich über ihren gefüllten Lumpenkorb freuen. Weißt du, wo sie sind?»

«Die Kinder? In unserer Kammer. Sie lernen Englisch. Jedenfalls haben sie das versprochen. Frag mich nicht, was sie wirklich tun.»

Seit Wochen lernte die ganze Becker'sche Komödiantengesellschaft Englisch. Mehr oder weniger. Rosina zeigte sich zwar als strenge Lehrmeisterin, dennoch ließen die Fortschritte zu wünschen übrig. Vor allem bei Jean. Er beharrte darauf, als Prinzipal einer renommierten *compagnie* – seit der Aufnahme von Monsieur Rousseaus berühmtem Singspiel in das Becker'sche Repertoire sprach er nicht mehr von Komödiantengesellschaft – habe er nur das Französische zu beherrschen. Und an dieser Sprache, die unter Fürsten und Künstlern in der ganzen Welt verstanden werde, sei in seinem Kopf kein Mangel. Das reiche völlig.

Den Hinweis seiner liebenden, gleichwohl weder blinden noch tauben Gattin, sie habe bisher noch nichts von diesen superben Fähigkeiten bemerkt, es sei denn, es gehe um das Kartenspiel, teuren Bordeaux oder Tändelworte für wohlgerundete Putzmacherinnen, überhörte er mit der ihm eigenen Grandezza. Jean liebte Helena, und er hatte für sich beschlossen, dass diese Liebe nur vorhalte, wenn er ihre leider allzu oft ins Schwarze treffende Scharfzüngigkeit hin und wieder ignorierte.

Helena, Gesine, Rudolf und Titus absolvierten ihren Unterricht mit ergebener Geduld, wobei Titus nie versäumte, darauf hinzuweisen, dass ein wenig Kenntnis dieser seltsamen Sprache völlig genüge. Schließlich wimmele es in London nur so von Deutschen, selbst die Königsfamilie stamme aus Hannover und mindestens der halbe Hofstaat auch. So konnte Rosina ihn selbst mit großer Mühe nicht davon überzeugen, die englischen Wörter auch englisch statt deutsch auszusprechen.

Muto habe es gut, hatte Titus geknurrt, als Rosina ihm deshalb wieder einmal eine Epistel hielt, der Junge brauche nur das Hören zu üben. Nun sehe man, manchmal sei das Stummsein auch von Vorteil. Zum Glück war Muto gerade nicht in der Nähe gewesen.

«Und das hier?» Ein fleckiger blaugrauer Lappen, Beweis eines missglückten Färbeversuchs, wedelte vor Helenas Gesicht.

«Das nehmen wir mit. Daraus macht Gesine noch was.» Helena knabberte einen winzigen Brocken von der

Brotscheibe, legte sie sich auf den Hauklotz, der an der Schuppenwand stand, und räusperte sich. Warum war aller Anfang nur so schwer? «Was ich neulich gesagt habe, tut mir Leid», begann sie rasch.

Endlich ließ Rosina die Hände sinken und sah auf. «Was meinst du?», fragte sie.

«Nun ja», Helenas Finger rollten kleine Kügelchen aus dem frischen Brot, «vielleicht geht es mehr um das, was ich *nicht* gesagt habe. Ich war nicht sehr nett in der letzten Zeit. Du meine Güte, es ist so schwer. Ich freue mich natürlich, dass du dich mit deinem Vater versöhnen konntest, bevor er starb, und dass du nun nicht mehr so viele Sorgen um das tägliche Brot haben musst. Und heute Morgen, ich weiß nicht, es ist ein so schöner Morgen, so schön, dass mir die Reise nach England gar nicht mehr so, so – nun ja, so überflüssig erscheint. Ich war dir gram, weil du Jean dazu überredet hast, aber jetzt ...»

«Ich habe ihn nicht überredet, Helena.» Rosina stand auf und setzte sich auf die Kante der Korbtruhe. «Ich habe nur beschlossen, für einige Zeit in London zu leben, weil es dort die besten Theater gibt. Für mich ist das ein alter Traum, den ich endlich Wirklichkeit werden lassen kann. Dass wir nun alle gemeinsam reisen, macht mich sehr froh, das stimmt, allein wäre die Reise viel schwieriger geworden, selbst wenn ich auf dem Schiff wieder Männerkleider getragen hätte. Es war auch nicht allein Jeans Entscheidung, alle waren dafür, sogar Gesine, die wahrhaftig nicht abenteuerlustig ist. Alle außer dir. Das tut mir Leid, aber ich kann es nicht ändern.» Nach einer kleinen Pause fuhr sie sanfter fort: «Eigentlich dachte ich, gerade du würdest nach all den Jahren auch gerne eine neue Stadt sehen, anstatt immer auf den gleichen

Straßen durch die gleichen Dörfer und Städte zu ziehen.»

«Das wäre nur natürlich, nicht? Schließlich sind wir *Wander*komödianten.» Helena zupfte ein altes Brusttuch aus dem Korb und bohrte mit dem Finger durch eines der Löcher. «Vielleicht liegt es daran, dass wir über das Meer fahren müssen. Ich habe bisher nur die Ostsee gesehen, und die Leute sagen, die Nordsee sei viel wilder. Man hört furchtbare Dinge von Stürmen, Kaperern und Seekrankheit. Und von Geisterschiffen, obwohl ich an solchen Unfug natürlich nicht glaube.»

Beide wussten, dass es daran nicht lag. Doch Rosina nickte, und während sie noch nach einer freundlichen Antwort suchte, fuhr Helena fort: «Aber jetzt freue ich mich. Sicher hat Jean Recht, wir werden viel lernen. Monsieur Lessing hat auch gesagt, auf dem Theater gebe es nichts Besseres als die Kunst von Mr. Garrick und seiner Truppe am Drury Lane Theatre. Die Themse soll wunderschön sein, und diese riesige Kathedrale mitten in der Stadt größer und prächtiger als alles, was wir je gesehen haben. Und die Vergnügungsgärten. Jeder, egal welchen Standes, kann sie besuchen, es gibt dort Orchester mit Sängerinnen, die Feuerwerke sollen – ach Rosina, ich plappere. Eigentlich will ich nur sagen: Meine schlechte Laune tut mir Leid. Kannst du mir verzeihen?»

«So ein Unsinn», rief Rosina und griff dankbar nach Helenas Hand. Wer wusste besser als sie, wie schwer so ein erster Schritt war? «Was sollte ich verzeihen? Wir sind alle ein bisschen seltsam in diesen Tagen. Glaube mir, ich habe in den letzten Nächten mit äußerst wirren Träumen gekämpft. Dabei sind es noch zwei Wochen bis zu unserer Abreise. Nur gut, dass die Vorbereitungen uns keine

Zeit zum Nachdenken lassen. Madame Augusta hat mir vor einigen Tagen ein Exemplar des *Hamburgischen Correspondenten* überlassen, darin stand ...»

Zu Helenas Glück und Seelenruhe kam sie nicht mehr dazu zu berichten, was sie über die hohe Zahl der Verbrechen, der Trunk- und Spielsucht in Englands Hauptstadt gelesen hatte. Das Hoftor flog auf und eine mehr als füllige Matrone eilte herein. Über dem vom Eifer geröteten Gesicht thronte auf eisgrauem Haar eine akkurat gebügelte Haube, mächtig genug für den Kopf eines Pferdes von mittlerer Größe. Auch ihre Schürze zeugte vom fleißigen Gebrauch des heißen Eisens, die zierliche Reihe brauner Flecken hingegen von dem Genuss des teuren Kaffees, für eine honorige Handwerkerwitwe am frühen Morgen ein sündhafter Luxus.

«Madame Helena! Rosina!», rief sie, offensichtlich glücklich, Hof und Haus nicht verlassen vorzufinden. «Habt Ihr schon gehört? Sicher habt Ihr das, es ist ja schon gestern geschehen, aber heute spricht die ganze Stadt davon. Es ist ein Drama! Erst der Mann, dann das Kind, nun ja, das Kind nur fast, und jetzt der Faktor! Ein Dra-ma!»

Ihre blitzenden Augen sprachen eine völlig andere Sprache als die anklagend zum Himmel erhobenen fest gefalteten Hände. Erschöpft ließ sie sich auf die zweite Weidentruhe sinken, die ihrem Gewicht nur mit bedenklichem Ächzen standhielt, und begann ausführlich zu erzählen, was sich in der Sonntagnacht in der Boehlich'schen Druckerei ereignet hatte.

«Ein so braver Mann erschlagen», schloss sie endlich, kleine Reste schaumigen Speichels in den Mundecken. «Ermordet! In unserer Nachbarschaft. Vergesst bloß nie, das Tor zu verriegeln. Was sagt Ihr dazu, Rosina? Ihr versteht Euch doch auf diese Dinge. Ausgerechnet ein Mord», plapperte sie gleich weiter, «wo doch der Weddemeister gerade Hochzeit halten wollte. Dabei ist er ein so netter Mann. Aber ich habe gleich gesagt: Auf dieser Hochzeit liegt kein Segen. Ein solches Mädchen zu heiraten! Hat keine Eltern, keine Familie, und wie lange hat sie im Spinnhaus gesessen? Nur ein paar Wochen, ach so, ich verstehe trotzdem nicht, warum der Senator die Zustimmung gegeben hat. Das macht keinen guten Eindruck, wenn der erste Weddemeister mit einer aus dem Spinnhaus, na ja, mich geht das nichts an. Der arme Wagner. Was dieses Mädchen noch nicht konnte, hat sie im Spinnhaus gelernt, wo da all die jungen Meisterdiebinnen einsitzen, flinke Finger allesamt, unverbesserlich, und die Moral …»

So wäre es noch geraume Zeit weitergegangen, die Krögerin brauchte nicht mal ein Päuschen, um Luft zu holen, wenn Rosina nicht gefunden hätte, es sei nun wirklich genug. Sie hatte selbst die Stirn gerunzelt, als sie hörte, Wagner wolle Karla heiraten. Aber ein Jahr in Mattis Haus bedeutete nicht nur eine gute Schule, sondern war auch die beste Prüfung. Matti sah mehr als die meisten.

«Nun gut», seufzte die Krögerin schwer und verschränkte wohlig die Arme unter ihrem mächtigen Busen, «hübsch ist das Mädchen ja, und Wagner wird schon auf sie Acht geben. Aber so ein Todesfall am Tag der Hochzeit, ich weiß nicht, das kann kein gutes Omen sein. Aber was erzähle ich Euch von dieser schrecklichen Geschichte bei den Boehlichs, während Ihr gestern selbst an der Quelle wart. Was hat Meister Wagner erzählt? War der arme Faktor sehr blutig zugerichtet?»

«Da müssen wir Euch enttäuschen, Madame Kröger.» Helena zeigte eine angemessen zerknirschte Miene. «Wagner hat kein Wort gesagt, nicht einmal, dass es einen Mord in der Stadt gegeben hat. Das erfahren wir erst von Euch. Er kam ein wenig spät zur Trauung in die Kirche, aber er hat nur gesagt, dass sein Amt ihn aufgehalten habe, was wir ihm nicht geglaubt haben. Alle dachten, er habe verschlafen. Auch Wagners Weddeknecht hat nichts davon erzählt, Grabbe kam noch später, als im *Bremer Schlüssel* schon die Fleischplatten aufgetragen wurden.»

«Verschlafen! Am Tag der eigenen Hochzeit!» Die Krögerin schüttelte mit Bedenklichkeit den Kopf. «Auch das ist kein gutes Omen, gar kein gutes Omen.» Dann fuhr sie munter fort: «Aber er hat ja nicht verschlafen. Er war schon morgens um halb acht in der Boehlich'schen Druckerei und tat seine Pflicht. Ein wirklich braver Mann. Kennt Ihr eigentlich Madame Boehlich? Dann ...»

«Ja», sagte Rosina, «wir lassen unsere Theaterzettel immer bei Boehlichs drucken. Ich habe deshalb zweimal mit ihr in ihrem Kontor gesprochen. Oder sogar dreimal? Ihren Mann kannte ich nicht, aber sie ist eine nette Frau.» Luise Boehlich war nicht nur freundlicher als die meisten gewesen, mit denen die Komödianten zu verhandeln hatten. Bei Rosinas letztem Besuch hatte sie viele Fragen über das Leben auf dem Theater gestellt, die mehr als gewöhnliche Neugier auf die vom den Bürgern beargwöhnte Freiheit verrieten. Sie fragte nach den Gefahren auf den Straßen, aber auch wie die Flugwerke gebaut seien, wie man es so erschreckend donnern lasse oder wieso ein Akteur auf der Bühne tatsächlich blute, obwohl es doch nicht sein könne, dass ein Dolch ihn wirklich getroffen habe. Madame Boehlich verbarg hinter ihrer beherrschten Fassade Sehnsüchte, die kaum in eine Druckerei am Valentinskamp passten. Rosina hatte das gut gefallen.

«So? Ihr kennt sie?» Die Krögerin machte ein enttäuschtes Gesicht. «Macht nichts», fuhr sie aber eifrig fort. «Madame Helena kennt sie nicht, und ich muss Euch unbedingt etwas erzählen, Ihr müsst versprechen, es niemandem sonst zu sagen, diese arme Frau!, Ihr wisst ja selbst am besten, wie schnell die Leute Übles denken ...»

Madame Boehlich, so erfuhren Helena und Rosina nun, war die zweite Frau des Druckereibesitzers gewesen. Die erste war nach langer Ehe kinderlos gestorben. Aus geringem Anlass, ein scharfer Stein schnitt ihr bei der Arbeit im Garten tief in die Hand, sie bekam Wundfieber und starb wenige Tage danach unter schweren Krämpfen. Es hatte allerlei Gerede gegeben, aber Boehlich war ein angesehener Mann und über jeden Zweifel erhaben. Dass er Luise bald darauf heiratete, war nur natürlich, sie war eine Nichte seiner ersten Frau und ihm lange vertraut.

«Der Altersunterschied?», antwortete sie auf Rosinas Frage. «Was sind da zwanzig Jahre? Eine junge Frau ist nur klug, wenn sie in ein gut geführtes Haus und Geschäft einheiratet. Und Ihr könnt jeden fragen, die Ehe war besser als viele, die auf rosigen Wolken begannen. Als Abraham Boehlich im letzten Jahr starb, war Luises Trauer tief. Ja, und Abraham hat alles geregelt, damit sie nach seinem Tod versorgt ist. Auch die Kinder natürlich, Conrad, alle nenne ihn nur Onne, was ich gar nicht gut finde, wie klingt denn das: Onne?, der Junge ist nun acht, das Mädchen, Lille, sechs Jahre alt. Liebe Kinder, hübsch wie die Mutter. Die beiden haben so gar nichts von Abraham, aber ich will nichts gesagt haben. Luise Boehlich, immer in die Kirche und ehrbar und so etepetete! Meister Schröder, der Bäcker aus dem Valentinskamp, hat gesagt, Conrad werde nun bald die Lateinschule besuchen, und auch Lille lerne schon lesen und schreiben. Wohin soll so was führen?»

Madame Krögers flinke Augen entdeckten einen Anflug von Unwillen in Rosinas Gesicht, sie erinnerte sich an deren vornehme Herkunft und Bildung und beeilte sich, endlich zu den wirklich interessanten Neuigkeiten zu kommen.

Abraham Boehlich, berichtete sie, hatte auf dem Sterbebett bestimmt, seine Frau solle nach der angemessenen Trauerzeit Cornelis Kloth heiraten. Was noch nichts Besonderes, sondern guter Brauch war. So bekomme ein Haus schnell wieder einen zuverlässigen Herrn und die Druckerei einen fähigen Meister.

«Das ist natürlich alles sehr traurig, Madame Kröger, aber Madame Boehlich kann doch nichts dafür, dass sie ihr Versprechen nun nicht mehr einlösen kann. Es sei denn, Ihr wollt andeuten, sie habe selbst ...»

«Gütiger Herr im Himmel, was für ein Gedanke.» Die Krögerin schlug aufschnaufend die Hände zusammen. «Nein, natürlich nicht. Niemals. Es hätte auch gar keinen Sinn gemacht. Bendix ist abgereist, erst vor wenigen Tagen zwar, aber weg ist weg. Nun steht sie ganz allein da mit den Kindern, dem Haushalt und der Druckerei. Wenn Bendix das gewusst hätte, wäre er bestimmt nicht ...»

«Halt!», rief Rosina. «Wer ist Bendix? Bis jetzt hatten wir Abraham, den verstorbenen Gatten, Onne, der eigentlich Conrad heißt, und Cornelis, den man tot in der Druckerei gefunden hat. Nun auch noch Bendix?»

An dieser Stelle beschloss die Krögerin, dass es höchste Zeit für eine Tasse Kaffee sei, eilte in ihr Haus, und Rosina und Helena blieb nichts, als ihr zu folgen. In ihrer Küche legte die Krögerin ein kostbares Buchenscheit nach und blies in die Glut, bis die Flammen aufloderten und der Wasserkessel, der immer über dem Feuer hing, schon beinahe zu summen begann. Sie schüttete eine ordentliche Portion der am Morgen gerösteten Kaffeebohnen in einen Mörser, und während sie dessen wohl duftenden Inhalt energisch zerrieb, erzählte sie weiter.

Als sie schließlich mit erwartungsvollem Triumph die beiden Frauen ansah, hatte Helena Mühe, ihre Enttäuschung zu verbergen. Es war einfach nur die immer gleiche alte Geschichte: Eine höchst ehrbare, gut situierte Witwe verlobt sich mit einem Mann, den sie nicht gerade mit jugendlicher Leidenschaft liebt, aber doch schätzt und als vernünftige Partie empfindet. Die Hochzeit ist geplant, alle sind zufrieden – bis die Witwe einen neuen Gesellen einstellt, einen hübschen jungen Mann, der sich auf sein Handwerk versteht, aber auch auf sanfte Worte und tiefe Blicke – und schon gerät der schöne Plan vom Leben, in dem alles seine Ordnung und gute Sitte hat, aus den Fugen.

Immer dieselbe alte Geschichte, und das, so fand Helena, spielten sie auf ihrer Bretterbühne alle Tage und zumeist viel dramatischer und auch amüsanter als im wahren Leben. So hoffte sie, wenigstens das Verschwinden des heimlich geliebten Gesellen berge ein hübsch fatales Geheimnis.

«Und dieser Bendix?», fragte sie. «Dieser neue Geselle ist einfach so verschwunden? Bei Nacht und Nebel?»

«*Das* wäre ein Skandal gewesen! Nein, Madame Boehlich ist eine ehrenwerte Frau. Und diskret. Schrecklich diskret sogar», wiederholte sie mit einem tiefen Seufzer, der verriet, wie viel Mühe und Umwege es sie gekostet hatte, die Geschichte von Madame Boehlichs unglücklicher Liebe herauszubekommen. «Natürlich hat sie ihr Versprechen nie in Zweifel gezogen, ich bitte Euch!, ein Versprechen, das man am Sterbebett gibt und nicht hält! Wenn das kein Unglück bringt, was dann? Sie hat sich gar nichts anmerken lassen, aber Bendix, so hieß es, machte plötzlich andere Pläne und sie entließ ihn aus seinem Vertrag. Dabei wurde er in der Druckerei dringend gebraucht, gute Drucker sind schwer zu bekommen, und bei den Boehlichs arbeiten seit jeher nur die besten.»

Endlich kochte das Wasser. Sie griff nach der großen Kelle und füllte, genüsslich den aromatischen Dampf des Kaffees einziehend, die Kanne.

«Nur ein Minütchen noch», sagte sie eifrig, holte den Milchtopf aus der kalten Kammer und schöpfte einige Löffel Rahm in ein Kännchen, das schon vor geraumer Zeit seinen Henkel eingebüßt hatte. «Gleich hat er sich gesetzt. Nein, Bendix ist nicht einfach verschwunden. Er arbeitet zukünftig in einer großen Druckerei in London, wo er noch irgendwas, fragt mich nicht, was, ich kenne mich nicht aus mit der Druckerei, noch irgendwas lernen kann. Es heißt, Madame Boehlich habe ihm dazu verholfen, weil sie zu irgendwelchen Engländern die besten Beziehungen hat. Die Leute vom Englischen Haus in der Gröninger Straße lassen bei ihr Verträge und Listen und was weiß ich noch drucken. Ich glaube aber», sie stellte drei Tassen auf den Tisch und goss endlich den versprochenen Kaffee ein, «ich glaube, der Faktor hat ihm die Stelle besorgt. Cornelis Kloth war ja nicht dumm. Aber so oder so, ihr müsst zugeben, das ist eine tragische Geschichte. Nun steht sie da, ganz allein. Da schickt sie den Mann ihres Herzens», wieder folgte ein inniger Seufzer, «weit fort, weil sie ihr Versprechen halten muss, und kaum ist der weg, stirbt der andere.»

«Erschlagen», verbesserte Rosina, tröpfelte die dicke Sahne in ihre Tasse und beobachtete, wie sich kleine glänzende Fettaugen auf dem Kaffee verteilten. «Der andere wurde erschlagen. Ihr sagtet: ‹… kaum ist er weg.› Wann ist er denn abgereist?»

«Erst vor wenigen Tagen, genau weiß ich das nicht. Wenn der Wind schlecht steht, hat sein Schiff womöglich noch nicht mal Neuwerk passiert. Hätte er doch nur noch ein paar Tage gewartet.»

«Hm.» Rosina nahm Helena den Löffel aus der Hand und rührte eine kleine Portion Zucker in ihren Kaffee. «Ein paar Tage? Vielleicht ist sein Schiff erst am Montagmorgen mit der beginnenden Ebbe ausgelaufen? Da war der Faktor sogar schon tot.»

«Unsinn, Rosina», rief Helena. Sie kannte diesen seltsam abwesenden Blick in Rosinas Gesicht. Sie mochte ihn nicht, er bedeutete Ärger und hatte sie mehr als einmal in große Gefahr gebracht. «Madame Kröger sagt es doch: vor einigen Tagen. Nicht gestern! Hör auf, dir über diese Sache den Kopf zu zerbrechen. Die geht nur Madame Boehlich etwas an. Und Wagner. Heute hat er einen freien Tag und hoffentlich Besseres zu tun, als einen Meuchler zu jagen. Aber ab morgen wird unser Weddemeister schon herausfinden, wem der Faktor im Weg war und warum. Außerdem sind auch wir bald weg, sehr weit weg von dieser Druckerei mit ihrem erschlagenen Faktor.»

«Stimmt», sagte Rosina heiter. «Weit weg. In London. Ihr wisst nicht zufällig, in welcher Druckerei der Boehlich'sche Geselle dort arbeiten wird, Madame Kröger?»

*

«Setzt Euch, Wagner, so setzt Euch doch endlich.» Die Hand Senator van Wittens wedelte ungeduldig zu dem samtbezogenen Stuhl vor seinem Tisch. Ihm war entgangen, dass der Weddemeister schon seiner ersten Aufforderung nachgekommen war, denn sein Blick wanderte suchend über die mit dicken Scheiben von Schinken, Pasteten und kaltem Braten gefüllte Platte, die der Ratsdiener zu seinem zweiten Frühstück hereingebracht hatte. Schließlich entschied er sich für eine in Rotwein gesottene Scheibe Ochsenfleisch, strich einen Löffel voll Senf darüber und garnierte das Ganze mit zwei kleinen scharf eingelegten Gürkchen.

Wagner schluckte. Sein Frühstück war schon einige Zeit her, und auch wenn es an diesem Morgen nach seiner Hochzeit dank eines gut gefüllten Korbes aus der Jakobsen'schen Küche reicher als gewöhnlich ausgefallen war, war es nicht annähernd so üppig gewesen wie die Köstlichkeiten auf dem Tisch des Senators. Wagner schluckte noch einmal. Selbst wenn er ihm angeboten hätte, an dem reichen Mahl teilzuhaben, wäre es ihm unmöglich gewesen, in Gegenwart seines Dienstherrn zu essen.

«Eine verzwickte Geschichte», sagte der Senator, lehnte sich in seinem Stuhl zurück und strich mit den Händen über die reich bestickte sandfarbene Weste, die er unter einem Rock aus feinstem englischem Tuch trug.

Obwohl er ein schwerer Mann mit dem geröteten Gesicht des Genießers war, erkannte man immer noch die Eleganz seiner jungen Jahre. Sein Temperament ließ ihn gerne poltern, das hielt er dem Amt des Prätors auch für angemessen. Doch kaum jemand wusste, dass er das Henken und Rädern nicht mochte und sogar mit den ‹Patrioten› sympathisierte, die nicht nur vom Gemeinwohl sprachen, sondern auch viel dafür taten.

«Verzwickt, diese Geschichte», wiederholte er, «und delikat. Ich denke aber, dass Ihr in diesen Dingen genug Erfahrung habt. Um ehrlich zu sein, es war die Idee der Senatorin. Sie findet, Ihr seid auch ein diskreter Mensch, der Teufel weiß, woher sie das hat. Aber es ist richtig. Gerade in diesem Fall, sagt die Senatorin, sind auch Eure kuriosen Bekanntschaften von Vorteil. Unbedingt. Sie findet Eure singende Freundin im Übrigen sehr bemerkenswert. Ich verstehe nicht viel von der Singerei, aber ich erinnere mich gut an das Fest bei den Herrmanns', ein bisschen ungewöhnlich, was sie da sang, trotzdem nett, wirklich nett. Und wie man neuerdings hört, kommt sie aus einem guten Haus? Auch kurios, was? Macht nichts, das kann in diesem Fall nur von Vorteil sein. Wagner, Ihr seht mich an, als verstündet Ihr kein Wort.»

«Doch, Herr Senator, unbedingt. Eine verzwickte delikate Sache, mit Diskretion zu behandeln, ja. Das ist sehr schmeichelhaft für mich. Und Mademoiselle Rosina, gewiss, eine Freundin», Wagners Gesicht glühte bis unter den Scheitel wie die untergehende Sonne, «aber eine, nun ja, eine männliche Freundin. Sozusagen. Auch Madame Herrmanns ...»

«Natürlich.» Endlich spießte der Senator ein Stück

des Ochsenfleisches auf und lehnte sich, die Gabel fröhlich erhoben, zurück. «Wer eine Freundin von den Herrmanns' ist, hat Reputation. Wobei ich nicht verhehlen will, dass mein alter Freund Claes sich auch eine recht ungewöhnliche zweite Gattin ausgesucht hat. Nichts gegen die Engländerinnen, aber die liebe Madame Anne zeigt doch gar zu wunderliche *spleens*. Läuft ihm einfach davon. Kein Mensch glaubt, dass sie nur als Anstandsdame seiner leichtfertigen Tochter unterwegs ist.»

Es war Stadtgespräch gewesen, als Anne Herrmanns, immerhin die Ehefrau eines der wohlhabendsten Kaufleute der Stadt, im letzten Jahr von einem Tag auf den anderen verschwand. Und zwar in Gesellschaft ihrer Stieftochter Sophie, die selbst gerade ihrem Mann in Lissabon entlaufen war und mit einem mehr als fragwürdigen englischen Kapitän davonsegelte, der wiederum ein alter Freund von Anne Herrmanns war.

Kurz und gut, die Stadt hatte einen ihrer schönsten Skandale. Dass sich Claes Herrmanns schließlich auch noch entschloss, seiner Gattin nachzureisen, hatte die ganze Geschichte nur noch schöner gemacht. Die Damen in den Salons erkannten darin echte Liebe und Treue, selbst Madame van Witten, der niemand Rührseligkeit nachsagen konnte, war dieser Meinung. Den jungen Damen, die bei diesem Thema verdächtig abenteuerlustig glänzende Augen bekamen, wurde strikt untersagt, über Madame Herrmanns' neueste und bisher zweifellos stärkste *caprice* zu reden. Ein ganz und gar vergebliches Verbot.

Die Herren hingegen sprachen von Schwäche, allerdings nur hinter vorgehaltener Hand. Es gab sogar Zweifel, ob es angehe, dass ein Mann, dessen Tochter sich um die Scheidung von ihrem äußerst ehrbaren Ehemann bemühe und dessen Gattin mit ihr auf und davon sei, ob ein solcher Mann noch in die Commerzdeputation passe. Auch das debattierte man nur hinter vorgehaltener Hand und ganz gewiss nicht in Gegenwart so mächtiger Männer wie Senator van Witten, die fast ausnahmslos zu alten Freunden der Familie Herrmanns gehörten. Im Übrigen zweifelte niemand an der Börse und in den Kaffeehäusern daran, dass Claes Herrmanns mit seiner Reise zwar seiner flüchtigen Gattin folgte, aber nur, um zugleich profitable neue Geschäfte anzubahnen. Wie sonst war zu erklären, dass er nun schon mehr als ein halbes Jahr fort war und seinem Sohn die Führung des Hamburger Kontors überließ?

Seit die Nachricht gekommen war, Anne und Claes Herrmanns würden in wenigen Wochen nach Hause zurückkehren, und zwar als glückliches Ehepaar, waren auch die letzten bösen Stimmen verstummt. Die Damen triumphierten, und Madame van Witten, die Anne Herrmanns von Anfang an in ihr großes Herz geschlossen hatte, steckte schon tief in den Vorbereitungen für ein grandioses Empfangsfest. Den entschiedenen Einwand ihres Gatten, es sei klüger, zunächst die Stimmung in der Stadt abzuwarten und bis dahin nur eine kleine diskrete Feier zu planen, hatte sie mit einem einzigen entschiedenen Blick zurückgewiesen. Und weil der Senator seine Frau auch nach den vielen Jahren ihrer Ehe außerordentlich schätzte und als kluger Mann wusste, wann es besser war zu schweigen, blieb es bei der Planung des großen Festes. Samt Feuerwerk. Er hoffte nur, dass die beiden ohne Claes' flatterhafte Tochter zurückkehren würden. Bei aller Großzügigkeit und christlicher Nachsicht, in keinem ehrbaren Hamburger Haus würde Sophie Sievers je wieder empfangen werden.

«Lassen wir die Herrmanns' mal beiseite», fuhr der Senator fort, «die haben mit dieser besonderen Sache nichts zu tun, obwohl Claes sich gerne in unsere Angelegenheiten mischt. Aber Mademoiselle Rosina. Eine männliche Freundin, sagt Ihr? Sie sieht zwar nicht so aus, aber es stimmt, sie hat einen männlichen Charakter: klarer Verstand, Beharrlichkeit, keine Sentimentalität. Und Mut, was?»

«Unbedingt. Manchmal, wenn Ihr erlaubt, ein bisschen zu viel. Vom Mut, meine ich.» Wagner wurde immer unbehaglicher. Er hätte liebend gern sein großes blaues Tuch aus der Tasche gezogen und sich die Stirn gewischt, die seltsamen Ausführungen des Senators waren mehr als beunruhigend, jedoch erschien ihm eine so profane Geste als unschicklich. «Aber in dieser Angelegenheit», erklärte er rasch, «wird die Wedde allein ermitteln. Darauf könnt Ihr Euch verlassen. In den vergangenen Jahren gab es einige Fälle, in denen Mademoiselle Rosina hilfreich war, ja, und auch Madame und Monsieur Herrmanns, Ihr erinnert Euch gewiss. Aber nur, weil sie in die Abläufe verwickelt waren, sozusagen. Amtsgeschäfte bleiben Amtsgeschäfte. Mit dem Mord in der Druckerei Boehlich hat Mademoiselle Rosina nicht das Geringste zu tun.»

«Ach ja, der Mord in der Druckerei. Daran habe ich gar nicht gedacht. Grabbe hat mir gestern Bericht erstattet. Die arme Frau, wirklich fatal, erst der Ehemann, dann der Faktor. Wisst Ihr schon, wer es war? Nein, natürlich nicht, es ist zu früh.»

«Zu früh, ja. Man weiß auch nicht, was der Faktor mitten in der Nacht in der Druckerei gemacht hat. Madame

Boehlich versichert, man könne ohne Licht nicht gut drucken, ich denke trotzdem, es geht zur Not auch bei einigen Kerzen oder einer passablen Tranlampe. Viel schwieriger ist das Setzen, dazu braucht man sicher besseres Licht. Andererseits, wenn die Buchstaben in den richtigen Fächern liegen ...»

Er sah den verständnislosen und nicht sonderlich interessierten Blick des Senators und entschied, dass nun für die Feinheiten der Arbeit in einer Druckerei nicht der richtige Zeitpunkt war.

«Die Lettern», fuhr er deshalb hastig fort, «lagen am Morgen nicht mehr in den Setzkästen, jemand hatte sie auf den Boden geworfen, allerdings, und das scheint mir bedenkenswert, recht ordentlich ausgekippt. Sicher nur, um keinen Lärm zu machen, aber warum hat er das überhaupt gemacht?»

«Warum? Ihr macht Eure Arbeit lange genug, um zu wissen, dass Menschen gerne zerstören. Ganz ohne Warum. Womöglich fand er einfach Vergnügen bei der Vorstellung, dass irgendjemand mit dem Durcheinander viel Mühe haben wird.»

«So könnte es gewesen sein. Ja. Möglicherweise.» Diese schlichte Erklärung befriedigte Wagner nicht. «Ich denke aber, er hatte noch mehr vor. Es sieht so aus, als ob er die Arbeit in der Druckerei aufhalten wollte. Lahmlegen, sozusagen. Der Eimer mit der Druckerschwärze stand auf dem Boden, nicht einmal bei der Presse, sondern bei den Lettern. Als habe er ihn darüber ausleeren wollen. Der Eimer steht nämlich normalerweise im Lager, im vorderen Raum des Hauses. Hätte er die Lettern mit der Druckerschwärze übergossen, hätte es noch länger gedauert, sie wieder brauchbar zu machen. Es sind Hunderte, wenn nicht gar Tausende. Das hat er aber nicht getan. Der Eimer war fast voll, auch am Henkel und an den Rändern klebte Druckerschwärze, ich denke, er wollte sich nicht schmutzig machen. Die Farbe geht kaum aus den Kleidern, eine Wäscherin hätte das bemerkt und ihn verraten können.»

«Dann muss er einen sehr kühlen und flinken Kopf haben. Oder es war viel einfacher. Er hat sich an den Pressen zu schaffen gemacht, vielleicht versucht, irgendetwas zu drucken, die Stadt ist ja voll von allen möglichen Pamphleten, die keine ordentliche Druckerei unter ihre Pressen schiebt. Aber die müssen doch irgendwo gedruckt werden, warum nicht heimlich in der Nacht? Warum nicht auch bei den Boehlichs, natürlich ohne Madame Boehlichs Wissen. Sie würde so etwas nie erlauben. Da hat also jemand gedruckt, der Faktor kam dazu und er wurde erschlagen. Du meine Güte, dann muss es aber ein wahrhaft teuflisches Papier gewesen sein, wenn jemand eher einen Mann erschlägt, als dafür bekannt zu werden.»

Wagner nickte. Es würde den Senator nur verwirren, wenn er ihm jetzt auch noch erklärte, dass der große Eimer sehr schwer war und den Lagervorrat enthielt, dass aus ihm in kleine Wannen abgefüllt wurde, die ihren Platz neben den Pressen hatten und aus denen erst die Druckballen mit der Farbe benetzt wurden.

«Jedenfalls muss jemand in der Nacht an der hinteren Presse gearbeitet haben», sagte er. «Der Altgeselle hat versichert, die Pressen würden nach jedem Druck und besonders jeden Abend gründlich gesäubert, damit der nächste Druckbogen makellos bleibt. Die hintere Presse, neben der der Tote gelegen hat, war aber nicht gesäubert. Auch nicht die beiden Ballen, mit denen die Farbe auf die

Lettern gerieben wird. Die war wie die Reste an der Presse zu frisch, um vom Sonnabend zu stammen. Und an der oberen der Nadeln, die den Papierbogen festhalten, damit der beim Drucken nicht verrutscht, hing noch ein Fetzen Papier. Als habe jemand eilig den Bogen herausgerissen.»

«Ihr habt aber keinen frisch bedruckten Bogen mit abgerissener Ecke gefunden?»

«Nein. Gar keinen frisch bedruckten Bogen.»

«Interessant», sagte der Senator, lauschte mit nachdenklich geneigtem Kopf auf die Schläge der Augsburger Stutzuhr auf dem kleinen Tisch am Fenster seiner Amtsstube und Wagner triumphierte. Endlich hatte er das Interesse des Senators geweckt.

«Wirklich interessant, Wagner», sagte van Witten nach dem letzten Schlag der Uhr mit plötzlicher Munterkeit, während seine Gabel das nächste Stück Ochsenfleisch traf und dazu noch ein krummes Gürkchen aufspießte, «das scheint mir alles ganz einfach: Der Faktor hat jemanden beim nächtlichen Drucken erwischt und wurde deshalb erschlagen. Fragt sich nur noch, wen er erwischt hat.»

«Aber was hat der Faktor in der Nacht in der Druckerei gemacht? Er hatte Druckerschwärze an den Fingern ...»

«Euer Eifer ist wie immer löblich, lieber Wagner, sehr löblich», unterbrach ihn der Senator. «Aber vergesst jetzt mal den toten Faktor. So ein simpler Mord ist eine gute Gelegenheit für Dings, wie heißt er doch? Hobert, natürlich, also eine Gelegenheit für Hobert, sich zu beweisen.»

Wagners Röte verwandelte sich schlagartig in grünliche Blässe. Er hatte es immer gewusst. Eines Tages würde der vermaledeite Hobert seinen Platz einnehmen. Der Gedanke ließ ihn umgehend alle Beflissenheit vergessen.

«Ein Mord, Herr Senator, ist nie simpel. Es sei denn, man findet den Täter gleich neben dem Opfer, was aber auch nicht viel zu sagen hat. Erinnert Euch an die Sache mit dem Prinzipal der Becker'schen Komödianten. Der hockte direkt neben der Leiche am Zollhaus, deren Blut war noch warm, und dann war er es doch nicht. Für die Klärung einer solchen Sache braucht man Erfahrung, sonst wird der Falsche gehenkt. Es ist ...»

«Halt, Wagner! Ich wollte Euch nicht Eure Verdienste absprechen. Trotzdem soll Hobert den Mörder von Boehlichs Faktor suchen, für Euch habe ich eine wichtigere Aufgabe. Nun setzt Euch wieder. Ihr macht mich sonst nervös, und das verträgt sich nicht mit dem Ochsenfleisch in meinem Magen.»

Gehorsam sank Wagner auf die Stuhlkante, von der er sich bei seiner kleinen Rede erhoben hatte. Der neue zweite Weddemeister hatte vom ersten Tag an keinen Zweifel daran gelassen, dass er nicht lange die Nummer zwei bleiben wollte. Ob Hobert ein guter Weddemeister war, war noch nicht gewiss. Gewiss war, dass er sich auf alles verstand, was Wagner nicht beherrschte: zierliche Kratzfüße, gewandtes, gleichwohl ergebenes Plaudern, gute Manieren bei Tisch und zur rechten Zeit ein lateinisches Sätzchen. Wagner sah seinen Senator an und hoffte, der werde die Angst in seinen Augen nicht erkennen.

«Ein Menschenleben», hub der nun neu und mit bedeutendem Gesicht an, «ist natürlich das Wichtigste, denn es ist von Gott gegeben. Ja. Darüber dürfen andere Dinge aber nicht vergessen werden, in der Bibel – ach, genug damit, jetzt hört einfach zu. Der Fall, den Ihr lösen sollt, macht mich zu wütend, um fromm mit der Bibel anzufangen.»

Der Senator schob seinen Teller zurück, ließ Messer, Gabel und Serviette daneben fallen, und während Wagner sich auf eine Geschichte voller Unholde und Infamie gefasst machte, begann der Senator wieder mit seiner Gattin.

Madame van Witten hatte vor vielen Jahren die Patenschaft für die Tochter ihrer Milchschwester übernommen. Der Vater war wenige Wochen vor der Geburt gestorben, eine Begegnung mit einer gerade gefällten Buche, ganz scheußliche Sache, fand der Senator, die junge Witwe und ihr Kind brauchten Unterstützung. Es war eine Angelegenheit von christlicher Nächstenliebe, was, wie er betonte, nicht immer schon auf Erden belohnt werde. Das Kind wuchs ohne Probleme heran, nun war es achtzehn Jahre alt, arbeitete in der Kunstblumen-Manufaktur in der Rosenstraße und gab Mutter wie Patin Anlass zu den besten Hoffnungen. Schon sah sich die Senatorin nach einem passenden Ehemann um – und was tat das undankbare Kind?

«Sie ist verschwunden, Wagner. Ihr könnt Euch vorstellen, Madame van Witten ist außer sich.»

Wagner nickte kummervoll: «Ich bedaure, das sagen zu müssen, aber die Madame Senatorin hat allen Anlass, außer sich vor Sorge zu sein. Ein junges Mädchen, ganz allein und mit unbekanntem Aufenthalt, gewiss ohne die nötigen Mittel …»

«Falsch, Wagner!» Die Faust des Senators donnerte auf den Tisch, die Fleischgabel fiel klappernd herunter und blieb unbeachtet liegen. «Ganz falsch! An Euren Vermutungen stimmt einzig, dass sie jung ist. Jung und dumm.

Sie kam bei Gelegenheit in unser Haus, meistens wenn meine Frau zusätzliche Hilfe bei der Wäsche, beim Silberputzen oder was weiß ich, was im Haushalt nötig ist, brauchte. Sie sollte lernen, wie es in einem großen Haus zugeht. Das ist doch ein Privileg für ein solches Mädchen. Am Freitag war sie wieder bei uns. Und nun», der Senator schnaufte vor gerechter Empörung, «fehlt ein Teil meiner Münzsammlung. Es ist eine kostbare Sammlung, das Ergebnis jahrelanger Mühen. Auch einige sehr besondere Medaillen sind darunter. Natürlich ist sie stets gut verwahrt, nur an jenem Tag, nun ja, ich hatte gerade den neuen Münzschrank bekommen. Sehr feines Stück. Aber, nun ja, das Schloss klemmte, musste noch nachgearbeitet werden, jedenfalls waren die Schranktüren offen, verglaste Türen, zeigten alles, was drinlag. Das zu den fehlenden ‹nötigen Mitteln›. Und allein?»

Er schob seinen Stuhl zurück, stapfte zornig um den Tisch und setzte sich wieder hin.

«Da kommen wir zum wichtigsten Punkt. Sie ist nicht allein, sie hat sich an einen Kerl gehängt, in dessen Auftrag sie auch die Sammlung gestohlen hat. Allein wäre sie nie auf eine solche Idee gekommen. Sagt meine Senatorin. Ich bin mir da nicht so sicher, die jungen Frauen heutzutage – unberechenbar. Ihr müsst das diebische Frauenzimmer wieder herschaffen, Wagner, und zwar mit dem Burschen, der sie entführt hat. Und mit meinen Münzen! Wenn davon noch welche da sind.» Wieder donnerte die Faust auf den Tisch, das Messer folgte der Gabel abwärts.

«Entführt?», fragte Wagner und überlegte, ob es für seine Stellung angemessen oder unwürdig wäre, unter den Tisch zu kriechen und das Besteck aufzusammeln. «Ich dachte, sie ist mit ihm davongelaufen.»

«Das ist doch egal. Wenn sie in ihn verliebt ist – so was macht die Frauen unzurechnungsfähig. Da ist durchbrennen so gut wie entführt werden. Frauen haben nun mal keinen klaren Verstand. Es gibt da nur ein Problem.»

Das hatte Wagner befürchtet. Ohne noch ein Problem wäre die Sache zu einfach gewesen.

«Diskretion», murmelte er, «natürlich ist die höchste Diskretion vonnöten.»

«Das findet die Senatorin auch, mir ist das egal. Außerdem bin ich sicher, spätestens morgen nach der Börse pfeifen es die Spatzen von den Dächern. Wobei ich hoffe, dass die Sache mit meinen Münzen unter uns bleibt. Nein, das Problem ist ein anderes: Die beiden sind nach England entwischt, ziemlich sicher nach London, wohin auch sonst? Es gibt da einige konkrete Anhaltspunkte, außerdem geht alle Welt nach London. Ganz besonders, wer den Galgen oder das Zuchthaus in Aussicht hat. Und mit meiner Sammlung haben sie eine famose Reisekasse, nirgendwo in der Welt werden Münzen so teuer gehandelt wie in England. Das ist nun Eure Aufgabe, Wagner, Ihr müsst die beiden in London finden. Na, was sagt Ihr?»

Wagner sagte gar nichts. Er starrte den Senator an und suchte verzweifelt nach der richtigen, diesen Albtraum beendenden Antwort.

«Das geht nicht», stotterte er, und da fiel ihm plötzlich die Lösung ein: «Man spricht dort nur Englisch, ich kann davon nur das Nötigste, nicht mehr, als ich ab und zu im Hafen brauche.»

Vor lauter Erleichterung über diese wunderbare, nur ganz wenig gelogene Ausrede hätte er beinahe vorgeschlagen, Hobert zu schicken, sicher beherrschte dieser

Alleskönner und Sohn eines bankrotten Tuchhändlers sogar fremdländische Sprachen. Doch es hätte sowieso keinen Zweck gehabt.

«Das macht gar nichts», sagte der Senator fröhlich. «Was Ihr könnt, wird reichen, schließlich seid Ihr weder Kaufmann noch Gelehrter. Ihr sollt nicht disputieren, sondern nur ein bisschen herumschnüffeln, darin seid Ihr großartig. Im Übrigen lernt Ihr blitzschnell dazu, wenn Ihr erst mal dort seid. Ihr seid der richtige Mann, Wagner. Ihr seht völlig harmlos aus, der abgefeimteste Schurke kann Euch nicht als bedrohlich empfinden, und dann sind da Eure seltsamen Bekanntschaften. Mademoiselle Rosina, wie ich schon sagte. Alles trifft sich prächtig. Herrmanns' famose Großtante, Ihr kennt Augusta, ich meine Madame Kjellerup, sie reist in diesen Tagen nach London, um eine alte Freundin zu besuchen. Tatsächlich natürlich, um dort ihren Neffen und seine widerspenstige Frau zu treffen und für Ordnung zu sorgen, bevor sie nach Hamburg zurückkehren. Aber das vergesst gleich wieder, es fällt auch unter das Thema Diskretion. Als sie sich vorgestern von der Senatorin verabschiedet hat, hat sie erzählt, auch die Becker'sche Gesellschaft reise bald nach London. Weiß der Teufel, warum plötzlich alle Welt so reiselustig ist, mir bekommen schon die Dienstbesuche auf Neuwerk übel. Jedenfalls hat mich das auf eine grandiose Idee gebracht.»

Von dem Tag an, an dem die Becker'schen Komödianten ihr Schiff nach London bestiegen, so eröffnete ihm der Senator fröhlich, werde es in ihrer Truppe ein neues Mitglied geben. Das sei die beste Tarnung, rief er, die allerbeste. Niemand in London oder sonst wo in der zivilisierten Welt vermute einen ordentlichen Hamburger

Weddemeister ausgerechnet unter Komödianten. Und die Sache mit der Sprache, Mademoiselle Rosina, die doch stets eine gewisse Neigung zu seiner, Wagners, Arbeit zeige, werde ihm, wenn es denn nötig werde, gewiss gerne als Übersetzerin aushelfen.

Der Senator strahlte über sein breites rosiges Gesicht, und Wagner fühlte sich, als drücke ihm jemand die Kehle zu. Die grandiose Idee des Dienstherrn erschien ihm nicht viel besser als die Verheißung des Galgens. Er fürchtete nicht die Gesellschaft der Komödianten, selbst wenn er keine Ahnung hatte, welche Aufgaben er bei ihnen erfüllen könnte. Egal was der Senator von ihm verlangte, ganz gewiss würde er sich weigern, auf der Bühne den dummen August zu spielen. Er würde auch nicht singen und nicht tanzen. Nein, wahrhaft Furcht erregend erschien ihm die Reise über das unberechenbare Meer in diese riesige wilde Stadt. Vor allem aber: Was sollte bis zu seiner Rückkehr – falls er dieses Abenteuer überlebte – aus Karla werden?

«Es ist unmöglich», platzte er heraus. «Ein ehrenvoller Auftrag, gewiss, sehr ehrenvoll, aber es geht auf gar keinen Fall. Ich habe gestern geheiratet, meine Frau hat keine noch so entfernten Verwandten. Es ist unmöglich, sie allein zu lassen.»

Der Senator klatschte in die Hände. «Prachtvoll, Wagner! Das hätte ich fast vergessen. Ihr habt deshalb heute einen freien Tag, nicht wahr? Dann wollen wir uns beeilen, damit Ihr schnell ins neue Nest zurückkönnt. Eure Frau reist natürlich mit Euch, das ist eine noch bessere Tarnung, ohne Zweifel, eine noch *viel* bessere. Erzählt ihr einfach, das sei Eure Hochzeitsreise. Solcherlei Dummheiten machen die jungen Leute neuerdings. Gewöhnlich nur für ein paar Tage nach Eppendorf, manche sind ganz verrückt und fahren an die See wie die Engländer. Aber egal. Sie wird sich freuen, glaubt mir. Frauen sind seltsame Wesen, sie freuen sich über Dinge, die wir nie verstehen werden.» Er sah sich suchend nach seiner Gabel um und nahm sich, als er sie nicht fand, mit den Fingern ein saftiges Stück Schinken. «Und nun setzt Euch wieder, Wagner. Wir haben noch etliches zu besprechen, Pässe, Reisegeld, die Beschreibung der beiden, die mageren Hinweise, die ich Euch sonst noch geben kann. Aber vor allem gibt es in dieser Angelegenheit noch ein weiteres Kapitel. Düster, sehr düster. Es wird Eure ganze Schlauheit erfordern.»

Endlich zog Wagner doch sein großes blaues Tuch aus der Tasche und wischte sich ausgiebig Stirn und Nacken. Nach einem so unerhörten Befehl konnte das auch einen Senator nicht brüskieren.

Endlich fiel ihm doch die Rettung ein. «Und wenn ich ihn habe?», fragte er, einen neuen Hoffnungsschimmer in der Stimme, und rutschte schon wieder von der Stuhlkante. «Es wird nicht viel nützen. Die Engländer liefern niemanden aus, selbst wenn einer drei Könige ermordet hätte. Eine Diebin und den Mann, der sie dazu angestiftet hat, erst recht nicht. Sie hängen nur Diebe, die in England gestohlen haben.»

«Das stimmt. Leider. Aber in dieser Angelegenheit geht es um erhebliche Werte – das lässt auch die Engländer vernünftig sein.»

London 1770
Im Mai

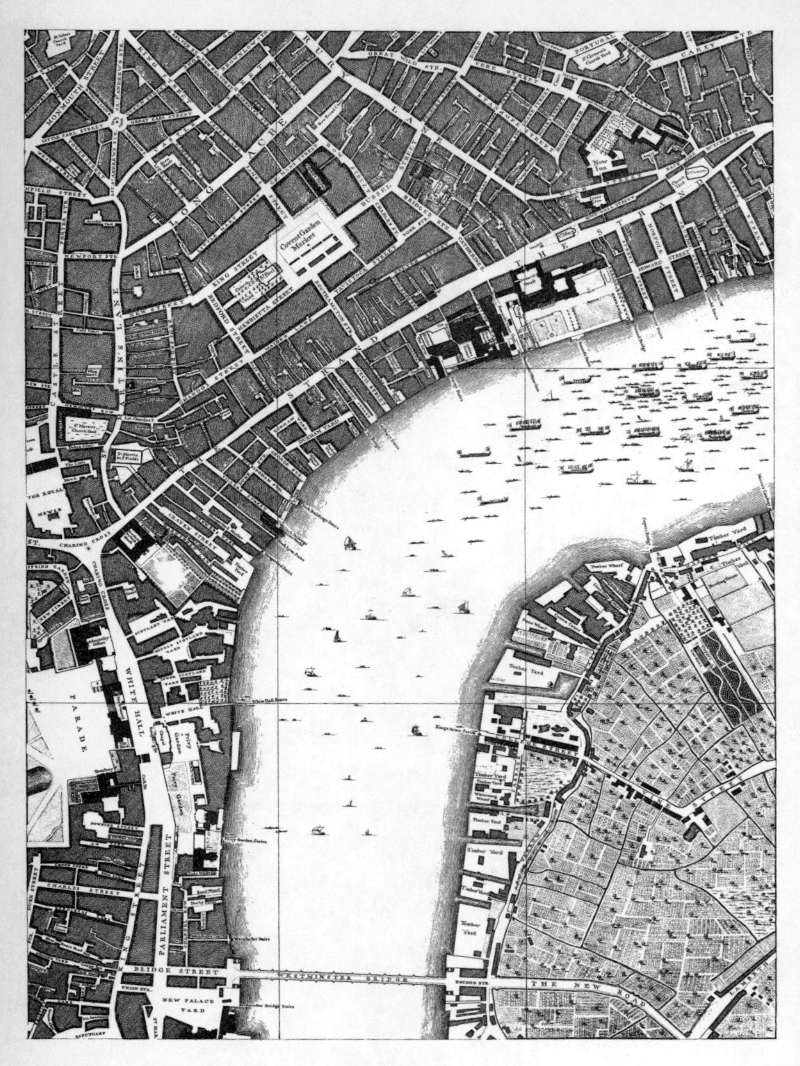

Ausschnittvergrößerung auf den Seiten 2/3

KAPITEL 3

Die *Dora Neel* erreichte am frühen Nachmittag ihren Ankerplatz vor St. Catherines, wo die Hamburger Schiffer ihre zugewiesenen Plätze hatten. Der Londoner Hafen war längst viel zu klein für Europas größte Stadt und Umschlagplatz für Waren aus der ganzen bekannten Welt. Manchmal mussten Schiffer tagelang auf dem Fluss warten, bevor in dem Gewusel von Schiffen und Booten endlich ein Ankerplatz nahe den Ufern der City frei wurde. Das war gut für die Konkurrenz in Bristol und Liverpool, schlecht für den Londoner Handel. Immer lauter wurden die Forderungen nach einem neuen Hafen außerhalb der alten Stadt, nach geräumigen Lagerhallen an Wasserbecken, die auch für die Großsegler mit Fracht aus den amerikanischen Kolonien, aus West- und Ostindien tief genug waren, um direkt an den Piers anzulegen. Die flachen Ufer der Themse zwangen Schiffe, die größer als ein Ruderboot oder bescheidene Einmaster waren, weit im Fluss zu ankern. Ladung, Menschen, alles, was ein Schiff verlassen oder erreichen wollte, musste in kleine Boote umgeladen und zu den Anlegern am dicht bebauten Ufer gebracht werden.

Der Kapitän der *Dora Neel* bezahlte und verabschiedete zufrieden den Lotsen. Er war die Themse nun schon unzählige Male herauf- und heruntergefahren und kannte sie mindestens so gut wie die Elbe, aber wie dort war auch auf dem Fluss durch Englands Süden ein Lotse Pflicht. Die Sände in der Themse standen denen in der Elbe an Tücke und Beweglichkeit kaum nach, daran erinnerten auch die beiden Mastspitzen des Wracks, die mit jeder Ebbe in der breiten Mündung nahe der Isle of Sheppey aus dem Wasser auftauchten. Im Übrigen schätzte er die Lotsen auch, weil ihr Einsatz ihm erlaubte, sich mehr an Flussufern und Hafeneinfahrten zu erfreuen. Er fuhr seit mehr als dreißig Jahren zur See und galt als strenger Mann, doch in der Tiefe seiner Seele war er ein romantischer Mensch geblieben.

Natürlich hätte er jederzeit beschworen, dass es keine schönere Fahrt gebe als die von Neuwerk die Elbe hinauf bis nach Hamburg. Doch wenn er auf der Themse nach London segelte, war er sich dessen nicht mehr sicher. Besonders an einem sonnigen Maitag wie diesem. Die Lieblichkeit der grünen Hügellandschaft, die saftigen, gegen den Wind mit Hecken und Bäumen eingefassten Felder, die Dörfer, die vom Wasser her aussahen, als kennten sie weder Hunger noch Leid. Dazwischen die prächtigen Landsitze inmitten ihrer Gärten und Parks – allen voran das Königliche Marine Hospital in Greenwich mit seinen eleganten weißen Säulen und grauen Kuppeln am südlichen Ufer, das Queen Mary einst für altgediente Seeleute hatte bauen lassen. Was für ein Gegensatz zu dem wilden, kaum bewohnten Sumpfland in der großen Themseschleife, der Isle of Dogs. Schließlich die Docks und Werften von Rotherhithe am südlichen Ufer schon beinahe dem Tower gegenüber. All das gab ihm das Gefühl heimzukommen. Ein falsches Gefühl, denn er war hier nicht zu Hause. Vielleicht, so hatte er sich überlegt, zeigten begrünte Ufer nach den Wasserwüsten der Meere einem Menschen stets Heimat. Dennoch, an Nebeltagen, wenn die Fahrt auf dem Fluss zum Vabanquespiel geriet, kam es vor, dass er London und die Themse verfluchte.

Als die Ankerkette rasselte, sah er sich nach seinen Passagieren um. Die meisten standen nahe am Bug, mit gereckten Hälsen und aufgeregten Stimmen, nur einer fehlte, der kleine dicke Mann kurierte wohl immer noch unter Deck seine Übelkeit aus. Und Mademoiselle Rosina stand wieder ein wenig abseits an Steuerbord. So hatte er sie oft gesehen, manchmal auch in der Nacht unter den Myriaden von Sternen. Nirgendwo war der Himmel von so grausamer Schönheit wie auf See, besonders nach Sonnenuntergang. Sie hatten Glück gehabt auf dieser Fahrt, der Wettergott war vom ersten bis zum letzten Tag mit ihnen gewesen, immer klar und günstiger Wind. Nur sechs Tage hatten sie gebraucht. Bei Nebel, wenn nichts mehr half, als zu ankern und ständig das warnende Horn zu blasen, und bei schlechtem Wind konnte die Fahrt die Elbe hinunter, über die Nordsee und durch den Kanal Wochen dauern.

Auf fast jeder Fahrt nahm die *Dora Neel* auch einige Passagiere mit, besonders auf den Fahrten zwischen Hamburg und London. Die waren seit dem Ende des Krieges so gefragt, dass in den Reedereien stets Wartelisten auslagen. Er hatte alle Arten von Menschen auf seinem Schiff gehabt. Reiche und adelige Herrschaften wie Hungerleider, junge Handwerker auf der Suche nach Arbeit, Seeleute und Abenteurer unterwegs zu ihren in London oder Bristol wartenden Schiffen in die weite Welt, honorige Kaufleute, neugierige Gelehrte und zweifelhafte Damen. Auch Spieler und Trunkenbolde waren immer wieder darunter.

Sie kümmerten ihn nicht. Diese menschliche Fracht jedoch, die ihm der junge Herrmanns gleich als so vielköpfige Gesellschaft aufgehalst hatte, hatte ihm Unbehagen bereitet. Allesamt Wanderkomödianten – was musste man da erwarten? Immerhin keinen Ärger mit anderen Passagieren, denn für die würde es keinen Platz mehr geben.

Nun, am Ende der Reise, konnte er sich nicht erinnern, je eine so vergnügte und unterhaltsame Fahrt gemacht zu haben. Der Prinzipal war ein großer Geschichtenerzähler, und die Damen, er dachte tatsächlich ‹Damen› und wunderte sich nicht einmal darüber, hatten sich ganz anders benommen, als seine Männer erhofft und er befürchtet hatten. Eines Tages würde er womöglich selbst ein Theater besuchen. Wenn dort alle waren wie diese hier, konnte es ganz manierlich werden. Am schönsten hatte er es gefunden, wenn Madame Becker und Mademoiselle Rosina am Abend gemeinsam sangen. Die dunkle und die hellere Stimme, dazu das Flötenspiel von dem Jungen mit dem weißblonden Krauskopf, dessen Namen er immer vergaß, darin konnte er nichts Sündiges erkennen. Bei Gott nicht.

Er sah sich noch einmal nach der jungen Frau an der Reling um, die immer noch still auf die Silhouette der großen Stadt blickte. Sie war eine seltsame Person. Wenn sie sang oder eine Szene aus den Stücken der Compagnie vorspielte, war sie ganz eine Komödiantin. Kokett, verspielt, auch aufreizend. Waren Lied oder Szene zu Ende, wenn er sie bei den Mahlzeiten oder allein an Deck traf, war sie eine völlig andere Person. Höflich, freundlich, das wohl, aber alles Komödiantische, Kokette fehlte dann. Er hatte nicht gedacht, dass eine junge Frau, die auf dem Komödiantenkarren unterwegs war, eine so ruhige, beinahe unnahbare Person sein könnte. Als sie seinen Blick bemerkte und sich nach ihm umdrehte, nickte er ihr zu und ging in seine Kajüte. Er hoffte, London werde sie nicht enttäuschen. Viele verließen die Stadt enttäuscht, nicht, weil London schlecht, sondern weil die Erwartungen falsch gewesen waren.

Rosina sah, wie sich die Tür der Kapitänskajüte schloss, und wandte ihren Blick wieder dem Fluss und der Stadt zu. Was sie sah, erschien ihr nicht real, sondern wie ein besonders gelungener Prospekt am Ende einer großen Bühne. Die Lieblichkeit der Flussufer, die sie in den letzten Stunden passiert hatten, hatte sie kaum berührt. Sie hatte immer nach vorne gesehen, dorthin, wo bald die ersten Türme von London auftauchen mussten. Nun waren sie da und sie fand sich überwältigt von der Größe der Stadt, von dem Lärm und den Ausdünstungen, die herüberdrangen, von dem tanzenden Gedränge der Boote auf dem Fluss.

Und dann hing da diese dunkle Wolke über dem Ozean von Dächern, aus dem schlanke sandfarbene Kirchtürme aufragten wie Masten. Gab es eine zweite Stadt mit so zahlreichen Kirchen? Und mittendrin, nahe der London Bridge, erhob sich die gut zweihundert Fuß hohe steinerne Säule, die an das große Feuer erinnerte, das am Ende eines heißen Sommers vor gut hundert Jahren beinahe die gesamte City verschlungen hatte.

Am höchsten, über den Dunst des Steinkohlenrauchs hinaus, erhob sich jedoch die neue Kuppel von St. Paul. David hatte ihr von der Pracht der Kathedrale erzählt, einer der größten der Welt, von ihrem Glanz und Reichtum, 365 Fuß hoch, einen für jeden Tag des Jahres, für die Zeit, die die Erde braucht, um sich einmal um die Sonne zu drehen. Er hatte von der geheimnisvollen Anmutung ihrer von einem goldenen Kreuz gekrönten Kuppel an einem verhangenen Tag gesprochen, und sie hatte gedacht, die Sehnsucht nach seiner Heimatstadt verzaubere die Bilder seiner Erinnerung. Aber es stimmte. Nie zuvor hatte sie eine so stolze Kuppel gesehen, nicht einmal in Dresden, von dem sie stets gedacht hatte, der Kunst seiner Baumeister könne nichts gleichkommen.

Sie fühlte eine leichte Berührung an ihrem Arm und schüttelte den Anflug von Melancholie ab. Muto stand neben ihr, mit eifrigen Bewegungen seiner Hände, dem raschen Wechselspiel seiner Mimik erzählte der Junge ihr in seiner lautlosen Sprache von seiner Begeisterung über den Blick auf die Stadt, seiner Freude auf die Wochen und Monate, die nun vor ihnen lagen.

«Natürlich wird es wunderbar, Muto», rief sie lachend, umarmte ihn rasch und fühlte endlich selbst die kindliche Freude, die aus seinen Augen sprach. Niemand wusste genau, wie alt er war, falls er es selbst wusste, hatte er es nicht verraten, er musste etwa so viele Jahre zählen wie Manon, beinahe sechzehn, vielleicht eines mehr. Als sie selbst so alt war, lebte sie schon bei den Becker'schen Komödianten. Sie hatte immer gedacht, dass sie schwere Jahre erlebt hatte. Besonders die Zeit nach ihrer Flucht, als die Sehnsucht nach dem Leben, das es für sie nie mehr geben würde, sie in vielen Nächten quälte wie ein Fieber. Aber Muto? Was musste ein Kind erleben, damit es aufhörte zu sprechen?

Wieder spürte sie seine Hand, aufgeregt zeigte er auf

eine Barke, die zwischen all den anderen Booten und Schiffen wie eine schwimmende fürstliche Kutsche erschien. Sie war an Bug und Heck reich vergoldet und wurde von zwölf Männern gerudert. Ein mit Fahnen geschmücktes Dach überspannte auf vergoldeten Säulen die vordere Hälfte des Bootes. Sie konnte keine Gäste entdecken, nur einige Musiker, ihre Instrumente noch müßig in den Händen.

«Komm.» Sie strubbelte ihm durch sein rostrotes Haar, was er wie immer, seit er sich erwachsen fühlte, mit halbem Lachen und unwirscher Gebärde abwehrte. «Lass uns zu den anderen gehen. Der Zoll kommt gleich an Bord, da ist es besser, wenn wir uns zusammenrotten. Die Männer vom Zoll werden hier kaum netter sein als anderswo.»

Die Londoner Zöllner machten ihrem Ruf von besonderer Strenge und Gründlichkeit alle Ehre. Bevor sie sich der Ladung der *Dora Neel* widmeten, durchsuchten sie die Passagiere und deren kleinere Gepäckstücke, als gelte es, abhanden gekommene Kronjuwelen wiederzufinden. Kein Taschentuch, kein Blatt Papier blieb ungewendet, jeder Schuh, jedes Beutelchen wurde ausgetastet, die Leibesvisitation bis in die Achselhöhlen und unter die Überröcke zur beschämenden Prozedur.

Die Komödianten hatten in ihren Wanderjahren unzählige Zollstationen passiert, sie ertrugen die Prüfungen widerwillig, doch mit äußerlichem Gleichmut. Die beiden neuen Mitglieder der Gesellschaft jedoch fühlten sich tief beleidigt. Nur mit Mühe konnte Jean Adam Wagner, seinen neuen Mann für stumme Rollen, von Handgreiflichkeiten abhalten, als dessen junge Ehefrau aufgefordert wurde, nicht nur ihr Brusttuch abzulegen, sondern auch ihren Überrock zu lösen.

Schließlich war es überstanden, und die Boote für die Überfahrt zur Stadt machten an der *Dora Neel* fest. Das erste lud die großen Gepäckstücke, die im Zollhaus gründlich geprüft werden mussten, bevor die Komödianten sie dort abholen konnten. Das war selbst Jean zu viel gewesen, doch sein Protest blieb völlig unbeachtet.

Das zweite Boot nahm die Passagiere auf. Wagner stand bis zuletzt an der Reling, die Fäuste fest an das harte Holz geklammert, die Lippen grimmig zusammengepresst, und sah auf das schwankende Flussboot hinab.

«So komm doch, Adam», rief Karla. Ihr sonnenverbranntes Gesicht strahlte in kindlicher Freude. «Es ist ganz leicht und das Boot schaukelt wie eine Wiege.»

Woraufhin er würgend auf die andere Seite des Schiffes floh. Doch endlich bewältigte auch Wagner die Strickleiter, und die Männer an den Riemen suchten sich geschickt den Weg zwischen den dicken Bäuchen der anderen vor Anker liegenden Schiffe und der dazwischen hin und her wuselnden Boote.

Rosina seufzte. Nur gut, dass Wagner nicht wusste, dass die Fahrt noch weiter stromaufwärts ging, unter der London Bridge, dann unter der nagelneuen Blackfriars Bridge hindurch bis zum Anleger nahe Covent Garden.

Sie mochte Wagner. Bei ihrer ersten Begegnung hatte sie ihn für ungeschickt, gar für dumm gehalten, nun wusste sie längst, dass er vielleicht ein wenig langsam, doch umso gründlicher war, ein schlauer Beobachter, der mehr sah, hörte und spürte als viele, die mit Schnelligkeit beeindruckten. Und er war ein zuverlässiger Freund. Trotzdem hatte sie mit Jean über ‹den Befehl› des Senators gestritten.

«Was heißt hier Befehl?», hatte sie gerufen. «Er bestellt dich ins Rathaus, macht dir einen albernen Vorschlag, und du nennst das Befehl? Wir leben auf den Straßen und sind frei. Sie können uns aus ihrer Stadt werfen, sonst kann uns niemand etwas befehlen.»

Jean, gewöhnlich nicht um schnelle Antworten verlegen, hatte sie verwirrt angesehen. Wann wurde ein Wanderkomödiant um etwas anderes ins Rathaus gebeten, als um saftige Abgaben zu zahlen oder Verweise entgegenzunehmen? Ihm war die Bitte des Senators, die tatsächlich mehr nach einem Befehl geklungen hatte, wie ein Ritterschlag erschienen.

«Ich dachte, du magst Wagner. Warum willst du nicht, dass er mit uns reist? Und sag mir, wie sollte ich das Anliegen eines Senators ablehnen? Besonders des Weddesenators, der uns sehr wohl größten Verdruss bereiten kann. Wagner ist ein guter Begleiter. Und Karla? Natürlich kann er sie nicht hier lassen. Wir finden schon etwas für sie zu tun, damit sie auf keine dummen Gedanken kommt oder dem Mond entgegenspaziert. Im Übrigen kann es nicht schaden, in einem fremden Land einen Weddemeister in der Nähe zu haben. Wenn er auch in geheimer Mission reist, hat er für den Notfall sicher ein Schreiben mit dem Siegel seines Senators in der Tasche.»

Auch halte er es für recht vergnüglich zu erleben, wie der Weddemeister dieses verloren gegangene Mädchen mit seinem Galan und der Münzsammlung suche und – daran hegte er nicht den geringsten Zweifel – finde. Dabei reckte er die Schultern in seiner liebsten Heldenpose, die Rosina bewies, dass er sich schon selbst als Retter der betrogenen Unschuld sah. Genau das hatte sie befürchtet.

Sie gab schnell auf. Alle waren dafür, Wagner und Karla für einige Zeit in die Gesellschaft aufzunehmen.

«Warum nicht?», hatte Helena nur gesagt. «Er ist ein freundlicher Mensch und zahlt Kostgeld. Karla kann Gesine bei den Kostümen helfen, Matti hat ihr sicher auch das Nähen beigebracht.»

Warum dachte nur niemand daran, dass Wagner in dieser großen Stadt, von deren Sprache er nur wenig verstand, ständig auf ihre Hilfe angewiesen sein würde?

‹Was für eine absurde Idee›, dachte sie, als das Boot unter einem der vielen Bögen die London Bridge passiert hatte, ‹einen Weddemeister samt Ehefrau auf eine solche Reise zu schicken. Nur um ein entflohenes Mädchen und ein paar alte Münzen zu suchen, die kaum mehr wert sein konnten als die beiden neuen Pferde in van Wittens Stall. Senator van Witten galt als kluger Mann. Entweder war das eine fabelhafte Täuschung – oder Wagner wusste mehr, als er ihnen anvertraut hatte.›

Rosina hielt die Nase in den Wind. Sie sah Wagner an, und plötzlich lächelte sie.

*

Der Lärm war ohrenbetäubend. Die Stimmen der Männer und einiger Frauen, die sich um die Arena in der Mitte der Scheune drängten, es mochten sechs oder sieben Dutzend sein, klangen längst heiser, vom Gin und Bier, vom Tabak und vor allem von ihrem Gebrüll. Der Rauch von Talgkerzen und aus vielen Pfeifen schwängerte die Luft und vermischte sich mit den Ausdünstungen der Menschen und dem darüber liegenden ekligen Geruch von tierischen Exkrementen und Blut. Es roch nach Krieg, und das feuerte die Menge um die Arena und auf der Galerie an. Da andere diesen Krieg für sie fochten, berauschten sie sich im sicheren Zusehen mit umso größerer Begeisterung.

Die Kämpfe in Jack Daniels' Scheune auf den Tothill Fields währten nun schon zwei Stunden. Zuerst waren die Hähne in die Arena geschickt worden. Kampfwütige Tiere, eigens für diesen Zweck in der Cock Lane nahe dem großen Viehmarkt auf dem Smithfield gezüchtet. Der erste Kampf war besonders amüsant gewesen. Einer der beiden Hähne, ausgerechnet der Favorit, die Wetten auf ihn standen hoch, erwies sich als feiges Vieh. Als sein gefiederter Gegner mit den stählernen Sporen das erste Stück Fleisch aus seiner Brust hackte, floh er mit wildem Krähen und Flattern über die Brettereinfassung und landete im Schoß einer Dame, die keine war. Sie ließ ihre Pfeife fallen, griff blitzschnell das blutende Tier und warf es zurück. Die Wirtin vom *Ducks and Dogs* war fliehendes Federvieh gewöhnt, ob vor ihrem Beil oder einem Kontrahenten, das war egal. Sie griff immer fest zu.

Der Kampf währte nicht mehr lange, der tote Verlierer verschwand in einem Sack, neue Wetten waren schnell abgeschlossen, und der nächste Hahn wurde in die Arena geschickt. Dann folgte der nächste, wieder der nächste, bis der letzte, blutig, zerrupft und lahm, als Sieger übrig blieb.

An diesem Abend machten die Hähne nur den Anfang, so blieb es bei sechs Runden. Im Royal Cockpit im St. James Park, so wurde in den Kaffeehäusern erzählt, hatte jüngst ein Hahn zweiunddreißig Artgenossen besiegt. Eine Sensation, die man in Daniels' Scheune auf den sumpfigen Fields nicht erwarten konnte, dafür waren die Wetten auch nicht so hoch wie in St. James, keinesfalls hoch genug, um einen Mann wie John Webber zu ruinieren.

Nun kamen die Hunde und die Ratten. Ein kräftiger Terrier stand mit zitternden Flanken in der Arena, von einem Jungen mühsam festgehalten, bis der Sack mit den Ratten auf den Boden entleert war. Er schaffte alle achtzig in elf Minuten. Das Publikum war zufrieden, wenn auch die Wetten nicht viel Gewinn brachten, denn das Ergebnis hatte den Erwartungen entsprochen. Der nächste Kampf verhieß spannender zu werden.

John Webber hockte in einem Korb acht Fuß über den kämpfenden Tieren und betrachtete das blutige Geschehen mit großer Zufriedenheit. Er mochte Hunde. Das waren redliche Kreaturen, konsequente, mannhafte Wesen. Sie hielten sich nicht wie Katzen damit auf, ihre Opfer hin und her zu schubsen, in die Luft zu werfen, anzubeißen und herumzujagen. Hunde schnappten ohne langes Getue zu: auf den Feind losgehen, zugreifen, totbeißen. Das war eins. Und gleich auf den nächsten Feind.

Dass er in diesen Korb gesetzt und über die Arena hochgezogen worden war, die Strafe für Männer, die ihre Wetten nicht bezahlen konnten, störte ihn nicht. Diese Sitte war kein Fleck auf seiner weißen Weste. Nur eine Guinee war er schuldig geblieben, weil er dummerweise auf den großen weißen Hahn gesetzt hatte. Er war sicher gewesen, dass das stolze Tier gegen den gerupften Bastard von Widersacher gewinnen würde, also hatte er ein bisschen zu hoch gewettet. Irgendjemand saß an fast jedem Abend in diesem Korb, für ihn war es das erste Mal, doch morgen würde er seine Schuld begleichen und der Lapsus war vergessen.

Webber war kein leichtsinniger Spieler. Er verachtete Männer, die an einem Abend zehn oder gar zwanzig Pfund verwetteten, ganz besonders wenn sie aussahen, als hätten sie keinen Penny für das Frühstück ihrer Kinder. Solche gab es viele, doch er hielt sich von ihnen fern. Sie hatten alle den gleichen Geruch von Gier, Angst und Fusel, das war ihm widerlich. Er vermied es an diesen Abenden, die er sich einmal im Monat gönnte, zu trinken. Er kam des Vergnügens willen her, nicht, um sich mit Leichtsinn zu ruinieren. Auch nicht, um reich zu werden, das erhofften nur Dummköpfe, seine Geschäfte ernährten ihn und seine Töchter mehr als nur gut. Vier Guineen hatte er heute verloren, die noch schuldige schon eingerechnet, so viel wie der Monatslohn eines Seemanns oder der Preis für dreieinhalb Yard feinsten Satinbrokat. Auch wenn er nur drei hatte riskieren wollen, war ihm das das Gefühl wert, zu jenen Männern zu gehören, die sich einen solchen Verlust nur um des Zeitvertreibes willen leisten konnten.

Er gestand es sich ungern ein, doch gewiss war dies auch der Grund gewesen, warum er sich bei seinem letzten Besuch auf den Tothill Fields schließlich doch auf eine absurd hohe Wette eingelassen hatte. Nur dieses eine Mal, und es war eine sichere Wette, die zudem nur über ein halbes Jahr lief; er konnte sie nur gewinnen. Eine Clique von Männern, die sich für gewöhnlich in den Clubs der St. James Street trafen und an den leichtfertigen Umgang mit mehrstelligen Summen gewöhnt waren, hatte die Summe immer höher getrieben. Denn sie wiederum hatten gewettet, dass er, John Webber, diesen Handel *nicht* abschließen werde. Er hatte es ihnen gezeigt und war sicher, dass sie einem Tuchhändler aus der

Oxford Street und seinesgleichen von nun an mit mehr Respekt begegnen würden.

Der Platz im schwankenden Korb erschien ihm keine rechte Strafe. Die Seile, die ihn über der Arena hielten, sahen fast neu und sehr stark aus, und von hier oben hatte er eine bessere und sehr viel gefahrlosere Sicht auf die Kämpfe als an seinem Stammplatz direkt an der Brüstung der Arena.

Während unter ihm Daniels' Söhne die zerfetzten Ratten in einen Sack schaufelten und den Kampfplatz mit einigen Eimern Wasser notdürftig säuberten, damit die Tiere der nächsten Runde nicht auf Kot und geronnenem Blut ausrutschten, sah er sich um. Er erkannte arme Schlucker mit fauligen Zähnen, Handwerker und Kaufleute, Adelige mit zierlichen Degen an der Seite, auf der Galerie zwei Reverends unter ihren schwarzen Hüten. Auch zwei feine und eine ganze Reihe nicht so feine, dafür zumeist üppig geschminkte und aufgeputzte Damen entdeckte er. Und nahe dem Bierfass einen kleinen barfüßigen Kerl, der gerade einen dicken Mann im nachtblauen Samtrock und Sonntagsperücke mit flinken Fingern um ein Spitzentaschentuch erleichterte. Seine Börse barg hier jeder, der kein Dummkopf war, unter dem Hemd. Das Taschentuch würde dem Knirps immerhin einige warme Mahlzeiten einbringen. Nicht dass John Webber die Taschendieberei für richtig hielt, aber sie zeugte immerhin von einem gewissen Unternehmungsgeist und fleißig geübter Geschicklichkeit.

Es gab viele solcher Kampf-Arenen in London und in Southwark am südlichen Themseufer. In manchen, groß wie Amphietheater, fanden auch größere Kämpfe statt, besonders zwischen Bären oder Stieren und Hunden.

Dort hatte er einmal erlebt, wie drei Hunde einen veritablen Stier anfielen und töteten. Einen der Angreifer allerdings, ein stämmiges schwarzes Tier mit der Gewandtheit eines Tigers, hatten zuvor die Hörner des Stieres tödlich verletzt über die Brüstung geschleudert. Der Kampf hatte ihm nicht gefallen. So ein großes Stück Vieh, das zudem noch gute Arbeit leisten könnte, hatte doch schon fast etwas Menschliches. Er zog diese kleine Arena in der alten Scheune vor. Auch die Teiche, auf denen ihre Besitzer Enten aussetzten, um sie von ihrer Meute jagen zu lassen, störten ihn nicht. Aber Hähne, Hunde, Ratten, das war am meisten nach seinem Geschmack. Im Übrigen trug dieser Ort nicht unerheblich zum satten Gewinn seiner Geschäfte bei, obwohl er darüber selbstverständlich niemals redete.

Um die Arena und auf der Galerie wurden die Wetten für den letzten Kampf angenommen, die Stimmen klangen nun wie ein Schwarm aufgeregter Hornissen zu ihm herauf. Während noch die Schankmädchen mit schweren Krügen voll Gin und Bier durch die Menge drängten und geleerte Becher auffüllten, wurde der erste Hund durch eine Klappe in der Brüstung in die Arena geführt, ein kraftstrotzender goldbrauner Mastiff, und das Johlen begann von neuem. Webber kannte freundliche Exemplare dieser Rasse, um jedoch dieses zum Kämpfen dressierte Tier an dem breiten Lederriemen um seinen Hals zu halten, waren zwei Männer nötig. Es witterte das Blut der vorigen Kämpfe, Speichel troff unter den hochgezogenen Lefzen aus seinem Maul. Nun erschien der andere Kämpfer, ebenfalls ein Mastiff, nur von silbergrauer Farbe, auch er von zwei Männern gehalten. Ein tiefes Grollen kroch aus seiner Kehle, die Lederriemen fielen und die vier

Männer brachten sich mit einem Sprung über die Brüstung in Sicherheit.

Die Hunde waren geübte Kämpfer, beide, das hatte Daniels versichert, waren nie zuvor besiegt worden. Woran niemand zweifelte, Niederlage bedeutet in diesen Kämpfen fast immer den Tod. Wieder schwoll der Lärm zum Crescendo an, die anfeuernden Stimmen der Zuschauer mischten sich mit dem Knurren, Aufjaulen und tiefen Gebell der Tiere, schon bluteten beide, lahmte der erste, da wurde Webbers Aufmerksamkeit abgelenkt. Neben dem Schanktisch in der Ecke am Tor, dort, wo das Seil seines Korbes an einem starken eisernen Haken festgemacht war, begann eine lautstarke Prügelei. Es war eine dunkle Ecke, er reckte den Hals, um besser sehen zu können, und gerade als er glaubte, in einem der Kontrahenten den älteren von Daniels' Söhnen zu erkennen, ging ein Ruck durch seinen Korb. Er hatte keine Zeit mehr nachzudenken. Das Seil gab nach, schwer wie Blei raste er mit dem Korb hinunter in die Arena, und die Hunde, eben noch fest ineinander verbissen, stürzten sich gemeinsam auf den neuen Feind.

*

Lady Florence Wickenham balancierte ihre Tasse nun schon geschlagene zehn Minuten auf der linken Hand, Daumen und Zeigefinger der rechten hielten den Henkel, beinahe ohne ihn zu berühren. Sie saß kerzengerade auf ihrem Stuhl, die Augen fest auf die Schokolade in der Tasse gerichtet, als sei die zähe Haut, die sich auf der Oberfläche gebildet hatte, ein interessantes Studienobjekt. Sie würde die Schokolade nicht mehr trinken können, sie hasste Haut auf Milchgetränken, seit ihre Gouvernante sie gezwungen hatte, sie mit dem Löffel abzuheben und hinunterzuschlucken. Das war beinahe zwanzig Jahre her, doch die Erinnerung an die so zierliche wie boshafte Französin war ihr geblieben. Wie ein Stein in ihrem ansonsten unerschütterlichen Magen.

Die ganze Lady Wickenham wirkte unerschütterlich: Ihr Gesicht mit den großen grauen Augen, deren Ausdruck nie sicher zu deuten war, die gerade, von der Sonne undamenhaft gerötete Nase, ihre aufrechten Schultern, ihr gewiss nicht dicker, gleichwohl für ihre geringe Körpergröße nach der herrschenden Mode eindeutig zu stämmiger Körper. Hätte die Natur ihr wenigstens die bei jungen Damen so ansprechend wirkende weiblich-weiche Rundlichkeit gegönnt, die an diese kleinen italienischen Engel erinnerte – kurz gesagt, Florence Wickenhams Erscheinung war ohne Zweifel elegant und beindruckend, doch sie entsprach nicht dem Ideal der Ballsäle ihrer Zeit.

Und erst ihr Schuhwerk. Florence war froh, dass ihre Mutter es noch nicht entdeckt hatte. Sie hatte die festen Lederschuhe im März arbeiten lassen, als die Tage nach Frühling rochen und sie ein heftiges Bedürfnis nach Bewegung an frischer Luft spürte, nach langen Schritten, die in den zierlichen Gebilden, die Damen an ihren Füßen zu tragen hatten, unmöglich waren. Ihre Hand löste sich behutsam vom Henkel der Tasse und schob ihren Rock ein wenig weiter über ihre akkurat nebeneinander stehenden Füße, obwohl die unter dem Tisch des Salons vor den Augen ihrer Mutter sicher waren.

«Glaub mir, Florence, der Puder ist wunderbar», sagte Mrs. Cutler. Sie saß ihrer Tochter in einem zierlichen

Lehnstuhl gegenüber und hatte immer noch ausschließlich Augen und Gedanken für den erschütternden Zustand der Nase ihrer Tochter. «Ich gehe natürlich nie so leichtfertig in die Sonne, aber eine rote Nase erwischt uns alle mal. Ich meine, widerfährt uns bei Gelegenheit, nun ja, hin und wieder. Jedenfalls, so solltest du nicht aus dem Haus gehen, meine Liebe, nicht einmal in deinen eigenen Salon. Am besten fragst du Rose, sie ist so wunderbar geschickt in diesen Dingen und weiß, wo du den besten Puder bekommst. Eine zarte Haut, mein Kind, ist das Geheimnis jeder Schönheit. So sag doch etwas!»

«Gewiss, Mama, der Puder. Ich werde Rose fragen.»

Als gehorsame, aber nicht dumme Tochter hatte Florence schon früh die kleinen Schlichen gelernt, mit denen sie ihre Mutter zufrieden stellte, ohne auf die eigenen Wünsche und Überzeugungen zu verzichten. Also würde sie die Zofe ihrer Mutter nach dem Puder fragen, ihn aber gewiss nicht kaufen. Sie erinnerte sich noch gut an Roses Empfehlung für ein Mittel, die langsam ergrauenden Haare ihrer Herrin wieder in makellosem Mahagonibraun schimmern zu lassen. Die Zofe schwor auf ein Gebräu aus grünem Eisenvitriol, rotem Wein, Kupferoxid und aleppischen Galläpfeln, das ‹Lotion Laforest› genannt und als absolut ungiftig gepriesen wurde. Zu Mrs. Cutlers Glück hatte die Köchin sich und ihren graubraunen Schopf für eine erste Probe angeboten – sie war danach wochenlang mit einer fest um den Kopf gebundenen Haube herumgelaufen, unter der ab und zu grünlichstumpfe Strähnen hervorrutschten. Mrs. Cutler beklagte nie wieder die Silberfäden in ihrem Haar.

Florence sah ihre Mutter mit freundlicher Nachsicht

an. «Ich will mich bessern», versprach sie. «Aber ich glaube nicht, dass es viel nützt.» Ihre strengen Lippen verzogen sich zu einem Lächeln, das ihr Gesicht auf verblüffende Weise veränderte.

Ihre Mutter seufzte ergeben. Cilly Cutler war eine gertenschlanke, um nicht zu sagen dünne Dame, die auch mit ihren beinahe fünf Jahrzehnten wie eine zarte, nur ganz wenig welke Blume wirkte. Leider hatte Florence nicht nur Statur und Nase ihres Vaters geerbt, sondern auch seinen kühlen Verstand. Sie ließ sich niemals zu etwas bewegen, das sie für modischen Unfug hielt. Ihre seltsame Vorliebe für lange, tatsächlich sehr lange Spaziergänge waren ihrer Mutter ein Rätsel. Wenn sie wenigstens eines der Pferde nehmen und, wie es sich für eine Lady gehörte, eine nette kleine Runde durch den Hyde Park reiten würde. Fußmärsche, als nichts anderes empfand sie, was ihre Tochter tat, waren einfach unmöglich. Auch verdarben sie die Füße, machten sie breit wie die einer Straßenverkäuferin.

Sie liebte ihre Tochter nicht weniger als ihre vier Söhne, aber an grauen Tagen verübelte sie ihr, nicht die liebliche Schönheit geworden zu sein, um die sich die Söhne aus den besten Familien prügelten. Immerhin hatte Florence ihren Charme (an guten Tagen) und auch ihr volles, mahagonibraunes Haar geerbt. Wenn sie nur ihrer Zofe erlauben wollte, es ein bisschen extravaganter zu frisieren!

«Nun gut, meine Liebe», sagte sie milde, zupfte an der exquisiten Spitze ihres lachsfarbenen Negligés und seufzte ein zweites Mal, «hoffen wir auf Besserung. Vielleicht könntest du mit einer anderen Schneiderin anfangen. Deine Redingote sieht teuer aus, wenigstens das, aber bitte, Florence, du bist nicht die Frau eines Pfarrers. Und deine Zofe versteht sich ganz offensichtlich nicht aufs richtige Schnüren. Du hast eine zarte Taille, wenn auch …»

«Mutter, bitte. Ich glaube nicht, dass Mrs. Kjellerup sich für die Maße meiner Taille interessiert.»

Augusta blickte auf die Platten mit dünnen gebutterten Weißbrotscheiben und süßen Muffins und – einzig als Zugeständnis an die Gewohnheiten der rundlichen, mit einem gesunden Appetit gesegneten Besucherin – die Teller mit gebratenen Eiern und Schinken und nippte lächelnd an ihrem Tee.

Mrs. Cutler parierte den Tadel ihrer Tochter mit Grandezza. «Mrs. Kjellerup», sagte sie, «gehört so gut wie zur Familie, ich kenne sie sogar länger als dich. Was sagst du zu Florence' Kleid, Augusta? Lass uns dein gefürchtet unbestechliches Urteil hören.»

Augusta Kjellerup fand die Krittelei ihrer alten Freundin aus Kopenhagener Zeiten tatsächlich nicht sehr erbaulich, und während sie Florence' Geduld bewunderte, hatte sie ihren Blick durch den Salon wandern lassen, in dem die Damen heute frühstückten. Die Morgensonne fiel durch zwei hohe Fenster auf den goldgerahmten Spiegel über dem Kamin aus weißem Marmor, den Augusta äußerst elegant, jedoch wegen des Rußes sehr unpraktisch fand. Allerdings passte er mit seinen Pilastern hübsch zu den mit schwerem, grün gestreiftem Kattun bezogenen Stühlen und kleinen Sofas. Auf dem schmalen Bücherschrank im chinesischen Stil hatte Frederick Cutler bestanden. Bücher, hatte er gesagt, seien immer gut in einem Salon, falls die Gäste sich mal langweilten, womit immer zu rechnen sei. Da seine Frau sehr wohl wusste, dass er damit zuerst sich selbst meinte, hatte sie bereitwillig nachgegeben.

«Ich finde deine Tochter sehr elegant», urteilte Augusta großzügig. «Allerdings finde ich auch», wandte sie sich mit aufmunterndem Lächeln an Florence, «dass Ihr Euch ein wenig heiterer kleiden könntet. Ihr seid so jung, für die grauen Farben habt Ihr später noch viele Jahre Zeit.» Dabei strich sie sanft über ihren blassgrünen, mit silbrigen Litzen besetzten Rock und dachte an ihre Pantöffelchen aus tannengrünem Atlas. «Um Eure Taille», schloss sie, «würde ich mir keine Sorgen machen. Sie ist schmal genug. Diese übermäßige Schnürerei ist einfach zu lästig und», nun wandte sie sich wieder ihrer Freundin Cilly zu, «aus der Mode. Jedenfalls am hellen Vormittag.»

Mrs. Cutler holte Luft, um entschieden zu protestieren, doch ein dezentes Klopfen und das gleich darauf folgende Geräusch der Tür unterbrachen sie.

«Madam.» Der Butler trat in den Raum, und wie schon bei ihrer Ankunft war Augusta fasziniert. Joseph war ein Mann von Anfang vierzig, hoch gewachsen und immer noch schlank. Nur die etwas weichen Züge um Mund und Wangen zeigten, dass für ihn das Altern und damit die Zeit der fülligeren Konturen begonnen hatte. Seine Haltung war königlich. Nicht das winzigste Stäubchen seiner stets frisch gepuderten Perücke lag auf seinem Kragen. Während die Hausdiener in rote Livreen gekleidet waren, trug er als Zeichen seiner Würde einen schwarzen Rock. Die schwarze Kniehose aus Satin über makellosen Seidenstrümpfen, sein schmales Gesicht, all das erinnerte Augusta an einen schwarzen Storch. Gestern hatte sie sich dabei ertappt, wie sie ihn anstarrte, nur um zu sehen, ob er in der Lage sei, seine Miene zu einer menschlichen Regung zu verziehen.

Cilly hatte nicht verstanden, dass sie sich über Joseph amüsiert hatte. Er sei genau das, was man in einem guten Haus von einem Butler erwarte, hatte sie gesagt, klein und kugelig gehe nun mal nicht an. Ob denn die Butler in Hamburg anders seien?

Augusta hatte an Blohm gedacht, den knurrigen alten Diener ihres Neffen und Herrn des großen Handelshauses Herrmanns, und diskret das Thema gewechselt. Auch Cilly stammte aus einer deutschen Kaufmannsfamilie, sie war in Hannover geboren und in Kopenhagen aufgewachsen. Den größeren Teil ihres Lebens hatte sie jedoch als Mrs. Cutler in London gelebt. Während dieser dreißig Jahre war sie nie mehr auf den Kontinent oder auf die dänischen Inseln zurückgekehrt und hielt es für selbstverständlich, dass große Häuser wie ihres überall auf der Welt auf die englische Weise geführt wurden. Das Herrmanns'sche Haus, dachte Augusta und betrachtete amüsiert die unbewegt würdige Miene des Butlers, müsste ihr recht bäuerlich erscheinen.

«Was ist das, Joseph?» Mrs. Cutler erhob sich und betrachtete neugierig das Paket in den Armen des Butlers.

«Die neuen Gardinen, Madam», sagte er. «Ein Bote hat sie gerade gebracht.»

«Ist es schon so spät? Wo ist Mr. Webber? Warum führen Sie ihn nicht herein? Ich habe doch gesagt, dass ich ihn sprechen will, damit er nichts falsch macht. Holen Sie ihn.»

«Das ist leider nicht möglich, Madam.» Joseph senkte hüstelnd die Lider. «Mr. Webber», ein zweites, um eine Nuance lauteres Hüsteln folgte, «Mr. Webber ist in der letzten Nacht verschieden. Ein bedauerlicher Unfall. Mit einem Hund, sagt der Bote. Miss Webber lässt deshalb ausrichten, Mr. Webber könne die Gardinen nicht aufhängen, Madame möge selbst dafür sorgen.»

Augusta triumphierte: Josephs Gesicht verzog sich ob dieser Frechheit einer Tuchhändlerstochter missbilligend.

«Was heißt ‹selbst dafür sorgen›?» Mrs. Cutlers zarte Gestalt spannte sich wie die Sehne eines Bogens. «Er hatte den Auftrag, die Gardinen zu nähen und aufzuhängen. Mit diesem neuen Dienst wirbt er für sein Haus, sonst hätte ich doch die Stoffe wie immer bei Smitton bestellt. Wenn er nicht kommen kann, muss er eben jemand anderen schicken.»

«Das sei leider auch nicht möglich, sagt der Bote. Das Haus ist wegen des Trauerfalls geschlossen.»

«Mama», mischte sich nun Florence sanft ein, «Mr. Webber kann niemanden schicken, denn er ist tot. Findest du nicht, dass deine Gardinen dagegen ein sehr kleines Problem sind? Sicher wird Miss Webber in der nächsten Woche jemanden ...»

«Aber das ist zu spät, Florence. Natürlich ist es tragisch, der arme Mr. Webber. Ein Hund, sagen Sie, Joseph? Ist ihm einer vor den Wagen gelaufen? Dann muss es ein riesiges Tier gewesen sein, wirklich bedauerlich, aber die Gardinen müssen unbedingt *früher* angebracht werden, am besten heute, damit sie sich noch aushängen können. Was sollen die Gäste denken, wenn sie diese sehen? Dass wir bankrott sind?»

Sie griff mit beiden Händen in einen der Vorhänge aus kühn gemusterter, mit einer Goldbordüre eingefasster mattgrüner Seide, die seitlich gerafft von der Decke bis zum Boden an den beiden Fenstern hingen, und hielt den kostbaren Stoff anklagend in die Höhe. Florence und Augusta sahen sich ratlos an. Der Stoff schien makellos.

«Hier!» Cilly drückte den Zeigefinger auf eine feine Spur von gezogenen Fäden, «das waren die verflixten Katzen! Was soll Mr. Bach von uns halten? Zerfetzte Gardinen im Salon!»

Joseph zuckte zusammen. Er wusste, wie lange Mrs. Cutler um den berühmten Gast gebuhlt hatte. Und er fühlte sich schuldig. Das Revier der beiden häuslichen Mäusefänger beschränkte sich strikt auf das Souterrain und den hinteren Garten. Vor einer Woche war es ihnen jedoch gelungen, die Küchentreppe hinauf in den Salon zu schleichen. Leider hatten sie sich dort zu einer kleinen Hetzjagd entschlossen, die die Gardinen des linken Fensters einschloss.

Florence kannte ihre Mutter. Sie wirkte zart, aber sie würde nicht aufgeben. Entschlossen griff sie nach dem Paket, legte es auf den Tisch und löste die Verpackung.

«Alles da», murmelte sie und nickte zufrieden. «Joseph», rief sie, «bringen Sie einen Hammer und eine Leiter.»

Was nun folgte, war ein noch größerer Skandal als die Sache mit den Katzen und eilte als schönster Klatsch des Tages in Windeseile von Küchenfenster zu Küchenfenster, von dort in die Salons und Ankleidezimmer und weiter in die Kaffeehäuser. Abends hatte sich bis in die City herumgesprochen, dass Lady Wickenham im Hause ihrer Eltern und vor den Augen des Butlers auf eine Leiter gestiegen war und eigenhändig neue Gardinen angebracht hatte.

«Ach Kind», seufzte Mrs. Cutler, als Florence die letzte Stoffbahn zu befestigen begann, «wann hörst du endlich auf, so exzentrisch zu sein? Wozu haben wir dich nur mit einem Lord verheiratet?»

«Verkauft», murmelte Florence auf ihrer Leiter, aber das hörte niemand. Außer, vielleicht, ihr Ehemann, der in diesem Augenblick den Salon betrat und verblüfft die Leiter hinaufsah. Lord Wickenham war nicht von strahlender, aber doch von beachtlicher Schönheit und einer natürlichen Eleganz, die nicht in einer Generation erreicht wird. Niemand in London würde etwas anderes behaupten. Die zahlreichen Nächte, die er nicht in seinem Zuhause, sondern mit Freunden in den Theatern, Kaffeehäusern oder anderen, ähnlich unterhaltsamen Etablissements verbrachte, beeinträchtigten zumindest seine äußere Erscheinung nicht. Er war schlank, gehörte bei jeder Fuchsjagd zu den Siegern, und seine gelassene Art, sich zu bewegen, zeigte jene Selbstsicherheit, die Mitglieder sehr alter Familien auch dann nicht verlieren, wenn sie alles andere verloren haben. Sein Gesicht wirkte schmal, doch es hatte klassische Proportionen, die ohne die kräftigen Augenbrauen langweilig hätten wirken können.

Augusta bemühte sich, ihn nicht zu sehr anzustarren. Sie hatte viel von dem Mann gehört, den Cilly für ihre einzige Tochter ergattert hatte. Sie wusste auch, dass es eine dieser von den Familien arrangierten Ehen war, die sich bei Licht besehen als ein Tauschgeschäft darstellten: viel Geld gegen einen Titel und Verbindungen zum Hof. Als sie Florence gleich nach ihrer Ankunft vor einer Woche kennen lernte, war sie sicher gewesen, dass sie eine junge Dame war, die sich nicht einfach verhandeln ließ, sondern ihre eigenen Wünsche durchzusetzen verstand. Florence war vierundzwanzig Jahre alt, also hatte Augusta dabei an Liebe gedacht. Nun schalt sie sich sentimental.

William Wickenham konnte nur wenige Jahre älter als seine Frau sein. Der Ausdruck seiner dunklen Augen, die in befremdlichem Kontrast zu seinem hellen Haar und Teint standen, zeigte dennoch eine abgeklärte Müdigkeit. Und der Blick auf seine Frau nicht das geringste Gefühl.

«Florence, meine Liebe», sagte er, nachdem er Cillys aufgeregte Begrüßung und die Vorstellung Augustas mit erlesener Höflichkeit absolviert hatte, «hast du heute wieder einen praktischen Tag? Wie amüsant.»

Florence schlug den Hammer kräftig auf den letzten Nagel und warf einen prüfenden Blick auf ihr Werk, dann erst sah sie auf ihren Mann hinab.

«Ja», sagte sie, «amüsant, nicht war? Wie ich sehe, hast du gestern Abend auch Amüsantes erlebt. Hast du dich geschlagen?»

«Aber Florence, ich bitte dich.» Mrs. Cutler rang flatternd die Hände. «Der liebe Lord William würde doch nie ...»

«Niemals», versicherte er, reichte seiner Frau die Hand, während sein ausdrucksloser Blick kurz ihre Schuhe streifte, und half ihr von der Leiter. «Die Schramme auf der Stirn ist nicht der Rede wert. Nur ein kleines Rencontre im Gedränge. Wirklich nicht der Rede wert.»

Kaum am Fuß der Leiter angelangt, entzog Florence ihrem Mann abrupt ihre Hand. «War das Theater in Covent Garden so voll?», fragte sie, die Augen fest auf die neuen Gardinen gerichtet.

«Ziemlich», sagte er leichthin und schob die Hände in die Taschen seines Rockes, «wie immer.»

Augusta fröstelte. Sie war fast noch ein Kind gewesen, als ihre Eltern sie vor mehr als einem halben Jahrhundert an einen Kopenhagener Kaufmann verheirateten, den sie erst eine Woche vor der Hochzeit kennen lernte. Dennoch war ihre Ehe über die Maßen glücklich gewesen. Auf Florence' Ehe traf das eindeutig nicht zu.

KAPITEL 4

Die Glocke der kleinen St.-Pauls-Kirche an der Covent Garden Piazza klang, als freue sie sich über den schönen Maimorgen. Rosina stieß das Fenster weit auf und lehnte sich hinaus. Heute roch die Luft weniger nach Kohlenruß als in den vergangenen beiden Tagen, als eine tiefe Wolkendecke die Ausdünstungen der Stadt festgehalten hatte. Selbst der Lärm von der Piazza, der auch in den Nächten kaum eine Pause machte, klang milder.

Als die Becker'schen Komödianten mit ihren Taschen und Bündeln aus dem Boot geklettert und eine der engen Stiegen vom Ufer heraufgekommen waren, hatten sie vor dem lärmenden Gedränge gestanden wie vor einer wilden, völlig aus dem Ruder geratenen Theateraufführung. Obwohl sie doch alle, bis auf Wagner und Karla natürlich, schon viele, auch große Städte erlebt hatten, waren sie sich auf dem kurzen Weg zur Henrietta Street in Covent Garden wie ein Häuflein Waldmenschen vorgekommen, das es unversehens in einen apokalyptischen Trubel geworfen hatte.

Dabei war das Areal, das dem Stadtviertel seinen Namen gegeben hatte, vor langer Zeit der Garten des Convents der Westminster Abbey gewesen. Ein Hort der Frömmigkeit und der Stille, an dem die Mönche alles anbauten, was sie für ihren Speiseplan brauchten. Womöglich hatten sie auch zwischen duftenden Heilkräutern und auf den Wiesen unter den Obstbäumen Zwiesprache mit ihrem Gott gehalten.

Heute war Covent Garden ein dicht bebautes Areal, doch immer noch gab es jede Menge Obst und Gemüse. Tag für Tag verkauften die Händler auf dem zentralen Platz ihre Grünware. Aber vom frommen Leben konnte keine Rede mehr sein. Covent Garden, der weite Platz und die ihn umgebenden Straßen und Höfe, gehörte zu den verrufensten und zugleich beliebtesten Vierteln der ganzen Stadt.

Nirgendwo lebten Luxus und Elend, Kunst und Laster so nahe beieinander. Hier war das Zentrum der Bordelle wie der großen Theater, drängten sich Menschen in baufälligen Hinterhäusern, während sich auf den Straßen die Kutschen und Sänften der Reichen aus dem Westen der Stadt durch die Menge schoben. Besonders am frühen Abend, wenn die Marktleute die Reste ihrer Ware in Körbe und auf Karren packten, ihre hölzernen Buden an der Südseite des Platzes verschlossen und endlich die Theater ihre Pforten öffneten, mischten sich hier Menschen aller Stände. Sogar König George und Königin Charlotte zeigten sich hin und wieder in ihrer Loge im Drury Lane Theatre, obwohl die Königin den Besuch der Opern im eine halbe Meile entfernten King's Theatre am Haymarket vorzog.

Die Wohnung der Becker'schen Gesellschaft befand sich im zweiten Stock eines der gut erhaltenen Häuser in der Henrietta Street, die in diesem Viertel als gute Adresse galt. Ihre Wirtin, Mrs. Tottle, war eine freundliche Frau, die nicht das Geringste gegen Komödianten einzuwenden hatte, nicht einmal, wenn sie vom Kontinent kamen.

Sie waren Thomas Matthew, einem Londoner Kaufmann in Hamburg, dankbar gewesen, als er die Wohnung für sie reservieren ließ. Ein überaus freundliches Angebot von einem Mann, den sie nur wenig kannten, aber er liebte das Theater und war als ein entfernter Cousin von Anne Herrmanns absolut vertrauenswürdig.

Rosina teilte wie stets ein Zimmer mit Manon, es lag nicht zur Straße, sondern an der Rückseite des Hauses zum Friedhof. Sie stützte die Arme auf das Fensterbrett und ließ ihren Blick über die eng beieinander stehenden Grabsteine wandern, einige waren uralt und neigten sich inmitten dicker Unkrautbüschel bedenklich zur Seite. Auf einem der wenigen schlichten Sarkophage sonnten sich drei Katzen, in den jungen Linden, die den Mittelweg zum Kirchenportal säumten und den süßen Duft ihrer Blüten verströmten, tschilpten Meisen und Finken um die Wette – inmitten des Lärms der Stadt eine Insel des Friedens.

Sie sah hinaus in die Sonne, genoss den Moment der Trägheit und fühlte sich frei. In all den Jahren, die sie nun schon mit der Becker'schen Gesellschaft lebte, war Muße selten gewesen. Immer gab es etwas zu tun, wenn alles andere geschafft war, mussten Texte gelernt, Stücke umgeschrieben oder übersetzt werden. In den letzten Tagen hatte sie nichts zu tun gehabt, als Wagner zu begleiten. Der Weddemeister hatte ihr Angebot dankbar angenommen. In der fremden Stadt und ohne seine amtlich anerkannte Autorität fühlte er sich wie ein Fisch auf dem Land. Sein Jagdhundinstinkt schien ihm völlig abhanden gekommen und die Suche nach Alma Severin und Felix Landahl nichts als eine schwere Bürde.

Die Beschreibung der beiden Flüchtigen, die Senator van Witten ihm mitgegeben hatte, war mehr als mager.

Alma Severin war von mittlerer Größe, nicht dick, nicht dünn, ihr Haar rotblond und glatt wie Seidenfäden, ihre Augen waren blau. Es musste Tausende wie sie in London geben.

Auch der Mann, mit dem sie geflohen war, war eine durchschnittliche Erscheinung: Felix Landahl war etwa dreißig Jahre alt, von großer, aber nicht besonders großer, und schlanker Statur, das Haar hellbraun oder dunkelblond. Diese dürftigen Auskünfte, die nicht einmal die kleinste Pockennarbe oder einen besonderen Leberfleck boten, stammten von einem Mädchen, das mit Alma in der Kunstblumen-Manufaktur gearbeitet hatte. Allerdings hatte sie ihn nie selbst gesehen, sie wusste nur, was Alma erzählt hatte. ‹Und das Auge der Liebe›, dachte Rosina, ‹lügt wie gedruckt.›

Überhaupt schien ihn in Hamburg niemand zu kennen, was seltsam war. Er konnte nicht sehr lange dort gelebt haben, aber wenn Alma ihn gut genug kannte, um mit ihm davonzulaufen, müssten ihm auch andere begegnet sein, seine Wirtin, seine Nachbarn, irgendjemand. Vielleicht, hatte Helena überlegt, habe Alma den mysteriösen Landahl nur erfunden und Hamburg alleine verlassen. Aber es sei doch unwahrscheinlich, hatte sie gleich selbst hinzugefügt, dass ein unerfahrenes Mädchen, das nie über die Stadtgrenzen hinausgekommen war, eine solche Reise alleine wage. Anders als Rosina war Wagner absolut ihrer Meinung gewesen.

Senator van Witten hatte ihm auch eine Liste seiner gestohlenen Schätze mit auf die Reise gegeben und eine zweite von Händlern, die in London mit wertvollen alten Münzen und Medaillen handelten. Es war eine lange Liste, Rosina hatte gelacht, als Wagner sie ihr zeigte.

«Glaubt Ihr wirklich», hatte sie gefragt, «dass einer, der sein Diebesgut verkaufen will, zu solchen Händlern geht?»

«Nein», hatte Wagner kurz geantwortet, ärgerlich, weil sie ihn für so unschuldig hielt. «Aber immerhin ist es ein Anfang. Und vielleicht können sie uns weiterhelfen.»

Ihr Disput um die Bereitwilligkeit ehrbarer Händler, ihre Kontakte zu Hehlern preiszugeben, war unerquicklich. Umso mehr, als Wagners Laune nicht die beste war, denn sein Magen nahm die lange Reise über die See immer noch übel.

Rosina fand es sinnvoller, zuerst in Covent Garden nach den beiden Geflohenen zu suchen. Viele deutsche Neuankömmlinge könne es in diesen wenigen Straßen nicht geben. Wagner brummte widerstrebend Zustimmung, obwohl er Rosinas Überzeugung nicht teilte. Dass das Mädchen sich in der van Witten'schen Küche nach Covent Garden erkundigt habe, bedeute noch nichts, auch sei wohl die Zahl der Straßen gering, die Zahl der Menschen jedoch, die darin leben, erscheine ihm unendlich. Womit er leider Recht hatte.

«Es nützt nichts, Wagner», sagte Rosina schließlich. «Euer Auftrag ist lästig und eine harte Nuss. Aber wenn Euer Senator seinen Münzen den ersten Weddemeister der Stadt nachschickt, müssen sie sehr besonders sein. Das macht die Suche einfacher.»

«Nun ja», murmelte Wagner, «sehr besonders. In der Tat.»

Rosina wartete auf den unvermeidlichen Einsatz des blauen Tuches, doch es blieb in der Tasche, und Wagner vertiefte sich angelegentlich in die Liste.

«Selbst wenn wir die Nadel in diesem Heuhaufen finden«, fuhr sie fort, als er beharrlich schwieg, «haben wir nur eine Münze, mit etwas Glück sogar alle. Die Diebe zu finden ist eine andere Sache. Wagner?»

Endlich hob er den Blick und sah sie an.

«Ich kenne Euch gut genug, um zu merken, wenn etwas nicht stimmt. Ihr habt uns nicht alles erzählt, oder? Es geht gar nicht um die Münzen. Um was geht es wirklich?»

Nun zog er doch sein Tuch hervor und begann, sich umständlich die Nase zu putzen.

«Um was?», rief Rosina. «Ihr müsst mir schon vertrauen. Das habt Ihr doch immer getan, wie …»

«Natürlich vertraue ich Euch», unterbrach er sie rasch. «Es geht tatsächlich um den Mann, der die Münzen hat …»

«Ich denke, das Mädchen hat sie gestohlen.»

«Alma Severin, ja. Aber sie wird sie schwerlich verkaufen können. Sie spricht diese Sprache nicht und ist in solchen Geschäften natürlich völlig unerfahren. Nein, ganz sicher wird *er* die Münzen verkaufen, Landahl. Deshalb sagte ich, ‹der Mann, der die Münzen hat›.»

«Bitte, Wagner! Ich mag das Wort Münzen kaum mehr hören. Was macht Euch eigentlich so sicher, dass er sie verkaufen will? Sagt mir endlich, worum es wirklich geht.»

Wagner stopfte umständlich sein Tuch in die Rocktasche und rieb müde mit beiden Händen über sein rundes Gesicht.

«Das darf ich nicht, Rosina, jetzt noch nicht. Ich musste es, nun ja, geloben. Ich weiß, dass es nicht vernünftig ist, aber gebt mir noch ein wenig Zeit, wenn es nötig wird, darf ich Euch alles sagen. Ich hoffe, es wird bald sein.»

«Das ist mehr als unvernünftig und ein guter Grund, an van Wittens Verstand zu zweifeln. Was glaubt er, wer ich bin, was wir sind? Denkt er, weil wir Wanderkomödianten sind, könnten wir ein Geschäft wittern und uns auf die andere Seite schlagen?»

Wagner sah sie mit kläglichem Gesicht an und Rosinas Zorn schmolz.

«Nun gut», sagte sie, «ich will Euch nicht in Gewissensnot bringen. Machen wir einen Handel. Ihr dürft mir nichts sagen, aber ich kann Euch fragen. Wenn ich richtig rate, zupft Ihr Euch am Ohr.»

«Ein guter Handel», sagte Wagner, seine Schultern strafften sich erleichtert. «In der Tat. Sehr gut. Also fragt.»

«Ich weiß nicht, was daran so mysteriös ist, dass Ihr es mir nicht sagen dürft. Es geht um den Mord an Madame Boehlichs Faktor. Natürlich geht es darum. Ihr Geselle ist in London, der Mann, dem der Faktor im Weg war. Geht es darum?»

Wagner zögerte, dann zupfte er sich rasch am rechten Ohr. Dass er es mit verzagter Miene tat, verstand Rosina gut. Er war ein schrecklich ehrbarer Mensch, und der Handel, den sie geschlossen hatten, war mehr als krumm.

Wagner war tatsächlich verzagt, denn er hasste es, zu lügen. Selbst für seinen Senator.

Rosina verstand nicht, warum Wagner sich nicht sofort auf die Suche nach Bendix Hebbel machen wollte. Die Druckerei, in der er nun arbeitete, lag in einem Hof der Ave Maria Lane, und Mrs. Tottle hatte versichert, das sei keine halbe Stunde von Covent Garden entfernt. Doch Wagner murmelte etwas von Anweisung und bestand darauf, zuerst die Münzhändler zu befragen.

Inzwischen hatten sie fünf der acht Herren, deren Namen auf der Liste standen, besucht und nichts erfahren, als wie groß die Stadt war und wie leicht man darin in die Irre gehen konnte, selbst wenn man dem Stadtplan folgte, der dem nagelneuen Büchlein über Londons Sehenswürdigkeiten beigefügt war, das Wagner in Davies' Buchladen in der Russel Street erstanden hatte.

Die Suche nach den Münzen war reine Zeitverschwendung. Sollte Wagner doch alleine weitersuchen, sie hatte heute Besseres vor.

*

Das Cutler'sche Haus stand an Größe dem Hamburger Rathaus kaum nach. Schon als Cilly heiratete, war Fredericks Familie wohlhabend, inzwischen musste sein Reichtum immens sein. Etliche der großen Londoner Häuser zeigten in den Gesellschaftsräumen eine Pracht, als lebten ihre Bewohner von einer unerschöpflichen Goldader, während schon im Frühstückszimmer abgewetzte Sessel und brüchige Tapeten die Grenzen des Reichtums verrieten. Dieses Haus hingegen war vom Souterrain bis unters Dach perfekt. Augusta wusste nicht, womit Frederick so steinreich geworden war. Doch einer seiner Söhne vertrat die Familiengeschäfte in den amerikanischen Kolonien, ein zweiter auf den Karibischen Inseln, der jüngste fuhr auf einem der Schiffe der East India Company – das war Antwort genug.

Ursprünglich bestand das Gebäude aus drei Häusern. Zu dem herrschaftlichen in der Mitte hatte Frederick Cutler im Laufe der Jahre die beiden benachbarten, ein wenig bescheideneren, hinzugekauft und mit dem ersten als Seitenflügel verbunden. Im rechten wohnte der junge Frederick mit seiner Familie, der älteste Sohn, dem Mr. Cutler vor zwei Jahren die Führung der Geschäfte übergeben hatte, um sich endlich ganz seinem Naturalienkabinett und seiner neuesten Leidenschaft, der Sammlung griechischer und römischer Antiken, zu widmen.

Der linke Flügel war das Heim von Lord und Lady Wickenham, was in den adeligen Häusern allgemein als unpassend empfunden, jedoch nie erwähnt wurde. Höchstens hinter vorgehaltener Hand und nach dem vierten Glas Port, was Cilly, die gewöhnlich sehr genau beachtete, was passend oder unpassend war, als Geschwätz ignorierte. Schließlich war das Wickenham'sche Stadthaus schon seit Jahren eine rechte Rumpelkammer gewesen. Das lag einerseits an den völlig unaristokratischen Versuchen des alten Lords, sich in bürgerliche Geschäfte einzumischen, indem er in jungen Jahren in die South Sea Company investierte – leider erst kurz vor deren desaströsem Zusammenbruch, womit er den Niedergang des Hauses Wickenham einleitete. Andererseits lag es an seinem Sohn, Williams Vater, der die Schmach durch fleißige Besuche in Spielclubs und Rennbahnen wettzumachen suchte und eine sichere Hand fürs Verlieren bewies.

Kurz und gut, der Verkauf des Hauses und der Einzug Williams nach seiner Heirat mit Florence in das Cutler'sche Haus war nur klug gewesen. Cilly hatte die Idee – es war ihre gewesen – wunderbar gefunden. Schließlich lebten drei ihrer Söhne durch monatelange Seereisen von ihr getrennt, niemand konnte übel nehmen, dass sie ihre einzige Tochter in der Nähe haben wollte.

Mr. Cutlers behutsamen Einwand, es gehe nicht an, dass ein Lord Wickenham sozusagen zur Untermiete bei seinen bürgerlichen Schwiegereltern wohne, hatte sie weggewischt. Wozu habe man ein so großes Haus, wenn es leer stehe? Und schließlich sei der liebe William stets ein wenig, nun ja, *en famille* könne man es ruhig aussprechen, knapp in seinen Mitteln, er werde sich gewiss freuen. Im Übrigen habe der Flügel einen eigenen Eingang und eigene Wirtschaftsräume, von Untermiete könne keine Rede sein.

Ob William sich freute oder nicht, blieb ungewiss; zu Mr. Cutlers Überraschung erhob er keine noch so höflichen Einwände, und Cilly flüsterte ihrem Gatten zu, er sei einfach zu empfindsam. All das hatte Cilly Augusta gleich am Tag nach deren Ankunft ausführlich erläutert.

Auf dem Weg zu ihrem Zimmer, das sie außerordentlich anheimelnd fand, obwohl es dreimal so groß war wie ihres am Neuen Wandrahm in Hamburg, war Augusta froh, dass die beiden Seitenflügel wieder vom Haupthaus abgetrennt worden waren. Die Suche nach der richtigen Tür gestaltete sich auch so schon schwierig. Doch nach anfänglichen Irrungen fand sie inzwischen ihr Zimmer spätestens beim zweiten Versuch.

Heute allerdings war sie noch so sehr mit dem Gedanken an Florence beschäftigt, dass sie, nachdem sie die breite Haupttreppe unter der Glaskuppel mit ihrem weiß gestrichenen Geländer aus Balustersäulen hinaufgegangen war, den falschen Flur erwischte. Das schien ihr die einzige Erklärung, als sie schon geraume Zeit über lange Gänge und kleine Zwischentreppen gegangen war und sich schließlich in einem Flur wiederfand, den sie nie zuvor gesehen hatte.

Sie blieb stehen und lauschte. In dem großen Haus, das außer seinen herrschaftlichen Bewohnern zahllose unermüdlich arbeitende dienstbare Geister beherbergte, war es still wie an einem frühen Sonntagmorgen. Sie glaubte eilige Schritte auf irgendeiner der Treppen zu hören, entfernt das Klappern von Töpfen, auch ein anderes Geräusch, das sie nicht zuordnen konnte. Dennoch, irgendein Diener oder eines der Mädchen war immer in der Nähe, sie müsste nur rufen, dann käme jemand und brächte sie zu ihrem Ziel – doch so schnell gab sie nicht auf.

Durch ein schmales Fenster sah sie in den Hof hinunter. Unter dem ihres Zimmers lag der St. James Square mit der gepflegten, von einem schmiedeeisernen Gitter eingefassten Rasenanlage in seiner Mitte. Nun aber blickte sie auf ein schmales Stück des hinteren Gartens. Das Gebäude an der linken Seite musste der Stall für die Pferde sein, an die sich die Remise anschloss. Die lang gestreckte Mauer verbarg sich hinter gepflegten Spalierobstbäumen, sie war nur durch eine schmale Pforte unterbrochen, neben der ein Rosenstock eine Fülle weißer Blüten der Sonne entgegenreckte. Die großen Türen für die Pferde und Kutschen befanden sich auf der anderen Seite. Sie öffneten sich zu einem kleinen Platz, nicht viel mehr als eine Ausbuchtung in einer der Gassen, durch die nachts der Unrat der Häuser abtransportiert wurde, ohne die Bewohner zu stören. Eine zweite Pforte für Dienstboten und Lieferanten, die sie von diesem Fenster nicht sehen konnte, öffnete sich direkt auf die Gasse.

Diesen Teil des Gartens hatte sie noch nicht betreten, er musste hinter der hohen Hecke verborgen sein, von der sie gedacht hatte, dass sie das Grundstück begrenze.

Wenn sie nun auf die linke Seite des hinteren Gartens hinuntersah, musste sie sich in die obere Etage des Wickenham'schen Flügels verirrt haben. Also war die Trennung der Häuser doch nicht so strikt, zumindest in der oberen Etage waren die alten Flure offen geblieben. Ihr Zimmer musste genau auf der entgegengesetzten Seite des Hauses liegen.

Sie dachte an Florence Wickenhams bequeme Schuhe und machte sich auf den Weg. Bis sie das Ende des Flures erreichte, wurde das seltsame Geräusch, das sie zuvor schon gehört hatte, lauter. Nun war es eindeutig: Hinter der letzten Tür vor der Treppe – sie war schmal und aus einfachem Ulmenholz, woran Augusta schon beim Heraufsteigen hätte bemerken können, dass sie nicht mehr zum Wohnbereich der Familie und Gäste gehörte – weinte jemand.

Florence, dachte sie und fand, dass sie das nichts angehe. Doch da wurde das Schluchzen lauter, sie vergaß alle höfliche Zurückhaltung, die sie sowieso oft nur als herzlose Bequemlichkeit empfand, und öffnete die Tür. In dieser abgelegenen Ecke des Hauses hatte sie nicht gerade den Damensalon der jungen Lady erwartet, dass sie sich in einer dämmerigen Wäschekammer wiederfand, überraschte sie trotzdem.

An beiden Seiten des langen flurschmalen Raumes reihten sich solide Schränke, vor einem stand ein Korb mit frisch gebügelter Wäsche, hinter den weit geöffneten Türen stapelten sich Leintücher, die einen milden Duft nach Lavendel und Melisse verströmten. Wenn auch die anderen Schränke so gut gefüllt waren, konnte ihr Inhalt eine ganze Kompanie mit frischer Wäsche versorgen.

Immer noch hörte sie das Schluchzen, und nun entdeckte Augusta halb hinter dem letzten Schrank verborgen eine zusammengekauerte Gestalt. Zu ihrem schlichten Kleid aus dunkelblauem Kattun trug sie Haube und Schürze aus dünnem Musselin – das war eindeutig nicht Lady Florence.

Augusta berührte behutsam die bebende Schulter. «Kann ich helfen?», fragte sie leise. Mrs. Pratt, Herrin über das gesamte weibliche Hauspersonal, starrte Augusta erschreckt an. Ihr rotfleckiges Gesicht wurde blass, sie sprang von ihrem Hocker auf und rannte, eine wirre Entschuldigung murmelnd, davon.

Vielleicht, dachte Augusta, während sie den hastigen Schritten auf der Treppe nachlauschte, ist höfliche Zurückhaltung doch das Richtige. Und auch – vielleicht – ein etwas geringeres Maß an Neugier. Dennoch machte sie sich ohne Zögern auf den Weg in die niederen Gefilde des Personals, um Mrs. Pratt eine schlaflose Nacht und sich selbst überflüssiges Kopfzerbrechen zu ersparen.

*

William Wickenham lag auf seinem Bett, starrte zu der strahlenförmig gerafften goldgelben Seide unter dem Baldachin hinauf und hoffte auf Schlaf. Sein Kopf schmerzte, obwohl er am vergangenen Abend nur wenig getrunken hatte. Es gab Tage, besser gesagt Nächte, in denen er zu viele Gläser Brandy leerte, doch die waren selten, für gewöhnlich trank er Wein, kaum mehr als ein oder zwei Gläser. Das war keine Sache kluger Beherrschung, sondern Ausdruck seiner Angst vor der erdrückenden Melancholie.

Manchmal sehnte er sich nach dem Rausch, der alles

leicht und unwichtig machte und dieses kindliche Gefühl der Unverletzlichkeit hervorrief. Doch das empfand er nur, wenn er im Galopp über die Felder jagte, fern von den engen Häuserschluchten, den manierlichen Parks voller manierlicher Menschen, fern von der Eintönigkeit der Vergnügungen und, ja, auch fern von Florence. Er gehörte nicht zu den Glücklichen, die das Zechen heiter machte. Ihn ließ der Rausch sein Leben wie durch eine dieser rußigen Glasscheiben sehen, durch die man eine Sonnenfinsternis betrachtet. Er hasste die Melancholie, die in den letzten Jahren sein steter heimlicher Begleiter war. Als er Florence heiratete, hatte er für einige Zeit geglaubt, nun werde alles gut, doch das war ein Irrtum gewesen.

Er hörte leichte Schritte im Flur, das behutsame Öffnen der Tür und schloss die Augen. George würde ihn nicht stören, selbst wenn der Kammerdiener erkannte, dass sein Herr sich nur schlafend stellte, und genauso leise wieder gehen, wie er gekommen war. Doch die Schritte verharrten, und als er endlich die Augen aufschlug, stand Florence vor ihm. Sie wirkte klein in der Mitte des Raumes.

«Nein», sagte sie, als er rasch von dem Bett glitt und nach seinem Rock griff. «Bleib liegen, du siehst müde aus. Ich will dich nicht stören, ich dachte nur ...» Sie senkte den Kopf und drehte nervös einen kleinen gläsernen Tiegel in ihren Händen. «Salbe», sagte sie dann kurz und hielt den Tiegel hoch. «Für deine Stirn. Ich bin sicher, du hast George nicht erlaubt, die Wunde zu behandeln.» Es war unnötig zu erklären, dass der Diener sich genau darüber bei ihr beklagt hatte. George war eine ergebene, um seinen Herrn besorgte Seele, und William bereitete es aus irgendeinem unerfindlichen Grund Vergnügen, seine Fürsorge zurückzuweisen.

«Hat George wieder geplaudert?», fragte er mit diesem unterkühlten Lächeln, das Florence am meisten fürchtete. «Es ist nur ein Kratzer, kein Grund, Aufhebens darum zu machen.»

Als sie beharrlich stehen blieb und den Stopfen aus dem Tiegel zog, setzte er sich auf die Kante des Bettes und wandte ihr die verletzte Seite seines Kopfes zu.

«Was ist das?», fragte er.

«Honigsalbe. Mit ein wenig Arnika und Zinnkraut. Kein heimtückisches Gift.» Sie tauchte einen Finger in das Näpfchen und begann behutsam die Salbe über seine Stirn zu streichen.

Er schloss die Augen und ertappte sich dabei, die Berührung zu genießen. Ihre Hand war warm und kühl zugleich, von der Salbe ging ein angenehmer Duft aus, oder war das gar nicht der Duft der Salbe? Sein Körper, seit der vergangenen Nacht angespannt und unruhig wie sein Geist, gab nach und spürte eine Ahnung von Frieden.

«Wo warst du gestern?», fragte Florence plötzlich, und der Frieden verschwand schlagartig. «Ich möchte wissen, was passiert ist.»

Er schob ihre Hand, die immer noch seine Stirn berührte, weg und stand auf.

«Wir haben vereinbart, dass jeder seiner Wege geht», sagte er, «ohne den anderen zu beeinträchtigen. Dennoch habe ich nie ein Geheimnis daraus gemacht, wie ich die Abende verbringe, wenn ich nicht bei deiner Familie sein muss. Du kannst dir also aussuchen, wo ich gestern war: im Theater, im Club, in den Ranelagh Gardens … Wäre ich beim Boxen gewesen, von dem ich nur zu gut weiß, dass deine Mutter es nicht schätzt, wäre die Schramme erheblich größer ausgefallen. Ich weiß deine Fürsorge zu schätzen.» Er trat vor den Spiegel und richtete nachlässig seine Halsbinde: «Nun sehe ich aber, dass es gar keine ist. Immerhin war es eine originelle Idee, deinen Versuch, mich zu kontrollieren, mit Honigsalbe zu versüßen.»

Florence schluckte. Sie verschloss den Tiegel und betrachtete ihn, als sei er eine seltene Blume. Obwohl sie wusste, dass es das Beste wäre, schweigend zu gehen, trat sie nur wenige Schritte zurück und blieb in der Mitte des Zimmers stehen. Dieses Mal nicht, dachte sie. Dieses Mal lasse ich mich nicht einfach fortschicken.

Als sie vor zweieinhalb Jahren schließlich einwilligte, William zu heiraten, tat sie das nicht nur, um eine gehorsame Tochter zu sein. Vielleicht hatte er nicht ganz auf die Weise um sie geworben, die sich eine junge Frau in ihren Frühlingsträumen vorstellt, doch da war Wärme zwischen ihnen gewesen, sogar Zuneigung, und bald, wenn er sie bei einem Dinner zu Tisch führte oder ihr zum gemeinsamen Ausritt im Hyde Park in den Sattel half, fühlte sie ihr Herz klopfen. Sie war so leichtfertig gewesen zu glauben, auch er fühle mehr als Respekt, ein wenig nur, aber doch genug.

Vor allem aber war sie überzeugt gewesen, ihre Ehe, selbst wenn sie aus Vernunft geschlossen wurde, könne niemals langweilig werden. Wenn er ihr von seiner Kindheit auf dem Land erzählte, von den sanften Hügeln Sussex', von den Pferden und den weiten Wiesen voller Obstbäume, von der Orangerie mit exotischen Pflanzen, fühlte sie sich ihm eng verbunden. Dann fiel diese undurchdringliche Gelassenheit, die er gewöhnlich zeigte, von ihm ab, und sie hatte geglaubt, dass sie gemeinsam die Stadt verlassen, auf dem alten Wickenham'schen Besitz leben und aus dem zugigen Schloss mit seinen feuchten Mauern, der ganzen maroden Wirtschaft, wieder ein Anwesen machen würden, auf das er stolz sein konnte. Nichts anderes hatte sie sich gewünscht.

Sie würden hart arbeiten, ihr Land würde aufblühen, die Pächter nicht mehr hungrig in die Städte fliehen. Sie würden Rennpferde züchten, überall entstanden doch in den letzten Jahren Rennplätze, eine neue Mode, für die die reiche Gesellschaft viel Geld auszugeben bereit war. Er wusste alles über Pferde, sie verstand zu rechnen, besser, als es einer jungen Frau erlaubt war – gemeinsam würden sie es schaffen und glücklich und zufrieden leben.

Und irgendwann würde er vergessen, dass er die Tochter eines Kaufmanns heiraten musste, um die Reste seines Familienbesitzes erhalten und standesgemäß leben zu können.

Es war ein sentimentaler Mädchentraum gewesen, das wusste sie nun. Weil nichts an seine Stelle getreten, weil nur der Graben der Sprachlosigkeit zwischen ihnen entstanden war, fühlte sie sich in einer Falle.

Dabei war der Anfang dieser Ehe warm und freundlich gewesen, das hatte sie jedenfalls gedacht, doch dann wurde ihr gemeinsames Leben kalt und sprachlos. Nicht plötzlich, dann hätte sie mit ihm streiten können, kämpfen und womöglich siegen. Aber wo tiefere Vertrautheit entstehen sollte, wuchs die Fremdheit. Zuerst hatte sie gedacht, sie bilde sich das nur ein, das hatte er auch gesagt, als sie allen Mut zusammenkratzte und ihn danach fragte, und sie hatte sich dumm und eine misstrauische Gans gescholten.

Woher sollte sie wissen, wie Männer und Frauen zusammenleben? Niemand sprach über ein so delikates Thema, alle gaben vor, zufrieden und glücklich zu sein. Selbst ihre Mutter hatte ihr nur liebevoll die Wange getätschelt und versichert, die Ehe sei nun mal kein Mädchentraum, alles werde gut, wenn sie sich nur ein wenig bemühe. Dann war sie davongeflattert, um irgendeine wichtige Angelegenheit mit ihrer Zofe zu besprechen.

Schließlich hatte Florence das Gefühl, in einem Eishaus zu wohnen, und ihrer beider Leben drifteten immer weiter voneinander fort. Sie wusste nicht, wie das geschehen war, sie wusste auch nicht, wie sie die Wand, hinter der er sich verbarg, durchbrechen konnte. Sie erkannte nur, dass sie versagt hatte.

Dass auch sie längst eine Mauer um sich aufgebaut hatte, spürte sie nicht.

Als sie in der vergangenen Nacht nach seinen Schritten auf der Treppe lauschte, hatte sie wie in vielen Nächten zuvor über eine Lösung gegrübelt. Ein neues Kleid oder eine Erfrischung ihrer Haut mit Eselsmilch, ein heiteres Geplänkel über eine allgemein mit Spannung erwartete Opernpremiere, ein besonders festliches Dinner mit kokettem Geflüster gar, wie es in den neuen Zeitschriften für die Damen von Stand als sicherer Weg zum Eheglück empfohlen wurde, nützte nichts, das wusste sie längst. Auch hatte sie nur wenig Talent für diese Dinge.

Jetzt gab es nichts mehr zu verlieren, also entschloss sie sich zur Ehrlichkeit.

«Es stimmt», sagte sie, «wir haben vereinbart, dass jeder seiner Wege gehen kann. Das war dein Vorschlag, und ich dachte – ach, ich weiß nicht, was ich dachte. Nun jedenfalls weiß ich, was es bedeutet, und es gefällt mir nicht. Ich will so nicht leben, William. Vielleicht», fuhr sie zögernd fort, «würde ich es leichter ertragen, wenn es zumindest dich glücklich machte. Aber ich bin nicht blind, und obwohl du das zu glauben scheinst, auch nicht fühllos. Ich bitte dich, lass uns miteinander reden und einen neuen Anfang machen. Lass es uns versuchen.»

«Und wie stellst du dir einen solchen Versuch vor?» Endlich löste er seinen Blick von dem Spiegel, aber er sah sie immer noch nicht an, sondern trat ans Fenster und starrte in den Hof hinunter.

«Ich weiß nicht», sagte sie, «aber vielleicht, wenn wir London verlassen und nach Wickenham fahren, wenn wir dort leben – das wäre doch ein neuer Anfang. Natürlich wäre es harte Arbeit und du müsstest für einige Zeit auf deine Freunde verzichten, doch ich bin sicher, wir können es wieder einträglich machen. Wir stellen einen tüchtigen Verwalter ein, du könntest Pferde züchten, das wolltest du doch früher, und ich könnte das Schloss wieder zu dem machen, was es einmal war. Aber du reitest ständig allein nach Wickenham und bleibst tage-, zuletzt sogar wochenlang fort. Wenn wir gemeinsam ...»

«Gemeinsam? Du meinst, ich soll deinen Vater bitten, uns die Mittel dafür zu geben. Dann sollten wir den Besitz am besten gleich in Cutler umtaufen. Und hast du vergessen, was du gesagt hast, als ich dich das erste Mal nach Wickenham mitnahm?»

«Du hast mich überhaupt nur einmal mitgenommen. Dann nie wieder. Und, ja, ich habe gesagt, dass viel zu tun sei, wenn man dort leben wolle. Aber ich war immer dazu bereit. Es wäre mir immer lieber gewesen, als hier meine Tage im Salon mit der Teetasse in der Hand zu verbringen und über das Wetter und die neuen Diamanten der Königin zu plaudern.»

«Du hast gesagt, du könntest dir nicht vorstellen, dass dort irgendjemand anderes als ein Schlossgespenst leben könne. Von deiner Bereitschaft, London zu verlassen, habe ich nie etwas gespürt. Es stimmt, die Gebäude sind alt und seit Jahrzehnten vernachlässigt. Aber Wickenham ist meine Heimat, Florence, wir leben dort seit mehr als zweihundert Jahren. Ich habe sehr genau verstanden, dass dir das nichts bedeutet. Warum sollte es auch? Ich höre schon deinen Vater sagen: ‹Lass uns den alten Kasten abreißen, ich baue euch ein neues Haus mit allem Komfort. Das wird auch viel billiger.› Und du wirst ihm zustimmen, natürlich wirst du das. Nein, Florence, so geht es nicht. Ich werde in diesem Sommer in Wickenham leben, aber ohne dich. Mach dir keine Sorge wegen der Leute. Der Zustand unseres Besitzes ist allgemein bekannt, jeder wird verstehen, dass ich meiner zarten Gattin das Leben dort nicht zumuten kann. Deine Eltern haben für den Sommer wieder ein Haus in Weymouth gemietet, dort wirst du dich viel wohler fühlen. Wo neuerdings der König schwimmt, schwimmen alle, auch wenn fast nie jemand die parfümierte Seide abstreifen wird, um sich der Frische des Meeres auszusetzen. Oh, verzeih. Beinahe hätte ich den letzten Sommer vergessen. Du wirst es natürlich tun. Du wirst nicht nur deine Zehen eintauchen, wie es sich für eine Lady gehört, sondern, anstatt manierlich beim Badekarren zu bleiben, durch die Brandung und ins Meer hinausschwimmen wie ein Dorfjunge. Aber du bist ja diskret, also wirst du es auch in diesem Jahr nur tun, wenn alle Welt noch bei Schokolade und Toast im Morgensalon sitzt. Aber vielleicht», endlich wandte er sich zu ihr um, und sie sah in ein hartes Gesicht, dessen Blässe die Wunde an seiner Stirn umso schärfer hervortreten ließ, «vielleicht entspringt deine plötzliche Sehnsucht nach dem Landleben der Peinlichkeit, die es dir bedeuten muss, mit mir verheiratet zu sein. Ich gebe zu, ein Name und Titel allein, dazu nicht einmal ein besonders glanzvoller, und ein maroder Familiensitz reichen nicht im Wettbewerb auf dem Parkett.»

«Das ist doch alles Unsinn, William!» Florence' Gesicht brannte. Sie fühlte sich zutiefst beleidigt, die Anstrengung, einen letzten Versuch zu machen, ließ ihre Stimme zittern. «Nichts als Unsinn, und das weißt du. Du kannst doch nicht wirklich glauben, dass ich dich wegen dieses dummen Titels geheiratet habe.»

«Warum sonst? Sag es mir, ich würde es gerne hören.»

«Weil ich ...» Sie presste die Lippen zusammen und starrte ihn zornig an. Denn plötzlich wusste sie es. Er nahm sie nie mit nach Wickenham, weil er sich dort mit einer anderen Frau traf. Wie dumm sie gewesen war. Sie drehte sich hastig um, und einen Moment später fiel die Tür hinter ihr ins Schloss.

William blickte auf die geschlossene Tür, hörte ihre sich rasch entfernenden Schritte und fühlte sich entsetzlich müde. Warum hatte er nur so viel geredet? Es war viel besser, von Dingen zu schweigen, die sowieso alle wussten.

Er lehnte die Stirn gegen die Fensterscheibe und sah wieder in den Hof hinunter. Dort saß, gemütlich an die Stallwand gelehnt, Mrs. Cutlers alte Freundin Mrs. Kjellerup auf der Bank und plauderte mit Mrs. Pratt. Es war ein friedliches Bild, das ihm sehr gefiel. Keine der Damen, die er kannte, würde sich auf einer groben Bank niederlassen, um mit einer Dienstbotin zu plaudern. Selbst seine Mutter hätte das nicht getan, auch wenn sie sicher sein konnte, von niemandem ertappt zu werden.

Das Fenster war fest verschlossen, doch plötzlich glaubte er, es rieche nach Heu und Waldmeister, nach Geißblatt und wilden Rosen, dem Schweiß seines Ponys. Nach dem Duft jener endlosen Sommer, in denen er heimlich ganze Nachmittage mit den Kindern der Pächter verbracht hatte. Nach dem Duft der Freiheit.

*

Was William vom Fenster seines Zimmers sah, schien nur ein Bild des Friedens, und manches von dem, was dort gesprochen wurde, hätte ihm nicht gefallen.

Zwar war Augusta bei der Suche nach ihrem Zimmer gescheitert, die Wirtschaftsräume jedoch hatte sie schnell gefunden. Auch in London lagen die Küchen großer Häuser zumeist im Souterrain und wiesen mit köstlichen Gerüchen von Gebratenem und Gebackenem den Weg. Die Köchin und ihre Mädchen musterten sie eher abweisend als höflich; dass sich einer der Gäste des Hauses in die Küche verirrte, konnte nur Ungemach bedeuten.

Augusta bestaunte den großen Raum mit seiner Unzahl von blank gescheuerten Töpfen und Pfannen an den Wänden, den offenen Schränken voller Küchengeschirr und trockener Vorräte, den Türen zu den kühlen, noch tiefer gelegenen Kammern für Fleisch und Fisch, für Eis, Milch, Butter und Käse. Sie hätte ihn gerne gründlich inspiziert. Sicher gab es hier eine Menge über neue Gerätschaften und Finessen der Kochkunst zu erfahren, die die Arbeit in der alten Hamburger Küche am Neuen Wandrahm einfacher machen würde. Besonders der eiserne Herd lockte sie. Sie hatte von diesen neuen teuren Geräten gehört, aber noch nie eines gesehen. Leider würde sich die Köchin, die mit der großen zweizinkigen Gabel vor dem Lamm stand, das an einem Spieß über der einzigen verbliebenen offenen Feuerstelle unter der breiten Esse brutzelte, in der emsigen Zeit des Vormittags kaum über ihre Neugier freuen.

In der Küche wuselte es von Frauen und Mädchen, Mrs. Pratt jedoch war nicht darunter, und niemand wusste, wo sie zu finden sei. Gewöhnlich überprüfe sie um diese Zeit die Arbeit der Zimmermädchen, erfuhr Augusta von der Köchin, die nur kurz von dem Lamm aufsah, das schon köstlich nach krossem Braten und Rosmarin duftete. Wenn Madame es wünsche, könne das Aschenmädchen sie suchen.

Das war ein nur halbherziges Angebot, denn das Kind, das bei Morgengrauen für die Reinigung der Kamine zuständig war, stand auf einem Hocker vor dem großen Spülbecken und schrubbte mit vor Anstrengung gerötetem Kopf eine eiserne Schmorpfanne, die groß genug schien, einen halben Eber aufzunehmen, und ein ganzer Berg von klebrigen Töpfen und Pfannen wartete noch neben dem Becken. Das Mädchen wäre gern der Arbeit mit Sand und Bürste für eine Weile entkommen, doch das strenge Gesicht der Köchin ließ sie nur lispeln, sie habe Mrs. Pratt vor wenigen Minuten gesehen. Sicher sei sie im Hof, denn die Treppe, zu der sie gelaufen sei, ja, sie sei tatsächlich gelaufen, führe nirgends sonst hin.

Eine frische, nach Orangenwasser duftende Waffel in der Hand, setzte Augusta ihre Suche fort. Das Kind in der Küche hatte sich nicht geirrt. Mrs. Pratt hockte, die Röcke hochgebunden, am Ende des Hofes vor einem Kräuterbeet und rupfte ohnedies nur mager sprießende Grasstängel aus. Eine Arbeit, die gewiss nicht zu ihren Aufgaben gehörte, doch sie tat es mit so wütendem Eifer, dass auch etliche Zweiglein von Petersilie, Thymian und Salbei ein vorzeitiges Ende fanden. Sie weinte nicht mehr, doch ihre Augen, die sich bei Augustas Erscheinen erschreckt weiteten, erinnerten fatal an die eines Albinokaninchens.

«Ich muss mich bei Ihnen entschuldigen», sagte Augusta munter und ließ sich mit einem kleinen Ächzer auf der Bank nieder. «Ich habe Sie vorhin erschreckt. Natürlich war es unmöglich von mir, einfach die Tür zur Wäschekammer zu öffnen, aber Sie müssen einer alten Frau verzeihen, Mrs. Pratt, ich habe mein Zimmer gesucht und mich in diesem großen Haus verlaufen.»

«Natürlich», murmelte Mrs. Pratt, sie löste im Aufstehen hastig ihre hochgeschlagenen Röcke. «Das Haus ist groß. Wenn Ihr es wünscht, begleite ich Euch hinauf, Euer Zimmer ist im zweiten Stock, aber auf der vorderen ...»

«Danke», unterbrach Augusta sie, «das ist sehr freundlich, aber ich finde es hier in der Sonne recht angenehm. Würde es Ihnen etwas ausmachen, sich auch zu setzen? Vielleicht auf die kleine Tonne? Ich muss sonst zu Ihnen aufsehen und bekomme einen steifen Hals. Ja, so ist es besser. Ich will Sie nicht aufhalten, Mrs. Pratt, gewiss haben Sie furchtbar viel zu tun, ich möchte Sie nur bitten, niemandem von unserer Begegnung in der Wäschekammer zu erzählen. Besonders Mrs. Cutler sollte es nicht erfahren, auf keinen Fall, auch meine Zofe nicht. Elsbeth neigt dazu, mich wie ein Kind zu behandeln. Wenn sie von meinem Ausflug unters Dach erfährt, lässt sie mich keine Minute mehr aus den Augen, und das vertrüge ich überhaupt nicht. Das verstehen Sie sicher.»

Mrs. Pratt verstand vor allem, dass Mrs. Kjellerup versprach, ihr ungebührliches Benehmen, denn das waren ihr Schluchzen und die wortlose Flucht ohne Knicks und Verneigung gewesen, für sich zu behalten. Und weil sie eine so rücksichtsvolle Behandlung zutiefst erschütterte, begannen ihre Tränen sogleich wieder zu rinnen.

Augusta vergaß umgehend ihren Vorsatz, ihre Neugier im Zaum zu halten. Sie lehnte sich ein bisschen bequemer an die Wand, drückte Mrs. Pratt ihr Taschentuch in die Hand und lauschte entzückt der ganzen tragischen Geschichte.

Mrs. Pratt war schon seit etlichen Jahren die Hausdame der Cutlers, sie war es gerne, nur deshalb hatte sie so lange gezögert, den Antrag anzunehmen. Hier kannte sie ihre Aufgaben, Pflichten und Belastungen, aber wusste man, was bei einer Ehe herauskam? Zumal mit einem Witwer, dessen erwachsene Töchter noch zum Haus gehörten und eine neue Hausfrau sicher nicht freudig begrüßten. Immer wieder hatte sie ihn vertröstet, obwohl er ein sehr angenehmer Mann in ebenso angenehmen Verhältnissen war, auch geduldig, was man nicht von allen Männern sagen könne. Und dann sei da noch die Sache mit ihren eigenen Plänen gewesen, die sie als Gattin eines Kaufmannes natürlich auf gar keinen Fall hätte ausführen können. Sie sei eine exzellente Köchin, auch wenn das in diesem Haus niemand wisse, aber das sei sie, und Mrs. Raffald habe einen solchen Erfolg, genauso ein Unternehmen wolle sie auch gründen, genau wie Elizabeth Raffald.

Es dauerte ein Weilchen, bis Augusta begriff, dass es sich bei Mrs. Raffald um eine ehemals herrschaftliche

Köchin handelte, die nicht nur ein für jeden Haushalt unverzichtbares Kochbuch geschrieben hatte, sondern in Manchester auch einen florierenden Lieferservice für Speisen aller Art betrieb, der von den ersten Häusern in Anspruch genommen wurde. Außerdem hatte sie ein ebenso erfolgreiches Vermittlungsbüro für ehrliches Hauspersonal gegründet, was vor ihr noch niemand getan hatte. Kurz und gut – Mrs. Raffald lebte in behaglichen Verhältnissen, war unabhängig und der verkörperte Zukunftstraum aller Köchinnen des Königreiches.

So habe sie sich nie entscheiden können, Mrs. Webber zu werden, und nun sei es zu spät, denn Mr. Webber sei tot. Sie werde ihn doch sehr vermissen, besonders da man nicht wisse, ob so ein Unternehmen wie das der Mrs. Raffald auch in London floriere, denn London sei nun mal nicht Manchester.

Augusta pfiff leise durch die Zähne, eine unpassende Angewohnheit, die ihr nur bei ganz besonderen Gelegenheiten unterlief. Schon das Wort ‹Tuchhändler› hatte sie stutzen lassen, als sie nun den Namen Webber hörte, fielen ihr die Gardinen im Salon ein und sie begriff, von wem die Rede war. Während sie noch überlegte, ob sein unerwartetes Hinscheiden für Mrs. Pratt und deren Pläne letztlich doch günstig war, fuhr die Hausdame schon fort: «Immer wieder habe ich ihm gesagt, er solle nicht in dieses Cockpit gehen. Er ist nicht der Erste, der dort sein Leben ließ. Ich meine nicht Hähne und Hunde, die natürlich ständig, Männer meine ich. Erst im März hat einen dort der Schlag getroffen, den Reverend von Chelsea, das ist ein Dorf weit südwestlich der Stadt, Ihr werdet es nicht kennen. Wegen der Hitze, hieß es, aber ich bitte Euch, Hitze im März?»

Wieder schnäuzte sie sich kräftig, und Augusta fürchtete um den zarten Batist ihres Taschentuches.

«Es war ganz sicher die Aufregung», fuhr Mrs. Pratt eifrig fort. «Obwohl ein Reverend natürlich nicht wetten sollte. Überhaupt sollte so ein frommer Mann dort nicht hingehen. Das habe ich auch Mr. Webber gesagt. Auf den Tothill Fields trifft sich eine raue Gesellschaft und erfreut sich an diesen blutigen Tierkämpfen, ein so feinfühliger Mensch wie Mr. Webber kann da leicht Schaden an seiner Seele nehmen, ja, und natürlich auch an seinem Portemonnaie. Wegen der Wetten, versteht Ihr?»

Der Gedanke an Mr. Webbers Portemonnaie gab Mrs. Pratt, die eine praktisch denkende Frau war, ihre gewohnte Festigkeit zurück. Sie putzte sich noch einmal die Nase, tupfte die feuchten Wimpern trocken und sagte mit einem kleinen Schnaufer, der in Augustas Ohren eher erleichtert als trauervoll klang: «Doch das ist nun egal, tot ist tot. Aber ich wäre doch sehr gerne Mrs. Webber geworden.»

Wieder begannen ihre Augen zu schwimmen, und Augusta suchte eilig nach einem zweiten Taschentuch, was sich jedoch als überflüssig erwies.

«Ich kann einfach nicht glauben, dass es ein Unfall war», sagte Mrs. Pratt mit wieder fester Stimme. «Er war ein so vorsichtiger Mensch, ein wenig zu vorsichtig, wenn Ihr meine ehrliche Meinung hören wollt. Diesen schrecklichen Hunden, es sind wahre Untiere, Madam, Bestien!, denen hätte er sich nie so weit genähert, dass sie ihn angreifen oder gar töten konnten.»

«Vielleicht hat es Streit gegeben», überlegte Augusta laut und verschluckte den Hinweis auf zu viel Gin, «ein Gerangel? Das kommt alle Tage vor, da wird leicht jemand geschubst und gerät unter einen Wagen oder eben zwischen bissige Hunde.»

Mrs. Pratt nickte. «Das ist möglich. Aber diese Kämpfe finden in einer Art Arena statt, zwischen den Zuschauern und den Tieren ist eine Brüstung. Allerdings ist sie nicht sehr hoch, es ist wohl möglich, darüber zu fallen, aber dann muss der Tumult mächtig gewesen sein. Nun ja, wenn die Wetten hochgehen und darüber ein Streit ausbricht, ob eines der Tiere mit Laudanumtropfen müde gemacht wurde, kann das schon mal passieren. Dort wird auch viel getrunken, Mr. Webber hat natürlich nie viel getrunken, er war ein vernünftiger Mann.»

«Es wird doch sicher eine Untersuchung geben», sagte Augusta, die fand, dass sich Mrs. Pratt erstaunlich gut auskannte. «Um zu klären, was geschehen ist.»

«Das glaube ich nicht. Wer sollte das tun? Womöglich gäbe es eine, auch wenn ich wirklich nicht recht weiß, durch wen, wenn die beiden Misses Webber es fordern würden. Das werden sie aber gewiss nicht. Es wäre gar nicht gut für die Geschäfte, wenn über den Tod ihres Vaters geklatscht wird. Natürlich gehen viele Männer dorthin, auch Frauen, sogar einige Damen, hin und wieder. Aber nicht die Damen, die bei Webbers ihre Stoffe kaufen. Die ziehen es vor, so zu tun, als wüssten sie nichts davon. Jedenfalls würden sie nicht gerne in einem Haus kaufen, dessen Besitzer …»

Anstatt den Satz zu beenden, stützte sie aufseufzend das Kinn in ihre Hände und blinzelte nachdenklich in die Sonne.

«Ich bin sicher», sagte sie schließlich, «Mr. Webber hätte sich niemals so nah an die Brüstung gedrängt, dass er darüber hätte fallen können. Er vermied es, zwischen dem Pöbel zu stehen. Er mochte den Geruch nicht und hatte auch Sorge wegen der Reinlichkeit. Versteht mich nicht falsch, dort treffen sich auch vornehme Männer, natürlich wart Ihr nie an einem solchen Ort, aber», sie senkte die Stimme und suchte mit flinken Blicken den Hof nach Lauschern ab, «aber es sind sogar *sehr* vornehme Männer dort, obwohl sich die meisten Gentlemen natürlich im königlichen Cockpit im St. James Park vergnügen. Aber Mr. Webber hat mir anvertraut, er habe dort Mitglieder des Oberhauses gesehen, und Lord Wickenham, genau, unser junger Lord William, ist sogar *regelmäßig* dort. Ja, und Mr. Webber hat gesagt, dass er sehr hoch wettet. Die arme Lady Florence, sie war ein so fröhliches junges Ding, und dann musste sie ...»

Plötzlich schlossen sich Mrs. Pratts Lippen zu einem schmalen Strich. Sie stand auf, steif und ungelenk wie eine Gliederpuppe, an deren Fäden zu heftig gezogen wurde, und mit einer Stimme, die wieder zu dem einer Dienstbotin angemessenen Ton zurückgefunden hatte, sagte sie: «Ich muss um Verzeihung bitten, Madam. Es steht mir nicht zu, über meine Herrschaft zu reden und, nun ja, meine Arbeit so lange zu vernachlässigen.»

Sie knickste, eilte mit wehenden Röcken über den Hof und verschwand auf der Treppe zum Souterrain.

Augusta bedauerte tief, dass Mrs. Pratt sich so plötzlich auf ihre Pflichten besonnen hatte. Hätten sie und Mrs. Pratt gewusst, was in der vergangenen Nacht tatsächlich zu Mr. Webbers Tod geführt hatte, wäre ihr Bedauern noch größer gewesen.

KAPITEL 5

Das Cutler'sche Haus am St. James Square summte wie ein Bienenkorb. Zwar war die Tafel im großen Speiseraum längst gedeckt, waren die kalten Speisen aufgetragen, die Weine bereitgestellt und selbst die Kerzen in den Kristalllüstern schon entzündet, doch immer wieder scheuchte Mrs. Pratt die Mädchen und Diener durch die Gesellschaftsräume im ersten Stock. Hier war noch ein Fliederbukett neu zu richten, dort ein Stäubchen von dem nagelneuen Hammerklavier zu entfernen, einige der Gläser schienen ihr nicht genug poliert, und auch die Fidibusse für das Anzünden der Pfeifen nach dem Dinner waren nicht bereitgelegt. Schließlich brachte Joseph noch die bestürzende Nachricht, Lord Wickenham bringe drei zusätzliche Gäste mit, die Tafel sei entsprechend zu erweitern – Mrs. Pratt hasste die Stunde vor dem Beginn einer Soiree. Selbst wenn wie heute nur fünfundzwanzig Gäste erwartet wurden.

Von den Gastgebern war noch nichts zu sehen. Mr. Cutler hatte ein wenig in der neuesten Ausgabe des *Public Advertiser* und in den dreien aus der letzten Woche des *London Chronicle* geblättert, doch weder die politischen Neuigkeiten (die ihn nur selten überraschten) noch die wahrhaft skandalöse Geschichte über die Entdeckung einer Admiralsgattin in einem Charing-Cross-Bordell vermochten ihn heute zu amüsieren. Für die Provinz musste die Zeitungslektüre voller Neuigkeiten sein, wer in London lebte, las zumeist, was sich in Clubs, Kaffeehäusern und Salons, auf den Rennplätzen und Promenaden schon herumgesprochen hatte. Nur die Nachrichten aus den fernen Kolonien und dem Rest der Welt waren für Männer wie Mr. Cutler von echtem Interesse. Da die gewöhnlich weniger amüsierten als beunruhigten, flüchtete er sich in das Kabinett mit seiner Naturaliensammlung. Nur um seinen bis dahin makellosen Seidendamastrock zu ruinieren – das zumindest würde später seine Gattin beklagen – und sein Spitzentaschentuch mit dem Staub, der sich auf seinen ausgestopften Schlangen angesammelt hatte. Die prächtigste, eine Regenbogen-Boa von Ceylon, wurde dafür gründlich mit dem frischen Puder seiner Perücke berieselt.

Cilly Cutler kämpfte vor dem Spiegel in ihrem Zimmer immer noch mit der Entscheidung für das richtige Collier. Sie neigte dazu, den Smaragden den Vorzug zu geben, sie passten am besten zu der cremefarbenen Seide ihres Kleides. Die Bemerkung ihrer Zofe jedoch, sie möge bedenken, dass die Königin in dieser Saison ausschließlich Diamanten trage, bescherte ihr Zweifel. Es war durchaus als ein Zeichen von Charakterstärke zu werten, dass sie sich letztlich für die Smaragde entschied. Umso mehr, als die Ehrengäste des Abends mit der Königin auf vertrautem Fuße standen und ihrer Majestät hoffentlich von dem Glanz des Cutler'schen Hauses berichten würden.

Madame Augusta saß in einem bequemen Sessel in ihrem Zimmer, die Füße auf einem Hocker, ein Glas Rheinwein in Reichweite, und las zum dritten Mal den Brief, den die Frau ihres Großneffen ihr aus Baltimore geschrieben hatte. Er war in verschiedener Hinsicht ein gutes Zeichen. Zum einen bewies er, dass Anne und Claes Herrmanns ihre Nachricht, sie wolle sie bei ihrer Rückreise in London im Cutler'schen Hause treffen, überhaupt erhalten hatten, was bei der ungewissen Reiseroute der beiden Herrmanns nicht sicher gewesen war. Zum anderen ließen Annes Zeilen erkennen, dass ihre schwere Krise überstanden war.

Es hatte Augusta ein hartes Stück trickreicher Arbeit gekostet, ihren störrischen Großneffen davon zu überzeugen, dass auch ein honoriger Großkaufmann seiner Frau besser nachreise, wenn er ihre Rückkehr und eine glückliche Zukunft wolle. Sicher war Annes einer Flucht gleichende Abreise im vergangenen Jahr ebenso störrisch und gewiss nicht klug gewesen. Doch das Aufrechnen von Fehlern mochte im Kontor nötig sein, für eine Ehe taugte es kaum.

Dass Claes, nachdem er seine Frau auf Jersey wiedergefunden hatte, mit ihr nach den nordamerikanischen Kolonien weitergereist war, hatte Augusta allerdings überrascht. Womöglich hatte ihn unterwegs – und mit Annes Nachhilfe – die Lust auf die weite Welt und den Luxus etlicher Monate fern von Kontor und Börse gepackt. Vielleicht hatte auch Rosina Recht, und er wollte tatsächlich nur neue Geschäfte anknüpfen und so den Hamburgern die Klatschmäuler stopfen, doch Augusta zog es vor, an ein gemeinsames, der Liebe unbedingt förderliches Abenteuer der beiden Menschen zu glauben, die ihr am nächsten standen.

Obwohl endlich alles gut zu sein schien, sorgte sich Augusta. Anne hatte den Brief am gleichen Tag geschrieben, an dem sie und Claes ihre Nachricht erhalten hatten. Gerade zur rechten Zeit, schrieb sie, denn ihr Schiff, die *Queen of Greenwich*, werde schon bald von Philadelphia auslaufen, vielleicht seien sie und Claes sogar schon vor diesem Brief am St. James Square. Sie freue sich darauf, noch einige Zeit in London zu verbringen, umso mehr, als Mr. Franklin, der Erfinder des Blitzableiters, als Vertreter einiger Kolonien bei der britischen Regierung in London lebe. Sie hoffe unbedingt, ihn dort zu treffen. Die Anbringung des ersten Ableiters auf dem Kontinent, nämlich auf dem Turm der Hamburger St.-Jacobi-Kirche, habe sie nun versäumt, was sie bei aller während der vergangenen Monate erlebten Freude doch gräme. Sie und Claes dankten Mrs. Cutler für die Einladung und nähmen sie mit Freuden an. Doch sei es ihr nach einer so langen Reise die größte Freude, bald wieder zu Hause an der Elbe zu sein.

Das konnte nur heißen, dass sie mit der Sehnsucht nach ihrer Heimatinsel Jersey abgeschlossen hatte. Sowohl der Skandal als auch die nahezu ein dreiviertel Jahr währende Reise hatten sich mehr als gelohnt.

Eine schnelle Brigg hatte Annes Brief über den Atlantik gebracht, und wahrscheinlich segelte das Schiff der beiden Herrmanns sehr viel langsamer. Dennoch hätten sie längst eintreffen müssen.

Noch sei kein Anlass zur Sorge, hatte Mr. Cutler versichert, als sie ihn um Rat fragte, die Dauer einer Fahrt über den Atlantik sei unberechenbar, und die Piraten trieben ihr Unwesen weitab der üblichen Route im Karibischen Meer. Leider hatte er noch hinzugefügt: ‹Jedenfalls die meisten›, was Augustas Phantasie auf unangenehme Weise beflügelte.

Tatsächlich hatte Mr. Cutler, der es unnötig fand, zarte, insbesondere ältere Damen mit der rauen Wirklichkeit zu belasten, nur die halbe Wahrheit gesagt. In den Kolonien wuchs die Unruhe gegen das Mutterland, neuerdings tauchten immer mehr amerikanische und auch französische Piraten auf und entführten frech Englands Handelsschiffe. Die waren bis in die letzte Ecke beladen, nur mit der nötigsten Besatzung und, wenn überhaupt, mit wenigen kleinen Kanonen ausgestattet. Anders als die gut gerüsteten Ostindien-Fahrer hatten sie gegen schwer bewaffnete Kaperer keine Chance. Immerhin gab es auf dieser Route wenig Blutvergießen, denn die Kaperer im Atlantik wollten keinen Kampf, sondern einzig die Ladung und Lösegeld für die Passagiere und die Besatzung. Sollte die *Queen of Greenwich* also in irgendeiner versteckten Bucht gefangen gehalten werden, würde man bald von den Piraten hören, die Forderungen erfüllen, und in einigen Wochen wären auch Madame Kjellerups Verwandte erschreckt, aber wohlbehalten in London. Wozu sie jetzt schon aufregen? Vielleicht wäre Augusta sogar seiner Meinung gewesen.

Sie faltete den Bogen und beschloss, für heute nicht mehr an Stürme, Piraten und Schiffbruch zu denken. Nach einem letzten Blick in den Spiegel, einem letzten Zupfen an ihren von Cillys Zofe nach der letzten Mode hoch aufgetürmten silbrigen Löckchen machte sie sich energisch auf den Weg zum großen Salon. Hoffentlich dauerte es nicht zu lange, bis auch die letzten Gäste eintrafen und zu Tisch gebeten wurden. Augusta hatte schrecklichen Hunger.

Etwa die Hälfte der Gäste war schon eingetroffen, als sie den Salon betrat. Unter ihnen war auch ein alter Freund aus ihren Kopenhagener Zeiten, der dänische

Gesandte am englischen Hof, Graf Dagenskøld. Damals war er ein quirliger junger Mann mit einer offenen Schwäche für freche Singspiele und einer heimlichen für die seinerzeit blutjunge Madame Kjellerup, was beides ungehörig, aber charmant war. Nun begrüßte er Augusta als behäbiger Herr mit einer behäbigen, gleichwohl um viele Jahre jüngeren Gattin, seinen Sohn und zwei semmelblonde Töchter im Gefolge, alle drei quirlig, wie ihr Vater es vor vielen Jahren gewesen war.

Als Joseph Miss Hardenstein meldete, mit schmalen Lippen, denn er war es an solchen Abenden nicht gewöhnt, eine Dame ohne Begleitung, die zudem in einer Droschke vorgefahren war, in den Salon zu führen, drückte Augusta dem verblüfften Graf Dagenskøld ihr Sherryglas in die Hand und eilte zur Tür.

Niemand, der Rosina dort stehen und höfliche Begrüßungsworte mit der Gastgeberin wechseln sah, hätte in der jungen Dame in ihrer eleganten rosenholzfarbenen Robe eine unbedeutende Wanderschauspielerin vermutet. So wie auch niemand vermutet hätte, dass jemand es wagen könne, in einem Kleid aus zweiter Hand bei einer Soiree am St. James Square zu erscheinen.

Rosina hatte, wie in Hamburg verabredet, Madame Augusta besucht und ihr im kleinen Salon gerade von dem Mord in der Druckerei Boehlich, dem Missgeschick des Senators und von Wagners lästigem Auftrag erzählt, als Mrs. Cutler hereinkam, Augustas Freundin begrüßte und umgehend zu ihrer Soiree einlud. Rosinas Versuch, sich mit anderen Verpflichtungen zu entschuldigen, wurde fröhlich ignoriert. Als Freundin der lieben Augusta kenne sie gewiss auch den Hamburger Musikdirektor, man erwarte seinen Bruder, der ein überaus berühmter, dennoch ganz reizender Mensch sei und sich freuen werde, sie zu begrüßen.

Mrs. Cutlers Stimme wurde zum glücklichen Zwitschern. Keiner anderen Gastgeberin in London würde es gelingen, Mr. Johann Christian Bach, dem Darling der Londoner Gesellschaft, gleich zwei gute Bekannte seines älteren Bruders Carl Philipp Emanuel zu präsentieren. Rosinas zarter Einwand, sie sei mit dem Hamburger Kantor nur *sehr* flüchtig bekannt, fiel deshalb ihrer Angewohnheit zum Opfer, Unwichtiges konsequent zu überhören.

Augusta fand das sehr amüsant und sah keine Veranlassung zu erwähnen, dass Rosina sich nur für einige Wochen im Jahr in Hamburg aufhielt und ansonsten mit einer Komödiantentruppe durch das Land zog. Das würde sie am Tag nach der Soiree tun, sie freute sich schon auf Cillys Gesicht.

Die flatterte schon wieder geschäftig davon und Rosina hatte ein Problem. Selbst wenn sie ihr gutes Kleid wie bei ähnlichen Gelegenheiten mit einigen Zutaten aus den Kostümkörben aufputzte, würde sie auf einer Abendgesellschaft am St. James Square wie eine arme Verwandte aussehen. In Hamburg hätte Anne Herrmanns mit Leihgaben aus ihrem gut und geschmackvoll gefüllten Kleiderschrank ausgeholfen, aber hier in London? Mrs. Tottle erwies sich als Retterin in der Kleidernot. Sie empfahl ein Geschäft nahe Charing Cross, an das Zofen abgelegte Kleider, Fächer und Schuhe verkauften, die sie von ihren Herrinnen geschenkt bekamen. Grandiose Kleider für jede Gelegenheit, versicherte Mrs. Tottle, zumeist nur einoder zweimal getragen. Hätte sie Verwendung für eine so feine Ausstattung, würde sie selbst dort einkaufen.

Die unbekannte junge Dame mit den üppigen blonden Locken in ihrem eleganten, an Dekolleté und Ärmeln mit üppigen Spitzenvolants besetztem Gewand, das einige der Damen *ein wenig* an die Robe erinnerte, die die Herzogin von York im letzten Winter getragen hatte, erregte Neugier. Vor allem wegen der langen Narbe auf ihrer linken Wange und der etwas altmodischen Fassung ihres Schmucks aus Rubinen und kleinen Perlen – Augusta war sicher, dass Rosina zum ersten Mal den Schmuck ihrer Mutter trug. Doch gleich nach ihr trafen weitere Gäste ein, die begutachtet werden mussten, vor allem Lord und Lady Wickenham mit drei neuen Freunden Williams, und alle Augen hefteten sich auf das junge Paar, begierig nach Anzeichen der schweren Krise, von der schon seit Monaten geflüstert wurde.

Nur Mr. Cutler taxierte Rosina ein wenig länger und stellte befriedigt fest, dass ihr Gesicht anstelle der üblichen Langeweile Neugier und Intelligenz ausdrückte, die sie zu einer schlechten Heiratskandidatin machten, aber zu einem viel versprechenden Opfer für seine größte Marotte. Es gab für ihn nichts Schöneres, als seine Naturaliensammlung und seine Antiken vorzuführen. Da er dies unerbittlich betrieb, kannte er niemanden mehr, der sie noch nicht gesehen und höflich bewundert hatte. In Augustas junger Freundin, die zudem äußerst ansehnlich war, was er durchaus zu schätzen wusste, würde endlich wieder jemand seine Sammlerstücke wie seine erhebenden Erläuterungen zu würdigen wissen. Zu dumm, dass er mit diesem Vergnügen bis nach dem Kaffee warten musste.

Auch bedauerte er jetzt zutiefst, dass seine Suche nach diesem kalbsgroßen Hund bislang erfolglos geblieben war. Henry Jennings hatte einen aus Italien mitgebracht. Ganz London sprach von dem Exemplar, das eine der sechs altrömischen marmornen Nachbildungen einer noch älteren griechischen Bronzeskulptur war. Die übrigen fünf galten seit Jahrhunderten als verschollen, und auch wenn sie Jennings' ungewöhnlich hässlichem Tier glichen, würde das Auftauchen eines weiteren der Hunde in London – in der Eingangshalle seines Hauses – wunderbare Furore machen.

Er musste unbedingt diesen neuen diskreten Händler, den William ihm vor einigen Monaten empfohlen hatte, zur Eile mahnen. Schon vor Wochen hatte der ihm unter dem Siegel der Verschwiegenheit anvertraut, ein, wenn nicht gar zwei der Skulpturen seien aufgetaucht, er erwarte täglich genauere Nachricht. Am besten, er versprach ihm eine besondere Prämie, wenn er das Tier noch in diesem Sommer auftrieb. Natürlich konnte er sich eine Kopie von Jennings' Hund anfertigen lassen, wie es schon einige in den großen Häusern gab. Aber er hatte genug von Kopien, selbst wenn sie ein oder zwei Jahrhunderte alt waren und aus einer berühmten italienischen Werkstatt stammten. Er wollte ein altrömisches, zweitausend Jahre altes Original.

Bis auf Mr. Bach und Mr. Abel, als königliche Musiker die Ehrengäste, waren nun alle eingetroffen, nippten im großen Salon an Sherry oder leichtem Wein, und die plaudernden Stimmen verrieten die Trägheit, die einen Gesellschaftsabend nicht gerade spannend, doch ungemein vornehm machte.

Cilly Cutler tupfte nervöse Schweißtröpfchen von ihrer Oberlippe und ließ ihren Blick ein letztes Mal prüfend durch den Salon gleiten. Sie streifte auch die tadellosen neuen Gardinen – zu schade, dass der arme Mr. Webber sie nun nicht mehr beliefern konnte – und verharrte bei den beiden Männern, die am Kamin in ein angeregtes Gespräch vertieft waren. So sah es jedenfalls aus, doch Cilly hörte, worum es ging, und fürchtete das Schlimmste.

Das Essen hatte noch nicht einmal begonnen, und schon waren zwei der Herren bei einem Thema, das Ungemach verhieß. Immerhin war Professor Gothat noch nicht rot angelaufen. Das tat er gewöhnlich, kurz bevor er seine Stimme zur Posaune werden ließ und dem Zorn freien Lauf gab, was nicht den guten Sitten entsprach, besonders bei einem akademischen geistlichen Herrn reifen Alters. Aber so war er nun einmal. Allerdings rieb er schon seine Hände, groß und rundlich wie der ganze Mann, vor dem ausladenden Leib gegeneinander – ein sicheres Zeichen, dass die Explosion kurz bevorstand.

Sein Kontrahent war der junge Graf Dagenskøld, dessen Vater Cilly und Augusta aus ihren Kopenhagener Jahren kannten. Er stand gelassen, als plaudere er nur (wie es sich gehört hätte) über das Wetter, neben dem berühmten Gelehrten der Theologie und zeigte sich nicht im Geringsten beeindruckt.

«Bei uns in Oxford», Professor Gothat schlug die rechte Hand auf die Brust, «weiß man, dass das Unsinn ist. Unsinn, sage ich und meine Aberglaube. Wenn nicht gar Gotteslästerung.»

«Das ist ein großes Wort.» Dagenskøld lächelte sanft. «Und hier – verzeiht meinen entschiedenen Widerspruch, Sir – gewiss nicht angebracht. Ich bestreite nicht, dass die Bibel wahr ist, ich bin nur davon überzeugt, dass wir sie falsch auslegen. Die Fossilien …»

«Fossilien, aha. Nennt man diese Steine jetzt so?»

«Ja, Mr. Gothat, Fossilien. Man hat den Begriff von den Franzosen übernommen. Ich und etliche andere, die sich weit besser darauf verstehen, denken, sie beweisen, dass Gott für die Erschaffung der Welt ein wenig länger gebraucht hat als sechs irdische Tage. Ihr werdet zugeben, es ist vermessen, Gottes Zeitrechnung mit unserer gleichzusetzen. Bedenkt, was im 90. Psalm steht: *Denn tausend Jahre sind vor dir wie der Tag, der gestern vergangen ist, und wie eine Nachtwache*. Das ist doch eindeutig. Heidnischer Aberglaube ist es, sie für von Gott versenkten Erdschmuck oder gar für seine Donnerkeile zu halten. Dann sollte man sie zumindest nicht respektlos zu Pulver mahlen und den Pferden als göttliches Mittel gegen Würmer in ihren Hafer streuen.»

Mr. Gothat fand die Erwähnung von Würmern äußerst unappetitlich, besonders so kurz vor dem Essen, und überhörte sie. Das Problem der göttlichen Zeitrechnung war ihm nicht neu, er hatte selbst darüber nachgedacht und gestand zu, das Argument habe etwas für sich.

«Dennoch», seine Stimme klang zu Cillys Erleichterung um eine Nuance milder, «ich habe mich den neuen Wissenschaften nie verschlossen, darum halte ich es für durchaus einleuchtend, dass diese – wie nanntet Ihr sie? – egal, dass diese Dinger die Überreste von Tieren sind, die bei der Sintflut starben, verschüttet wurden und erhärteten. Und nun wäscht das Meer sie an den Küsten wieder heraus.»

Dagenskøld neigte abwägend den Kopf. «Gewiss», sagte er, «das Meer. Meine Heimat hat wie die Eure zahlreiche Meilen stürmischer Gestade. Ich bin hin und wieder an der Küste von Kent oder Sussex, dort findet man bei Ebbe immer wieder solche Steine am Strand, zumeist wie Schnecken, aber auch auf vielfältige andere Weise geformt. Ein Freund von mir besitzt eine versteinerte Meeresmuschel, die er selbst in den Bergen bei Avignon gefunden hat. Eine Muschel in den Bergen, das ist doch bedenkenswert. Vor allem aber: Wenn die Fossilien, egal ob an den Küsten oder weit im Land, nun versteinerte Tiere oder Reste von ihnen sind, und daran besteht kein Zweifel mehr, wieso gleichen sie keinen, die jetzt hier leben? Das ist doch ganz besonders seltsam.»

«Papperlapapp», sagte Mr. Gothat, weil ihm leider kein besseres Argument einfiel. «Ich hoffe sehr, Ihr gehört nicht zu diesen Ketzern, die neuerdings behaupten, Gottes Werk sei nur ein Anfang gewesen und habe sich seitdem verändert. Die Schöpfung war und bleibt vollkommen, alles andere ist Unsinn. Das beweisen doch schon wir Menschen. Ihr könnt nicht bestreiten, dass wir immer noch die Gleichen sind wie Adam und Eva. Von Gestalt und von Sündhaftigkeit. Wenn nun ...»

Glücklicherweise trafen just in diesem Moment die Ehrengäste ein, und das Gespräch am Rande stürmischer Gewässer musste beendet werden. Mr. Bach, gefeierter Compositeur und Musikmeister des Königs, wurde vom Kammermusikus der Königin, Mr. Abel, begleitet. Der war ein umjubelter Meister auf der Gambe und ein Freund Bachs seit Kindertagen, beide teilten sich eine Wohnung in der Meard's Street und veranstalteten gemeinsam öffentliche Konzerte, eine Neuheit, die niemand, der auf sich hielt, versäumte. Zu Cillys Beruhigung war Mr. Abel völlig nüchtern. Natürlich hatte sie nie geglaubt, was man hinter den Fächern seit einiger Zeit raunte, aber man wusste ja nie, und die brisante Debatte am Kamin reichte für den Anfang völlig.

Endlich wurde die große Flügeltür zum Speisesaal geöffnet und zu Tisch gebeten.

Während Cilly an Mr. Bachs Arm zu ihrem Platz am Kopf der Tafel schritt, konnte sie sich ganz dem Stolz über den berühmten Gast hingeben. Auch wenn der junge Dagenskøld von seiner soeben erst beendeten *Grand Tour* seltsame Gedanken mitgebracht hatte, wirkte Professor Gothat nicht im Mindesten übellaunig. Er war wie Williams überraschende drei Gäste und Augustas junge Freundin zum ersten Mal Gast in ihrem Haus, alle anderen waren ihr seit langem vertraut. Doch auch diese vier sahen manierlich und nach einer guten Erziehung aus, von ihnen war gewiss keine unangenehme Überraschung zu erwarten. Cilly liebte Skandale – aber nicht in ihrem Haus.

Im Speisesaal glitzerten Silber und Kristall im Schein zahlloser Kerzen um die Wette. Leider unterlag der zarte Duft des Flieders der Übermacht der aromatischen Gerüche von den kunstvoll angerichteten Speisen, die auf der langen Tafel auf die Gäste warteten. Während des ersten Ganges plätscherten die Gespräche belanglos dahin, er diente zuallererst der Befriedigung des Appetits, der sich allgemein als äußerst gesund erwies.

Rosina hatte ihren Platz zwischen Mr. Abel und Sir Ridgebottom gefunden. Letzterer war ein weit gereister Kaufmann von ansehnlichem Vermögen, der dank delikater politischer Missionen für den Hof kürzlich geadelt worden war und im Übrigen ein alter Herr von nur noch geringem Hörvermögen. Was ihn wenig störte, da die meisten Menschen nach seiner Ansicht sowieso nur Belanglosigkeiten verbreiteten. Nachdem er das seiner Tischnachbarin mit der Stimme einer ungehaltenen Bulldogge kundgetan hatte, wandte er sich den Terrinen und Platten mit den Speisen zu, wobei er nach der Schildkrötensuppe und vor dem gekochten Lachs in Austernsoße den gebratenen Hasen mit dem Myrtensträußchen im Maul bevorzugte.

Auch Mr. Abel erwies sich als ein schweigsamer Mann. Er zeigte sich zwar erfreut, eine junge Dame an seiner Seite zu finden, die wie er in Sachsen geboren und aufgewachsen war. Nach diesem guten Anfang und der Feststellung, dass beide Leipzig und Dresden seit vielen Jahren nicht mehr besucht hatten, zeigte er sich jedoch als einer jener Menschen mit dem besonderen Talent, jedes für ein Tischgespräch passende Thema schnell ersterben zu lassen. Schweigend schob er ein wenig Broccoli, gerösteten Schinken und Oliven über seinen Teller und schien mit seinen Gedanken weit fort zu sein.

Vielleicht war es doch keine gute Idee gewesen, Mrs. Cutlers Einladung zu folgen. Von dieser Soiree, von der ganzen feinen Gesellschaft, hatte Rosina sich sehr viel mehr versprochen. Bisher war sie kaum anregender als Wagners langweilige Besuche bei den Münzhändlern. Sie blickte zu Augusta, die ihr gegenüber neben Mr. Bach saß und sich eindeutig gut unterhielt. Mr. Bach war ein äußerst eleganter, ein klein wenig fülliger, gut aussehender Mann. Er verstand auf gleiche Weise zuzuhören wie amüsant zu erzählen, und Rosina war sicher, dass sich in seiner Nähe niemand langweilte. Neben Augusta saßen Lord und Lady Wickenham, gefolgt von Williams Freunden, Graf und Gräfin Alwitz und Mr. Eschburg, die sich alle auf das Essen konzentrierten.

Am muntersten ging es weiter unten am Tisch zu. Dort saßen der junge Dagenskøld, seine beiden zwitschernden Schwestern und zwei andere, ebenfalls junge Herrn und wogen die Vorzüge der Vergnügungsgärten von Vauxhall und Ranelagh gegeneinander ab, wobei Vauxhall mit seinem Musikpavillon, dem künstlichen Wasserfall und den für Liebende besonders anziehenden dunklen Alleen mehr Punkte machte als die distinguierteren Ranelagh Gardens mit ihrem vornehmeren Publikum. Mr. Gothat hatte sich sicherheitshalber weit entfernt von Dagenskøld neben der Witwe des früheren Bischofs von London niedergelassen, einer zarten Dame, die sich auch in Psalmen auskannte, aber keinesfalls in ketzerischen Ideen.

Schließlich war der erste Gang beendet, die Diener räumten das Geschirr ab, und in den Moment der Stille, während sie frische Tischtücher auflegten, sagte Lady Florence plötzlich unter dem befreienden Einfluss des dritten Glases Burgunder für alle vernehmlich: «Es ist wirklich schade, dass die Cockpits als ein für Damen ungehöriger Ort gelten. Man enthält uns da etwas sehr Anregendes vor, William will mich einfach nicht dorthin mitnehmen. Er erzählt nicht einmal davon, obwohl er sehr gerne hingeht, am liebsten zur Scheune auf den Tothill Fields. Was sagt Ihr dazu, Gräfin Alwitz. Oder wart Ihr gar schon einmal dort?»

Lord Williams Gesicht versteinerte, Cilly wurde blass, Augusta neigte sich mit unverhohlener Neugier vor, um Florence besser sehen zu können, Mr. Bachs Gesicht verzog sich zu einem erstaunten Lächeln und Sir Ridgebottom brüllte: «Was hat sie gesagt?», worauf aber niemand achtete.

Ob auch Gräfin Alwitz blass wurde, war im Schein der Kerzen nicht genau zu erkennen, zumindest weiteten sich ihre großen blauen Augen überrascht.

«Nun», sagte sie, «ich weiß nicht, ich …»

«Ihr müsst meine Frau entschuldigen», fiel ihr Mann ihr ins Wort, was sie mit einem dankbaren Blick quittierte. «Sie ist mir erst vor wenigen Wochen aus Amsterdam nach London gefolgt, und als Holländerin beherrscht sie Eure Sprache noch nicht sehr gut. Wenn Ihr erlaubt, Lady Wickenham, werde ich für sie antworten: Meine Frau hat niemals ein Cockpit besucht, sie wünscht das nicht, worüber ich sehr froh bin. Ihr mögt mich für altmodisch halten, aber ich bin überzeugt, manche Orte sollten Damen nicht zugemutet werden. Ebenso bin ich überzeugt, dass die Kämpfe und die Gesellschaft dort Euch keinesfalls zusagen würden, Mylady. Wir Männer sind rohe Wesen und ergötzen uns an wütenden Tieren und Kämpfen; der weiblichen Seele ist so etwas fremd, zu unserer Rettung schwingt sie sanft und braucht die Harmonie.»

«Sehr richtig», rief Augusta und bemühte sich um ein unschuldiges Gesicht. «Sehr richtig. Vor allem wenn man bedenkt, dass dort nicht nur Tiere ihr Leben lassen. Erst vor wenigen Tagen …»

«Augusta», rief Cilly schrill, «meine Liebe, du solltest *unbedingt* von dem Holunderblütenwein probieren, und Mr. Bach muss uns *unbedingt* erzählen, welche Fortschritte der Prinz von Wales auf dem Spinett …»

«Gern, meine Liebe.» Augusta hielt dem Diener, der sofort mit der Karaffe herbeigeeilt war, ihr Glas entgegen und fuhr zum unverhohlenen Amüsement ihres Tischnachbarn unerschüttert fort: «Erst vor wenigen Tagen ist ein Tuchhändler über die Brüstung gestolpert und den

Bestien zum Opfer gefallen. Ihr mögt meine Seele für zu wenig sanft halten», fuhr sie mit süßem Lächeln zu Graf Alwitz gewandt fort, «ich möchte dennoch zu gerne wissen, wie das geschehen konnte.»

«Sanftheit ist eine Sache der Relation, Madame, ich würde nie wagen, sie Euch abzusprechen. Aber für eine Antwort bin ich der Falsche. Wie Ihr habe ich von diesem bedauerlichen Unfall nur gehört. Ich weiß keine Einzelheiten und bin sicher, auch niemand sonst an dieser Tafel.»

Cilly entspannte sich zu früh.

«Schade», rief Professor Gothat, der in seiner Jugend auch einige Male die Cockpits besucht hatte. «Wirklich schade. Würde gerne Genaues darüber hören, und du auch, was, Laetitia? Du warst doch nie zimperlich.»

Die Bischofswitwe nickte errötend, womöglich war sie nur nicht gewöhnt zu widersprechen, und die Stimmen rund um die Tafel brandeten in Mutmaßungen und Erwägungen auf, bis ausgerechnet der schweigsame Mr. Abel laut verkündete, wenn es gewünscht sei, könne er als Zeuge des bedauerlichen Vorfalls genaue Auskunft geben. Schlagartig wurde es still und alle Augen richteten sich auf den Gambenspieler der Königin, dem niemand solche Kenntnisse je zugetraut hatte, am wenigsten, dass er sie preisgeben würde.

Cilly seufzte ergeben, gab Joseph ein Zeichen, er möge den Orangenbrandy für die Damen bereithalten, und beugte sich wie die meisten anderen vor, um nur kein Wörtchen zu versäumen. Diese Vorstellung versprach der wahre Höhepunkt des Abends zu werden, das noch zu erwartende Konzert der berühmten Musiker konnte damit kaum konkurrieren.

Mr. Abel war ein ausgezeichneter Musiker, seine Erzählkunst hingegen ließ einiges zu wünschen übrig. Es wurde allgemein bedauert, dass er sich selbst durch eifriges Nachfragen nicht dazu verleiten ließ, das blutige Geschehen auch blutig zu schildern. Er berichtete nur kurz und knapp die Tatsachen, nämlich dass Mr. Webber nicht an der Brüstung gestanden, sondern im Korb über der Arena gehockt habe, das Seil gerissen und der Korb hinuntergesaust sei, direkt zwischen die beiden Hunde, und er so ein Opfer der Mastiffs geworden war. Selbst das üblicherweise folgende ‹Ich denke …›, ‹Ganz gewiss sind …› oder ‹Auf jeden Fall wird …› überließ er der plötzlich äußerst angeregten Tischgesellschaft. Brandy wurde nicht gebraucht. Nicht einmal von der zarten Laetitia, obwohl sie beharrlich gegen Mr. Cutler und Mr. Gothat dafür stritt, dass Mastiffs eigentlich sehr liebe und treue Gefährten seien.

So verging der zweite Gang wie im Flug, auch Mr. Abel zeigte nun Appetit und widmete sich – schweigend – dem Fasan in einem Ragout aus Morcheln und Trüffeln, Pilzen, Artischockenböden, Spargelspitzen und Taubenlebern, ein Genuss, den er mit einer beachtlichen Portion ‹Mondschein› genannten Zitronencreme und einer Schale Erdbeereis abrundete.

*

Stanton Bixborn war hundemüde. Gewöhnlich ging er zu Bett, nachdem der Abendgesang aus dem Findelkinderheim herübergeklungen war, und das musste nun schon eine Stunde her sein. Oder gar zwei? Er besaß keine Uhr und hatte nicht auf die Glockenschläge von der Kirche des Heims geachtet. Einerlei, er musste fertig werden, der Wagen kam schon vor Sonnenaufgang. Zu dumm, dass er vergessen hatte, sich im *Red Lion* einen Krug Bier zu holen. Nun war es zu spät. In London fand man zu jeder Tages- und Nachtzeit eine geöffnete Schenke, doch schon am Rande der Stadt, wo außer dem großen Heim nur noch vereinzelte Gehöfte und Katen inmitten der Wiesen oder entlang der Landstraße standen, lebten die Menschen wie auf dem Land mit dem Lauf der Sonne. Bei der Poststation mit ihren Ställen bekäme er sicher noch ein Bier oder einen Gin, das Gasthaus für die Reisenden war gewöhnlich bis Mitternacht geöffnet, aber der Wirt redete ihm zu viel, und wer viel redete, fragte auch viel, das mochte Bixborn nicht.

Mit einem knurrigen Seufzer schlug er den letzten Nagel in den Deckel und warf den Hammer auf das Stroh. Nur zwei Kisten noch, dann konnte er endlich schlafen. Er griff nach dem Tonkrug auf dem Tisch am Fenster und nahm einen tiefen Schluck. Das Wasser war kühl und schmeckte frisch, als hätte er es nicht schon vor Stunden aus dem Brunnen hinter seinem Haus gezogen. Besser als Bier, dachte er, und viel besser als die muffige Brühe, die die Leute in der Stadt Wasser nannten.

Er hob den Vorhang aus braunem Sackleinen an und blinzelte in die Nacht hinaus zu dem drei Stockwerke hohen rechten Flügel des Heimes. Bis auf zwei der zahlreichen Fenster waren alle dunkel, die Kinder schliefen längst. Vielleicht starb auch gerade eines, sie starben dort ja wie die Fliegen, vor allem die Kleineren, wenn sie nach ihren ersten Lebensjahren bei einer Amme auf dem Land in das große, stets zum Bersten überfüllte Haus zurückkehrten.

Er zuckte mit den Achseln und nahm noch einen Schluck. Wenigstens hatten sie dort eine Chance, sicher eine bessere als ihre Schicksalsgenossen, die in den Straßen Londons zu überleben versuchten. Sie bekamen eine kleine Uniform und zu essen, nicht gerade zu viel, aber immerhin aus den eigenen Gärten und Backstuben, gesund und frisch wie das Wasser hier. Sie lernten sogar lesen und schreiben, selbst die Mädchen. Die Jungen arbeiteten in den Gärten und Ställen, die Mädchen im Haus und in der Küche, sodass sie später genug wussten und konnten, um sich eine ehrliche Arbeit zu suchen.

Bixborn mochte das Heim trotz allem nicht. Die riesigen Gebäude, die hohen Mauern um Hof und Gärten, das bewachte Tor – er fragte sich zum hundertsten Mal, warum er die Kate nicht verkaufte und sich eine andere Bleibe weiter draußen suchte. Die Stadt mit ihren stinkenden Häuserschluchten und neugierigen Augen und Ohren kam jeden Tag näher.

Der Mond war halb voll, auf der Wiese vor dem mächtigen Gebäude lagen die Kühe wie dunkle Klumpen im Gras, ein schwarzer Schemen, eine Eule auf der Mäusejagd, zog hoch über ihnen Kreise. Es war ein schönes, melancholisches Bild. Vielleicht kaufte er sich doch eines Tages Farbpulver und Pinsel.

Er leerte den Krug, kappte die Dochte der Kerzen in den beiden Haltern und begann unwirsch, Stroh in die nächste Kiste zu stopfen. Seine Laune, die sich bei dem Blick über das friedvolle Bild gebessert hatte, wurde wieder grau. Lange hatte ihn seine Arbeit kaum ernähren können, er war immer wieder gezwungen gewesen, in den Ställen der Poststation oder bei der Ernte auszuhelfen. Seit dem vorletzten Jahr liefen seine Geschäfte endlich gut, doch er hasste es, gedrängt zu werden, und er hasste es noch mehr, belanglose Auftragsarbeiten auszuführen, selbst wenn vor gar nicht langer Zeit ein großes Werk vollbracht war und in der feucht-sandigen Erde in seinem Hof darauf wartete, an seinen Ehrenplatz zu gelangen.

*

Rosina gefiel, wie Lady Florence mit ihrer Bemerkung alle aufgeschreckt und so der Gesellschaft alle Schläfrigkeit ausgetrieben hatte. Selbst für sie als Fremde war nicht zu übersehen gewesen, dass Mrs. Cutlers Tochter damit einen bestimmten Zweck verfolgte, der ihrem Gatten wie ihrer Mutter überhaupt nicht gefiel. Rosina hätte gerne herausgefunden, welcher es war. Mrs. Cutlers Tochter schien ihr die interessanteste unter den Damen, doch ihr Versuch, nach dem Dinner mit ihr in ein Gespräch zu kommen, das ohne Zweifel über die allgemeine Plauderei hinausgehen würde, scheiterte, da Lady Florence schon das Opfer des unermüdlichen Redeflusses der jüngsten Gräfin Dagenskøld geworden war.

So wartete Rosina mit wachsender Ungeduld auf Mr. Cutler. Beim Dessert waren ihr die Münzen wieder eingefallen, was nur an den Zitronenscheiben lag, mit denen das würzige Kuchenstück auf ihrem Teller garniert war. Wenn Mr. Cutler ein so eifriger Sammler war, wie Madame Augusta erzählt hatte, sammelte er womöglich auch alte Münzen. Sie musste ihm nur noch die etwas dunkleren Quellen entlocken und der lange träge Abend hatte seinen Sinn.

Doch während sich die Damen und auch einige der jüngeren Herren nach dem Dinner in den großen Salon begaben, blieben Mr. Cutler und die meisten Herren bei Pfeife, Brandy und ernsthaften Gesprächen im Speisesaal zurück. Sie hätte gerne gelauscht, tatsächlich versäumte sie wenig: Nachdem Einigkeit darüber erzielt worden war, dass die Pickles und der Hummer besonders delikat gewesen waren, dass überhaupt in diesem Jahr die Hummer ihresgleichen suchten, ging es ausschließlich um die Notwendigkeit, mehr Kanäle für den Transport aus den nördlichen Kohlerevieren zu bauen. Ein Pferd vermochte eine mit fünfzig Tonnen Last tragende Schute zu treideln, das war etwa so viel, wie zehn vierspännige Fuhrwerke auf der Landstraße transportieren konnten, und so bewegte ein Pferd oder Maultier auf dem Kanal so viel Lasten wie vierhundert auf der Straße.

An dieser Stelle schlief Mr. Ridgebottom ein, was aber keiner der anderen Herren bemerkte. Alle waren von der enormen Kostenersparnis durch die Kanäle gefesselt, die ein Aufblühen der jungen Industrien mit ihren neuen Dampfmaschinen erst ermöglichte. Das musste auch dem letzten Zweifler jener Kanal beweisen, den der Herzog von Bridgewater zwischen Manchester und seinen Minen von Worsley hatte bauen lassen. Die Leistung seines Ingenieurs war meisterlich. Wenn der Bau der kühnen Konstruktion auch fünf Jahre gedauert hatte und durch die Tunnel und Aquädukte entsetzlich teuer geworden war, rentierte er sich schnell, denn der Transport auf dem neuen Kanal ließ den Preis der Worsley-Kohle auf nahezu die Hälfte sinken. Entsprechend erhöhte sich der Profit in den Manufakturen und Fabriken.

Im großen Salon wurden derweil Tee und Kaffee serviert. Die Bischofswitwe und zwei andere Damen, deren Namen Rosina längst vergessen hatte, ließen sich den

Spieltisch ausklappen, gewannen Graf Alwitz als Vierten für ihre Runde Whist und konzentrierten sich auf die Karten und die Karaffe mit dem Madeira. Cilly betrachtete verstohlen von Alwitz' hübsches schmales Gesicht, den tadellosen Sitz seines nachtblauen, mit silberner Stickerei gesäumten Rockes und ignorierte auch nicht die besonders wohl geformten Beine in silbergrauen Kniehosen. Er war ein Mann um die dreißig, seine Kleidung und Haltung verrieten vorzüglichen Geschmack, und er war ohne Zweifel von einnehmendem Wesen, was sie gleich beruhigt hatte, als er mit seiner Gattin und dem kaum minder eleganten, doch geradezu erfrischend schüchternen Mr. Eschburg eingetroffen war. Alwitz war durch und durch ein Mann von echtem Adel, dachte sie, ohne Zweifel. Das waren zwar die meisten Freunde Williams, dennoch gefielen sie ihr nicht immer.

Die Herren Bach und Abel hatten sich zum Bedauern der Damen und in Gesellschaft einer Flasche Schaumweines in das Musikzimmer zurückgezogen, um sich für das bevorstehende Konzert zu sammeln.

Cassandra, die jüngere der Dagenskøld-Schwestern, verriet Lady Florence die Vorzüge ihres neuen Stickrahmens, was Florence, die offensichtlich mit ihren Gedanken weit fort war, wenig zu interessieren schien. Schließlich entschuldigte sie sich, sie müsse ihre Mutter in den Pflichten der Gastgeberin entlasten und im Musikzimmer nach dem Rechten sehen, worum sie die meisten Damen beneideten. Damit floh sie und tauchte erst wieder auf, als sich später die ganze Gesellschaft zum Konzert versammelte.

Augusta und Rosina saßen mit Tee, Sherry und Makronen versehen bei dem jungen Graf Dagenskøld, um sich das Neueste von Dr. Struensee berichten zu lassen, den beide kannten und schätzten. Der ungestüme junge Arzt war Stadtphysikus in Altona gewesen, bevor er zur Überraschung aller – nicht zuletzt zu seiner eigenen – zum Leibarzt des dänischen Königs berufen wurde, den viele für einen weniger an Leib als an Seele schwer kranken jungen Monarchen hielten.

Dagenskøld hatte Struensee nie selbst getroffen, auch beim Besuch des Königs in London vor anderthalb Jahren nicht. Damals sei er in Oxford gewesen, und auf der Rückreise von seiner *Grand Tour* habe er sich zwar einige Wochen in Altona aufgehalten, bis Kopenhagen sei er jedoch, obwohl er es vorgehabt hatte, nicht mehr gereist.

«Von Struensee», sagte er, «wird überall, wo der dänische König herrscht, viel geredet. Auch Gutes, ohne Zweifel. So hat er, nachdem im letzten Winter mehr als tausend Kinder an den Blattern starben, dafür gesorgt, dass nun alle geimpft werden, die armen unentgeltlich, die reichen gegen eine Gebühr. Vor einigen Wochen soll er sogar den Kronprinzen inoculiert haben, ein gefährliches Unterfangen, denn der Junge kränkelt ohnedies ständig. Ansonsten, das hat mein Vater vom Hof gehört, hat Struensee so sehr das Vertrauen des Königs gewonnen, dass der ihn zum Etatsrat ernannt hat und ihm immer mehr Macht überträgt. Struensee ist ein wütender Reformer, Mrs. Kjellerup, ein sehr wütender. Es heißt sogar, dass er die Zensur völlig abschaffen und den Pressen alle Freiheit geben will. Was aber noch schlimmer ist», Dagenskøld grinste breit, «angeblich will er auch den Handel mit Ämtern und Titeln beschränken – wenn er nicht aufpasst, kostet ihn das den Kopf.»

Rosina lachte. «Da kennt Ihr Struensee schlecht. Er ist

ein ungemein tüchtiger und einnehmender Mensch. Auch in Altona stieß er mit seinen Ideen und Überzeugungen auf Widerstand und durfte manche seiner Schriften nicht drucken lassen, aber frischer Wind kann in alten Schlössern nie schaden. Wenn der König nur halbwegs bei Sinnen ist, wird er ihn schützen, es ist kein Wunder, dass er Struensee so sehr schätzt.»

«Das tut er ohne Zweifel. Und – wie es heißt – die Königin auch.»

«Ihr sprecht von Dr. Struensee?», mischte sich nun Mrs. Cutler ein. Als gute Gastgeberin hatte sie sich zu Gräfin Alwitz und Mr. Eschburg gesetzt, obwohl sie unbedingt noch eine ruhige Minute finden musste, um sich von Mrs. Dambeaux, der Gattin eines hugenottischen Seidenmanufakteurs, die Quelle ihres delikaten und überaus preiswerten Tees verraten zu lassen. Cilly ahnte zwar, dass diese Quelle eine war, um die der Zoll nicht wusste, aber das Leben war zu teuer für übertriebene Ehrsamkeit. Wenn die Schmuggler und Kaperer den Kaufleuten und der königlichen Kasse schon so großen Schaden zufügten, war es nur vernünftig, wenn die Hausfrauen der Kaufleute ein wenig des Verlustes durch den Kauf von Schmuggelware ausglichen. Frederick würde möglicherweise von Betrug und Missachtung der Gesetze sprechen, doch es gab keinen Grund, ihn mit nebensächlichen Haushaltsangelegenheiten zu behelligen.

Das Gespräch mit dem jungen Eschburg allein verlief mühsam, jedenfalls wurde Cillys Neugier in keiner Weise befriedigt. Sie erfuhr nur, dass er in Göttingen die Rechte studiert hatte und sich für einige Zeit in London aufhalte, um seinen Freund zu besuchen und die berühmte Stadt kennen zu lernen, auch interessiere er sich sehr für die englische Justiz. Weil Cilly das scheußlich langweilig fand, begann sie ihm ausführlich die Sehenswürdigkeiten der Stadt anzupreisen, was sie kaum weniger langweilte. Nun überlegte sie schon seit einer Viertelstunde, wie es ihr gelänge, sich in das Gespräch am Nebentisch zu drängen und so Mr. Eschburg und die Gräfin unauffällig Miss Rosina zu übergeben, die etwa im gleichen Alter war und viel leichter ein gemeinsames Thema finden konnte. Vielleicht sprach sie sogar ein wenig Holländisch, was bei Hamburger Kaufleuten üblich war, überhaupt musste sie Augusta unbedingt fragen, was für einen Handel Miss Hardensteins Familie betrieb.

Endlich sah sie die rettende Chance. «Wenn ich gewusst hätte, dass du Dr. Struensee kennst, Augusta! Ich habe ihn kennen gelernt, als er mit dem dänischen Hof hier war. Auf dem großen Maskenball, ein exorbitantes Fest, man hat gewiss selbst in Hamburg davon gehört. Er ist ein entzückender Mensch, ungemein entzückend. Und so verständig. Er hat sich sogar durch unser schönes Findlingsheim führen lassen. Ich muss unbedingt erzählen … Ach, Miss Hardenstein, würde es Euch etwas ausmachen, mit mir den Platz zu wechseln? Danke, das ist ganz reizend. Ihr kennt Miss Hardenstein, Mr. Eschburg. Gewiss habt Ihr einander viel zu erzählen. Womöglich kennt Ihr auch Hamburg? Nein, wie schade, dort lebt Miss Hardenstein nämlich. Ja, wie ich schon sagte, Augusta, Dr. Struensee …»

Mitternacht war längst vorüber, als Rosina nach Covent Garden zurückkehrte. Sie war schrecklich müde und überlegte, was sie Helena, Jean und den anderen morgen erzählen würde, wenn alle um den Frühstückstisch herumsaßen und sie erwartungsvoll ansahen. Sie wollte sich Mühe geben und den Abend am St. James Square als das schildern, was sie erwarteten, als einen wunderbaren Abend im Glanz des Reichtums und der feinen Gesellschaft. Sicher, es war ein schöner Abend gewesen, das Essen war vorzüglich und das Konzert, das Mr. Bach und Mr. Abel mit einigen ihrer Musiker zum Abschluss gaben, ein Erlebnis. Dennoch fühlte sie sich, allein in der Droschke, seltsam leer. Wenigstens war es ihr noch gelungen, Mr. Cutler zwei Namen und Adressen von Münzhändlern der undurchsichtigen Art zu entlocken. Es war leicht gewesen, er hatte nicht nach dem Grund gefragt. Als Kaufmann fand er es gewiss nur vernünftig, sparsam einzukaufen.

Sie ließ die Gesichter an sich vorbeiziehen, schöne und hässliche, heitere und verschlossene – da war nichts Besonderes. Außer Johann Christian Bach vielleicht. Er war so anders als sein behäbiger älterer Bruder, wie auch ihrer beider Kompositionen sich stark unterschieden. Der Londoner Bach schuf heiterere, gefühlvollere und ganz der eleganten Welt zugewandte Werke. Als nach dem Konzert ein letztes Glas Wein gereicht wurde, hatte er ihr augenzwinkernd zugeraunt, sein Bruder habe ihm im letzten Jahr die etwas wirre Geschichte einer abenteuerlichen jungen Dame geschrieben, die auf dem Wandertheater lebe und sich ganz unpassend als Jägerin von Unholden, so habe Carl Philipp es ausgedrückt, betätige. Er freue sich, sie kennen zu lernen, oder ob es ein Zufall sei, dass sie den gleichen Namen trage? Dann hatte er gelacht und sich verabschiedet.

Sie fröstelte trotz der warmen Nacht und kroch tiefer in ihr Schultertuch. Noch immer war auf den Straßen keine Ruhe eingekehrt, die Stimmen und die Geräusche der Wagen verbanden sich in ihrem Kopf zu einer gleichförmigen Melodie mit der Wirkung eines Schlafliedes. Auch wenn sie nicht so schläfrig gewesen wäre, hätte sie kaum die Kutsche bemerkt, die ihrer Droschke bis in die Henrietta Street folgte.

KAPITEL 6

«Danke, Mrs. Tottle», sagte Rosina, «es ist schon spät für ein Frühstück, aber ich bin von gestern noch so satt, mir reicht wirklich ein Becher Kaffee.»

«Das glaubt Ihr jetzt nur, Miss. Kaum seid Ihr um die Ecke, knurrt Euch der Magen. Ihr braucht ein gutes Frühstück, sonst verführt Euch der Hunger noch zum Kauf in diesen üblen Läden, die für ein paar Pennys gefährliches Zeug feilbieten, glaubt mir, das ist voller Gift, auch wenn es noch so gut riecht.»

Mrs. Tottle griff mit der Miene einer strengen Mutter nach dem Buttertopf, grub mit dem Holzlöffel eine ordentliche Portion heraus und ließ sie in den Porridge fallen.

«Esst», sagte sie und schob Rosina die Schale über den Küchentisch zu.

Rosina nahm noch einen Schluck Kaffee, den die Wirtin mit reichlich braunem Zucker verrührt hatte, und griff gehorsam nach dem Löffel. Der Kaffee war dünn, doch er duftete anregend nach Anis. Mrs. Tottles nun folgender Vortrag über die Tücken billigen Brotes, für das die Bäcker schlechtes Korn verwandten und den Teig mit Knochenasche, Kalk und Alaun mischten, damit es schwer und weiß erscheine, und über das verdorbene Fleisch und die Abfälle aus den Schlachtereien, die in den schmuddeligen kleinen Garküchen in die Töpfe wanderten, machte Rosinas Appetit nicht größer. Doch das Porrigde war sahnig und köstlich, sie leerte die Schale bis auf den Grund. Mrs. Tottle sah ihr mit Genugtuung zu und spendierte zur Belohnung einen zweiten Becher Kaffee.

Die Wirtin der Becker'schen Gesellschaft war eine energische, freundliche und großzügige Frau. Da sie gerne ins Theater ging, seit ihre beiden Söhne groß genug waren, um am Abend ohne Aufsicht zu bleiben, war sie gerne bereit, selbst wandernde Komödianten zu beherbergen. Sie war die Ehefrau eines Steuermanns, der in der Vergangenheit gute Prisen gemacht haben musste, wie sonst konnten er und seine Frau ein solides Haus mit sechs Wohnungen von behaglicher Größe mitten in der Stadt besitzen? Manon vermutete in Mrs. Tottle lieber ein reiche Erbin – wegen ihrer Sommersprossen und roten Locken von altem irischem Adel –, die um der Liebe zu einem verwegenen Helden der Meere willen unter ihrem Stand geheiratet hatte. Leider erinnerte sich Gesine an leidvolle Erfahrungen mit zahllosen Wirtinnen und verbot ihrer Tochter strengstens, Mrs. Tottle mit Fragen nach ihrer Vergangenheit zu belästigen. Insbesondere, weil es vielen Engländern überhaupt nicht gefiel, einer irischen Herkunft verdächtigt zu werden.

«Könnt Ihr mir sagen, wie ich den Weg zur Ave Maria Lane finde, Mrs. Tottle?», fragte Rosina, als sie den sauber abgeleckten Löffel neben die Schale legte.

«Ave Maria Lane?» Mrs. Tottles Augen blitzen neugierig. «Wollt Ihr etwas drucken lassen?»

«Drucken? Warum denkt Ihr das?»

«Weil die Ave Maria kurz vor St. Paul's liegt und die Straßen um die Kathedrale das Viertel der Druckereien,

Buchverlage und Papierwarenhandlungen sind. Es gibt dort wunderbare Tapeten», sie legte aufseufzend ihr Kinn in die aufgestützte Hand, «sogar mit chinesischen Mustern. Wenn doch nur Mr. Tottle endlich zurückkäme. Ständig laufe ich vergeblich zum Hafen. Er hat mir schon vor zwei Jahren Tapeten für das Wohnzimmer versprochen, und diesmal helfen ihm keine Ausreden.»

«Ist es weit bis zur Ave Maria Lane?», erinnerte Rosina an ihre Frage. An diesem Morgen interessierte sie sich absolut nicht für Tapeten und säumige Steuerleute.

«Etwa eine Meile, für London ist das nicht weit.» Auch sei es einfach zu finden. Die Strand hinunter durch den Temple Bar, weiter die Fleet Street immer geradeaus und dann kurz vor der Kathedrale die Gasse auf der linken Seite. «Es gibt dort viele solcher kleiner Straßen, am besten fragt Ihr bei St. Paul's noch einmal.»

Bevor Mrs. Tottle zu ihrer schönen Vision von tapezierten Räumen zurückkehrte, machte sich Rosina schnell auf den Weg. Sie hatte genug von Wagners Sucherei nach den Münzen, sie wollte endlich Bendix Hebbel finden.

Von der Covent Garden Piazza lief sie die Southampton Street hinunter und bog in die Straße mit dem befremdlichen Namen Strand ein, der daran erinnerte, dass die Themse in alter Zeit sehr viel breiter gewesen war. Sie blieb stehen und sah noch einmal zurück, um sich den Laden des Brillenmachers an der Ecke einzuprägen, und nahm sich vor, zumindest die Lage der wichtigsten Straßen von Wagners Stadtplan zu kopieren.

Der Lärm in der Strand war kaum geringer als auf der Piazza. Auch hier empfing sie ein schriller Chor von Stimmen in verschiedenen Sprachen und Dialekten, auch hier priesen Ausrufer Zitronen, frischen Fisch, Austern und alte Schuhe, heiße Pasteten und gebackene Bohnen, Punch und Judy-Puppen oder Singvögel in kleinen Käfigen an. Messerschleifer empfahlen ihre Dienste, die stets hastenden Sänftenträger forderten mit heiseren Stimmen rüde Platz.

In all das mischte sich das Rattern und Quietschen von Kutschen, Wagen und Karren, für die selbst diese breite Straße zu eng war, die Kutscher riefen sich wütende Beschimpfungen zu. London war ohne Zweifel die lauteste Stadt, die sie je erlebt hatte.

Der Tag war warm, durch steil abfallende Treppen und Gassen wehte eine leichte Brise den Geruch des nahen Flusses herauf. Die Verlockung, zum Wasser hinunterzulaufen und sich mit dem weiten Blick über den Fluss von der Enge der Straßen zu erholen, war groß, doch sie hatte es eilig. Die Schaufenster hielten sie schon genug auf. Hier seien die besten Läden in ganz London, hatte Mrs. Tottle versichert, auch wenn die feinen Herrschaften neuerdings die in der Oxford Street vorzögen, was aber nur eine neue Mode sei, die gewiss bald vorübergehe.

Rosina tastete nach den Münzen in ihrer Rocktasche, ganz und gar normales englisches Geld, und beschloss, sie auf ihrem Rückweg bis auf den letzten Penny auszugeben. Für ein neues Brusttuch vielleicht. Oder für Schuhe? Dafür würde es kaum reichen, aber für ein Stück indischen Kattun. Ein kleines nur, gerade genug für einen dieser runden Beutel, wie ihn die eleganten Damen in Paris an einer Kordel um ihr Handgelenk trugen.

Die ganze lange Straße war von Läden gesäumt, fast jeder zeigte seine Waren hinter blank geputzten großen Fenstern, hübsch angeordnet und am Abend von hellen Lampen beleuchtet. So etwas hatte sie nie zuvor gesehen. Kurz vor dem Temple Bar, hinter dem die Fleet Street begann, versuchte sie die Straße zu überqueren. Der steinerne, wie ein kleines Stadttor anmutende Bogen bedeutete die Grenze zwischen dem königlichen Westminster und der bürgerlichen City. Seit es auf der London Bridge keine Häuser und Tore mehr gab, wurden die auf eiserne Lanzen gespießten Köpfe der Gehenkten auf dem Bogen zur Schau gestellt. Heute waren die aufragenden Stangen leer, die Männer, die am Fuß des Bogens für einen halben Penny Fernrohre vermieteten, machten keine Geschäfte.

Die Röcke gegen den Unrat gerafft, wartete sie am Rand der Straße, irgendwann musste sich doch eine Lücke in dem Strom der Reiter und gefährlich schnell dahinrollenden Wagen öffnen, als jemand an ihrem Ärmel zupfte. Eine kleine schmutzige Hand streckte sich ihr entgegen, sie sah in ein schmutziges Gesicht, auf einen Mund, der mehr Lücken als Zähne aufwies. Das dünne Kind sprach unverständliche Worte, doch die offene Hand brauchte keine Erklärung. Sie ließ einen halben Penny hineinfallen und hoffte, er werde für ein halbes Brot reichen. Blitzschnell schlossen sich die Finger um die Münze, und das Kind huschte in die Dunkelheit einer engen Gasse.

Rosina sah zu den Giebeln hinauf, die Häuser waren sehr alt, auch ein bisschen krumm, aber keines war baufällig, kein Fenster zerbrochen oder notdürftig mit einem alten Sack verhängt. Ein krächzendes Klingeln lenkte ihren Blick zurück auf die Straße. Gleich neben der Gasse, in der das Kind verschwunden war, schloss sich eine Ladentür hinter einer dunkel gekleideten Gestalt.

Das Haus war nur schmal, auf einer hölzernen Tafel über seinem Schaufenster stand in altertümlicher Schrift

‹Antiquitäten› und darunter ‹Godfrey Wilberhood›. Die Scheiben waren nicht ganz so blank geputzt wie die meisten anderen, die dahinter ausgelegten Waren ein buntes Sammelsurium. Es bestand vor allem aus Büchern, die alt, dick und äußerst gelehrt aussahen. Sie versuchte die Titel zu lesen, doch außer einigen Worten in breiter Goldprägung konnte sie nichts entziffern. Da waren auch ein altes Schnappschlossgewehr, am Schaft mit ziseliertem Silber belegt, einige Messingkannen, Gürtelschließen, Silberleuchter und Schuhspangen, eine Schale mit verschiedenen Knöpfen. Ein Schild bot die ‹Beschaffung von Spiegeln in jeder Größe nach altgriechischer Manier› an, ein zweites ‹römische Marmorstatuen, mit und ohne Sockel, zumeist in gutem Zustand›. Am besten gefiel ihr jedoch eine Deckelvase aus weißen Porzellan, die in chinesischer Manier mit Blumen und Vögeln bemalt war.

Im Laden sah sie zwei Männer, undeutlich nur, denn der helle Tag ließ den Raum noch dunkler erscheinen, als er ohnedies war. Sie beugten sich über etwas, das zwischen ihnen auf dem Ladentisch lag, dann hielt der kleinere etwas zwischen Daumen und Zeigefingerin die Höhe, legte es wieder auf den Tisch, griff nach einer Vergrößerungslinse und beugte sich, das Glas ins rechte Auge geklemmt, erneut darüber. Der andere, der Mann in der dunklen Kleidung und gewiss ein Kunde, stand an den Ladentisch gelehnt und zeigte das ebenmäßige Profil eines noch jungen Mannes. Er war erheblich größer als der Händler und sehr schlank.

Als sie noch überlegte, ob ihr dieses Gesicht gefalle, eilte der Händler hinter seinem Tisch hervor zum Fenster und stellte, ohne die Frau an der Scheibe zu beachten, ein samtbeschlagenes Tablett mit drei alten goldenen Münzen in die Lücke zwischen die beiden Leuchter.

Rosina seufzte. Schon wieder alte Münzen. Sie trat einen Schritt zurück und las noch einmal den Schriftzug auf der Tafel. Nein, Godfrey Wilberhood war nicht unter den Namen gewesen, die Mr. Cutler ihr genannt hatte.

Doch nun lagen auch im Fenster dieses staubigen Ladens, in dem alles verkauft wurde, was nicht mehr neu war, drei Münzen, die aussahen, als wären sie von einigem Wert. Es musste Dutzende solcher Läden geben – die Suche nach der Sammlung des Senators war wirklich reine Zeitverschwendung.

Sie musste nur zweimal fragen, um die Ave Maria Lane zu finden. Die Straße war kurz, doch bis sie wenige Schritte vor der Kreuzung zur Pater Noster Row endlich das Schild ‹Druckerei, Buchhandlung und Verlag von Thomas MacGavin› entdeckte, hatte sie außer einer Schreib- und einer Papierwarenhandlung schon zwei andere, allerdings kleinere Druckereien passiert. Nur die Tapeten im Schaufenster des Papierwarenhändlers hatten sie einige Zeit aufgehalten.

Sie trat durch die schmale Einfahrt – für Wagen mit schweren Lasten musste es an der anderen Seite des Anwesens eine zweite geben – und sah in einem hübschen Innenhof als erstes eine Hermesstatue, von der dicken Londoner Luft schwärzlich patiniert. Die Backsteingebäude um den Hof konnten nicht älter als ein Jahrhundert sein, ihre Fenster waren groß, und Rosina stellte sich auf die Zehenspitzen, um sich für die richtige der Türen in den drei Flügeln zu entscheiden. Die schweren Vorhänge an den Fenstern des linken Hauses verrieten Wohnräume, in den beiden des mittleren, gegenüber der Hofeinfahrt, waren Bücher ausgestellt, hinter zwei Fenstern sah sie Männer an den schräg gestellten Setzkästen. Das war der richtige Flügel.

Als auf ihr Klopfen niemand öffnete, entschied sie sich für die Tür zu Mr. MacGavins Buchhandlung.

Durch drei hohe Fenster gegenüber den beiden zum Hof fiel helles Tageslicht in den Raum. An den anderen beiden Wänden reichten Bücherschränke fast bis zur Decke. In zweien warteten die kostbarsten Druckwerke hinter verglasten Türen auf Käufer, doch auch auf den Reihen ungeschützter Bücher lag kein Stäubchen. Ein alter Herr mit einer teuren braunen Perücke, schwarz gekleidet bis zu den altmodisch hohen Absätzen seiner Schnallenschuhe, blätterte in einem kleinen Buch, das er von dem Tisch in der Mitte des Raumes genommen hatte. Er blickte auf, als Rosina eintrat, ließ seine Lorgnette sinken und musterte sie mit kurzsichtig zusammengekniffenen Augen.

«Exzellente Angebote», sagte er mit heiserer Stimme und klopfte auf den Tisch. «Auch für den Nadelgeldetat junger Damen. Sehr zu empfehlen. Neue Bücher zum halben Preis. Wie Cicero sagte: Sparsamkeit ist eine gute Einnahme. Dies hier zum Exempel, Fleetwoods ‹Essays über Wunder›. Oder ‹Äsops Fabeln in Englisch und Latein›. Sehr lehrreich, ja, auch für Damen.»

Dann hob er mit rumpelndem Räuspern seine Stielbrille vor die Augen und vertiefte sich wieder in die Lektüre.

«Kann ich helfen, Miss?» Eine rundliche Frau mittleren Alters mit apfelroten Wangen trat aus dem hinter der Buchhandlung liegenden Zimmer und lächelte beflissen.

«Ihr interessiert Euch für diese günstigen Bücher? Das ist klug. Wir führen eine große Auswahl an Restauflagen, nicht nur unsere eigenen, sondern Druckwerke aus dem ganzen Land. Nur weil sie niemand gekauft hat, heißt das noch nicht, dass sie von minderer Qualität sind. Dieses zum Beispiel.» Sie griff nach einem nur handgroßen, in schwarzes Leder gebundenen Büchlein. «Mr. Arbut-Worthings Gedichte sind so ungemein ergreifend. Und so wahrhaftig. Sie berühren das Gemüt und heben die Seele. Die Kunst seiner Poesie ist bedeutend. Wenn Ihr die Sonette von Mr. Shakespeare kennt und liebt, wie es doch jeder empfindsame Mensch tun muss, werdet Ihr auch dieses Werk schätzen. Vielleicht», sie strich bedauernd über das Leder, «hätte Mr. Arbut-Worthing nicht ausschließlich die raue Weite Schottlands und die Mysterien des Novembernebels zum Gegenstand seiner Verse machen sollen. Hätte er auch die Lieblichkeit der einen oder anderen Dame oder der italienischen Gärten besungen, hätte sich das Büchlein hervorragend verkauft. Doch ist das Leben nicht oft wie die schottische Landschaft? Stürmisch und rau, voll kalten Nebels unter dräuenden Wolken, doch ebenso voll des süßen Heideduftes und des Gesangs der Lerchen?»

«Sehr richtig», mischte sich der Herr mit der Lorgnette ein, «schönes Land da oben, seit wir die Rebellen untergekriegt haben, prachtvolle Moorhühner, und der Whisky …» Wieder rumpelte sein Räuspern und er beugte sich rasch über das nächste Buch, als müsse er die Ungehörigkeit, sich in das Gespräch fremder Damen gemischt zu haben, ungeschehen machen.

Die Verkäuferin, Rosina vermutete in ihr Mrs. MacGavin, lächelte errötend. Entweder hegte sie eine unerfüllte

Sehnsucht nach dem schottischen Hochland oder nach Mr. Arbut-Worthing.

«Ohne Zweifel ist die nördliche Landschaft erhebende Verse wert», sagte Rosina brav und bemühte sich um ein möglichst fehlerhaftes Englisch. «Ich hatte leider nie das Vergnügen, Schottland zu bereisen. Aber heute möchte ich kein Buch kaufen», sie zog drei schon ziemlich verkrumpelte Bögen aus ihrer Rocktasche, «sondern etwas drucken lassen. Es ist ...» Sie seufzte schwer und machte ein klägliches Gesicht. «Verzeiht, ich spreche Eure Sprache nur sehr schlecht. Gibt es in der Druckerei jemanden, der Deutsch spricht?»

«Da habt Ihr Glück, Miss!» Mrs. MacGavin sprach nun ganz ohne lyrischen Schmelz, dafür langsam, deutlich und so laut, dass der Moorhuhnliebhaber erschreckt sein Buch fallen ließ. «Wir haben einen neuen Gesellen, der Eure Sprache sehr gut spricht, was kein Wunder ist, es ist nämlich seine eigene. Mr. Hebbel ist ein sehr netter junger Mann, höflich und adrett, obwohl er Ausländer ist. Oh, verzeiht, Miss», diesmal errötete sie noch tiefer, «natürlich gibt es überall auf der Welt höfliche Menschen, selbst in Ostindien soll es ganz saubere ... nun ja, wenn Ihr einen Moment wartet, hole ich ihn. Nur ein winziges Momentchen.»

Damit verschwand sie eilig durch die Tür zwischen den Bücherwänden.

Rosina hatte sich auf ihrem Weg durch die Stadt ein ganzes Sortiment an Tricks ausgedacht, wie es ihr gelänge, Bendix Hebbel zu sprechen, ohne irgendeinen Verdacht zu erregen. Dass es so einfach sein würde, hatte sie nicht gedacht. Und den Mann, der durch die Tür in den Verkaufsraum trat, hatte sie sich anders vorgestellt. Immerhin hatte er das Leben und beinahe die Heiratspläne einer äußerst vernünftigen Witwe durcheinander gebracht, keines schwärmerischen Mädchens, sondern einer erwachsenen Frau, die zwei Kinder aufzog und eine renommierte Druckerei führte. Dazu, so hatte sie gedacht, bedurfte es einer außerordentlichen Erscheinung, einer Ausstrahlung verführerischer Männlichkeit. Vielleicht, so dachte sie nun, verlor man den Blick für die Realität, wenn man auf dem Theater lebte, wo Helden den olympischen Göttern ähnelten.

Bendix Hebbel war ein völlig unauffälliger Mann. Träfe sie ihn morgen auf der Straße, würde sie ihn unerkannt vorübergehen lassen. Er mochte etwa dreißig Jahre alt sein, sein Gesicht war blass und schmal, das Haar glatt und dunkelblond, wohl wirkte er hoch gewachsen, tatsächlich maß er nur wenig mehr als die durchschnittliche Größe. Er schien eher hager als schlank, seine Schultern bewiesen, dass seine Arbeit häufig eine gebeugte Haltung forderte.

«Ihr braucht meine Hilfe, Mademoiselle?» Er blickte sie freundlich prüfend an und stopfte das Leintuch, mit dem er sich die Hände abgerieben hatte, flüchtig in seine Rocktasche. «Verzeiht, wenn ich Euch nicht die Hand gebe, es ist nur wegen der Druckerschwärze.» Er hielt entschuldigend seine beschmutzten Hände hoch. «Ich habe gerade dem Lehrjungen gezeigt, wie man nach dem Druck die Lettern ordentlich säubert. Was kann ich für Euch tun? Ihr wollt etwas drucken lassen?»

«Ja, Monsieur Hebbel. Ihr seid doch Monsieur Hebbel?», fragte sie und fuhr, als er nickte, fort: «Ich habe hier eine Liste. Eigentlich wollte ich sie mit der Feder kopieren, aber ich brauche sie zwanzigfach. Einmal habe ich sie schon abgeschrieben, es war schrecklich mühsam, Fehler zu vermeiden.» Sie reichte ihm die auseinander gefalteten Bögen und erklärte: «Es ist eine Liste von Münzen, die mein Onkel für seine Sammlung erwerben will. Er hat mich gebeten, danach Ausschau zu halten, und es erscheint mir einfacher, sie bei den Münzhändlern zu hinterlegen, als immer wieder zu erklären, was wir suchen.»

Hebbel las schweigend die ersten Zeilen, blickte kurz auf den zweiten und den dritten Bogen. «Bei uns», sagte er dann und schaute auf, «wird es keine Fehler geben. Jeder gedruckte Bogen wird von den Korrektoren geprüft, und wenn der Setzer falsche Lettern eingefügt hat, was gelegentlich vorkommt, werden sie ausgetauscht. Die Drucke, die Ihr schließlich bekommt, werden ganz und gar fehlerfrei sein.» Bendix Hebbel, das war offensichtlich, war stolz auf seinen Berufsstand. «Wenn Ihr mir bitte in die Druckerei folgen wollt. Wir haben dort Musterbücher, aus denen Ihr die Art der Schrift und ihre Größe bestimmen könnt. Am besten», wieder glitt sein Blick über den ersten Bogen, «nehmen wir drei verschiedene Schriften und zwei Größen. So wird die Liste schön übersichtlich. Oder vier Schriften, wenn wir die Medaillen von den Münzen absetzen wollen.» Plötzlich stutzte er, hob den Kopf und starrte sie an. «Woher kommt Ihr? Aus welcher Stadt?»

Rosina schluckte. Auf diese Frage war sie so schnell nicht vorbereitet. Was war die richtige, die klügste Antwort?

«Aus Sachsen», sagte sie und holte tief Luft. «Eigentlich. Zuletzt habe ich in Hamburg gelebt.»

Bendix Hebbels Gesicht veränderte sich auf dramatische Weise. Es wurde noch bleicher, nur um gleich darauf wie von Röte übergossen zu sein, seine grauen Augen wurden dunkel, seine Lippen pressten sich aufeinander, und Rosina fühlte heißen Triumph.

«Monsieur Hebbel», sagte sie leise, «mögt Ihr Hamburg nicht?»

Doch er hörte ihre Worte nicht. «Sie hat Euch geschickt», flüsterte er und griff hart nach ihrem Arm. «So sagt mir doch: Hat sie Euch geschickt? Hat sie diese fatale Hochzeit doch noch abgesagt?»

*

Wagner atmete auf, als sie endlich von der Russel Street in die Covent Garden Piazza einbogen und in den Schatten der breiten Kolonnaden traten. Seine Füße taten ihm mindestens so weh wie sein Kopf, er war müde, schlecht gelaunt und fragte sich, wie Karla noch genauso munter sein konnte wie am Morgen, als sie mit Titus das Haus in der Henrietta Street verlassen hatten.

Er war insgeheim froh gewesen, als der Hanswurst der Becker'schen Gesellschaft sich erbot, ihn zu begleiten. Titus war nicht nur bärenstark, er sah auch so aus, und seine Miene unter dem struppigen gelben Haar konnte so grimmig werden, dass selbst dem frechsten Straßenräuber die Lust verging, seiner Arbeit nachzugehen. Dass Karla sie begleitete, hatte ihm nicht gefallen, aber es war immer noch besser, als sie allein in der Henrietta Street zurückzulassen, wo sie ganz bestimmt keine halbe Stunde geblieben wäre.

Wagner war entzückt von seiner jungen Ehefrau. Er liebte es, ihre leichten Schritte neben seinen zu hören, und hier, wo ihn niemand kannte, war es ihm nur ganz wenig peinlich, ihre Hand in seiner zu spüren. Aber am liebsten hätte er sie alle Tage – und besonders alle Nächte – eingesperrt, um sie vor den Gefahren dieser brodelnden Stadt zu beschützen. Karla war von allem Neuen, das sie entdeckte, beglückt, sie misstraute nie einem freundlichen Gesicht, und er war sicher, wenn sie eine Katze sähe, die ihr gefiel, würde sie dem Tier bis in den dunkelsten Hinterhof folgen, und dann – weiter mochte er nicht denken.

Als er sich an diesem Morgen auf den Weg machen wollte, war niemand da gewesen, dem er Karla anvertrauen konnte. Rosina schlief noch, wer wusste schon, wann sie nach ihrem Ausflug in die vornehme Welt erwachte. Sie hatte ihm einen Zettel unter der Tür durchgeschoben, auf dem jemand zwei Adressen von Händlern notiert hatte, die ‹nicht nach dem Woher oder Von-wem› fragten. Er hatte immer gewusst, dass reiche Leute sich mit dunklen Geschäften ebenso gut auskannten wie arme. Helena, Gesine und Manon verschwanden zu irgendwelchen Läden für Tuche, Bänder, Nadeln und unnützem Flitter, Fritz und Muto wollten sehen, ob es im Tower tatsächlich senegalesische Löwen gebe, und Rudolf murmelte etwas von neuen Farben, es könne ja sein, dass er plötzlich Kulissen malen müsse, im Übrigen könne es nicht schaden, einige Skizzen von London anzufertigen, um sie später als Vorlage für die Prospekte zu verwenden.

Wagner wusste es nicht, aber in Rudolf, der zum ersten Mal in seinem Leben das Glück freier Zeit erlebte, wuchs die Sehnsucht, endlich etwas anderes zu malen als immer nur grobe Kulissenbilder. In den letzten Tagen hatte er zum ersten Mal eine Handlung für Gemälde betreten, hatte vor den vom Boden bis zur Decke mit

Bildern bedeckten Wänden gestanden und dieses bittersüße Ziehen in der Brust gespürt, für das es keine Heilung gab. So verbrachte er Stunden mit Papier und Rötelstift am Fluss und in der Stadt, betrat jede Farbenhandlung auf seinen Wegen, immer auf der Suche nach Pigmenten, die er sich leisten könnte. Und das Ziehen in der Brust ließ nicht nach.

Jean, der sowieso nicht zum Aufpasser taugte, verkündete, es sei höchste Zeit, zum Drury Lane Theatre zu gehen und Mr. Garrick seine Aufwartung zu machen. Ein Vorhaben, dass Mrs. Tottle tief beeindruckte, wenn die Wirtin auch zu bedenken gab, Mr. Garrick sei ein *sehr* berühmter Mann und keineswegs so einfach zu sprechen, was wiederum Jean überhaupt nicht beeindruckte.

So war Wagner mit Titus und Karla seiner Pflicht gefolgt – auch diesmal vergeblich. Er wurde bei seiner Arbeit selten zuvorkommend behandelt. Niemand hatte gern mit der Wedde zu tun, in den Bürgerhäusern und Kontoren begegnete man ihm gar wie einem Bittsteller. Das ließ ihn die Gewohnheit stoisch ertragen. Hier jedoch, wo ihm kein Amt Bedeutung verlieh, wo man ihn trotz seines besten Rockes als armen Mann ansah, der nach teuren Münzen fragte, die er sich kaum würde leisten können, fühlte er sich zutiefst gedemütigt. Die beiden dubiosen Händler von Rosinas Zettel – es hatte geraume Zeit und viele Fragen gekostet, sie in der versteckten Chymisters Alley und in einem Hof hinter der Birchin Lane zu finden – hatten sich zwar in Bücklingen überboten, aber auch nicht mit den gesuchten Exemplaren oder nützlichen Hinweisen dienen können.

«Genug für heute, Wagner.» Er fühlte Titus' Hand auf seiner Schulter. «Wir sollten jetzt essen und trinken.»

Titus zeigte mit dem Kinn die Arkaden hinunter, wo drei Häuser weiter die Tür zur *Shakespeare's Head Tavern* weit offen stand. Ehe Wagner widersprechen und eine bescheidenere Schenke vorschlagen konnte, hatte er schon einen seiner kuriosen Kratzfüße gemacht, Karla den Arm geboten und stolzierte mit ihr davon.

Wagner atmete schwer, als er hinter ihnen in die Taverne stolperte. Immerhin war es keine der stinkenden Kaschemmen voll mit Gin-trunkenem Pöbel, von denen es in den Seitengassen so viele gab. Hier standen tadellose Stühle vor Tischen aus dunklem Holz, in dem etwas erhöhten hinteren Teil des Raumes sogar mit weißen Tüchern bedeckt. In polierten messingnen Wandleuchtern brannten Kerzen, und die Düfte, die ihm entgegenschlugen, eine Mischung von Gebratenem und würzigen Suppen, Tabak und Kaffee, waren köstlich. Tatsächlich glich die Taverne einem der besseren Kaffeehäuser, anders als dort, entdeckte er hier unter den Gästen auch einige Frauen, allerdings von der Sorte, die er trotz ihrer teuren Garderobe und herablassenden Mienen nicht als Damen bezeichnete. Er würde Karla keine Sekunde von seiner Seite lassen.

Sie versorgten sich an der Theke mit Bier, und Wagner bestellte je drei Portionen mit Muskatblüte, Pfeffer und Wein gekochte Austern und Gänseklein in Stachelbeersoße, billige Gerichte, die sein Budget gerade noch erlaubte.

«Ich hab's gewusst», rief Titus grinsend und drängte sich zwischen den zumeist gut besetzten Tischen hindurch. «Da sitzt unser Prinzipal. Und wenn der Mann neben ihm Mr. Garrick ist, hat der einen Jungbrunnen entdeckt.»

Jean hatte das Portal des Theaters in der Drury Lane verschlossen vorgefunden, was ihn wunderte, schließlich gehörten zu einer ordentlich geführten Bühne Vormittagsproben, denn das Tageslicht half, die teuren Kerzen zu sparen. Auf sein beharrliches Klopfen am Bühneneingang öffnete ihm schließlich ein noch junger Mann, der versicherte, niemand sei um diese Stunde hier. Er sei der zweite Bühnenmeister und habe nur nach einem Seil an der Oberbühne gesehen. Das habe gestern Abend nach der ersten Szene des fünften Aufzugs geklemmt und das Bewegen der Schlussprospekte verhindert, weshalb der gesamte Rest des Dramas – man habe den *Macbeth* gegeben – in einem Zimmer im Schloss zu Dunsinan spielen musste. Das Publikum, das sich den ganzen Abend auf die mit Buschwerk getarnten Soldaten auf dem Schlachtfeld gefreut hatte, habe heftig protestiert. Hinter der Bühne seien alle sehr froh gewesen, dass der Prinzipal, nämlich Mr. Garrick, in dieser Woche wegen einer Unpässlichkeit nicht auftrete und sich weit weg in seinem Landhaus in Hampton aufhalte. Da die Saison bald vorüber sei, werde es für ungewiss gehalten, ob er in diesem Sommer überhaupt noch einmal spiele. David Garrick, erfuhr Jean, sei ein äußerst strenger Spielleiter, der keinerlei Nachlässigkeit toleriere, egal ob in der Darstellungskunst oder im Bühnenbau.

Jean war so begeistert, beinahe jedes der zahlreichen Worte zumindest dem Sinn nach verstanden zu haben, dass er Mr. Lancing, so hieß der Mann an der Tür, umgehend zu einem zweiten Frühstück einlud. Es fiel üppig aus, schließlich war diese Taverne für ihre gute Küche, insbesondere für eine unvergleichliche Schildkrötensuppe bekannt. Es hieß, der Wirt kaufe immer gleich fünfzig der exotischen Tiere, da seine Delikatesse auch in anderen Häusern gefragt sei. Obwohl Jean Stücke, in denen der Held zum Schluss in seinem Blut lag und verschied, nicht liebte, nahm er sich vor, *Macbeth* umgehend in sein Repertoire aufzunehmen; ein wenig gekürzt, um einen, vielleicht zwei Akte, damit noch genug Zeit für die vom Publikum geforderten Schäferspiele und Ballette blieb, doch auf keinen Fall um die letzte Szene mit den Soldaten unter ihrem Gesträuch. Helena würde ein grandiose Lady Macbeth abgeben.

Das war nun gute zwei Stunden her und Jean war bester Laune, obwohl er inzwischen neben vielem anderen erfahren hatte, dass Mr. Garrick klein von Gestalt, gleichwohl ein genialer Darsteller und ausgemachter Liebling der Damen sei, die er regelmäßig zu Tränen und Ohnmachtsanfällen animiere, aber absolut gar keine Akademie halte. Wohl lehre er junge Akteure die Schauspielkunst, doch ausschließlich die auf seiner eigenen Bühne. Von einer Akademie könne keine Rede sein, wenn man davon in Deutschland spreche, sei das nichts als ein Missverständnis.

Das grämte Jean zutiefst, allerdings nur für eine Minute, dann ereilte ihn eine geniale Idee. Eine Schauspieler-Akademie war in diesen Zeiten, da die Bühnenkunst einen unvergleichlichen Aufschwung nahm und endlich den Ruch des Lasterhaften verlor, unabdingbar. Es gab in ganz Europa keine – wer wäre zu ihrer Einrichtung und Leitung besser geeignet als ein erfahrener, vielfältig talentierter Prinzipal und Heldendarsteller wie Jean Becker. Von überall würden die talentiertesten Akteure herbeiströmen, und erst die jungen Aktricen! Nicht nur fahrende Habenichtse, nein, wohl situierte Bürgerkinder, beseelt von der hehren Kunst und der den Charakter bildenden Wirkung des Theaters, ausgestattet mit einem veritablen Einkommen aus dem Familienvermögen, von dem sie gerne ein Schulgeld bezahlen würden. Nicht zu wenig, was billig war, galt nichts. Schon sah er eine geräumige, gut beheizte Villa vor sich, einen weitläufigen Garten mit Teich, Pfauen und Pavillon, reich gedeckte Tische, die Weine im Keller, die vierspännige Kutsche vor der Tür …

Da schob sich Titus' ganz realer dicker Bauch in der grasgrünen Weste vor die schöne Vision, Wagner und Karla ließen sich neben dem Spaßmacher auf die Stühle plumpsen, und die Bilder schwanden. Für den Moment, er würde den Plan nicht vergessen und Helena würde – der Gedanke holte ihn vollends in die Realität zurück. Leider neigte seine Frau hin und wieder zu kleinlicher Beckmesserei, die dem wagemutigsten Entrepreneur seine Pläne sauer machen konnte.

Die Neuankömmlinge wurden eilig mit Mr. Lancing bekannt gemacht, erfuhren selbst die letzten Neuigkeiten aus dem Drury Lane Theatre, und endlich brachte der Kellner drei dampfende Teller.

«Verzeiht, wenn ich aufdringlich erscheine», die Stimme kam vom Nachbartisch hinter Jeans Rücken, «ich höre, dass Ihr Deutsch sprecht, und wenn man allein in einer fremden Stadt ist, ist es angenehm, heimatliche Laute zu hören …»

«Dann setzt Euch doch zu uns.» Jean hatte sich nach dem Sprecher umgedreht, einen durchaus manierlichen jungen Mann erblickt, und ein Hauch seiner lukrativen Zukunftsträume kehrte schlagartig zurück. Er war immer bereit, an gütige Fügungen des Schicksals zu glauben, hier saß womöglich sein erster Schüler und bat artig um Konversation. Er war schlank und hoch gewachsen, noch ein wenig allgemein im Ausdruck, das wohl, aber mit seiner, Jeans Hilfe konnte ein ganz präsentabler jugendlicher Liebhaber aus ihm werden. Das dichte dunkelblonde Haar war allzu schlicht, dem konnte mit der Brennschere leicht abgeholfen werden. Und die Augen – zumindest interessant. Sein Rock aus leichtem, tadellos gebürstetem Tuch, das feine Leinen seines Hemdes, der Ring mit der seltsamen Gravur – der Mann war kein Hungerleider, die Bezahlung des Unterrichtes würde ihm keine Schwierigkeiten bereiten.

Titus zog einen weiteren Stuhl an den Tisch. Er war daran gewöhnt, dass sein Prinzipal ständig mit Fremden schwatzte, es störte ihn nicht. Wagner griff schon wieder nach seinem großen blauen Tuch. Er hatte den Mann am Nebentisch längst bemerkt, nicht wegen dessen schlichter, doch eindeutig teurer Kleidung, so etwas bemerkte er selten, sondern weil er sicher war, dass dessen Blicke länger und sehr anders auf Karla geruht hatten, als es einem jungen Ehemann lieb sein konnte.

«Vinstedt», stellte sich der fremde, in Wagners Augen unerhört aufdringliche Mensch mit verbindlichem Lächeln vor, «Magnus Vinstedt.»

Wagner hätte gerne mehr gehört, zumindest das Woher und Wohin, wie es Sitte war, wenn man sich in der Fremde traf. Doch Jean kam ihm zuvor: «Aha, Mr. Vinstedt. Gewiss seid Ihr in Covent Garden, weil Ihr das Theater liebt?»

«Das Theater? Nun ja.» Vinstedt zögerte. «Um ehrlich zu sein», fuhr er fort, «genau deshalb wohne ich hier, wegen des Theaters. Schon in der Lateinschule hat es für mich nichts Schöneres gegeben als die Theateraufführungen, wenn sie auch sehr fromm und viel langweiliger waren als alles, was man auf den Londoner Bühnen sieht.»

«In der Tat.» Jean frohlockte. «Und nun träumt Ihr davon, bald selbst auf den Brettern zu stehen. Als Brutus etwa? Ihr würdet auch einen prachtvollen Tellheim geben, in einigen Jahren jedenfalls, und die jungen Schäferrollen …»

«Romeo», zwitscherte Karla dazwischen, die nichts vom Theater wusste, jedoch auf der Überfahrt während vieler Stunden von Manon die wichtigsten Stücke erzählt bekommen hatte, wobei sie anders als ihr Prinzipal eine Vorliebe für Dramen mit tödlichem Ausgang bewies. Wagner, dem die ergreifende Tragödie Romeos und Julias ebenso fremd war wie Minna von Barnhelms pfiffiger Kampf um ihren so schrecklich ehrbaren Tellheim, blinzelte nur irritiert, und Jean, der diese Rolle niemals abgeben würde, selbst wenn er alt und grau geworden war, fuhr mit Nachdruck fort: «Schäferrollen!! Ihr dürft das Heitere nicht verachten, Vinstedt. Natürlich bedarf es für diese Rollen etlicher Lehrjahre. Oder des Besuches einer exzellenten Theater-Akademie, das wäre das Allerbeste. Unbedingt. Zufällig trage ich mich gerade mit Plänen, die Euch interessieren werden. Wir sind nämlich Komödianten. Jean Becker», stellte er sich endlich vor, «Prinzipal», und zauberte mit gereckten Schultern seine stolzeste Cäsar-Miene hervor.

Leider verzog sich Magnus Vinstedts Gesicht nicht in der erhofften Ehrfurcht. Falls er jemals von der Becker'schen Gesellschaft gehört hatte, wusste er das gut zu verbergen.

Nachdem Titus als Spaßmacher aus einer uralten Dynastie venezianischer Arlecchinos vorgestellt war, was nicht nahe, aber auch nicht allzu weit von der Wahrheit entfernt lag, sagte Jean: «Und hier haben wir Meister Wagner und seine reizende Gattin Karla, ja. Komödianten aus Hamburg», er grinste breit und in weinseliger Vertraulichkeit, «tatsächlich zwei rechte Kuckuckseier in unserem Nest, tatsächlich ...»

An dieser Stelle stieß Titus, geplagt von einem plötzlichen Hustenanfall, seinen Ellbogen so heftig gegen Jeans Arm, dass ihm das Bier aus dem Glas schwappte, und Wagner rief hastig: «Aha, Theater, so. Und was treibt Ihr sonst an der Themse?»

Vinstedt beobachtete die sich langsam zwischen den Tellern ausbreitende Bierlache und zuckte die Achseln. «Die Stadt ansehen», sagte er, «Freunde besuchen.»

Er habe in Göttingen Jurisprudenz studiert und nun, da alle Welt nach Italien reise, habe er es vorgezogen, die andere Richtung einzuschlagen. Vielleicht fahre er in einigen Wochen weiter nach Schottland, die Hebriden, so habe er in einem Kaffeehaus in der City gehört, seien im Sommer ein lohnenswertes Ziel, wenn es dort auch noch häufiger regne als in London.

Die letzten Worte sprach er nur langsam, sein Blick, der bisher immer wieder zu Karla zurückgewandert war, verharrte bei zwei Frauen, die in der Tür der Taverne standen und sich suchend umsahen.

«Voilà!», rief Jean, dessen Augen Vinstedts Blick gefolgt waren, und stand so rasch und gerade auf, wie es der Wein in seinem Blut erlaubte. «Darf ich Euch meine verehrte Madame Becker vorstellen? Und Mademoiselle Rosina, unsere unvergleichliche Primaballerina und jugendliche Liebhaberin. Ihr solltet sie auf der Bühne sehen! Aber wie ich schon sagte, die Schäferrollen ...»

Endlich hatte Magnus Vinstedts Gesicht seine Ausdruckslosigkeit verloren. Titus war nicht sicher, ob dies an Helenas wahrhaft königlicher Erscheinung lag oder an Rosina, die sich mit erhitztem Gesicht und zerzaustem Haar hinter Helena durch die Menge vor der Theke und zu ihrem Tisch drängte.

Wagner fand es an der Zeit, Karla in Sicherheit zu bringen, so machten sie ihre Stühle für die beiden Neuankömmlinge frei. An der Tür drehte er sich noch einmal um. Seine eifersüchtige Sorge, Vinstedt werde ihnen folgen, um herauszufinden, wo Karla wohne, erwies sich als überflüssig. Er sah ihnen nicht einmal nach, sondern hatte sich erhoben und rückte Helena den Stuhl zurecht. Was Wagner erleichterte, aber auch charakterlos erschien. Dennoch, die Geste wirkte hübsch ritterlich, er wollte versuchen, daran zu denken, wenn er sich das nächste Mal mit Karla zu Tisch setzte.

Helena hatte fest vorgehabt, Jean für sein langes Ausbleiben eine deftige Standpauke zu halten. Da ihr Ärger jedoch nie lange anhielt und sie in leichten Fällen mit einer Tasse Schokolade zu bestechen war, klang schon bald ihr warmes Lachen durch den Raum. Zuerst hatte sie der fremde Mann neben Jean gestört, sie war begierig zu hören, was Rosina am St. James Square erlebt hatte, und die würde mal wieder nichts erzählen, solange fremde Ohren zuhörten. Doch Mr. Vinstedt erwies sich als so ehrerbietig, Jeans Lobpreisungen ihrer Talente und Verdienste auf der Bühne als so erhebend, die Schokolade als so süß und aromatisch, dass ihr gar nichts übrig blieb, als gut gelaunt zu sein.

«Mr. Becker, wenn Ihr erlaubt.» Lancing, der während des letzten, für ihn völlig unverständlichen Teils des Gespräches einen Gast an einem anderen Tisch begrüßt hatte, stand mit bittend erhobenem Finger neben Jean. «Da Ihr ein erfahrener Akteur seid, dachte ich, nun ja, ich denke, Ihr könnt meinem Freund helfen.»

Er wies mit dem Daumen über seine Schulter auf einen Mann, der in Statur und Ausdruck Titus erstaunlich ähnelte, wenn sein Haar auch nicht dick und strohgelb war, sondern dünn und schwarz. Der Mann schwitzte stärker, als es dem milden Tag angemessen war, sein Hemd war am Hals geöffnet, die schlecht frisierte braune Perücke lag vor ihm auf dem Tisch. Er kaute grimmig auf einer ausgefransten Feder, mit tintenfleckigen Fingern hielt er einen Bogen Papier, der mit einigen sauberen und zahlreichen durchgestrichenen und überschriebenen Zeilen gefüllt war.

«Ben Marlowe ist Bänkelsänger», erklärte der Bühnenmeister, «einer der besten in Covent Garden, lasst Euch von seinem staubigen Rock nicht täuschen. Doch heute wollen ihm die rechten Reime nicht einfallen, leider, und ich verstehe nur etwas von der Arbeit hinter der Bühne, aber gar nichts von der Poesie. Ihr hingegen sprecht alle Tage in Versen, sicher fallen Euch auch selbst welche ein.»

Marlowe habe es eilig, er müsse seine Lieder auf der Straße zu Gehör bringen, bevor andere mit der gleichen Nachricht kämen. Seine neue Geschichte sei wahrhaftig toll, aber was könne sich nur auf Unhold reimen. Und auf Grobian?

Jean mochte ein wenig betrunken sein, dennoch erkannte er gleich, dass hier ein Dienst gewünscht war, der seine Fähigkeiten ausnahmsweise und besonders im Augenblick überstieg. So musterte Ben Marlowe kurz darauf unbehaglich die junge Frau, die sich neben ihn setzte, und fragte, worum es gehe.

«Um ein schreckliches Ereignis, eine Untat ohnegleichen. Na ja», fuhr er ruhiger fort, weil ihm eingefallen war, dass er noch nicht vor seinem Publikum stand, «heute Nacht ist so ein dummes Ding abgemurkst worden. Keiner rückt damit raus, wieso. Ich weiß nicht, Miss», sagte er plötzlich, «das ist eine böse Geschichte, ich erzähle den Leuten nur böse Geschichten, andere interessieren sie nicht, die Abschriften von dieser werden sie mir aus den Händen reißen. Es ist immer gut für mein Geschäft, wenn einer ein Mädchen totmacht. Ja. Aber für Damen wie Euch ist das nichts.»

Das war glatt gelogen. Er wusste nur zu gut, dass sich selbst echte Ladys mit einem Krönchen im Wappen an den Tragödien in den schmutzigen Hinterhäusern und unter dem Galgen von Newgate ergötzten. Die da neben ihm saß, führte kaum eine Krone im Wappen, aber sie war doch anders als die Mädels, die Lancing sonst anschleppte. Sie würde keine blutigen Reime zustande bringen, sondern ihn nur aufhalten.

«Ich bin keine Dame», sagte Rosina und nahm ihm den Bogen aus der Hand. «Ich bin eine Komödiantin. Euer Freund sagt, Ihr sucht Reime auf Unhold und Grobian. Glaubt mir, damit kenne ich mich aus. Mit Reimen wie mit Unholden.»

«Kann ich auch helfen?» Magnus Vinstedt beugte sich über Rosinas Schulter und versuchte den Text auf dem verkleckststen Bogen zu lesen. Vielleicht lag es an dem Hauch von Lavendel, den sein Hemd verströmte, dass Rosina nicht umgehend nein sagte, vielleicht auch nur an Marlowes eifriger Zustimmung.

«Klar», rief der sichtlich erleichtert, «klar, so wird's ganz schnell gehen.»

Rosina rückte einige Zoll von Vinstedt ab, als er sich neben sie setzte, und las vor:

«Ein schönes Mägdlein kam von ferne,
über das Meer in unser Land,
guckt Nacht für Nacht in die Sterne,
wobei sie gar kein Glück nicht fand.

Strahlblau ihr' Äuglein, so fein ihr Haar,
als tät's die Morgensonn' beglühn.
So zart die Taille, fein das Füßchen,
Jugend und Schönheit – nun dahin.

Ihr Liebster ist ein böser Unhold,
verfall'n war sie dem Grobian.
Betrog manch' Bürger um sein Gold,
Täglich war Schlimm's von ihm getan.

Im Gürtel ein verborg'nes Messer …»

«Aber da habt Ihr doch die Reime.» Rosina ließ den Bogen sinken und hoffte, ein sehr ernsthaftes Gesicht zu machen. «Unhold und Gold, Grobian und getan.»

Marlowe nickte bekümmert. «Die sind mir eingefallen, während Lancing Euch holte. Aber sie sind nicht gut. Es stört mich wenig, dass ich die Sache mit dem Betrug und dem Gold eigentlich nicht tatsächlich weiß, die Leute mögen's gern so, und wer sein Mädel abmurkst, betrügt auch, das ist keine Frage. Aber Gold und Unhold, das ist so gewöhnlich. Findet Ihr nicht?»

«Überhaupt nicht», sagte Rosina, «Gold und Unhold gehören geradezu zusammen. Wie geht es weiter? Er hatte also ein Messer. Und dann hat er sie erstochen?»

«Leider nicht, aber in der Kunst», Marlowes Gesicht verzog sich zu einem breiten Grinsen, «ist die großzügige Auslegung der Tatsachen erlaubt. Die Kunst ist frei, oder?»

«Stimmt. Mehr oder weniger.» Endlich konnte sie offen lachen. «Ihr seid in Eile, Mr. Marlowe, erzählt trotzdem zuerst die ganze Geschichte. Wenn man weiß, worum es geht, finden sich die Reime leichter. Und schneller.»

Das sah er sofort ein, nicht zuletzt, weil er es liebte, jungen Frauen Geschichten zu erzählen. Auch wenn er, wie in diesem Fall, gar nicht so viel wusste.

«Es ist immer das Gleiche», begann er. «So ein junges Ding, verteufelt hübsch soll sie gewesen sein, bekommt Krach mit ihrem feinen Galan, angeblich waren sie ja verheiratet, aber das glaub ich nicht, jedenfalls nicht miteinander. Und Ehefrau, das passt nicht in die Geschichte, oder? Verführte Unschuld muss schon sein. Jedenfalls, der hat keine Geduld, vielleicht ist er auch ein jähzorniger Mensch oder sie hat ihn besonders gemein beleidigt, was solche Mädchen gern tun, Miss, damit kenne *ich* mich genau aus. Ja. Oder sie hat ihm einfach zu viel Kleider und anderes Weiberzeug gekauft, ihr ganzer Reisekorb war voll mit Seidenkram. So was ist ja teuer, und wenn man sich in einem schäbigen Zimmerchen einmietet, hat man dafür gewöhnlich nichts übrig. Oder? Jedenfalls hat ihr der feine Herr letzte Nacht so lange ein Kissen aufs Gesicht gedrückt, bis sie kein Wörtchen mehr sagen konnte. Ganz unblutige Angelegenheit, leider. Aber tot ist tot und macht immer eine gute Geschichte.»

Mr. Marlowe lehnte sich schnaufend zurück und betrachtete skeptisch Rosinas Gesicht. Sie war kein bisschen blasser geworden, doch ihre Augen waren plötzlich hellwach. Es gibt keine mitleidenden Seelen mehr, dachte Marlowe betrübt, nicht einmal unter den Frauen.

«Wie hieß das Mädchen eigentlich?», fragte sie. «Und der Mann, von dem Ihr sagt, er sei ihr Galan gewesen?»

«Weiß ich nicht. Leider, sicher wären auf ihre Namen auch schöne Reime zu finden. Ich hatte mal eine Geschichte über Rosemary von Glengerry, wurde leider gehängt, war eine echte Schande für das bisschen Schmuggelei, wo sie doch Mutter war. Falsche Namen würde ich nie verwenden. Bei aller Freiheit muss auch die Kunst Grenzen haben, besonders wenn sie von grauenvollen Tatsachen erzählt. Es bringt sonst Unglück, müsst Ihr wissen, man darf nichts berufen. Würde ich das Mädchen zum Exempel Charlotte nenn', könnt' das gleiche Los eine treffen, die tatsächlich so heißt. In diesem Fall womöglich unsere Majestät, wenn sie auch längst kein Mädchen mehr ist.»

«Ich glaube Euch nicht, Mr. Marlowe. Warum wollt Ihr mir den Namen nicht sagen?»

«Weil ich ihn nicht weiß, Miss. Wirklich nicht. Ich schwöre», er legte die Hand auf sein Herz, «bei Königin Charlottes hochwohlgeborenem Leben.»

«Ihr sagt, sie wohnte in einem schäbigen Zimmerchen?», fragte nun Vinstedt, der wie zuvor Marlowe aufmerksam Rosinas Gesicht beobachtet hatte. «Wo war es? In welcher Straße? Ihr wisst doch sicher, wo man sie gefunden hat.»

«Half Moon Street. Das kann ich auch beschwören. Jedenfalls hat man es mir so gesagt.» Marlowe wurde ungeduldig. Er wusste nicht, wozu es für die Reimerei nötig war, das zu wissen. «Gar nicht weit von hier. Wenn wir nun die Reime …»

«Sicher», sagte Rosina, «sofort. Hier steht ‹… kam von Ferne über das Meer in unser Land›. Woher kam sie?»

«Das ist auch so ein Problem, ja, aber das ergibt sich oft, man muss es umschreiben, versteht Ihr? Sie kam wohl aus Holland. Oder aus Preußen, das wusste», er räusperte sich, «das wusste mein Informant nicht.»

«Ein Informant?», fragte Vinstedt. «Darf man wissen, wer *der* ist?»

«Darf man nicht. In meinem Gewerbe hat man Informanten an der Quelle. Das kostet, ist aber unerlässlich. Wenn wir *jetzt* zu den Reimen …»

Rosina nickte. «Gut», sagte sie, «die Reime. Unhold und Grobian – ich finde, den Vers solltet Ihr so lassen. Und nun weiter: *Im Gürtel ein verborg'nes Messer*. Was reimt sich auf Messer? Fällt Euch etwas ein, Mr. Vinstedt?»

Sie wandte sich ihm zu und sah in Augen, die auf keinerlei Gedanken an das mörderische Messer schließen ließen. Eher an sonnige Wiesen – auf alle Fälle auf etwas weit Entferntes.

«Mr. Vinstedt», rief Rosina und zupfte ihn am Ärmel. «Messer. Was reimt sich …»

«O ja, das Messer.» Er verzog sein Gesicht zu einer nachdenklichen Grimasse. «Ich habe keine Ahnung», gestand er schließlich, «vielleicht passt Erpresser, Mr. Marlowe? Oder Mädchenfresser?»

«Grandios.» Marlowe zog Rosina den Bogen aus der Hand, tauchte die Feder in sein Tintenfass und schrieb eilig die Worte nieder. *«Im Gürtel ein verborg'nes Messer»*, sang er leise vor sich hin, allerdings mit einem so durchdringenden Bass, dass es in der Taverne schlagartig still wurde, was er im Eifer seiner Dichtkunst jedoch nicht bemerkte. «... *schlich er nach iiihrer Kammer hin. Der teufelische Mädchenfreeesser* – Erpresser hebe ich mir für eine andere Gelegenheit auf, wenn Ihr erlaubt, ein sehr schönes Wort, ja, – *hatte Mördeeeerisches im Sinn.* Wirklich grandios, Mister. Und jetzt die Bluttat, aber nicht zu kurz, bitte sehr, sechs Verse braucht ein ordentliches Lied mindestens. Dann kann ich den einen oder anderen noch wiederholen, am besten die Zeilen mit der Bluttat, schon sind es zehn und alle sind zufrieden.»

Zögernd wurden an den anderen Tischen die Gespräche wieder aufgenommen. Wer gerade erst seine Mahlzeit bekommen hatte, aß schneller, denn es war kaum jemand in der Taverne, der den Bänkelsänger nicht kannte und wusste, dass er spätestens in einer halben Stunde auf der Piazza stehen und die ganze wunderbar schreckliche Geschichte vortragen würde.

«Da steht auch etwas von Haar wie von der Morgensonne beschienen oder so ähnlich», sagte Rosina. «Ihr habt es durchgestrichen, aber das kann man gut verwenden. Am besten schon vor der Strophe mit dem Messer. Heißt das, sie hatte rotblonde Haare?»

«Wie reines Rotgold, sagt mein ... habe ich gehört. Fein gesponnene Rotgoldfäden. Ich wusste gar nicht, dass so was auch auf dem Kontinent wächst. Ich dachte immer, nur bei uns und in Irland.»

«Und die seidenen Kleider?», fragte Rosina beharrlich weiter. «Wenn sie so ärmlich wohnte, sind die doch seltsam.»

«Sag ich doch. Aber ehrlich gesagt, so ganz ärmlich kann sie nicht gewesen sein. Weiß der Teufel, warum sie sich in dem Loch in der Half Moon verkrochen haben, sie und ihr Kerl. Aber wir sind in London, Miss, da fragt keiner. Hier gibt's jede Menge Leute, die gut daran tun, sich zu verkriechen für eine Weile. Jede Menge Volk vom Kontinent, dem es da drüben zu heiß wurde. Aber das setzen wir besser nicht in die Verse. Die Leute ham's lieber, wenn so 'n totes Kind arm und unschuldig ist. Schön muss auch immer sein. Was wollte ich sagen, ach ja, nicht so ärmlich. Der Constabler von den Runners aus der Bow Street, den sie heute Morgen gerufen haben, der hat mir», er ließ seinen Blick durch den dämmerigen Raum flitzen und beugte sich zu Rosina und Vinstedt vor, «also er sagt, das Mädchen hatte zwei Münzen in ihrer Bibel. Da denkt ein christlicher Mensch doch gleich an Moses und Aaron, goldenes Kalb, Ihr wisst schon. War kleines und altes Zeug, aber eine war aus reinem Gold, und das ist nicht erfunden.»

Diesmal war Mr. Marlowe mit der Reaktion der jungen Miss zufrieden. Nicht dass sie viel zu dem Gold in der Bibel der Toten gesagt hätte, aber ihre Augen verrieten alles. Gold wog eben schwerer als Blut.

Mr. Vinstedt indessen schien unberührt. Ein wahrer Gentleman. Er zog seine Taschenuhr hervor, murmelte etwas davon, wie rasch die Zeit doch verrinne, und verabschiedete sich, nichts zurücklassend als die Worte Erpresser und Mädchenfresser. Und einen Hauch Lavendelduft.

Als er die Taverne verließ, sah Titus ihm nach. Für einen Mann, den es verlangte, in seiner Heimatsprache zu reden, war Vinstedts Mund sehr schweigsam gewesen. Und seine Augen sehr kühl und wachsam.

KAPITEL 7

«Danke, Molly. Und zum Frühstück möchte ich nur Tee und ein wenig Toast.» Lady Florence Wickenham betrachtete ergeben ihr Spiegelbild. Sie hätte besser aufpassen und rechtzeitig protestieren sollen, während ihre Zofe sie frisierte. Unter dem von einem gekräuselten Nichts aus Spitze gekrönten Turm von Haaren, wie es die Modekupfer aus Frankreich zeigten, glich ihr Gesicht dem der Äffchen auf den Jahrmärkten. Molly war stolz auf ihre Frisierkünste und würde furchtbar betrübt sein, wenn sie gleich begann, daran herumzufingern. Mindestens bis nach dem Frühstück musste sie durchhalten.

«Sehr hübsch», sagte sie und tastete behutsam nach dem Miniaturhäubchen hoch über ihrer Stirn, «wirklich. Weißt du, ob Lord Wickenham schon wach ist?»

«Ja, Mylady, das ist er.» Molly beugte sich tief über den Kasten mit den Kämmen, Haarnadeln und allerlei schmückendem Beiwerk, das aus dem Haar der Damen erst fashionable Frisuren machte. «Seine Lordschaft ist schon sehr früh aufgestanden und ausgeritten.»

«Schon sehr früh?» Das hatte sie nicht erwartet. Er hatte sie nach der Abendgesellschaft in ihren Teil des Hauses begleitet, ihr eine gute Nacht gewünscht und sich in seine Räume zurückgezogen. Gleich nachdem Molly ihr beim Auskleiden geholfen hatte und zu Bett gegangen war, hatte sie im Flur und dann auf der Treppe seine leisen Schritte gehört. Sie hatte hellwach auf der Kante ihres Bettes gesessen und darauf gewartet, dass er zurückkam. Aber er war nicht zurückgekommen, sondern ausgegangen, mitten in der Nacht.

«Hat George gesagt, wann er ihn zurückerwartet?», fragte sie, ohne Molly anzusehen.

«Nein, Mylady. Das heißt, eigentlich ja, er hat gesagt: nicht vor morgen Abend. Gewiss will er nur in Wickenham nach dem Rechten sehen, und sicher hätte er sich verabschiedet, wenn es nicht so früh gewesen wäre. Er wollte Euch nach dem langen Abend mit den vielen Gästen nur nicht wecken. Ich werde George sofort fragen, bestimmt hat Lord Wickenham eine Nachricht für Euch hinterlassen.»

«Danke, Molly, das brauchst du nicht. Er hat mir gestern gesagt, dass er heute sehr früh aufbrechen wird. Ich hatte es nur vergessen.»

Das war eine Lüge, wie beide sehr wohl wussten, sie gehörte zu dem Spiel, zu dem sie sich verpflichtet fühlten. Florence hatte das Mitgefühl in der Stimme ihrer Zofe gehört, bei keinem anderen ihrer Dienstboten hätte sie es ertragen, so wie es auch niemand außer Molly wagte, welches zu zeigen.

Sie war Florence' Zofe, seit sie beide sehr junge Mädchen gewesen waren, sie vertrauten einander, wie es sonst nur Freundinnen taten; weil dennoch beide nie die Grenzen ihres Standes überschritten, blieb ihr Verhältnis in guter Balance. Das war vor allem Mollys Verdienst, die seit Florence' Heirat sogar darauf bestand, sie – selbst wenn sie allein waren – nicht mehr mit dem vertraulichen Florence anzusprechen.

Molly konnte sie jede Frage stellen, selbst nach dem Aufenthalt ihres Ehemannes, den sie doch zuallererst selbst wissen sollte. Molly würde sich auch nicht mit dem übrigen Personal darüber amüsieren, dass die junge Lady mal wieder keine Ahnung hatte, was ihr Ehemann trieb.

«Wollt Ihr nicht lieber Schokolade zum Frühstück, Mylady?»

«Darf ich dich daran erinnern, Molly, dass du mich wenigstens Lady Florence nennen möchtest. Ich wäre dir wirklich dankbar. Sonst fühle ich mich wie Williams Mutter, und das ist ein beschränktes Vergnügen. Noch habe ich keine Gicht, meine Galle tut brav ihren Dienst und mein Stammbaum ist auch der alte geblieben: schwer an Guineen, leicht an Namen.»

«Gewiss», Molly lächelte, «Lady Florence. Ich muss mich nur ab und zu daran erinnern, wie Ihr mich damals gezwungen habt, Euch über die Mauer zu helfen, als Mrs. Cutler strikt verboten hatte, ‹mit dem Pöbel› die Seiltänzerin über der Themse anzusehen.»

«Ja, das war ein gelungenes Unternehmen. Ich war sehr enttäuscht, dass sie nicht in den Fluss fiel.» Endlich lachte Florence. «Das haben wir wirklich gut gemacht. Mama hat sich grün geärgert, als die Herzogin von Northumberland ihr von dem Spektakel vorschwärmte und sie konnte nicht mitreden, weil sie der ganzen Familie verboten hatte, es sich anzusehen. Denkst du, wir sollten wieder mal über die Mauer steigen, Molly?»

«Das macht nicht viel Spaß, wenn man selbst die Hausschlüssel in der Tasche hat», sagte die Zofe vernünftig. Sie dachte stets geradeaus und hatte wenig Sinn für Metaphorik.

Florence nickte langsam. «Sicher hast du Recht. Wenn es dich freut, bring mir Schokolade. Und bitte, Molly, ich weiß, du meinst es gut, aber keine Fragen an George wegen Lord William.»

Die Schokolade war heiß und bittersüß, und Florence fand, dass Molly auch hier Recht gehabt hatte. Gewöhnlich zog sie am Morgen den feinen grünen Tee vor, weil er sie erfrischte und ihr die Vorstellung der weiten Reise gefiel, die er von dem geheimnisvollen China auf der anderen Seite des Globus gemacht hatte, bevor er den St. James Square erreichte.

An diesem Morgen jedoch wollte sie nicht an weite Reisen denken. Die waren eine angenehme Zerstreuung, doch fanden sie stets nur im Kopf statt und in Zeiten der Not halfen sie wenig. China war fern, und tatsächlich war sie überhaupt nicht sicher, ob sie es wie ihr jüngster Bruder als ein Vergnügen empfände, monatelang auf einer Nussschale von Schiff eingesperrt zu sein. Und das, nur um ein Land zu erreichen, in dem sie wieder eingesperrt sein würde, und zwar in einem Haus voller englischer Sitten, umgeben von einem Garten mit hohen Mauern und Zäunen, damit all das Fremde, das da draußen so abenteuerlich wartete, von der Lady fern gehalten wurde.

Wenn sie Aufregung brauchte, konnte sie die auch hier finden. Zum Beispiel die Aufregung des Kampfes um ihre Ehe. Oder – ein wunderbarer neuer Gedanke – um ihre Freiheit. Die Geschichte der Tochter von Madame Kjellerups Großneffen, die einfach ihren stupiden Ehemann in Lissabon verlassen hatte, um mit einem Freibeuter durchzubrennen, hatte ihre Phantasie wie ihren Mut ungemein beflügelt.

Irgendjemand hatte erzählt, die vornehmen Chinesen umwickelten die Füße ihrer kleinen Töchter so fest, dass sie verkrüppelten und ein normales Ausschreiten unmöglich machten. Ein Mädchen ohne diese Trippelfüßchen, so hieß es, gelte dort als grob und unweiblich und habe keine standesgemäßen Heiratschancen. Sie fand diese Sitte barbarisch, nun dachte sie, dass womöglich jedes Volk, auch das zivilisierteste, auf irgendeine Weise verkrüppelnde Sitten pflegte. Besonders, wenn es um Töchter und Ehefrauen ging.

Sie mochte den Gedanken nicht, auch schien es ihr müßig, darüber zu lamentieren. Sie hielt nun schon so lange still, wie es von ihr erwartet wurde. Doch vielleicht war sie auch nur eine durch und durch kleinmütige Person. Hatte sie jemals probiert, wie weit sie gehen, was sie unternehmen konnte? War ihre Angst nicht viel zu groß, von der Gesellschaft, der sie angehörte, missachtet zu werden, wenn sie nur ein wenig kühner handelte?

Mrs. Kjellerup würde sich gewiss nicht in ein solches Leben pferchen lassen. Aber für sie war es leichter, sie war eine alte Dame und man konnte sie einfach exzentrisch nennen, wenn sie ‹auf seltsame Ideen› kam. Es war ungerecht, dass man erst alt werden musste, um exzentrisch sein zu dürfen. Oder eine große Künstlerin sein wie die Frauen auf der Oper oder in den Theatern, wie die gefeierte Malerin Miss Kauffmann, der man sogar ihren betrügerischen Gatten und die Annullierung der Ehe verzieh. Bei ihr, Florence, würden die Leute nur hämisch tuscheln und an ihrem Verstand zweifeln, wenn sie aus der fest geschlossenen Reihe der Konvention tanzte.

‹Die liebe Florence ist so wunderbar vernünftig›, hatte sie neulich eine Freundin ihrer Mutter einer andern zuflüstern hören. Es lag weniger an seinem Inhalt, dass sie diesen Satz nicht vergessen konnte. Es waren viel mehr die Betonung der Worte und die Mienen der Damen über ihren Fächern gewesen. Mit vernünftig, das hatte sie in jenem Moment begriffen, meinten sie nichts als langweilig, dumm, reizlos.

Das stimmte nicht. Sie war weder das eine noch das andere. Sie war keine zarte Elfe, die selbst im Kerzenlicht aussah, als habe sie gerade die Schwindsucht ereilt, was seltsamerweise allgemein als reizend empfunden wurde. Sie sah leider ziemlich gesund aus, auch die Neigung zu Ohnmachten fehlte ihr völlig. Vielleicht war ihre Nase ein wenig spitz, nun ja, eher zu kräftig, doch sie war um nichts unansehnlicher oder weniger graziös als die meisten anderen jungen Damen. Deren Gesichter röteten sich nach fünf Tänzen ebenso wie ihres, besonders nach den schottischen, und wenn sie an die Töchter des Grafen Dagenskøld dachte, die allgemein als Schönheiten galten, obwohl sie sehr munter waren und die schönsten Apfelbäckchen …

Zornig schob sie ihren Frisierhocker zurück und sprang auf. Was für dumme, überflüssige Gedanken. Egal, was sie war, was andere waren oder dachten, die Zeit der ‹vernünftigen Florence› musste vorbei sein. Und wenn der hochgeborene Lord Wickenham ihr nicht vertraute, wenn er nicht mit ihr redete und auch seit Monaten die Tür zwischen ihren Schlafzimmern beharrlich verschlossen hielt, würde sie doch nicht auf ihren Seidenkissen sitzen und sich grämen.

‹So leicht, Mylord, geht es nicht›, dachte sie und begann in langen Schritten das Zimmer zu durchmessen.

‹Ich bin kein alter Tafelaufsatz, den man gut poliert auf den Tisch stellt und vergisst. Wenn du mir nicht sagst, was du tust, werde ich es eben selbst herausfinden. Und dann …›

Ihr Blick fiel auf das Bild in dem großen Ankleidespiegel, und wäre das Gefühl der Wut nicht so erstaunlich belebend gewesen, hätte sie sich erschreckt. Ihre Augen leuchteten schwarz wie arabischer Onyx, die Schultern waren hochgezogen, die Hände zu Fäusten geballt.

«Gut», sagte sie laut, «so ist es gut», dehnte die steifen Finger und begann zu lachen. Es war kein vergnügtes Lachen, sondern ein sehr entschlossenes.

Und nun? Anspannen lassen und nach Wickenham fahren? Schon bevor sie die London Bridge erreichte, würde ihre Mutter davon erfahren und ihr ihren Groom hinterherjagen. Auch war es kindisch, William einfach nur nachzurennen. Und sinnlos. Sie wollte gewinnen, also brauchte sie eine Strategie. Es musste ihr nur noch eine einfallen.

*

Rosina brach das süße Brötchen auseinander, musterte skeptisch die beiden Hälften und ließ sie auf die Straße fallen. Sie war nicht hungrig, und der Gedanke an Mrs. Tottles Warnung vor Knochenmehl und Kalk in den Teigtrögen der kleinen Bäckereien der armen Viertel verdarb ihr den Appetit. Sie hörte eilig heranschlurfende Schritte, und als sie sich umwandte, hinkte eine gebeugte Frauengestalt schon wieder davon. Das Brötchen war verschwunden. Es war gedankenlos gewesen, das klebrige Gebäck auf die von Abfällen und Kot bedeckte Straße fallen zu lassen, anstatt es zu verschenken, nachdem es seinen eigentlichen Zweck erfüllt hatte.

Mr. Marlowe hatte nur den Namen der Straße gewusst, nicht aber, in welchem Haus der Mord geschehen war. Er hatte auch gewusst, dass das Mädchen nur etwa zehn Tage in der Half Moon Street gewohnt hatte, und zwar die meiste Zeit allein. Wohl habe ihr Mann sie gebracht und auch die Miete bezahlt – ‹Klar, im Voraus, was denn sonst?› –, aber er sei meistens in Geschäften unterwegs und die junge Frau allein gewesen, was ihr wirklich nicht gefallen haben konnte. Nun sei der Kerl natürlich verschwunden, auf Nimmerwiedersehn.

Rosina wandte ein, womöglich habe das Mädchen vor lauter Alleinsein andere Bekanntschaften gesucht und sei an einen echten Unhold geraten, der sie dann umgebracht habe. Mr. Marlowe schüttelte entschieden den Kopf. Nein, erklärte er, es habe ihn zwar niemand kommen sehen, aber das junge Paar im Nachbarzimmer habe spät in der Nacht Schritte auf der Treppe gehört und bei dem Streit, der gleich darauf begann, seine Stimme erkannt. Jedenfalls sei in Deutsch gestritten worden. Dann sei es still gewesen, man habe schon an Versöhnung geglaubt, doch gleich darauf sei jemand eilig die Treppe wieder hinunter und aus dem Haus gelaufen. Am nächsten Morgen, als die junge Frau ihre Nachbarin besuchen und trösten wollte, habe sie die Tote gefunden und gleich so schrecklich gezetert, dass die ganze Straße zusammenlief.

Das Mädchen in der Bäckerei am Anfang der Half Moon Street kannte all diese Einzelheiten noch nicht, trotzdem wusste sie genau, nach wem Rosina fragte und in welchem Haus der Straße die Tote gefunden worden war.

«Wir hatten dieser Tage zwei Tote, Miss, bestimmt meint Ihr nicht Mrs. Putneck aus dem Altkleiderladen. Die ist nur an der Schwindsucht gestorben, so was kommt ja alle Tage vor. Aber die andere, die junge, die hat einer ermordet, was auch vorkommt, aber nicht so oft. Es ist ein großes Pech für Mr. Dibber. Wer hat schon gern die Constablers im Haus, besonders wenn man in seiner Schenke so übles Zeug verkauft, das längst nicht seinen halben Penny wert ist.»

Sie wolle nichts gesagt haben, aber was der dicke Dibber im *King's Belly* als Gin ausschenke – Gin sei wohl auch drin, sicher, aber mehr Wasser und irgendwas, das trunken mache und scharf schmecke, nichts als ein trüber Alchemistensaft. Wenn die Miss sich ein wenig erfrischen wolle, empfehle sie das *Lamb and Star*. Dort sei der Gin bekömmlich und sättigend wie Brot und den halben Penny doppelt wert, das wisse sie genau, schließlich gehöre das *Lamb and Star* ihrer Tante. Und überhaupt wundere sie sich, dass Dibber die Tote nicht gleich fortgeschafft habe. In der Themse hätte sie keiner so schnell gefunden, und wenn, hätte keiner gewusst, woher sie gekommen sei, was für Dibber doch von großem Vorteil gewesen wäre, wer lässt schon gerne eine Ermordete in seiner Wohnung finden.

«Im Fluss schwimmen doch oft Leichen, da fällt so eine gar nicht auf. Springen ja auch viele von der London Bridge, wusstet Ihr das? Meistens Bankrotteure, aber gottgefällig ist das nicht, ich denke …»

An dieser Stelle gelang es Rosina, den Redefluss des Mädchens, das offensichtlich an diesem Tag schon die Tante mit dem besseren Gin besucht hatte, zu unterbrechen und zu fragen, ob Mr. Dibbers Wohnung und auch die, in der die Tote gefunden worden war, über dem *King's Belly* liege.

«Klar», sagte das Mädchen, erstaunt über eine so belanglose Frage, «Dibber wohnt über der Schenke, mit seiner Frau, es ist schon seine dritte, stellt Euch vor!, und den sieben Kindern. Darüber sind noch zwei Etagen, da wohnen die Untermieter. Ich glaub nicht, dass er das Mordzimmer so schnell wieder vermieten kann, wer will in einem Bett liegen, wo eine …»

Da hatte Rosina rasch einen Gruß gemurmelt, ihr Brötchen genommen und war aus dem Laden geflohen.

Die Half Moon Street lag nur wenige Minuten von der Henrietta Street entfernt, sie war nicht mehr als eine düstere Gasse, die sich in der zweiten Hälfte noch einmal verengte. Kurz davor zeigte ein schwarzer Schriftzug auf abblätternder roter Farbe an, wo Mr. Dibber seinen ‹Alchemistentrunk› ausschenkte. Das Haus gehörte zu den solidesten der Straße, Schäden im Mauerwerk waren frisch ausgebessert, die Fenster alle heil. Der Wirt schien gute Geschäfte zu machen.

Die Tür zur Schenke stand weit offen, und wer trotz der Gerüche dort einkehrte, musste hart gesotten sein. Rosina hörte schrilles Gelächter und eine grobe Männerstimme und entschied sich für die schmale Tür neben der Schenke.

Sie hatte richtig vermutet. Eine Stiege führte hinauf zum ersten Stock, sie war gut gefegt, und die Gerüche, die von oben kamen, ließen auf reinliche Räume und gut gewürzte Speisen schließen. Als sie den Treppenabsatz erreichte, stand plötzlich ein dicker Mann vor ihr. Ohne Zweifel der Wirt – von seinen Kleidern stieg der gleiche Geruch auf wie aus der Schenke. Sonnenlicht fiel durch die geöffnete Tür eines Wohnraumes in den Flur und fing sich in der Gravur des roten Glassteins im Ring an der linken Hand des Mannes.

«Mr. Dibber?», fragte Rosina, und als er nickte, fuhr sie fort: «Ich habe gehört, Ihr vermietet Zimmer ...»

Sein breites Gesicht verzog sich zu etwas, das mit einigem guten Willen durchaus als Lächeln bezeichnet werden konnte, und entblößte dabei ein erstaunlich vollständiges, nur vom Tabak verfärbtes kräftiges Gebiss.

«Tu ich, Miss», sagte er, «ganz prächtige Zimmer sogar. Ist gerade eins frei geworden, ruhig, geräumig und viel zu billig, man will ja kein Unmensch sein. Besonders, wenn 'ne unschuldige junge Miss vom Land in unserm schönen London eine Stellung sucht, seh ich ja gleich, dass Ihr das tut. Da kann ich auch was vermitteln, reinliche Arbeit, nur das beste Publikum, die Herren ...»

«Danke, Mr. Dibber, zu gütig. Aber ich suche keine Stellung. Und wegen des Zimmers», sie zog ein Taschentuch hervor und fuhr sich damit über die Augen, «ich möchte es so gerne sehen, nur um ihrer ein Minütchen zu gedenken. Alma war nämlich meine Cousine, ich bin gerade erst in London angekommen, wir hatten verabredet, uns hier zu treffen, bevor ich weiterreise. Und jetzt erfahre ich», wieder seufzte sie, nun mit einem trockenen Schluchzer angereichert, «jetzt erfahre ich, dass sie tot ist. Die arme liebe Alma, sicher könnt Ihr mir sagen, mit wem ...»

Mr. Dibber zeigte noch immer seine Zähne, allerdings glich er nun eher einem gereizten Mastiff kurz vor dem Sprung.

«Gar nichts kann ich», brüllte er. «Gar nichts! Und Ihr macht, dass Ihr wegkommt. Treppe runter und raus, sofort. Lauter Verwandte plötzlich, was? Erst der Herr Cousin, jetzt die Cousine? Wer's glaubt. Raus, sage ich. Los!» Mit beiden Händen griff er Rosinas Schultern, drehte sie herum und schob sie rüde die Stiege hinunter. «Hier gibt's nichts zu sehen und nichts zu sagen. Und überhaupt, eine Alma hat's hier auch nie gegeben. Sie hieß, ja, Mary hieß sie, Mary ...»

«Aber Mr. Dibber! Ich wollte doch nur fragen ...»

«Hier wird auch nichts gefragt.» Unerbittlich schob sein praller Bauch sie die Treppe hinab und schubste sie auf die Straße. Die Tür flog hinter ihr ins Schloss und der Riegel wurde knirschend vorgeschoben. Rosina hätte gerne gegen die vermaledeite Tür getreten, doch die sah nach eisenharter Eiche aus und würde ihr nur die Zehen brechen. Vernunft, dachte sie grimmig, ruiniert den saftigsten Zorn.

In der Gasse war es plötzlich still. Irgendwo läutete dünn eine der zahllosen Kirchenglocken, aus einem offenen Fenster klangen die Töne einer Fidel, doch die Menschen auf der Straße waren verstummt und drückten sich eilig davon, als trüge Rosina das Zeichen der Pest. Mr. Dibber war in der Half Moon Street, zumindest in diesem Teil der Straße, eine gefürchtete Autorität. Doch wenn seine Nachbarn auch vermieden, ihm in die Quere zu kommen, war es heute vor allem Mr. Dibber selbst, der Angst hatte. Das hatten seine Augen bei allem Gebrüll verraten. Von ihm würde sie nichts erfahren.

Nur der Mann, der gerade aus der Schenke trat, ließ sich nicht stören, sondern lud weiter seinen Karren ab, vor den zwei stiernackige Hunde mit staubbedecktem Fell geschirrt waren. Die Pockennarben auf seinen Wangen waren nichts Besonderes, die Blattern grassierten wie die Schwindsucht ständig in London. Ohne Rosina zu beachten, begann er abzuladen. Er wuchtete eine Kiste auf die rechte Schulter, klemmte sich eine kleinere, wahrscheinlich mit Tabak gefüllte unter den linken Arm und verschwand, während sie schon die Gasse hinunterlief, im *King's Belly*.

Durch das letzte Stück der Half Moon Street, nun kaum noch breiter als die Schultern eines kräftigen Mannes, erreichte sie die Strand. Der Lärm der breiten Straße schlug ihr entgegen, und wenn sie bisher über das unablässige Dröhnen der Stadt geklagt hatte, klang es ihr nun wie das fröhlich pulsierende Leben.

Ob sie doch besser Wagner geweckt und mitgenommen hätte? Es hätte wenig genützt, von dem kleinen Weddemeister hätte Dibber sich kaum mehr beeindrucken lassen als von ihr.

Es musste noch jemand anderen geben als den Wirt, der die Tote gekannt oder sie zumindest hin und wieder gesehen hatte. Sie und ihren Begleiter. Die Stadt war wohl ein riesiges Labyrinth, doch wie überall auf der Welt bewegten sich die Menschen auch an der Themse wie in einem Dorf, ihr Alltag fand in ihrem Stadtteil, in der Nähe ihrer Wohnungen statt. Die Läden, in denen die Patentochter der Senatorin – wenn die Tote tatsächlich Alma und nicht doch irgendeine Mary gewesen war – eingekauft hatte, mussten hier sein, in diesen Straßen. Wenn sie zu dem Bäckerladen zurückginge – aber nein, hätte das Mädchen dort die Tote gekannt oder sich an sie erinnert, hätte sie es zweifellos als Erstes erzählt.

Aber die Seidenkleider in ihrem Reisekorb, von denen der Bänkelsänger erzählt hatte!

Sie musste nicht weit gehen. Eines der nächsten Häuser zeigte in seinem Schaufenster all die schönen kleinen Dinge, die ein Mädchen begehren mochte, das Seidenkleider in ein Zimmer über einer Gin-Spelunke brachte. Da waren Bänder in allen Farben aus Seide, Taft, Spitzen und glänzendem Leinen, Knöpfe aus Silber, Messing und Kupfer, aus Glas oder mit Stoffen überzogen, bunte Perlen in vielen Größen, Fächer und Handspiegel, mit Perlmutter bestickte Täschchen, Schmuck aus Glas und Gold- und Silberfäden, Duftwässer, Nadeln, Garne, Stickrahmen und vieles mehr. Und – zum Glück! – keine einzige altertümliche Münze!

Das Glöckchen an der Tür klingelte nur zart. Der Laden war klein, die Regale an den Wänden bis auf die letzte Lücke mit ordentlich beschrifteten flachen Kartons verschiedener Größe gefüllt. In einer Vitrine neben der Verkaufstheke lagen in drei Etagen Schmuck und Kämme. Die Frau hinter der Theke trug ein nach der vorletzten Mode geschnittenes Kleid aus schlichtem blassrot und weiß gestreiftem Kattun, ansonsten präsentierte sie sich wie ein wandelndes Schaufenster ihres Ladens. Ihr mausbraunes, von erstem Grau durchzogenes Haar war hoch aufgetürmt und litt sichtlich unter seiner Last von Kämmen und Seidenblüten, ihr Mieder mit einer doppelten Reihe verschiedener Knöpfe strotzte vor Litzen, Bändern und Schleifen, der billige Schmuck an Ohren, Hals und Händen hätte leicht für drei Frauen unterwegs zu einem Tanzabend gereicht. Rosina war sicher, dass auch die beiden Fächer, die auf der Theke lagen, umgehend vorgeführt werden würden.

Es kostete sie nur die Frage nach einem mit Perlmutter verzierten Schmuckkamm, ähnlich dem im Fenster, und knappe zwei Minuten, bis Mrs. Milbow, so hatte sich die Frau hinter der Theke vorgestellt, versicherte, sie habe die bedauernswerte Tote von der Half Moon Street gekannt, erst vorgestern noch sei sie in ihrem Laden gewesen, ein reizendes Kind, und habe einen Fächer gekauft. Diesem hier – schon griff sie einen von der Theke und fächelte heftig vor Rosinas Gesicht – ganz und gar ähnlich. Tatsächlich habe sie auch diesen – wieder fächelte es heftig – probiert.

Mrs. Milbow war ein redefreudiges Wesen, was ihre Geschäfte ohne Zweifel beförderte, und geradezu begierig, alles zu erzählen, was sie wusste und vermutete.

«Es ist tragisch», seufzte sie, «so tragisch. Das arme Kind. Sie war ja noch ganz jung und eine wirkliche Schönheit. Nicht gerade aristokratisch, wenn Ihr versteht, was ich meine, aber von blühender Rosigkeit, und diese Haare, entzückend, wirklich entzückend. Besonders liebte sie Seidenblumen.» Sie drehte sich zu dem Regal hinter ihrem Rücken um, griff zielsicher einen Karton heraus und öffnete ihn.

«Hier», sagte sie, «diese, nein, wartet.» Ihre Finger glitten zwischen die Lagen von feinem Papier und zogen eine blassgelbe, entfernt einer Kamelie ähnliche Blume mit einer zierlichen Perle in ihrer Mitte hervor. «Eine wie diese hat sie gekauft. Und zwei Kämme.» Sie eilte hinter der Theke hervor, öffnete mit flinken Fingern die Vitrine und griff nach den beiden am üppigsten mit Perlmutter, Goldfäden und Glasperlen besetzten. «Sie war dreimal bei mir», erklärte sie, während sie die Kämme eilig anhauchte und ein wenig nachpolierte, «mein Sortiment hat ihr sehr gut gefallen, ja, sie verstand etwas von diesen Dingen. Ohne Zweifel kam sie aus einem guten Haus, tadellose Manieren und eine sanfte Stimme.» Mrs. Milbow wandte sich mit versonnenem Lächeln zum Spiegel und hielt sich die Blume an ihr Haar. «Ist es nicht eine romantische Geschichte?»

«Romantisch?» Rosina schluckte. «Immerhin ist sie jetzt tot.»

«Ja, das ist schrecklich.» Mrs. Milbow ließ die Blume in den Karton zurückfallen und faltete fromm die Hände über ihrem mit drei Reihen Spitze und Goldfäden gesäumten Brusttuch. «So ist das Leben, allzu Schönes nimmt ein böses Ende.»

Rosina stimmte artig in den Seufzer ein und betrachtete die Kämme, deren Wert durch die Berührung eines Mädchens, das ein so grausiges Ende gefunden hatte, offenbar enorm gestiegen war.

«Aber natürlich», sagte sie abwägend, als Mrs. Milbow erstaunlicherweise schwieg, «bevor sie starb, war es gewiss romantisch. Sicher habt Ihr auch ihren Mann kennen gelernt?»

«Ich sage es Euch im Vertrauen, Miss, sie waren gar nicht verheiratet. Noch nicht, sicher hätten sie es bald getan. Er ist ein feiner junger Herr», versicherte Mrs. Milbow eifrig, die schon befürchtet hatte, das Gespräch sei wegen des bösen Endes vorbei. «Groß, blond, mit schönen Augen, elegant, gebildet, ach ja, ein unternehmender junger Mann mit den besten Aussichten. Aber leider, er war nie hier. Er musste ja ständig in Geschäften unterwegs sein. Nur sich regen bringt Segen, sagt Mr. Milbow immer, und ich bin ganz seiner Meinung.»

Sie wisse all das von der jungen Miss selbst, die habe das Englische nur wenig beherrscht, doch mit etwas Geduld habe es gereicht. Und sie habe gleich Vertrauen gefasst, was übrigens alle ihre Kundinnen täten, sie könnte Geschichten erzählen! Aber sie sei bekannt für ihre Verschwiegenheit. Ja, das sei sie.

«Alma», rief Rosina schließlich mitten in den Redefluss. «Sie hieß doch Alma? Alma Severin?»

«Severin? Alma?» Mrs. Milbow zog irritiert die Brille aus der Tasche und setzte sie auf ihre Nasenspitze. «Wen meint Ihr?»

«Die Tote. Ich habe gehört, sie hieß Alma Severin. Oder so ähnlich.»

«Tatsächlich? Woher wisst Ihr das? Mir hat sie ihren Namen nicht genannt. Leider. Und wenn ich richtig informiert bin, weiß ihn nicht mal Mr. Dibber, und der war ihr Wirt. Er soll sogar den Namen ihres Gatten, nun ja, ihres Bräutigams vergessen haben. Einfach vergessen. Was sehr seltsam ist, findet Ihr nicht? Aber der ganze Mr. Dibber ist seltsam, ich glaube kaum, dass seine Kunden ihm das Vertrauen entgegenbringen, das ich von meinen erfahre, ich ...»

«Woher», unterbrach Rosina sie schnell, «woher wisst Ihr dann, dass sie die Tote aus der Half Moon Street war?»

«Ich habe das arme Kind doch gesehen. Wie man sie am Morgen aus dem Haus trug. Es sind ja nur wenige Schritte bis zum *King's Belly*, und das Geschrei der Leute und die Constablers – da muss man doch nachschaun, was vorgeht. Ich habe sie gleich erkannt. Alma hieß sie also? Ein hübscher Name. Ihr Mann hieß Felix, das hat sie mir ...»

«Felix?» Rosina war plötzlich wieder hellwach. «Und weiter? Wie ist sein Familienname?»

Mrs. Milbow spitzte schmal die Lippen. Sie liebte es

nicht, bei einer Wissenslücke ertappt zu werden, und diese war nun schon die zweite.

«Sie hat nur einmal von ihm als Felix gesprochen», sagte sie würdevoll. «Nur Felix, mehr weiß ich nicht. Ein eigentümlicher Name, oder? Jedenfalls bei uns in London. Ja. Und *ich* glaube *nicht*, dass er sie getötet hat, ich kann das einfach nicht glauben.»

«Warum nicht?»

«Weil sie sich doch so geliebt haben, das hat sie gesagt. Sie hat mit ihm ihre Heimat verlassen, einfach so und ohne sich lange zu verabschieden, wenn das nicht romantisch ist! Zuerst hatte er eine andere Wohnung gemietet, in der City, ich glaube nahe bei der Kathedrale, und erst vor zehn Tagen sind sie hierher gekommen Oder vor elf? Vielleicht auch vor neun Tagen, jedenfalls hat sie gesagt, sie folgt ihm überallhin, selbst in die Half Moon Street, aber eigentlich will sie nur in die amerikanischen Kolonien, egal, was er sagt und tut.» Sie neigte stirnrunzelnd den Kopf zur Seite. «Das widerspricht sich ein wenig, findet Ihr nicht auch? Aber egal. Sie hat ihn bestimmt geliebt, echt und tief. Und treu, ja. Und er sie ebenso. Da bringt man sich doch nicht um.»

Mrs. Milbow, dachte Rosina, hat wirklich eine rettungslos romantische Seele.

Sie ließ sich noch einige Steckkämme zeigen und entschied sich für einen aus dunkelbraunem poliertem Horn mit langen Zinken und wie Efeuranken geschnitztem Bogen, unbeschwert von Flitter jeglicher Art. Helena würde sich sehr darüber freuen. Mrs. Milbow war von dieser schlichten Wahl enttäuscht. Sie räumte die glitzernden Exemplare in die Vitrine zurück, schlug heimlich einen Shilling auf den ohnedies viel zu niedrigen Preis und steckte den Kamm in eine billige Tüte anstatt in die sonst übliche, mit dünnem gelbem Papier ausgelegte kleine Schachtel.

«Eure Ware, Mrs. Milbow, ist ausgezeichnet», sagte Rosina plötzlich, «doch wie alles, nun ja, alles Erlesene hat sie ihren Preis. Wenn Miss Severin oder wie immer sie hieß in der Half Moon Street gewohnt hat, hatte sie gewiss nicht viel Geld.»

«Nur ein paar Shillinge, stellt Euch vor, diese große Liebe, und dann gibt er ihr nur ein paar Shillinge.» Der Gedanke an Pfund und Shilling ließ den Stern des edlen jungen Mannes in Mrs. Milbows Seele rapide sinken. «Aber sie war nicht dumm. Sie hatte einiges an eigenem – wie soll ich es nennen? Ein Vermögen war es bestimmt nicht, aber doch ein nettes kleines Polster, sozusagen. Wartet ...»

Sie öffnete eine Schublade, schob tastend den Arm ganz weit hinein und zog schließlich ein Tuch hervor. Sie schlug es auf der vorgestreckten Hand auseinander und sagte: «Ich weiß nicht, was es wert ist, es ist ja bloß Silber, aber ziemlich schwer und nicht zu klein. Ich habe es nur genommen, weil Mr. Milbow solche Dinge mag. Es muss natürlich tüchtig poliert werden, aber dann ist es ein sehr annehmbares Geschenk von einigem Wert. Glaubt Ihr nicht?»

Rosina nahm behutsam die Silbermünze von dem Tuch und hielt sie ins Licht. Die Medaille maß etwa zwei Zoll im Durchmesser und zeigte Maria und Joseph, Ochs und Esel mit dem Jesuskind im Stroh, an der linken Seite, neben Maria, stand ein mit seinem Hut winkender Hirte. Die umlaufende Schrift war nur mit Mühe zu entziffern: IESUS EIN KINDT GEBORN V. EINER IUNCK-

FRAUW AUSERKORN. Auf der Rückseite taufte Johannes den im Jordan stehenden Jesus. CHRIST: D: HEILIG: TAUF: NIM: A. V: SEIM: VORLAUFFER. IM. IOR:, erläuterte die Schrift.

«‹Christus›», murmelte Rosina, «‹der die heilige Taufe nimmt an von seinem Vorläufer im Jordan›» und dachte: ‹Wenn Alma für dieses Silberstück nichts als Fächer, Seidenbänder und -blumen, Kämme und ein wenig Spitze gekauft hatte, hat Mrs. Milbow ein exzellentes Geschäft gemacht.›

«Ein wirklich hübsches Geschenk für Euren Gatten», sagte sie laut. «Und sehr romantisch.»

«Ja, nicht wahr?» Mrs. Milbow nahm Rosina mit spitzen Fingern die Medaille aus der Hand, wickelte sie rasch in das Tuch und legte sie in die Lade zurück. «Wie ich schon sagte, sie war nicht dumm. Sie hat mir verraten, dass sie diese und einige weitere in ihr Mieder eingenäht hatte. Erbstücke, hat sie gesagt, und ich finde, es ist kein Verbrechen, wenn eine Frau sich ein wenig eigenes Geld beiseite legt. Kein Verbrechen, ja. Sonst müssten wir unsere Männer wegen jedes Pennys belästigen, was nur zu überflüssigen Verstimmungen führt, sicher seid Ihr meiner Meinung.»

Als Rosina wieder auf der Straße stand, atmete sie tief durch. Die meisten der Münzen und Medaillen auf Senator van Wittens Liste hätte sie kaum auf den ersten Blick erkannt, selbst wenn sie wie diese in deutscher Sprache beschriftet gewesen wären. An die Beschreibung des ‹Hamburger Weihnachtstalers›, der tatsächlich keine Münze, sondern eine Medaille, ein Ehrengeschenk war, erinnerte sie sich jedoch genau. Wegen der Weihnachtsgeschichte, aber auch wegen der altertümlichen deutschen Schreibweise auf der etwa hundertzwanzig Jahre alten Prägung. Die meisten Stücke in van Wittens Sammlung, auch die aus den deutschen Ländern, waren lateinisch beschriftet. Einem Londoner Sammler mochte dieser ‹Taler› über den reinen Silberwert hinaus wenig bedeuten, einem Hamburger Senator aber viel. Wenn van Witten Glück hatte, erwies sich Mr. Milbow als ein empfindsamer Mann, der die Geschenke seiner Gattin nicht umgehend in gute englische Guineen umtauschte, und der Senator konnte jemanden beauftragen, den Taler zurückzukaufen.

Armer Wagner, dachte sie, da wandert er auf der Suche nach ein paar Stücken aus der Sammlung Meile um Meile, erträgt tapfer die misstrauischen Blicke der Händler und die Gefahren der fremden Stadt, und nun fand sie den Weihnachtstaler, der mehr als die meisten anderen auf die Spur der Diebe führen konnte, zwischen Fächern und Seidenblumen in einem kleinen Laden nur wenige Minuten von der Henrietta Street entfernt.

Egal, wie Mr. Dibber sie genannt hatte, die Tote musste Alma Severin sein.

Damit war die Spur auch schon wieder verweht. Alma war tot, der Mann, für den sie gestohlen hatte und mit dem sie geflohen war, verschwunden. Mr. Dibber, der Einzige, der ihn kannte, würde – falls er überhaupt etwas wusste – bei der Suche ganz gewiss nicht helfen.

Sie musste sich etwas einfallen lassen, aber diesmal nicht allein. Es war höchste Zeit für eine gründliche Beratung. Und für einen großen Becher von Mrs. Tottles süßem Aniskaffee.

*

Pauline Christlieb fror. Das war unvernünftig, denn es war schrecklich warm nah unter dem Dach. Wie dumm, so schnell in die Kammer zurückzukehren, nur weil der Constabler sich nach ihr umgesehen hatte. Andere Männer drehten sich auch nach ihr um, manche riefen ihr sogar Bemerkungen nach, die sie zum Glück nicht verstand, oder pfiffen durch die Zähne, wenn sie vorbeiging. Sie hatte das nie gemocht.

‹Warum?›, hatte Alma lachend gefragt, ‹sie finden dich reizend und pfeifen. Ich wäre beleidigt, wenn keiner mehr hinter mir herpfiffe.›

‹Ich bin einfach nicht daran gewöhnt›, hatte Pauline geantwortet und nach einem anderen Thema gesucht.

Alma kam aus einer großen Stadt, da mochten die Menschen sich so betragen. Sie, Pauline, war in einem Dorf in der Pfalz geboren und aufgewachsen, jeder kannte jeden, schon das ganze Leben lang, gepfiffen wurde da nicht.

Vielleicht war es ein Fehler gewesen, die Pfalz zu verlassen. Aber Kaspar wollte gehen. ‹Hier haben wir keine Zukunft›, hatte er gesagt, ‹die Zeiten sind zu schlecht.› Sie war seine Frau, schon seit einem Jahr, also ging sie mit ihm. Und in einer verborgenen Ecke ihres Herzens hatte sie die Lust auf das große Abenteuer gespürt, das es bedeutete, das Dorf, das Land, den ganzen Kontinent zu verlassen und ein neues Leben zu suchen. Sie würden ja nicht alleine sein. Alleine anzufangen, das hätte sie sich niemals zugetraut.

Kaspars Bruder hatte sich vor fünf Jahren auf die große Reise über das Meer gewagt und im letzten Jahr geschrieben, es gehe ihm gut, Kaspar solle endlich nachkommen, für einen tüchtigen Tischler gebe es im Land am Hudson mehr Arbeit, als zu bewältigen sei. Allenthalben baue man Häuser und Scheunen und der Bedarf an einfachen Möbeln sei groß. Auch lebten viele Pfälzer in seiner Nachbarschaft, man wolle bald eine eigene Kirche errichten, ein Pfarrer sei schon da.

Aber er hatte kein Geld geschickt, natürlich nicht, wenn er sich ein Haus baute. Auch für die neue Kirche und den Pfarrer würde jedes Mitglied der neuen Gemeinde seinen Anteil geben müssen.

Ihre Mitgift reichte für die Reise bis London: zuerst den Rhein hinunter auf einem der großen Flöße, dicke Baumstämme, zumeist aus dem Schwarzwald, für den holländischen Schiffbau, weiter mit dem Postschiff über den Kanal nach Dover. Der Fuhrmann, der sie und einige andere Reisende nach London brachte, empfahl ihnen die Zimmer bei Mr. Dibber und fuhr sie gegen ein geringes Aufgeld bis in die Half Moon Street. Sie waren ihm dankbar gewesen, denn sie kannten niemanden in London und hatten nicht gewusst, an wen sie sich in diesem unendlichen Häusermeer wenden sollten. Schon in der Half Moon Street lebten auf entsetzlich engem Raum mehr Menschen als in ihrem Dorf.

‹Es ist nur für ein paar Wochen›, sagte Kaspar, als sie müde und von dem Lärm und der schrecklichen Luft den Tränen nahe in das winzige stickige Zimmer trat. ‹Nur für ein paar Wochen, höchstens ein Vierteljahr, dann geht es weiter. Wenn wir erst in Hudson sind, haben wir immer frische Luft und bald ein eigenes Haus. Mit einem großen Garten. Und der Fluss dort ist genauso schön wie der Rhein. Heimweh gibt's da keines mehr. Wirst schon sehen.›

Er sagte in der letzten Zeit oft ‹wirst schon sehn›, und

sie wusste, dass er das sagte, um selbst zu glauben, was er versprach. London war voll von Männern und Frauen, sogar von Kindern, die alle nur für einige Wochen hier bleiben wollten, um wie Kaspar das Geld für die Überfahrt zu verdienen. Alle suchten Arbeit, doch nicht einmal Kaspar, der ein schneller, zuverlässiger Arbeiter war, einen Gesellenbrief hatte und niemals trank, nicht einmal er fand andere als niedrige Arbeit zum Tagelohn, der kaum genug für die Miete und das Essen einbrachte.

Alma würde ihr nicht verübeln, was sie getan hatte, und der Constabler – der konnte nichts wissen. Das war ganz unmöglich. Aber so war es immer: Wer Unrechtes getan hatte, erkannte jedes freundliche Gesicht als bedrohliche Fratze.

Sie wollte nicht länger hier bleiben, erst recht nicht in diesem stinkenden Loch. Es war nicht gut, auch nicht für Kaspar. Sie hätte sich selbst gerne eine Arbeit gesucht, doch was sie konnte, galt hier nicht viel. Sie verstand sich auf alles, was eine Frau auf einem Bauernhof können muss. Auch die grobe und schwere Arbeit. Tausende bis an den Rand gefüllte Eimer hatte sie vom Bach zur Küche oder in die Ställe geschleppt. Zahllose Forken von Heu und Mist gehoben, sie hatte Böden und Tische geschrubbt, bis die weiß und ihre Hände wund waren. Sie war stark.

‹In Hudson›, hatte Kaspar gesagt, ‹magst du alles tun, was du willst und kannst. Wenn es zu Anfang sein muss, auch in andern Häusern. Das ist keine Schande. Aber in dieser Stadt lass ich dich nicht zu fremden Leuten gehen, man weiß nie, wer die sind. Wir schaffen es auch so. Wirst schon sehn.›

In der Nacht, als sie später den Streit im Nachbarzimmer hörten, fand sie keinen Schlaf und überlegte, ob sie nicht doch Mr. Dibbers Drängen nachgeben und hin und wieder die Herren in den Bädern bedienen sollte. Es konnte doch nicht so schlimm sein. Sicher waren dort tatsächlich, wie der Wirt wortreich beteuerte, nur vornehme Herren. Wer sonst ging in ein Badehaus, dazu am helllichten Tag, und ließ sich dort auch noch bewirten? Ihr Mann müsse es gar nicht merken, hatte Mr. Dibber gesagt, der sei doch vom Morgen bis in den Abend fort.

Der Streit, der so plötzlich abbrach, und danach die raschen Schritte auf der Treppe und zum Haus hinaus unterbrachen ihr Grübeln. Kaspar würde sie niemals so lange allein lassen, wie es der Mann ihrer Nachbarin tat. Er würde auch niemals mitten in der Nacht wieder davonlaufen. Alma mochte schönere Kleider und die größere Zuversicht haben, dennoch wollte sie nicht mit ihr tauschen. Niemals! Sie und Kaspar würden es schaffen. Bald.

‹Wirst schon sehn›, dachte sie, kuschelte sich an den schlafenden Kaspar und schlief lächelnd ein.

Als sie am Morgen erwachte, beschloss sie, ihre neue Nachbarin zu besuchen, um sie zu trösten. Nach einem Streit mitten in der Nacht musste sie zutiefst betrübt sein. Vielleicht konnte sie ihr auch wegen der Arbeit in dem Badehaus raten. Alma kannte sich aus mit dem Leben in den Städten und wusste immer schnell Rat, wenn auch nicht immer guten.

Dann ging alles so schnell, dass sie sich später kaum an Einzelheiten erinnern konnte. Sie hatte geklopft, und als niemand antwortete – die städtische Sitte, vor dem Eintreten zu klopfen und auf ein ‹Herein› zu warten, war ihr noch fremd –, öffnete sie die Tür. Zuerst dachte sie, Alma sei krank, doch sie kannte den Tod und wusste schnell, dass er hier ein Opfer gefunden hatte. Sie stieß das Fenster auf und schrie um Hilfe, was dumm war, da war doch nichts mehr zu helfen, wenn jemand tot war.

Und da sah sie das Mieder auf dem Reisekorb unter dem Fenster liegen, genau das Mieder mit dem kostbaren Geheimnis, das Alma ihr erst am Tag zuvor gezeigt hatte.

‹So musst du es machen›, hatte sie gesagt, ‹nimm dir nicht, was dir zusteht, sondern was du brauchst. Wer viel fragt, bekommt viel dumme Antwort.› Im Übrigen stehe ihr alles, was an dem Mieder besonders sei, sowieso zu. Es gehöre ihr, und noch einiges mehr.

Sie hatte gelacht, die Augen voller Spott, doch Pauline hatte gewusst, dass der Spott nicht ihr galt.

Da lag dieses Mieder nun, und als zwei Frauen von der Straße ihrem Hilferuf folgend die Treppe heraufgekeucht kamen, Mr. Dibber gleich hinter ihnen, da hatte sie es schon in der Hand, und alle dachten, es sei ihres. Wenn überhaupt jemand das Mieder bemerkte, die Tote bedeutete genug Aufruhr.

Dann kam ein Constabler und später der dicke alte Mann mit der schwarzen Binde vor den Augen. Der blinde Richter, hatte jemand respektvoll geflüstert und ihr war übel geworden vor Angst. Aber natürlich hatte niemand nach dem Mieder gefragt, auch Richter Fielding nicht, obwohl er viele Fragen gehabt und jemanden mitgebracht hatte, der ihre Sprache sprach und verstand, zumindest ein wenig.

Und nun saß sie da, war eine Diebin und fürchtete sich. Wenn schon nicht der Richter, so würde sicher Almas Mann zurückkehren, um ihre Habe zu holen. Nein, der nicht, er konnte es nicht wagen, die Constabler warteten nur darauf, ihn zu fangen und an den Galgen zu bringen. Wenn er aber jemanden schickte? Oder musste er annehmen, die Constabler hätten alle ihre Sachen mitgenommen? Taten die das, wenn sie eine Tote fanden? Oder behielt Dibber Almas Sachen, die beiden Seidenkleider, die Bibel, den Fächer …

«Wie töricht», stieß sie hervor, öffnete das Fenster und sah in die Straße hinunter. Es war einfach eine ganz normale schmutzige Stadtstraße. Da waren Leute, Hunde, ein kleines Schwein und der Junge ohne Beine auf seinem Brett mit den Holzrädern. Kein Constabler, kein Niemand, der dort auf sie lauerte, weil niemand von den Silber- und Goldstücken in Almas Mieder und erst recht nicht von ihrem, Paulines Diebstahl wusste.

Wenn Alma sie jetzt sähe, würde sie wieder lachen, und diesmal würde der Spott ihr gelten.

‹Vergiss die lästige Angst›, würde Alma sagen, ‹und nimm dir, was du brauchst. Und haut endlich ab, du und dein kreuzbraver Kaspar, gleich mit dem nächsten Schiff.›

Genau das würden sie jetzt tun. Sie würde nicht zulassen, dass Kaspar das Mieder und besonders seinen reichen Inhalt, der Freiheit und den Weg in die Zukunft bedeutete, zu dem blinden Richter brachte. Sie würde ihm widersprechen, notfalls gar drohen, ohne ihn zu reisen. Sie wollte endlich über das Meer fahren und den Hudson hinauf, der dem Rhein so sehr gleichen sollte, bis zu der Stadt, die den selben Namen trug wie der Fluss. Und wenn sie erst ihren Garten hatte, wollte sie in seine Mitte eine Linde setzen, genau in die Mitte, zum Andenken an ihre Londoner Nachbarin, die sie mit ihrem Tod gerettet hatte.

Und hin und wieder, wenn sich der Wind in den samtweichen Blättern des Baumes fing, würde sie Almas Lachen hören.

*

«Du bist verrückt, Rosina», schrie Helena. «Wann begreifst du endlich, wie gefährlich es ist, ständig allein loszuziehen. Du hast nicht einmal gesagt, was du vorhast. Wenn du nun nicht zurückgekommen wärst, wo hätten wir dich suchen sollen. Und *du* bleibst hier!»

Der letzte Satz galt nicht mehr Rosina, die hätte es nie gewagt, sich mitten in einer von Helenas schönsten Tirade davonzustehlen, sondern Jean, der die Tür zu ihrer Stube geöffnet hatte, und zwar in allerbester Laune, und vor dem Sturm der Entrüstung umgehend fliehen wollte. Dummerweise sah Helena alles, selbst wenn es hinter ihrem Rücken geschah, und die Schritte ihres Mannes erkannte sie, von seiner Neigung zum Gebrauch intensiver Duftwässer nur unwesentlich unterstützt.

«Setz dich», sagte Helena, noch immer mit von Zorn gerötetem Gesicht, doch mit beinahe ruhiger Stimme. «Rosina hat uns einiges zu erzählen, und wenn ich es richtig verstehe, braucht die schlaue Mademoiselle unseren Rat. Was für eine Ehre, wo sie doch sonst so gerne alles alleine macht.»

«Das stimmt doch gar nicht.» Rosina hatte geduldig Helenas Zorn ausgehalten, er währte meistens nur kurz, auch wusste sie, dass er der Sorge entsprang und nicht ganz unberechtigt war. Sie hatte schon oft versprochen, gefährliche Wege nicht mehr alleine zu gehen. Dummerweise stellte sich gewöhnlich erst unterwegs heraus, ob ein Unternehmen zum Wagnis wurde. Vor allem aber fehlte ihr die Geduld, zu suchen und zu warten, bis jemand Zeit fand, sie zu begleiten. Wenn eine Idee oder Erkenntnis in ihrem Kopf entstand, wenn sich der Blick auf etwas lange Verborgenes öffnete, hatte sie es immer eilig, dem zu folgen, und überhaupt keine Lust, zu debattieren und abzuwägen, was unweigerlich geschehen würde, sobald sie ihre Gedanken teilte.

«Es stimmt nicht, Helena», erwiderte sie fest. «Wenn ich glaubte, etwas könnte ernstlich gefahrvoll werden, habe ich immer jemanden mitgenommen.»

«Ernstlich gefahrvoll? Du meinst, eine Minute vor lebensgefährlich. Da hast du allerdings Recht. Ein- oder zweimal warst du so gütig. Sonst wärst du längst tot.»

«Könnte mir, bitte!, jemand sagen, worum ihr streitet?» Jean hatte sich neben Rosina an den Tisch gesetzt und gab sich große Mühe, seine gute Laune zu erhalten. Obwohl das schwer war, denn er hatte eine hervorragende Neuigkeit, und die würde er nun noch eine Weile für sich behalten müssen. Wenn Helena und Rosina in eine Debatte verstrickt waren, so zogen sie es vor, ihre seltenen Auseinandersetzungen zu bezeichnen, wussten sie seine Beiträge selten zu würdigen. Es war im Leben wie auf dem Theater: Die Pointe an der falschen Stelle gesetzt hieß, sie zu verschenken. «Ich würde ja gerne gerne mittun», fuhr er fort, «aber wenn ich mal wieder nicht weiß, worum es geht ...»

«‹Mal wieder nicht weiß›?» Die sich gerade glättende Zornfalte auf Helenas Stirn stieg neu auf. «Als wüsstest du nicht immer alles, was bei uns vorgeht. Ich bin es, die nie etwas erfährt. Wo warst du zum Beispiel während der letzten Stunden?»

Das war genau die richtige Stelle für seine Pointe, doch leider war Rosina schneller.

«Lass uns nicht streiten, Helena», bat sie. «Hier ist alles ein bisschen anders als in anderen Städten. Wir geben keine Vorstellungen, es ist so schrecklich viel Neues zu sehen und zu erleben, da geht jeder von uns mal eigene Wege. Ich wollte dir keine Sorge bereiten, ich bin doch nur ein paar Straßen weiter zu einem Zimmervermieter gegangen.»

«Wo gerade ein Mord geschehen ist. Sehr idyllisch! Und was war mit der Druckerei?»

«Dort waren viele Menschen, nichts daran war gefährlich. Außerdem glaube ich nicht, dass Hebbel Madame Boehlichs Faktor getötet hat. Kloths Tod hat ihn erschüttert, obwohl er den Faktor sicher nicht gerade geliebt hat. Im Gegensatz zu Madame Boehlich, die wiederum liebt er sehr offensichtlich. Ihr Wohlergehen war das Einzige, was ihn wirklich interessiert hat.»

«Eben.» Helena schnaufte. «Darum verstehe ich erst recht nicht, warum du ihn für ein Unschuldslamm hältst. Wenn er sie liebt, liegt es doch nahe, dass er einen lästigen Konkurrenten beiseite räumt. Dann hat er freie Bahn. Wenn er auch noch so überzeugend behauptet, er sei schon am Tag vor dem Mord abgereist. Das können wir nicht prüfen. Wieso bist du plötzlich so vertrauensselig?»

Darauf wusste Rosina keine überzeugende Antwort, dennoch zweifelte sie nicht daran, Recht zu haben.

«Wenn du selbst mit ihm gesprochen hättest, würdest du es verstehen», sagte sie. «Aber falls es dich beruhigt, werde ich Muto mitnehmen, wenn ich die gedruckten Listen abhole. Er möchte sich gerne eine Druckerei ansehen, und Hebbel ist gerne bereit, sie ihm zu zeigen.»

«Und ich möchte jetzt wirklich wissen, was passiert ist», rief Jean und schlug mit der Hand auf den Tisch. «Ich habe auch einiges …»

«Gut», unterbrach ihn Helena, «wir holen Wagner und dann erzählt Rosina alles von Anfang an. Alles!», betonte sie, riss die Tür auf, schrie: «Wagner!!!» in den Flur hinaus und ließ sich auf die Bank fallen. «Ich hasse es zu streiten», sagte sie. «Und versprich jetzt nicht wieder, dich zu bessern, Rosina. Dann muss ich mich gleich wieder aufregen. Glaubst du, Mrs. Tottle bringt uns einen Teller dieser butterigen kleinen Haferkuchen und eine Kanne von ihrem dünnen Kaffee?»

Als Mrs. Tottle Kaffee und Kekse brachte, hätte sie sich gerne zu ihren Mietern gesetzt, weil sie aber niemand dazu einlud, verließ sie das Zimmer und drückte im Flur ihr Ohr an die Tür. Obwohl die dünn war, verstand sie leider kein Wort. Solange sie sich manierlich benahmen, das heißt die guten englischen Sitten beachteten, hatte sie nichts gegen ausländische Gäste. Mr. Tottle, so dachte sie stets, ist ständig in der Welt unterwegs und so auch oft ein Ausländer. Ärgerlich fand sie nur die fremden Sprachen, die ihr wie heute die interessantesten Neuigkeiten vorenthielten. Denn dass hinter dieser Tür Wichtiges besprochen wurde, war an dem plötzlichen Schweigen bei ihrem Eintreten mehr als deutlich geworden.

Rosinas Besuch bei Bendix Hebbel fand bei Wagner nur höfliche Aufmerksamkeit. Erst als sie begann, von Mr. Dibber und von Mrs. Milbows Klatschgeschichten zu erzählen, vergaß er, in seinem Kaffee herumzurühren, und hörte gespannt zu.

«Kein Wunder, dass sie Seidenblumen gekauft hat»,

sagte Helena schließlich. «Für ein armes Mädchen, das Jahr um Jahr, von früh bis spät für Damen Blumen gemacht hat, muss es geradezu ein Triumph gewesen sein, in einen feinen Laden zu gehen und selbst welche zu kaufen, die andere Hände gemacht haben.»

«Ganz bestimmt», sagte Rosina. «Aber warte, das Beste kommt noch. Zuletzt griff Mrs. Milbow nämlich in eine Schublade und holte etwas heraus, mit dem die junge Frau aus der Half Moon Street ihre Einkäufe bezahlt hatte. Hier», sagte sie, holte van Wittens Liste hervor und klopfte auf den ersten Eintrag auf dem zweiten Bogen, «damit hat sie bezahlt.»

«Mit einer Münze? So ein dummes Ding», brummte Titus, der sich nach Helenas schrillem Ruf auch eingefunden hatte, «hatte sie denn überhaupt keine Ahnung, wie teuer solche Dinger sind? Oder kosten Fächer und Kämme in London so viel, wie ein solches Sammlerstück wert ist?»

«Ich weiß nicht, wie diese Münzen und Medaillen gehandelt werden», erklärte Rosina, «aber einen schlechten Tausch hat sie auf alle Fälle gemacht.»

Sie schob Wagner den Bogen über den Tisch zu und sah ihn triumphierend an. «Es ist der Hamburger Weihnachtstaler, Wagner, ich kann mir nicht vorstellen, dass es eine andere Frau in London geben könnte als unsere Diebin, die mit diesem Silberstück ihre Fächer bezahlt.»

«In der Tat», murmelte Wagner, immer noch über die Liste gebeugt, «in der Tat. Der Weihnachtstaler, so. Und Ihr seid ganz sicher? Ich meine, auf der Liste ist er nur beschrieben, wir haben kein Bild.»

«Natürlich bin ich ganz sicher. Er ist unverkennbar, bei irgendeiner wertvolleren römischen Münze wäre ich überhaupt nicht sicher gewesen, die hätte ich ohne gründlichen Vergleich mit dem Text auf der Liste schwerlich unterscheiden können. Ich hätte mich kaum an eine erinnert, und in dem Laden konnte ich schlecht die Liste hervorziehen und um eine Vergrößerungslinse bitten. Nein, Wagner, es gibt keinen Zweifel mehr, die Tote in der Half Moon Street ist Alma Severin. Außerdem hat Mrs. Milbow gesagt, ihre Kundin habe von ihrem Mann oder Bräutigam als Felix gesprochen, nur einmal, glaube ich, aber das reicht doch. Der Mann, mit dem die Patentochter der Senatorin durchgebrannt ist, heißt auch Felix. Felix Landahl. Braucht Ihr noch mehr Beweise?»

Wieder einmal wünschte Rosina sich mehr Geduld. Sie verstand Wagners bekümmertes Gesicht nicht. Dabei grämte er sich nur, weil er nicht gleich seiner Pflicht nachgekommen und in die Half Moon Street geeilt war, nachdem er die Nachrichten des Bänkelsängers gehört hatte. Er wollte das, aber Karla war nach den langen Wegen durch die Stadt so müde gewesen, sie hatte eine Stunde Schlaf gebraucht und er hatte sie nicht alleine lassen wollen. Und dann war er selbst eingeschlafen, fest und tief, bis Helenas Ruf ihn geweckt hatte. Wenn er nun selbst noch zu Mr. Dibber ging, wenn er es auch schlauer anstellte als Rosina, würde er nichts mehr erfahren. Schon gar nicht über den Aufenthaltsort von Landahl, und der war es, den er suchte und finden musste, wenn er seinem Senator jemals wieder unter die Augen treten und Hobert, seinen neuen Wedde-Konkurrenten, ein für alle Mal in die Schranken weisen wollte.

«In der Tat», murmelte er noch einmal, «dann ist sie also tot. Die Frau Senatorin wird untröstlich sein. Wäre ich schneller gewesen …»

«Das ist Unsinn, Wagner», rief Rosina. «Schneller ging es nicht, und es hätte auch nichts genützt. Wir haben überhaupt nur von ihr erfahren, weil der Bänkelsänger seine Neuigkeiten unter das Volk bringen wollte. Wäre sie nicht tot, hätten wir sie womöglich nie gefunden. Nun gibt es immerhin eine Spur. Die ist zwar eiskalt, aber wer weiß, was morgen geschieht.»

«Morgen ist ein neuer Tag», sagte Karla munter, zog die Nase kraus und ließ ihre kekskrümelige Hand tröstend in Wagners schlüpfen.

«So ganz kalt ist die Spur doch gar nicht», wandte Jean ein. «Wenn ich dich richtig verstanden habe, Rosina, heißt es, ihr Galan, Entführer oder was immer er ist, soll der Mörder sein. Irgendeine Wache muss es hier doch auch geben. Wenn Wagner nun in die Bow Street zu diesem blinden Mann geht, der in diesem Teil der Stadt der Friedensrichter ist, und sich erkundigt, von Kollege zu Kollege sozusagen, wird er sicher jede Auskunft bekommen.»

Wagner murmelte etwas Unverständliches, zog hastig sein blaues Tuch hervor und begann es in den Händen zu kneten.

«Bist du verrückt, Jean?», knurrte Titus. «Sie werden Adam sofort einlochen. Auf seinem Pass steht jetzt, er ist ein fahrender Komödiant aus Hamburg. Aus Hamburg. Wie die Tote. Muss ich dir erklären, was für eine Empfehlung ‹fahrender Komödiant› in den Amtsstuben ist? Sie werden denken, er heißt eigentlich Felix und ist der Mörder. Passpapiere kann man leicht fälschen.»

«So dumm werden sie nicht sein, Titus. Der Wirt kann bezeugen, dass er es nicht ist, und diese Mistress mit ihren Kämmen und Fächern hat gesagt, er sei ein hoch gewachsener, schöner junger Herr. Ich will unseren Weddemeister nicht beleidigen, aber dass ihm die Natur nur ziemlich kurze Beine zugestanden hat, ist offensichtlich und unbestreitbar. Ich finde, er hätte das sowieso längst tun sollen, mit dem Richter sprechen, meine ich. Der steht im Ruf, ein kluger und gerechter Mann zu sein, was man nicht von vielen Richtern sagt, und mit van Wittens gesiegeltem Schreiben …»

«Das gibt es nicht mehr», unterbrach ihn Karla. «Adam hatte ein sehr schönes Schreiben, aber nun hat er es nicht mehr. Ich …»

«Ja», unterbrach Wagner sie hastig, «es ist weg. Ich hab's verloren. Leider, ja.»

«Aber Adam. Das stimmt doch gar nicht.» Karla hatte ihn bisher für den ehrlichsten Mann unter der Sonne gehalten und sah ihn erstaunt an. «Ich war es doch. Ich habe nämlich ein Stück Kabeljau draufgelegt», erklärte sie den anderen, «ein ganz dummes Versehen. Dann wollte ich die Flecken abwischen, ich habe gewischt und gewischt, und dann konnte man nichts mehr darauf lesen und das Siegel hat sich auch abgelöst. Da habe ich es weggeworfen. Adam hat immer so viele voll geschriebene Zettel, ich dachte, da kommt es auf das eine Stück Papier nicht an.»

Jean zog scharf die Luft durch die Zähne, er hatte fest darauf gebaut, das gesiegelte Schreiben werde ihn retten, falls er durch widrige Umstände, zum Beispiel am Spieltisch, in der Hölle von Newgate landen würde. Helena unterdrückte glucksend ein Lachen und Titus knurrte: «Es wird Zeit, dass unsere liebe Madame Wagner lesen und schreiben lernt.»

«Das kann sie», stieß Wagner wütend hervor, «im Waisenhaus lernen das alle, vielleicht nicht sehr gründlich, es ist auch etliche Jahre her und sie hatte seitdem kaum Gelegenheit, sich darin zu üben. Es ist einzig meine Schuld, ich hätte einen so wichtigen Brief nicht auf den Tisch legen sollen.»

«Macht nichts, Wagner», sagte Rosina und nahm sich vor, Karla unbedingt zu mehr Übung zu verhelfen. «Weg ist weg, und wer weiß, ob ein englischer Richter das Schreiben überhaupt anerkannt hätte. Lasst uns überlegen, was nun zu tun ist.»

«Wir sollten uns zuerst um dieses goldbestückte Mieder kümmern», schlug Jean vor. «Wenn das Mädchen schon tot und dieser Felix Dingsbums nicht mehr aufzutreiben ist, wird es den Senator milde stimmen, wenn Wagner ihm wenigstens ein paar seiner Münzen zurückbringt. Wenn ich in die Half Moon Street gehe, gelingt es mir gewiss, Mrs. Dibber zu sprechen. Gattinnen verdrießlicher Kerle sind empfänglich für ein Lächeln und zeigen sich schon nach den schlichtesten Komplimenten gerne zur Hilfe bereit. Mir wird auch etwas einfallen, warum ich ausgerechnet dieses Mieder brauche.»

«Das kommt überhaupt nicht in Frage», stieß Helena aufgebracht hervor, diesmal nicht vor Ärger, sondern aus reiner Sorge. «Abgesehen davon, dass die Wirtin wahrscheinlich selbst das verfluchte Mieder und was ihr sonst noch aus Almas Reisekorb gefiel, längst beiseite geschafft hat, reicht es völlig, dass Rosina sich dort herumgedrückt hat. Dass dieser Dibber nicht gerade die Seele eines Predigers hat, ist doch klar. Und denke an die Beschreibung von Landahl. *Deine* Beine sind nicht zu kurz geraten, dich könnte ein Constabler, der dort womöglich auf der Lauer liegt, sehr leicht für den Mörder halten. Zumindest für dessen Kumpan.»

«Genau», rief Titus, der sonst selten die Stimme über ein Brummen erhob. «Erinnere dich an die Tage, als du vor ein paar Jahren in der Hamburger Fronerei auf den Galgen gewartet hast. Alle haben dich damals für den Messerstecher gehalten, und es war verdammt anstrengend, die Wahrheit herauszubekommen. Wie sollten wir dich hier, wo wir uns nicht auskennen und keine Hilfe finden werden, wieder aus dem Loch holen? Nach der Sache mit dem Kabeljau.»

«Der Senator wird ohne seine Münzen nicht verhungern», sagte Helena und warf Titus einen dankbaren Blick zu, «und an Wagners Reputation können wir später denken. Da fällt uns bestimmt etwas ein. Zuerst müssen wir uns um das arme Mädchen kümmern. Diebin hin oder her, wir können ihre Leiche doch nicht den Chirurgen und Studenten im Anatomischen Theater für ihre Experimente überlassen. Oder glaubt ihr etwa, dass man in dieser Stadt einer unbekannten Ermordeten, dazu noch aus einem fremden Land, ein ehrenvolles Begräbnis spendiert?»

«Was stellst du dir vor?», fragte Titus. «Sollen wir die Leiche stehlen und bei Nacht und Nebel unter einer fremden Grabplatte auf dem Friedhof hinter der Henrietta Street verbuddeln?»

«Das wäre eine hübsche Inszenierung.» Rosina lachte. «Besonders wenn Rudolf dazu ein wenig von seinem Theaterdonner und Feuerwerk veranstaltete. Aber es gibt eine ungefährlichere Möglichkeit: Madame Augusta. Sie ist die Einzige, die jetzt helfen kann. Wenn sie sich beeilt, kommt sie gerade noch recht, bevor die Messer angesetzt werden. Notfalls wird sie die Leiche freikaufen. Sie kann niemand verdächtigen, eher wird sie mit dem

Richter Tee trinken und ihren selbst gebrauten Rosmarin-Branntwein als das beste Mittel gegen jegliches Zipperlein anpreisen. Glaubt mir, falls der Richter etwas über den verloren gegangenen Felix Landahl weiß, wird sie es erfahren. Sie versteht es, mit frommem Gesicht Leute auszuhorchen. Außerdem», sie lehnte sich triumphierend zurück, «hat sie Alma bei der Senatorin ein- oder zweimal gesehen. Wenn man ihr die Leiche zeigt – sie ist ja nicht zimperlich –, wissen wir bald *ganz* sicher, ob es Alma Severins ist oder nicht. Das muss dann selbst Euch überzeugen, Wagner. Am besten, ich laufe gleich zum St. James Square.»

«Eine sehr gute Idee.» Wagner war völlig egal, was mit der Leiche dieser dummen Gans geschah, der er so viel Verdruss verdankte. Doch es würde von Vorteil sein, wenn er der Senatorin berichten konnte, dass ihre Patentochter vollständig und christlich begraben worden war. «Glaubt Ihr wirklich, Madame Kjellerup wird bereit sein, das zu tun? Es ist nicht leicht und auch nicht, nun ja, nicht passend für eine so vornehme Dame.»

«Was passend ist, legt Madame Augusta sehr großzügig aus», versicherte sie. «Wenn der Anlass auch traurig ist, wird es ihr eher Vergnügen machen, den polierten Käfig am St. James Square gerade für etwas völlig Unpassendes zu verlassen.»

Wagner nickte, doch sein Blick wanderte nachdenklich zum Fenster hinaus.

«Um Madame Augusta braucht Ihr Euch nicht zu sorgen», sagte Rosina, die dieser Blick schon wieder ungeduldig machte, «Ihr kennt sie doch, sie ist immer bereit zu helfen. Und mindestens so neugierig wie ich.»

«Wie? Ach ja, Madame Augusta. Nein, ich sorge mich

nicht. Ich denke an etwas anderes. Ihr habt gesagt, der Taler war recht schwer. Dabei war er nur aus Silber, Gold ist noch schwerer.»

«Ja, ich habe auch gedacht, dass ein Mieder, selbst wenn es ein winterlich gepolstertes war, kein geeigneter Platz dafür ist. Es muss seinen guten Sitz verloren haben, so etwas fällt auf.»

Wagner hatte keine Ahnung, wie ein Mieder zu sitzen hatte, und ignorierte Rosinas Einwurf. «Sie hat nur einen Teil der Sammlung gestohlen», fuhr er fort, «aber es waren immerhin sechsundzwanzig Münzen. Einige sind nur kleine Kupferstücke, doch die meisten aus Silber und Gold. Zusammen müssen sie ein erhebliches Gewicht bedeuten, man kann sie selbst im Reisegepäck nicht so einfach verstecken. Erinnert ihr Euch an die Zöllner bei unserer Ankunft? Sie waren empörend gründlich. Unsere großen Reisekörbe haben wir nur mit ihrem ganzen Inhalt aus dem Zollhaus bekommen, weil ich da noch das Schreiben mit dem Siegel hatte. Ja. Das Schreiben, es war wirklich meine Schuld.» Er räusperte sich, nahm einen Schluck seines längst erkalteten Kaffees. «Ich hätte eher daran denken müssen, unbedingt. Ich frage mich nämlich, wie die beiden die Sammlung durch den Zoll bekommen haben. Sie hätten eine erhebliche, eine sehr erhebliche Gebühr zahlen müssen. Landahl muss über beachtliche Mittel verfügen. Warum also hat er dann ein Zimmer in einem solchen Haus gemietet?»

«Nach Rosinas Beschreibung gibt es noch schlimmere», sagte Jean. «Trotzdem, sicher hat er beim Zoll nur gut bestochen. Das kommt allemal billiger.»

Bestechung war ein Wort, das Wagner grundsätzlich ignorierte. Auch wenn es um englische Zöllner ging.

«Bestimmt wird im Zollhaus über solche Dinge Buch geführt», vermutete Rosina. «Madame Augusta könnte vielleicht Mr. Cutler bitten, in Erfahrung zu bringen, ob auf einem der kürzlich eingelaufenen Schiffe eine solche Menge an Münzen gefunden oder verzollt worden ist. Ein Kaufmann von seiner Bedeutung wird die für solche Auskünfte nötigen Verbindungen haben.»

Jean fand die Vorstellung, ein mörderischer Spitzbube verzolle brav sein Diebesgut, sehr einfältig. «Kann auch sein, dass die beiden die Sammlung noch in Hamburg verkauft haben», schlug er vor. «Vielleicht hatten sie schon vor dem Diebstahl einen Abnehmer, und Alma hat sich nur ein Nadelgeld abgezweigt und in ihr Mieder genäht.»

«Nein.» Wagner drückte die geballten Fäuste auf den Tisch und richtete sich abrupt auf. «Die Münzen *müssen* hier sein.»

Jeans Überlegung erschien ihm auf furchtbare Weise einleuchtend. Doch wenn sie stimmte, war er seit ihrer Ankunft in London ganz umsonst durch die Stadt gelaufen. Und immer auf der völlig falschen Spur.

KAPITEL 8

Die Schreie begannen leise und hoch, wurden lauter und schriller, hallten durch die Nacht, bis endlich einer verstummte und der zweite in gurgelndem Kreischen brach. Sie schreckte auf, schweißnass und zitternd, lauschte atemlos in die Dunkelheit – und ließ sich beim nächsten Schrei erlöst in die Kissen zurückfallen. Es waren nur Katzen, Rivalen, die sich zwischen den Grabsteinen hinter der kleinen St.-Paul's-Kirche einen wütenden Kampf lieferten.

Irgendwo wurde ein Fenster aufgestoßen, eine Männerstimme schrie: «Haut ab, ihr verdammten Viecher!», und tatsächlich, nach einem letzten Zischen und Heulen blieb es still.

Rosina blinzelte durch die Dunkelheit zu dem anderen Bett hinüber, doch Manons ruhiger Atem verriet tiefen Schlaf. In dieser Nacht würde sie nicht mal Kanonendonner wecken. Sie war am Vortag mit Muto und Fritz zu den Docks und Anlegeplätzen von Blackwall gewandert, hin und zurück ein Weg von etlichen Stunden, und erst am Abend zurückgekommen, todmüde und immer noch begeistert vom Anblick der gewaltigen Schiffe der East India Company, die dort wegen des tieferen Wassers ankerten und ihre Waren aus China und Ostindien für den Weitertransport zu den Anlegern der City auf Leichter umluden.

Was war es für ein seltsamer Traum gewesen, in den sich das Kreischen der kämpfenden Katzen so bedrohlich eingefügt hatte? Sie schloss die Augen und versuchte sich zu erinnern, doch wie zumeist im Wachen tauchten auch jetzt nur noch Fetzen der Traumbilder wieder auf. Eine Druckerei, das erinnerte sie genau. Obwohl der Raum sehr niedrig, eng und muffig war, musste es MacGavins Druckerei gewesen sein, denn auch die Hermes-Statue, die dort im Innenhof stand, hatte eine Rolle gespielt, steinern zwar wie in der Wirklichkeit, doch groß wie ein erwachsener Mann und auf dem Kopf statt des Flügelhutes des Götterboten eine staubige Perücke. Das war nur ein besonderer Schabernack ihrer Phantasie, denn in diesem Traum befand sie sich *in* der Druckerei, und Bendix Hebbel, der allerdings nicht sein eigenes Gesicht zeigte, sondern ein fremdes, stand an der Presse und druckte Münzen und Medaillen. Auf blütenweißem Papier, dennoch fielen sie – obwohl frisch geprägt – in altersmattem Gold und Silber aus der Presse und rollten über einen Kabeljau, der sich darunter auf dem Trockenen wand und verzweifelt nach Luft schnappte.

Was für eine wirre Geschichte. Und zu wem gehörte das schemenhafte Gesicht, das ihr Traum fälschlich Bendix Hebbel zugedacht hatte? Ein wenig erinnerte es an Lord Wickenham, der sich gewiss niemals in eine Druckerei verirrte. Bendix? Felix! Die Vornamen des Druckers und des Mörders, wenn es tatsächlich Felix Landahl gewesen war, der Alma erstickt hatte, ähnelten sich sehr.

Sie öffnete die Augen, stopfte sich ihr Kissen in den Rücken und schickte die letzten Traumfetzen fort. Es wäre ihr lieber gewesen, wenn sie von Madame Augusta und dem blinden Richter geträumt hätte.

Auch wenn der Weg wahrhaft ungefährlich war, hatte Helena Rosina zum St. James Square begleitet. In der Halle des Cutler'schen Hauses hatte sie auf den im dezenten Muster verlegten Portlandstein-Boden, auf die ganze Pracht der Ausstattung bis zur ausgemalten, drei Stockwerke hohen Decke gestarrt und schließlich mit kleiner Stimme gefragt, ob das Haus, in dem Rosina geboren und aufgewachsen sei, diesem gleiche. Nein, hatte Rosina versichert, es sei viel älter, auch kleiner und längst nicht so prächtig. Doch Helenas Miene blieb verschlossen; ihre Befangenheit schwand erst, als sie das Haus wieder verließen.

Der livrierte Diener ließ sie nur zögernd ein, für einen Besuch war der Nachmittag schon zu weit fortgeschritten. So eilte Madame Augusta ihm schon voraus, als er in die Halle zurückkehrte, um die Gäste in den kleinen Salon zu führen. Sie wusste, dass Rosina mit den Gepflogenheiten großer Häuser vertraut war, ihr Besuch um diese ungewöhnliche Stunde musste etwas Besonderes bedeuten.

Sie hörte berührt, was Rosina zu berichten hatte, und versprach gleich, die ihr zugedachte Rolle zu spielen. Auch wolle sie sich beeilen, schließlich sei es schon recht sommerlich, sie hoffe, dieser Richter habe einen kühlen Keller für die, nun ja, für die armen Opfer. Doch entweder war es ihr nicht gelungen, ihrer Freundin Cilly zu entkommen, oder – und das war wahrscheinlicher – sie hatte den Richter gestern nicht mehr angetroffen. Sicher hätte sie sonst noch am Abend ein Billett geschickt oder wäre selbst in der Henrietta Street vorgefahren. Was ebenfalls wahrscheinlicher war.

Erst als Rosina in Mrs. Cutlers kleinem Salon noch einmal, nun schon zum dritten Mal, von ihren Erlebnissen berichtete, fielen ihr einige Worte ein, die in Dibbers Gebrüll beinahe untergegangen waren: ‹Erst der Herr Cousin, jetzt die Cousine …› Wen hatte er gemeint? Wer war vor ihr, der vermeintlichen Cousine, in der Half Moon Street gewesen und hatte sich – offenbar mit ebenso geringem Erfolg wie sie selbst – als Almas Cousin ausgegeben? Für einen Moment glaubte sie, auch diese Worte könnten zu den Wirren ihres Traums gehören. Aber nein, die hatte sie wirklich gehört.

Das Glöckchen in dem Dachreiter der kleinen Kirche schlug viermal. Sie war immer noch hellwach, so glitt sie aus ihrem Bett und öffnete das Fenster. Um diese Stunde war selbst London still, als hielte die große Stadt den Atem an, und sei es auch nur für die eine Stunde, bis die ersten Wagen zu den Märkten ratterten. Auch wenn der klebrige Geruch nach Kohle, brackigem Wasser und zu vielen Menschen jetzt noch über der Stadt lag, schmeckte die Luft beinahe frisch. Der Himmel ließ schon die Dämmerung ahnen, nur noch wenige verblassende Sterne glitzerten, der Mond musste schon untergegangen sein.

In der Nacht hatte es ein wenig geregnet, die meisten Grabsteine standen in dünnen Nebelschwaden. Es war ein friedliches Bild, doch als sie genauer hinsah, hielt sie verblüfft den Atem an. In England, hatte Madame Augusta neulich belustigt erzählt, gebe es so viele Gespenster wie alte Gemäuer. Sie bedauere, dass das Cutler'sche Haus zu jung sei, um eines zu beherbergen. Das im Tower solle hin und wieder Leute die Treppen hinunterstoßen, auch im Drury Lane Theatre gehe eins um, ganz in vornehmer grauer Kleidung, und zeige an, ob ein Stück Erfolg haben werde oder nicht. Rosina wusste nicht genau, ob sie an herumgeisternde Wesen glaubte, bisher war ihr keines begegnet, sie wusste auch nicht, ob das, was zwischen den Grabsteinen herumschwebte, eines war. Allerdings sah es ganz danach aus. Nun bewegte es sich – tatsächlich nahezu schwebend – auf den Mittelweg des Friedhofes zu, löste sich aus den Nebelfetzten und hob den Kopf – immerhin hatte es seinen noch –, und im nächsten Moment griff Rosina nach ihrem Schultertuch, riss die wollene Decke von ihrem Bett und flitzte, so rasch es auf leisen Sohlen ging, die Treppen hinunter, aus dem Haus und um die Ecke in die Bedford Street.

Wie hatte Matti gesagt? Sie fürchte, das Kind sei ein wenig somnambul und hoffe, das werde den jungen Ehemann nicht überfordern. Heute Nacht gewiss nicht, dachte Rosina grimmig, von Wagner war nichts zu sehen gewesen, er lag zweifellos in seinem Bett und schlief den Schlaf des Gerechten.

Die Friedhofspforte stand weit offen, sie lief auf den Weg und versuchte in der dunstigen Dunkelheit etwas zu erkennen. Von ihrem Fenster im zweiten Stock hatte sie Karla genau gesehen. Und wenn es gar nicht Karla gewesen war? Wenn sie barfuß und im Nachtgewand auf dem nächtlichen Friedhof stand, nur weil die Nacht etwas vorgegaukelt hatte, das sie an Mattis besorgte Worte denken ließ?

Die weiße Gestalt war verschwunden, aber bewegte sich da nicht etwas? An der hinteren Mauer schon nahe der Kirche ragte ein dunkler Schatten aus dem Nebel und entfernte sich rasch. Das konnte nicht Karla sein. Wo war sie? Womöglich – wie Wagner – in ihrem Bett in tiefem Schlaf.

«Karla?», rief sie leise, doch es blieb still. Die dunkle Gestalt verschwand, geräuschlos und gleitend, als verschlucke sie die Nacht. Und wenn er Karla mitgenommen hatte? Sie dachte nicht einmal daran, dass es eine Frau gewesen sein könnte. ‹Geh nicht allein›, hörte sie Helenas Stimme streng in ihrem Kopf, doch nun war wirklich keine Zeit, schlagkräftige Hilfe zu holen. Rasch huschte sie zwischen den Grabsteinen der verschwundenen Gestalt nach, stolperte im Lauf über etwas Hartes, umklammerte einen der bemoosten Steine, bevor sie auf den Boden glitt – und sah in ein schreckensbleiches Gesicht.

Karla hockte zu einem dünnen Nichts zusammengekauert an dem Stein, tastete mit zitternden Fingern nach Rosinas Gesicht und seufzte tief auf. «Gott sei Dank», flüsterte sie. «Ich dachte schon, du bist auch ein Gespenst, wie der dunkle Mann. Aber Gespenster stolpern sicher nicht so hart über mein Schienbein. Ist er weg?»

Rosina nickte. Sie griff nach der Wolldecke, die ihr im Stolpern entglitten war, und legte sie Karla um die Schultern. «Geht es dir gut?», fragte sie leise, «hat er dich verfolgt?»

«Nein.» Karla verzog ihr Gesicht wie ein vergnügter Kobold. «Ich habe ihn zuerst gesehen, zum Glück war ich schon wach, und da habe ich mich gleich versteckt. Er war leicht auszumachen, aber ich», sie breitete ihre Arme aus, «ich nicht.»

Tatsächlich war sie in Mattis Hochzeitsgeschenk, einem langen Nachtgewand aus besticktem weichem Leinen, im Nebel kaum zu sehen. Wenn sie nicht gerade Kopf und Schultern über die Schwaden hob, was sie im Gehen tat. Sicher hatte auch der dunkle Mensch sie gesehen und war eilig davongeschlichen, als er Rosina kommen hörte. ‹Mr. Dibber›, schoss es ihr durch den Kopf, nur um den Gedanken gleich als dumm zu verwerfen. Was sollte der hier wollen? Außerdem war der Wirt dick wie ein Fass und der Schemen war ihr schmal erschienen. ‹Irgendein Nachtschwärmer›, dachte sie, nur um ihr heftig klopfendes Herz zu beruhigen, ‹der auf einer Bank abseits der Routen der Wächter seinen Rausch ausschlafen wollte.›

«Sicher war das ein armer Mann, der kein Obdach hat», flüsterte Karla. «Er konnte ja nicht wissen, wie leicht ich mich erschrecke. Gestern war niemand hier. Jedenfalls nicht, als ich aufgewacht bin.»

«Gestern? In der Nacht?»

Karla nickte bekümmert. «Dabei ist gar kein Vollmond mehr. Ich bin nämlich ein bisschen mondsüchtig. Eigentlich dachte ich, dass ich es hier vielleicht nicht bin, weil England doch so weit weg von zu Hause ist. Aber der Mond ist an der Themse genauso schön wie an der Elbe, und leider ...» Sie zog die Schultern hoch, die selbst unter dem üppigen Nachthemd dünn erschienen, und senkte den Blick auf ihre schlammigen Zehen.

«Komm, Karla.» Rosina erhob sich von der Grabumrandung, auf die sie sich gehockt hatte, wickelte sich in ihr Tuch und zog Karla die Decke wieder über die Schultern. «Womöglich ist Wagner aufgewacht und macht sich schreckliche Sorgen, weil du verschwunden bist.»

«O nein», Karla kicherte und zeigte zu den Fenstern ihrer Zimmer hinauf. «Dann hätte er bestimmt eine Kerze angezündet, aber alles ist dunkel. Adam schläft immer sehr fest.»

«Dann wird es Zeit, dass wir ihn wecken. Schnell, es

ist kalt und wer weiß, wer sich als Nächster hier herumtreibt. Zwei Frauen im Nachtgewand können als ganz falsche Einladung verstanden werden.»

Karla erhob sich artig, schüttelte Kiesel und ein paar abgestorbene Grashalme aus ihrem Hemd und folgte Rosina, die schon zur Pforte eilte.

«Wirst du es Adam wirklich sagen?», fragte sie, immer noch flüsternd. «Bitte, sag es ihm nicht. Er macht sich nur unnütze Sorgen, dabei wache ich immer ganz schnell auf, jedenfalls meistens. Hier macht immer irgendetwas Lärm, gestern ratterte eine Kutsche vorbei und heute haben mich die Katzen geweckt.»

Rosina blieb stehen und verknotete die schon wieder rutschende Decke fest um Karlas Schultern. «Wie oft machst du das? Schlafwandeln, meine ich.»

«Nicht oft», beteuerte Karla, «nur ab und zu. Leider weiß ich es nie vorher, sonst würde ich in solchen Nächten einfach nicht schlafen. Es stimmt nämlich nicht, dass man es nur bei Vollmond tut. Obwohl das sehr praktisch wäre, dann wüsste ich immer Bescheid und könnte wach bleiben.»

«Oder einfach die Tür verriegeln. Und das Fenster! Du meine Güte, Karla, du musst es ihm sagen. Es kann doch gefährlich werden. Wenn du nun im Schlaf auf die Straße und vor diese Kutsche gelaufen wärst.» Von all den anderen Möglichkeiten wollte sie lieber nicht reden.

«Ach bitte, Rosina, sag es ihm nicht. Nicht gerade jetzt. Er hat schon genug Verdruss. Und dann der Kabeljau, ohne dieses Schreiben vom Senator ist es noch viel schwieriger für ihn. Ich will so gerne helfen und mache alles nur schlimmer.» Sie kroch tiefer in ihre Decke und lächelte verzagt. «Ich bin noch nicht daran gewöhnt, dass sich jemand um mich sorgt. Er will nicht mal, dass ich alleine irgendwo hingehe, und sei es nur auf die Piazza. Er hat sich furchtbar aufgeregt, nur weil ich mit dem netten jungen Herrn geplaudert habe, als ich gestern auf dem Markt war. Dabei wollte er nur wissen, ob ich meine Seidenblume selbst gemacht habe, er war wirklich sehr freundlich, und ...»

«Deine Seidenblume?» Rosina blieb abrupt stehen. «Junger Herr? Warum wollte er das wissen?»

«Weil er sie schön fand. Ich habe ihm gesagt, dass du sie mir geschenkt hast, zur Hochzeit. Das fand er sehr nett. Dann hat er nach dir gefragt. Dich findet er auch schön, da bin ich ganz sicher. Er hat so gelächelt ...»

«Mich? Wer war er? Kennst du ihn?»

«Natürlich, du auch. Es war der junge Herr, der sich in der Taverne zu uns an den Tisch gesetzt hat. Du musst dich an ihn erinnern, er hat dir bei den Versen für den Bänkelsänger geholfen. Er ist sehr nett, findest du nicht?»

«Sehr nett», murmelte Rosina fröstelnd. Plötzlich wusste sie, wem das Gesicht in ihrem Traum gehörte. Was aber wollte Vinstedt ausgerechnet von Karla?

«Gut», sagte sie, «machen wir einen Handel. Ich verspreche, deinem Mann nichts von diesem Ausflug zu verraten, jedenfalls nicht in den nächsten Tagen. Dafür versprichst du mir, sofort um die nächste Ecke zu verschwinden, wenn du wieder dem Mann aus der Taverne begegnest. Er heißt Vinstedt, und wir wissen nicht, ob er wirklich nett ist. Versprich, dass du, egal, wie er lächelt, auf keinen Fall mit ihm redest oder ihn gar irgendwohin begleitest. Auf gar keinen Fall – erst recht nicht allein. Und nun komm. Ich fürchte, du hast keine Pfütze ausgelassen, wir müssen sehen, ob wir in Mrs. Tottles Küche einen Eimer Wasser finden. Wenn Wagner diese schwarzen Füße sieht, wird er niemals glauben, dass du die ganze Nacht brav neben ihm geschlafen hast.»

*

Wagner hasste die Kaffeehäuser der Bürger. Nicht dass er viele kannte, doch die Besuche in *Jensens Kaffeehaus* bei der Hamburger Börse, in das er Claes Herrmanns einige Male hatte begleiten müssen, waren genug gewesen. Zwischen all den Männern, die dort über ihre Geschäfte und die Politik redeten oder den neuesten Klatsch aus den Kontoren und dem Rathaus wie aus den Salons der reichen Häuser und der Gesandten debattierten, die fremdländische Weine, Kaffee und Schokolade tranken, als seien die nichts Besonderes, Billard und Karten spielten oder in die dort ausliegenden Zeitungen aus halb Europa vertieft waren, fühlte er sich wie eine staubige Maus. Zum Glück hatte Herrmanns, Großkaufmann und Mitglied der ehrwürdigen Commerzdeputation, ihre Zeche bezahlt. Dabei hatte er sich zwar noch unbehaglicher gefühlt, aber ein schlichter Weddemeister, der auch den Rest der Woche sein Brot essen wollte, konnte sich Jensens Preise nicht leisten.

Dass er nun an einem Tag gleich zwei Kaffeehäuser besuchen musste, war eine harte Prüfung. Umso härter, als sein in schweren Momenten unverzichtbares blaues Tuch verschwunden war. Er hätte besser aufpassen sollen, als ihn die kleine Rotznase in der Lidgate Street anrempelte und sich so auffällig bemühte, ihm den nicht vorhandenen Staub vom Rock zu klopfen. Er wusste doch, dass die kleinen Diebe ihr Handwerk mit dem Stibitzen von

Taschentüchern übten. An seinem würden sie kaum Freude haben, nur die feinen, spitzengesäumten lohnten sich, billiges blaues Tuch brachte nichts ein.

So wischte er sich mit dem Ärmel die feuchte Stirn, als er endlich von der Lombard Street in die Pope's Head Alley einbog. Eine schreckliche Gasse! So eng und dunkel sie war, reihte sich hier ein sündhaft teures Geschäft an das andere, nur unterbrochen von einigen kleinen, doch vornehmen Hotels für wohlhabende Männer aus der Provinz, die in diesem Teil der Stadt zwischen Post, Bank, Börse und den Niederlassungen der großen Handelsgesellschaften ihre Geschäfte machten.

Er hatte gleich gewusst, dass er für diesen Auftrag der falsche Mann war. Zu Hause in Hamburg zweifelte er nie an seinen Fähigkeiten, jedenfalls so gut wie nie. Dort kannte er jeden Stein, dort wusste er in den Gesichtern der Menschen zu lesen, verstand die Zwischentöne ihrer Sprache zu deuten. Er sah, hörte und spürte, wenn jemand log oder etwas verschwieg, und erkannte gleich, wo er nachhaken musste. Das war ihm so sehr als das selbstverständliche Vermögen eines Weddemeisters erschienen, dass er niemals darüber nachgedacht hatte; nun erkannte er es als den Schlüssel zu seinen Erfolgen. Und damit als fatale Beschränkung. Er brauchte diese menschlichen Signale, allein mit sich und seinem Kopf, mit der Anstrengung seiner Gedanken, kam er nicht voran.

In London war alles anders. Wenn der Dialekt nicht gar zu grob war, verstand er zwar, was die meisten Menschen sprachen, doch nicht gut, und oft erst recht nicht, was sie tatsächlich meinten. Jede Antwort, jedes Gespräch ließ ihn unsicher zurück. Auch lachten sie hier über andere Dinge, und wenn sie spotteten, begriff er es nicht. Diese neue Manie, fremde Länder zu bereisen, wenigstens darin war er mit dem Senator einig, würde ihm ewig ein Rätsel bleiben. Es deprimierte ihn tief, dass er sich Karla gerade zum Beginn ihrer Ehe nicht als der erfahrene selbstbewusste Mann zeigte, der er für sie sein wollte. Er musste sich einfach mehr Mühe geben. Für Karla und für seine Selbstachtung. Und für seinen Senator (was ihm in diesen Tagen allerdings vor lauter Groll am schwersten fiel).

Es war schändlich, dass er sich so lange darum herumgedrückt hatte, dieses Kaffeehaus aufzusuchen, und wer weiß, ob er sich heute dazu durchgerungen hätte, wenn Mrs. Tottle nicht gewesen wäre. Da sie annahm, seine Streifzüge durch die Stadt seien die eines müßigen Reisenden, hatte sie ihn heute Morgen gebeten, ob er *womöglich* und falls er *zufällig* bei dem Kaffeehaus vorbeikomme, in dem die Schiffsmeldungen auslägen, einen Blick auf die Listen werfen könne. In diesem Buch konnte jedermann, gemeine wie vornehme Leute, Nachrichten notieren, politische, wirtschaftliche und Schiffsereignisse aus aller Welt, auf die Entrepreneure stets und dringend warteten, und vielleicht sei dort auch eine Nachricht über die *Bristol Belle* notiert.

Selbst nach achtzehnjähriger Ehe hatte Mrs. Tottle die erste Tugend einer Seemannfrau noch nicht gelernt: monatelanges zuversichtliches Warten. Mr. Tottle sei nun schon *sehr* lange weg, es wäre ihr eine große Erleichterung zu hören, ob seine Bark schon gesichtet und gemeldet sei. Bei *Lloyd's*, erklärte sie ihm, liefen alle Nachrichten über Schiffe, Abfahrten und Anlandungen zusammen. Auch über Unglücke, egal ob Havarie, Kaperei oder Untergang.

Selbst Börsennotierungen, Preise verschiedener Lotterien und auch Namen und Heimatorte der Passagiere wie ihr Abfahrtshafen konnten in dem Kaffeehaus in langen Listen überprüft werden. Man lasse sogar eine eigene Zeitung für derlei Dinge und Nachrichten aus der ganzen Welt für den Handel drucken, sogar mehrmals die Woche. Es heiße, selbst der König, das Parlament und die Admiralität erführen daraus schneller und mehr als von ihren eigenen Agenten.

Von New York, erklärte Mrs. Tottle eifrig, brauche eine Nachricht zwar etwa zwei Monate, aber von Lissabon nur acht Tage und von Bristol zwei. Es sei gut möglich, dass Mr. Tottles Schiff, die *Bristol Belle*, dort nach einer kleinen Havarie im Dock liege, eine Reparatur sei immer mal nötig und wäre doch viel besser als ein Untergang. Oder gar eine Begegnung mit einem Kaperer. So viele Schiffe verschwänden auf Nimmerwiedersehen von den Meeren – wenn sie nur Nachricht bekäme, gute oder schlechte. Selbst verlorene Hoffnungen seien ihr erträglicher als diese quälende Ungewissheit.

Dabei wischte sie eine Träne von der linken Wange und Wagner machte sich umgehend auf den Weg.

Weder Mrs. Tottle noch Rosina oder den anderen Mitgliedern der Becker'schen Gesellschaft war aufgefallen, dass er nicht nach der Adresse fragte.

Leider hatte der Senator ihm die falsche gegeben. So stieg er in der Lombard Street nahe der Poststation die Treppe zu *Lloyd's Kaffeehaus* im ersten Stock hinauf. Es kostete ihn fast eine Stunde und zwei Tassen sehr teuren Kaffees, bis er begriff, dass es hier weder ehrbare Kaufleute noch Schiffsmeldungen gab. Das einst renommierte, unter Händlern und Reedern in ganz Europa bekannte Haus war nur noch Treffpunkt für das, was er ‹zweifelhafte Elemente› nannte, wenn einige unter ihnen auch noch so teuer gekleidet waren. Hier wurde gegessen und getrunken, räsoniert und hoch gespielt, doch vor allem ging es um Wetten, nicht weniger dubios als die Männer, die sie anboten und abschlossen. Allerdings fühlte sich Wagner unter ihnen viel weniger wie eine staubige Maus als bei Jensen.

Als er einem von ihnen endlich klar gemacht hatte, dass er weder auf die Rückkehr der Pest, die Entdeckung der Nordwestpassage noch auf den Geisteszustand von Lord William Byron wetten wolle (wer immer der sein mochte), verriet der Mann ihm schließlich, wo Wagner die Schiffsmeldungen nun finde, nämlich schon seit mehr als einem Jahr im *Neuen Lloyd's Kaffeehaus*, nur wenige Schritte entfernt in der Pope's Head Alley.

Da stand er nun und seufzte schwer, als ihm ein Schild über einer Seitentür des Hauses Nummer fünf bekannt gab, dass er endlich am richtigen Ort war. Wieder musste er eine Treppe hinaufsteigen, Pfeifenrauch und Essensdünste schlugen ihm entgegen, als ob es oben keine Fenster gebe, er hörte gedämpfte Stimmen, die von einer sonoren nur kurz übertönt wurden. Schon bevor er den Raum betrat, war er wieder eine staubige Maus.

War das erste Kaffeehaus beinahe licht gewesen, geräumig zwischen den langen Tischen und Bänken, den Nischen für diskrete Geschäfte, erschienen ihm diese Räume eng, stickig und düster. Nach der Börsenzeit würden sich hier die Männer wie auf einem Jahrmarkt drängen, Kaufleute, Börsenmakler wie Schiffseigner, neugierige Müßiggänger, Bildungsreisende, Assekurateure wie Schiffsoffiziere, Zeitungsschreiber, begierig nach echten und falschen Neuigkeiten. Auch Männer niedrigen Standes, die in den Listen auf Nachrichten über die Schiffe ihrer Brüder, Väter oder Nachbarn hofften.

Nun waren noch etliche Tische unbesetzt, einige Gäste schlenderten scheinbar ziellos herum, sprachen mit diesem und jenem, andere verschwanden in Seitennischen, wo Tinte und Papier bereitstanden, wieder andere lasen ihre Post, die sie sich in die Pope's Head Alley schicken ließen, weil Lloyd's Verbindungen in die ganze Welt, aber auch innerhalb der Londoner Stadtteile sie viel schneller befördern ließen als das langsame Postsystem in Stadt und Land.

Wagner drückte sich auf einen freien Stuhl nahe dem Schanktisch. Niemand beachtete ihn, was er sehr angenehm fand. Die Maus in ihm konnte in Ruhe wachsen. Bei einem adretten Mädchen mit makellos weißer Schürze bestellte er tapfer ein Glas Port und fragte, wo er die Schiffsmeldungen fände.

«Dort drüben», sagte sie und zeigte auf ein Stehpult, das von einer Traube von Männern umlagert wurde. «Wartet am besten noch ein wenig. Um diese Stunde werden die meisten neuen Eintragungen gemacht, und dann ist der Andrang besonders groß.»

Mit jedem Nippen an dem schweren süßen Wein fand Wagner zu seiner gewohnten Ruhe zurück. Er lehnte sich zurück, und während der Raum sich langsam füllte, machte er sein harmloses, ein wenig stupides Gesicht, das niemanden ahnen ließ, wie genau er auf die Gespräche an den Nachbartischen lauschte.

Die beiden Männer zu seiner Linken schlossen gerade einen wohlwollenden Austausch über einen gewissen Mr. Bruce ab, ein Forschungsreisender, der nach Jahren in der

Levante nun in Ostafrika die Quelle des Nils suchte, und vertieften sich in eine Debatte um einen Captain namens Cook. Der hatte sich als Vermesser und Kartograph von Neufundland und dem St.-Lorenz-Strom unbestrittene Meriten erworben und befehligte nun, obwohl nach einem Unfall an der rechten Hand verkrüppelt, eine Südsee-Expedition. Mit einer Hand voll Wissenschaftlern sei er schon seit zwei Jahren auf einer barkgetakelten Cat unterwegs, die letztlich nichts als ein umgebautes flaches Kohlenschiff war. Um die Passage der Venus vor der Sonne zu beobachten, erfuhr Wagner, wobei er nicht sicher war, ob er richtig gehört hatte, weil ihm eine so aufwendige Fahrt für die schlichte Beobachtung eines Gestirns verschwenderisch vorkam. Den eigentlichen Grund dieser Reise um die Welt, den einer der Männer dem anderen nun mit gesenkter Stimme anvertraute, fand er einleuchtender.

«Tatsächlich», sagte der Mann, ein Herr unbestimmten Alters mit einer strengen braunen Perücke und einem alten Siegelring auf dem linken Mittelfinger, «hat Cook einen viel delikateren Auftrag.» Er hob seinen Dreispitz vor den Mund, doch seine knarrende Stimme blieb unüberhörbar: «*Terra australis incognita*, wenn Ihr versteht, was ich meine. Er ist auf der Suche nach dem Südkontinent, glaubt mir, ein streng geheimes Unternehmen. Die Spanier, Franzosen und Portugiesen dürfen nicht aufgeschreckt werden, nicht mal die Niederländer. Wer zuerst da ist, dem gehört eben die neue Kolonie. Es wäre ja zu wünschen», der Dreispitz landete wieder auf dem Tisch, «ein zweites Ostindien zu finden, aber ich weiß nicht, nur weil ein Italiener, dieser Marco Polo, davon in seinen fragwürdigen Schriften gefaselt hat, muss es nicht stimmen. Silberne Ströme, fruchtbarer Boden, Papageien und Gazellen – ist ja alles ganz nett, aber war nicht zuverlässig, der Mann, und ist auch schon ziemlich lange tot. 450 Jahre oder dergleichen. Wer weiß, was es da unten wirklich gibt. Ich glaube: nichts als Wasser.»

«Nun ja», der andere, ein hagerer Mann von blasser Gesichtsfarbe, die durch die gepuderte Perücke und den tiefschwarzen Rock mit silberbestickten Stulpen an den Ärmeln noch blasser wirkte, war anderer Meinung. «Irgendetwas Schweres muss es dort geben. Seht Euch den Globus an, wenn dort im Süden kein großer Kontinent wäre, würde das Gleichgewicht der Erde nicht stimmen, wir würden durch das Universum trudeln, sozusagen, anstatt im ordentlichen Gleichmaß um die Sonne. Aber das tun wir nicht, jedenfalls nicht, dass ich wüsste. Außerdem», er lehnte sich mit wichtiger Miene zurück, «als Mann der Jurisprudenz sage ich: Wir brauchen dringend so einen Kontinent. Er soll ja menschenleer sein, auch keine Könige oder impertinente Rothäute, er gehört einfach keinem. Genau das richtige Land für unsere Delinquenten. Diesen Abschaum an den Galgen zu bringen ist Verschwendung von Arbeitskraft, und unsere Zucht- und Arbeitshäuser sind ständig überfüllt und kommen viel zu teuer.»

«Aber die amerikanischen Kolonien ...»

«Sind keine gute Lösung.» Er hob streng den dünnen Finger. «Die Deportierten machen nur Unruhe, Manns- wie Weibspersonen, allesamt aufsässiges Volk. Davon haben wir dort schon genug, sogar in den Ratsversammlungen, und für die Arbeit sind die afrikanischen Neger viel besser geeignet.»

«Richtig», sagte sein Gegenüber und rückte ein wenig

zur Seite, um einem Neuankömmling Platz zu machen, «Ochsen und Afrikaner, ja. Leider ist es fraglich, ob Cook überhaupt zurückkommt, wenn er auch eine dieser neuen Uhren von Harrison mitgenommen hat, nach denen man angeblich die Längengrade und damit die genaue Position ausrechnen kann. Bei jedem Wetter und ganz ohne Sternenkalender, wirklich erstaunlich. Aber keiner seiner Matrosen soll über dreißig sein, viel zu junges Volk, viel zu wenig Erfahrung für so eine Reise ins Unbekannte. Egal, wie groß die Strapazen sind, Muskeln sind nicht alles, und wer weiß, was sie dort erwartet.»

Das war ein Stichwort für den neuen Gesprächpartner, einen äußerst beleibten Porzellanmanufakteur mit literarischen Ambitionen, der sich bei der Seefahrt weniger für Längengrade und jugendliche Muskeln interessierte als für abenteuerliche Berichte, die unverständige Menschen als Seemannsgarn abtaten. Er begann umgehend, von den Riesen zu berichten, die Admiral Byron, wegen seines einzigartigen Talents, in schwere Stürme und ähnliche Kalamitäten zu geraten, allgemein ‹Schlechtwetterjack› genannt, vor einigen Jahren im so fernen wie unwirtlichen Patagonien entdeckt hatte.

«Grandiose Wesen! Allesamt zehn Fuß groß und laufen schneller als Pferde. Hufe», versicherte er, «haben sie wohl keine, aber ihre Fußsohlen messen zwanzig Inches.»

Es sei zu schade, dass der Admiral kein einziges Exemplar mitgebracht habe, sie seien doch exzellentes Zuchtmaterial. Zum Beispiel für die schnellere Beförderung der Post und erst recht für die Treidelarbeit auf den Kanälen. Im Übrigen plane er, ein Teeservice mit ihren Abbildungen bemalen zu lassen, die Damen würden sich darum reißen.

Während Wagner noch überlegte, wo er den Namen Byron heute oder in den letzten Tagen schon einmal gehört hatte, wurde endlich der Platz vor dem Stehpult frei. Er leerte den letzten Tropfen seines Ports und kam gerade noch zwei Männern zuvor, die wie er die Gelegenheit nutzen wollten, in dem dicken Nachrichtenbuch zu blättern. Es kostete ihn Mühe, die nicht immer akkuraten Schriften zu entziffern.

Außer den Nachrichten über den Verbleib oder Standort von Schiffen gab es Hinweise auf Unruhen in Ostindien, besonders günstige Preise von Rohzucker auf einer ihm völlig unbekannten Insel im Karibischen Meer, zahlreiche Namen von Häfen, Inseln und entlegenen Ozeanen und Gestaden, wo irgendjemand irgendein Schiff, einen Konvoi oder auch Kaperer zuletzt gesehen oder von ihnen gehört hatte. Die *Bristol Belle* wurde nirgends erwähnt. Auch nicht die *Queen of Greenwich*, das Schiff, mit dem die Herrmanns' erwartet wurden. Zum ersten Mal verstand er Mrs. Tottles Sorge.

Das musste noch kein Drama bedeuten, die Einträge waren zufällig und konnten auch nie vollständig sein. Aber immerhin, gelogen wurde dabei nie, so ließ sich Wagner von einem jungen Kontorschreiber erklären, der vor ihm in dem Buch blätterte und wie er um den Verbleib eines Schiffes besorgt war. Jede Eintragung musste mit Namen, Stand und Anschrift wie der Herkunft der Meldung versehen werden. Wer hier betrog, womöglich um mit einer Falschmeldung Vorteile für eigene Geschäfte herauszuschlagen, wurde bald entdeckt und ausgeschlossen.

Er ging zum Schanktisch, ließ sich einen kleinen Krug Bier geben und begann, sich in den anderen Räumen umzusehen. Anders als in Hamburger Kaffeehäusern gab es keine Billard- und Spieltische und auch kein Geschrei. Selbst jetzt, da sich die Räume gut gefüllt hatten, überall Männer ins Gespräch vertieft saßen, herumstanden oder -gingen, hörte er nur verhaltene Stimmen. War doch einmal eine lautere dazwischen, trafen den Kräher gleich strafende Blicke. Wohl wurde einige Zeit mit müßiger Lektüre und Geplauder verbracht, dennoch war *Lloyd's* viel weniger als die meisten Kaffeehäuser ein Ort der Lustbarkeiten. Hier wurden zuallererst Informationen gesucht und ausgetauscht, Geschäfte angebahnt und abgeschlossen. Auch Auktionen wurden veranstaltet, die Ankündigungen hingen an der Wand nahe dem Schanktisch, für Gemälde ebenso wie für Parten, ganze Schiffe oder Ladungen, für Porzellan wie für Münzen und Antiken.

Dass Wagner nicht wusste, wo er beginnen sollte, beunruhigte ihn wenig. Irgendwo fand er immer das Ende des Fadens, dem zu folgen zum Ziel führte. Wenn man nur genug Geduld aufbrachte. So wanderte er herum, hörte hier zu, gab sich dort mit Gesprächsfetzen zufrieden. Vor allem besah er sich die Männer, die ihren Geschäften nachgingen. Er beobachtete ihre Gesichter, um zu entscheiden, an wen er sich wenden könnte, und begriff schnell, dass die, die er suchte, in ernste Gespräche vertieft in den Nischen saßen. Keiner von ihnen sah aus, als lasse er sich gerne stören, nur um einem hergelaufenen Unbekannten im einfachen Rock Auskunft zu geben.

Das war eine richtige Vermutung. Die Reaktionen auf seine Fragen nach Mr. Landahl blieben zwar am Rande höflicher Verneinung, doch keiner der Männer ließ sich auf ein Gespräch ein, das ihm half, die Spielregeln dieser

Gesellschaft zu verstehen und so seine Suche zu erleichtern.

Sein Krug war leer, die pfeifenrauchgeschwängerte Luft ließ seinen Kopf schmerzen und hatte ihn müde gemacht. Erst als der Kellner einem vorbeieilenden Mädchen zurief: «Sherry und frischen Kaffee für Lord Wickenham und für Graf Alwitz, aber schnell …», wurde er wieder munter.

Wickenham? Alwitz? Das waren Namen, die Rosina bei ihrem Bericht von der Soiree am St. James Square erwähnt hatte, jedenfalls wenn er sich nicht sehr irrte. Das Mädchen verschwand flink durch die Tür hinter dem Schanktisch, und als sie mit einem Tablett zurückkehrte, auf dem sie eine Karaffe, Gläser und zwei Tassen dampfenden Kaffees balancierte, folgte Wagner ihr bis in den hintersten Raum.

Noch vor einer Stunde wäre es ihm unmöglich gewesen, zwei Fremde anzusprechen, von denen der eine ein Graf, der andere ein Lord war. Nun erschien ihm der deutsche Name als der Hinweis, auf den er gewartet hatte. Grund genug für einen letzten Versuch, vielleicht hatte er endlich Glück. Ohne so ein Quäntchen Fortune ging in seinem Metier gar nichts.

Er tastete nach seinem blauen Tuch, das nicht mehr da war, und zum ersten Mal wünschte er sich Claes Herrmanns herbei. Herrmanns' Unart, sich fröhlich in Wedde-Angelegenheiten einzumischen, als seien sie nur ein Zeitvertreib, und dabei ganz selbstverständlich die Führung zu übernehmen, hatte ihn oft geärgert. Nun wäre es angenehm und ohne Zweifel hilfreich, sich auf den wortgewandten und gegenüber jedem Stand selbstbewussten Kaufmann zu verlassen.

Graf Alwitz und Lord Wickenham unterbrachen ihr Gespräch, als das Mädchen Sherry und Kaffee auf ihren Tisch stellte. Auf ihre Frage, ob die Herren noch etwas wünschten, hob einer der beiden nur kurz und abwehrend die Hand, so knickste sie flüchtig und eilte davon.

Wagners Mut sank. Die Gesichter der beiden Männer ließen eher auf Unstimmigkeiten als auf eine heitere oder auch nur träge Plauderei schließen. Er dachte an das nötige Quäntchen Glück, straffte die Schultern und trat an den Tisch.

Aber wer war wer? Welchen sollte er ansprechen? Und wie?

«Verzeihung», sagte er und heftete den Blick auf die Sherrykaraffe zwischen den beiden Männern, «Graf Alwitz?»

Der Mann in dem burgunderfarbenen Rock blickte fragend zu ihm auf und Wagner unterdrückte einen erleichterten Seufzer.

«Ich bitte um Verzeihung, wenn ich Euch anspreche, es ist vermessen, gewiss, Ihr kennt mich nicht. Dennoch muss ich Euch fragen, möchte ich fragen ...»

Zwei kleine Schweißtropfen rannen von Wagners Schläfen, Wickenhams Brauen hoben sich ungehalten, und von Alwitz' Gesicht verzog sich in kühlem Amüsement. «Wenn Ihr etwas fragen müsst oder möchtet», sagte er, «fragt schnell.»

«Schnell, gewiss. Ich will nicht stören. Auf keinen Fall. Ich dachte nur, weil Ihr aus den deutschen Ländern kommt und ich jemanden von dort suche ... Nun ja, schnell fragen, sagtet Ihr. Es ist ganz einfach: Ich suche einen Mann namens Felix Landahl, er ist in Eurem Alter und hält sich seit einigen Wochen in London auf, womöglich kennt Ihr ihn und könnt mir sagen, wo ich ihn finde. Ich wäre Euch sehr verbunden.»

«Landahl?» Von Alwitz warf Wickenham, der träge in seinem Kaffee rührte, einen müden Blick zu, doch – immerhin – er lächelte noch. «Was wollt Ihr von ihm?»

«Geschäfte», erklärte Wagner rasch. «Es geht nur um Geschäfte. Ihr kennt ihn also?»

«Nein», Alwitz griff nach der Karaffe und füllte die beiden Gläser, «nein, der Name sagt mir nichts. Würde mir *Euer* Name etwas sagen?»

Wagner blinzelte irritiert. «Mein Name?» Dann verstand er. «Verzeiht, ich habe mich nicht vorgestellt, tatsächlich, sehr unangenehm. Wagner», fuhr er fort, ganz ohne die erforderliche Verbeugung, zu der er plötzlich überhaupt keine Lust hatte. Da saß dieser Kerl und sah ihn von unten an, als stehe er haushoch über ihm. Nur weil er einen alten Siegelring und bestickte Seide trug, nur weil er – da verbeugte er sich doch. Selbst wenn es ihm nicht gefiel, ein Mann, der Graf Alwitz hieß und war, stand tatsächlich haushoch über ihm. «Adam Wagner. Doch wie ich schon sagte, Ihr kennt mich gar nicht.»

«Und woher kennt Ihr mich?»

«Ich kenne Euch auch nicht, mit Verlaub, es ist nur, nun ja, der Kellner nannte Euren Namen, und da ich Landahl dringend suche, dachte ich, es bedeutet nur eine geringe Störung, wenn ich Euch nach ihm frage.»

«Ihr fragt mich, weil ich wie dieser – wie sagtet Ihr? Landahl? –, wie dieser Mensch aus den deutschen Ländern komme? Ihr müsst verzweifelt sein. London ist voll von Männern deutscher Sprache. Wenn Ihr alle fragt, habt Ihr viel zu tun. Und nun entschuldigt mich, ich habe auch viel zu tun.»

Damit wandte er sich wieder Lord Wickenham zu und Wagner war – sozusagen – entlassen.

Er fühlte eine kalte Steife in seinem Nacken. Wer war er, wer war dieser Mensch in seinem lächerlichen Seidenrock, dass er ihn behandelte wie einen Diener? Er drehte sich auf dem Absatz um und hatte schon die Tür zum nächsten Raum erreicht, als er seinen Namen rufen hörte.

«Auch wenn ich Euren verloren gegangenen Freund nicht kenne», sagte Alwitz, «würde ich doch gerne wissen, welcher Art die Geschäfte sind, die Ihr mit ihm machen wollt.»

«Warum?»

«Nennt es ruhig Neugierde.» Von Alwitz lächelte, wie man über ein trotziges Kind lächelt, und zuckte mit den Achseln. «Ihr könnt Euer Geheimnis natürlich auch für Euch behalten. Womöglich betreibt Ihr gar kein Geschäft, in den Kaffeehäusern trifft man Männer von mancherlei Art und», er blinzelte Wickenham zu, «und Profession.»

«Münzen», sagte Wagner knapp und spürte, wie dumm es war, das zu sagen, «ich handele mit alten Münzen und Medaillen.»

Wieder auf der Straße, atmete er tief die Londoner Luft, die ihm nach der Stickigkeit in den Räumen des Kaffeehauses frisch wie auf den Hamburger Stadtwällen erschien. Sein Kopf schmerzte, er fühlte bleierne Erschöpfung. Wieder ein vertaner Vormittag. Er blickte unentschlossen die Straße hinunter, sah die Fenster der Läden und beschloss, wenigstens ein neues Taschentuch zu kaufen. Sofern es in dieser seltsamen Stadt überhaupt welche aus nützlichem blauen Tuch gab. Im Schaufenster des nächsten Hauses lagen einige, wie nahezu alles in diesem Fenster üppig mit Spitze gesäumt. Karla würde so ein feines Tüchlein gefallen, ein kleines nur, unnütz, die Nase zu putzen oder den Schweiß abzuwischen, aber hübsch, um damit herumzuwedeln oder es an das Brusttuch zu heften. Frauen besaßen gern unnütze Dinge. Und womöglich würde es *ihm* gefallen, seine Frau damit zu sehen. Während er noch überlegte, wie teuer so ein nichtsnutziges Tüchlein sein mochte, setzten schwer atmende Männer direkt vor der Tür zwei Sänften ab. Aus jeder kletterte eine Dame, vielleicht Mutter und Tochter, die jüngere wurde von einem kindlichen Diener mit schwarzer Haut begleitet, der in seiner roten Livree und weißen Perücke wie eine Puppe aussah. Die Damen strichen ihre Röcke glatt und betraten, von dem Kind gefolgt, eifrig schwatzend den Laden.

Wagner vergaß das Tüchlein. Wo Herrschaften in solcher Garderobe und mit solchem Geschmeide kauften, konnte er sich nicht mal das Einwickelpapier leisten. Er stand da und starrte – plötzlich wieder ganz der Jagdhund, als den ihn der Weddesenator in wohlwollenden Momenten gern bezeichnete – auf die Tür. Eine der Damen, die jüngere, hatte ihn an irgendetwas erinnert. An was konnte eine solche Dame, neben der selbst Anne Herrmanns in ihrer Abendgarderobe ärmlich erschienen wäre, ihn erinnern? An wen?

Natürlich. Es war das Haar. Sie trug es nicht hoch aufgetürmt wie ihre Begleiterin, sondern als ein kunstvolles Gebilde von Schnecken und Zöpfchen, winzigen Blüten und Perlen glatt um den Kopf. Der einsame Sonnenstrahl, der sich in die enge Gasse verirrt hatte, hatte es rötlich schimmern lassen, nicht gerade wie feine Kupferfäden, aber eben doch rötlich. Es hatte ihn an die Beschreibung von Alma Severin erinnert. Alma? Das konnte es nicht sein, das Mädchen war tot und half ihm nicht mehr weiter.

‹Verdammt›, dachte er und stapfte die Alley hinunter, ‹hätte sie nicht leben bleiben können? Hätte sie nicht überhaupt bei ihrer Mutter und ihren Seidenblumen bleiben können, anstatt lange Finger zu machen und mit einem Halunken durchzubrennen? Dazu noch bis …›

Das war es! Er schlug sich mit der flachen Hand gegen die Stirn, stolperte im Umdrehen über eine aufkreischende Katze und rannte zurück, wieder die Treppe hinauf und zum Schanktisch. Den ganzen Vormittag hatte er vertan, und selbst nachdem er herausgefunden hatte, welcher und wie vielfältiger Art die Dienste waren, die dieses Kaffeehaus bot, nicht einmal daran gedacht, die Passagierlisten der in den vergangenen Wochen eingelaufenen Schiffe zu prüfen.

Wenn auch auf den meisten Schiffen nur wenige Passagiere befördert wurden, waren die Listen doch lang. Trotzdem blieb seine Suche vergeblich, weder in London noch in Dover oder Harwich waren Passagiere mit den Namen Alma Severin und Felix Landahl angekommen und an Land gegangen.

KAPITEL 9

«Sehr schön, Karla, wirklich prima. Eigentlich schreibt man ‹Land› mit ‹d›, aber macht nichts, mit ‹t› versteht es auch jeder.»

Manon fand es überflüssig, auf alle Fehler in Karlas kleiner Schreibübung hinzuweisen. Zwölf in zwei Zeilen – das nahm ihr nur den Mut. Sie erinnerte sich genau an ihre eigene wachsende Lustlosigkeit, wenn ihre Mutter sie unerbittlich auf jeden winzigen Fehler hinwies. Gesine war ihren Kindern eine strenge Lehrerin gewesen. Manon wollte es besser machen, auch in der Auswahl der Übungstexte. Mr. Marlowes Ballade über die schöne Tote von der Half Moon Street entsprach kaum dem, was an den Latein- und Kirchenschulen für die Schreiblektionen verwandt wurde, doch Manon fand, dass unterhaltsame Texte der beste Weg zur hohen Kunst des Schreibens und Lesens waren.

Außerdem, was machten ein paar Schreibfehler aus? Und wer bestimmte, was einer war? In Sachsen schrieb man vieles anders als in Hamburg oder Frankfurt – die Hauptsache war doch, dass man verstand, was da geschrieben war. Im Zweifelsfall musste man sich das Ganze nur laut vorlesen, dann verstand man alles sofort. Jedenfalls meistens.

«Rosina?» Manon überließ ihre Schülerin ihrer Übung

und glitt auf den Hocker neben Rosina, die ihnen gegenüber am Tisch saß und die wichtigsten Straßen aus Wagners London-Plan kopierte. Der Weddemeister war in irgendein Kaffeehaus verschwunden, der Weg sei einfach, hatte er versichert, er könne ihr den Plan heute gerne überlassen. Sie ließ sich nur ungern stören, der Plan war groß, es würde viel Zeit kosten, die Teile der Stadt, die sie brauchte, auch nur grob zu kopieren.

«Glaubst du, Jean bekommt die Billetts schon für heute Abend?» Manon rutschte auf die Hockerkante und sah Rosina gespannt an.

«Welche Billetts?»

«Weißt du es nicht? Der Bühnenmeister vom Königlichen Theater in der Drury Lane zeigt ihm heute die Geheimnisse der Bühnenmaschinerie, Titus und Rudolf sind auch mitgegangen, und er hat versprochen, Jean welche zu geben, Billetts für uns alle. Nicht gerade in einer Loge, aber das ist mir egal. Ich möchte unbedingt in das Theater.»

«Das wollen wir alle, Manon, aber wir waren uns einig zu warten, bis Mr. Garrick wieder auftritt. Mr. Lancing hat doch gesagt, der sei wegen irgendeiner Unpässlichkeit in seinem Landhaus.»

«Vielleicht ist er schon wieder zurück.» Manon nahm eine Feder aus Rosinas Schreibkasten und begann sorgfältig den Kiel nachzuschneiden. «Und dann will ich in die Königliche Oper am Haymarket. Ich war noch nie in einer Oper und Mrs. Tottle sagt, das sei das Wunderbarste überhaupt.»

«Es kommt darauf an.» Rosina fuhr sich mit der Feder übers Kinn und lächelte in die Ferne ihrer Erinnerung. «Wenn die Musiker und Sänger ihr Handwerk verstehen, ist es wunderbar, dann gibt es kaum Schöneres. Wenn aber nicht», sie beugte sich wieder über Wagners Plan, «ist es grässlich. Vor allem die Sängerinnen. An den Höfen werden sie nämlich oft weniger wegen ihrer Kunst als ihrer Gunst engagiert. Darauf musst du unbedingt achten», wandte sie sich an Karla, «Kunst und Gunst sind Worte mit sehr verschiedener Bedeutung. Obwohl man sie bei uns in Sachsen leicht verwechselt. Ganz besonders am Hof und nicht nur in der Aussprache. Kunst mit K und Gunst mit G.»

Karla verstand kein Wort und kicherte sicherheitshalber, ohne jedoch ihre Übung zu unterbrechen.

Manon sah Rosina mit großen Augen an. «Heißt das, du warst schon einmal in der Oper?», fragte sie. «Wo? In Leipzig?»

«Da gibt es keine. In den deutschen Ländern leisten sich nur die Höfe Opern. Außer Hamburg. Dort hat es eine sehr berühmte gegeben, obwohl an der Alster kein Fürst oder König herrscht, sondern reiche Bürger. Sie stand genau dort, wo jetzt das Ackermann'sche Theater steht, im Theaterhof am Gänsemarkt. Sie ging aber schon vor ziemlich langer Zeit Bankrott.»

«Aber wo hast du …»

Es blieb Rosina erspart, Manon von den schlechten Sängerinnen an der winzigen Oper des Landes- und Dienstherrn ihres Vaters zu erzählen. Oder von der betörenden Stimme ihrer Mutter, die sie nur hören durfte, wenn ihr Vater auf einer seiner Reisen war. Edward, Mrs. Tottles ältester Sohn und genauso sommersprossig und rotlockig wie seine Mutter, stand in der Tür.

«Da ist Besuch für Euch, Miss», sagte er. «Eine Dame.»

«Madame Augusta», rief Rosina, «endlich. Wo ist sie, Edward? Warum führst du sie nicht herein?»

«Weil sie nicht wollte, Miss. Die Dame ist etwas seltsam, sie hat gesagt, sie wartet auf dem Friedhof.»

Karlas Feder machte einen Satz über das Papier und hinterließ drei dicke Kleckser.

«Warum auf dem Friedhof?», fragte Rosina.

«Keine Ahnung. Ich sag ja, sie ist etwas seltsam.»

Auf dem Friedhof saß auf einer der Bänke eine einsame Gestalt unter einem Sonnenschirm, zwei alte Frauen hockten neben einem der ärmlichen Sarkophage in der Sonne und warfen Sperlingen Brotkrumen zu, links der Kirche, nahe der vorderen Pforte zur Piazza, knieten drei Männer, allerdings nicht im Gebet, sondern über einem Würfelspiel – von Madame Augusta keine Spur.

Edward hatte sich einen dummen Spaß gemacht. Oder sie hinausgelockt, um ein paar Minuten bei Manon zu sein, die er nur von ferne sehen musste, um tief zu erröten.

«Miss Hardenstein, bitte.» Die Gestalt mit dem Sonnenschirm stand hinter ihr und klappte den Schirm zu.

«Lady Wickenham? Wie freundlich von Euch, Madame Augusta zu begleiten.» Noch einmal sandte Rosina einen raschen Blick über den Friedhof. «Wo hat sie sich versteckt?»

«Oh.» Florence' Gesicht wurde noch grimmiger. «Ich wusste nicht, dass Ihr Madame Kjellerup erwartet. Sie ist nicht hier, leider. Nur ich. Aber wenn Ihr Besuch bekommt, will ich nicht stören, sicher seid Ihr überhaupt furchtbar beschäftigt.»

«Wir sind zum Vergnügen in London, Lady Wickenham.» Rosina suchte vergeblich in dem geröteten Gesicht, in dem undurchdringlichen Blick zu lesen. «Ich bin absolut nicht beschäftigt. Ich gebe zu, Euer Besuch überrascht mich, aber er ist mir eine Freude. Wenn ich Eure Wahl des Ortes auch überraschend finde.»

«Eine dumme Wahl, nicht wahr?» Florence' Miene verlor ein wenig von ihrem Grimm, doch nichts von der dahinter verborgenen Beklommenheit. «Glaubt bitte nicht, ich wolle Euch beleidigen, indem ich Eure Wohnung meide. Ich dachte nur, nun ja, ich dachte, sicher seid Ihr nicht allein, und ich möchte Euch unbedingt alleine sprechen. Friedhöfe sind so stille Orte, diesen habe ich entdeckt, als ich die Henrietta Street suchte, und die blühenden Linden duften so schön.»

«Seid Ihr etwa alleine hier? In dieser Gegend ohne Zofe und Kutscher?»

«Warum nicht?» Florence' Stimme ließ ahnen, wie viel es ihre Gouvernanten gekostet hatte, das Kind zu einer Dame zurechtzustutzen. Sie fasste ihren Sonnenschirm wie einen Degen, blickte auf ihre festen Schuhe und fuhr fort: «Wenn es Euch unangenehm ist ...»

«Überhaupt nicht, ich war schon zu ungewöhnlicheren Zeiten hier. Woher wisst Ihr überhaupt, wo ich wohne? Habt Ihr Madame Augusta gefragt?»

«Das war nicht nötig. Am Morgen nach der Soiree hat sie meiner Mutter und mir erzählt, wer Ihr seid, auch dass Ihr in der Henrietta Street wohnt. Da ich nicht wusste, in welchem Haus, habe ein wenig herumgefragt und Glück gehabt. Ich musste keine halbe Stunde suchen.»

«Das war wirklich Glück. Die Straße ist nicht lang, aber sie erscheint mir mit ihren großen Häusern wie ein

Bienenstock. War Eure Mutter von Madame Augustas Geständnis schockiert?»

«Aber nein, sie hat nur schrecklich bedauert, es nicht vorher gewusst zu haben. Sie hofft schon auf Euren nächsten Besuch, denn sie findet Euch äußerst interessant. Noch exotischer als die Löwen im Tower.»

«Das ist ein reizendes Kompliment.»

Endlich schlich sich ein Lächeln in Florence' Gesicht. «Verzeiht, so habe ich es nicht gemeint. Ich liebe meine Mutter, aber ihre Allüren sind manchmal ein wenig töricht. Seid froh, dass sie es nicht wusste, sie hätte Euch der ganzen Gesellschaft präsentiert wie das beste Stück aus einem Kuriositätenkabinett. Nun ja», murmelte sie, «Mamas Soireen geraten oft selbst zu einem. Zudem», fuhr sie trotzig fort, «muss ich gestehen, dass ich gelauscht habe. Ich habe gehört, wie Mr. Bach Euch zuflüsterte, was ihm sein Bruder von Euch geschrieben hatte. Verstanden habe ich es aber erst, als Mrs. Kjellerup von Eurer Profession erzählte. Und von Eurem ungewöhnlichen Steckenpferd. Ach, es ist ganz unmöglich. *Ich* bin unmöglich. Ich wollte Euch um Hilfe bitten, aber das war dumm. Vergesst es einfach.» Sie spannte ihren Schirm auf, zupfte heftig an seinen Rüschen und fiel in die Sprache der Salons zurück: «Meine Mutter und ich würden uns sehr freuen, Euch bald wieder in unserem Haus begrüßen zu dürfen. Vielleicht zur Teestunde oder zu einem Frühstück. Ganz wie es Euch beliebt.»

«Nein, Lady Wickenham.» Rosina schüttelte so entschieden wie amüsiert den Kopf. «So einfach werdet Ihr mich nicht wieder los. Wir setzen uns jetzt auf eine Bank, am besten dort an der Mauer bei dem struppigen Fliederbusch, wo uns niemand belauscht, und Ihr erzählt mir, wie ausgerechnet ich Euch helfen könnte. Ihr habt mich ungemein neugierig gemacht. Das ist ein Zustand, den ich sehr angenehm finde, wenn ihn zu zeigen auch auf eine lückenhafte Erziehung schließen lässt.»

Die Schatten der Linden waren schon ein beachtliches Stück weiter gewandert, da saßen die Lady und die Wanderkomödiantin immer noch einträchtig nebeneinander auf der Bank. Florence hatte nicht nur ihr seltsames Anliegen erläutert. Sie hatte zwar nur kurze Zeit und wenig Mühe gebraucht, Rosina dafür zu gewinnen, doch da waren auch noch die vielen Fragen gewesen, die sie selbst über das Leben auf dem Theater hatte. Als Rosina endlich den Glanz in ihren Augen bemerkte, war es schon zu spät, ihr Wanderleben in möglichst düsteren Farben zu schildern.

«Ihr seid frei», seufzte Florence, «völlig frei. Das muss herrlich sein.»

«Einerseits», sagte Rosina, die absolut Florence' Meinung war, «andererseits ist Freiheit oft ein kalter Ort. Sie bedeutet auch die Freiheit zu verhungern. Oder sich als fahrendes Lumpenpack beschimpfen zu lassen. Niemand aus der Welt meiner Kindheit würde mich noch als eine der Ihren achten. Und», sie hob ihre kräftigen Hände, «es ist harte Arbeit. Nicht nur auf der Bühne, das ist tatsächlich vor allem Vergnügen, jedenfalls wenn es uns gelingt, das Publikum zu amüsieren, im anderen Fall können die Leute im Parkett ziemlich grob werden. Aber ich habe mir dieses Leben selbst ausgesucht und bin es zufrieden. Es war großes Glück, dass ich gerade die Becker'sche Gesellschaft und nicht irgendeine üble Bande traf, als ich dumm und hungrig über die Straßen irrte. Doch bei jedem Wetter durch das Land zu ziehen, Reisekörbe und

Kulissen zu schleppen, die Bühne aufzubauen, ganz ohne Knecht, Köchin oder Zofe – da gibt es auch Momente, in denen ich auf alle Freiheit pfeife.»

«Daran habe ich nicht gedacht», Florence senkte beschämt den Kopf. «Ich fürchte, ich weiß sehr wenig davon, wie das Leben jenseits eines Hauses an den Squares aussieht.»

«Immerhin habt Ihr es heute bis nach Covent Garden geschafft – ohne Kutsche und Zofe. Das würde Eure Mutter gewiss nicht exotisch finden. Werdet Ihr ihr davon erzählen?»

«Seid Ihr verrückt? Mama betritt Covent Garden nur für die wenigen Schritte zwischen der Kutsche und den Foyers der Theater. So wie auch ich bis heute. Wahrscheinlich», Florence kicherte ganz undamenhaft, «würde die arme Mama ohnmächtig, wenn sie mich hier sähe. Ohne passende Begleitung. Und William», ihr Lächeln wurde nun eindeutig boshaft, «würde wunderbar wütend. Jedenfalls wenn mich jemand entdeckte, der es in die Salons trüge. Sonst wäre es ihm einerlei. Er findet es schon degoutant, dass ich gern alleine durch die langweiligen Parks wandere, anstatt mich mit meiner Zofe und mindestens zwei livrierten Dienern herumkutschieren zu lassen. Wie dumm, dass ich diesen heimlichen Ort gewählt habe, auf der Piazza wären die Chancen viel besser. Oh», Florence' gerade noch vergnügtes Gesicht wurde blass. «Bitte», flüsterte sie hastig, «Ihr dürft mich nicht verraten. Bitte!»

Rosinas Augen folgten ihrem erschreckten Blick, sie erkannte die mollige Gestalt auf dem Mittelweg sofort.

«Madame Augusta!», rief sie, raffte ihre Röcke und lief auf die alte Dame im dezent geblümten Zitzkattun zu, die ihr auf dem schmalen Pfad zwischen den Gräbern entgegenkam.

«So ein Glück!», sagte sie.» Ich fürchtete schon, Eure Wirtin habe sich einen Scherz erlaubt, als sie mir empfahl, Euch auf dem Gottesacker zu suchen. Lady Florence, wie schön, Euch hier zu treffen.»

«Ja, Mrs. Kjellerup, natürlich», stotterte Florence, «als Ihr erzähltet, dass … nun ja, da dachte ich, Miss Hardenstein könnte …»

«Wir haben uns ganz zufällig vor einem Laden in der Strand getroffen», fiel Rosina ihr hilfreich ins Wort, «und ich fand diesen schattigen stillen Platz genau richtig für eine kleine Plauderei.»

«Ja», beeilte sich Florence zu sagen, «nur eine kleine Plauderei.»

«Ich dachte gleich, dass Ihr beide einander mögen würdet.» Augusta verbarg ihr Lächeln hinter einem Spitzentuch. Rosina konnte schroff sein, das hatte sie mehr als einmal erlebt; wenn es jedoch darauf ankam, war auf ihren Takt Verlass. Augusta schätzte Diskretion ungemein. Umso mehr, wenn sie sicher sein konnte, beizeiten zu erfahren, was Takt und Diskretion ihr für den Moment vorenthielten.

Der für eine ‹kleine Plauderei› zwischen jungen Damen doch recht ungewöhnliche Ort störte sie nicht im Geringsten. Sie ließ sich auf der Bank nieder, drückte Florence ihren Sonnenschirm in die Hand und öffnete eine Spanschachtel voller Makronen und Spanischer Biskuits aus Mrs. Pratts Vorratskammern.

Die höflich einleitenden Floskeln, die Florence nun erwartete, blieben ungesagt. Während sie, die zum ersten Mal während der letzten Wochen einen gesunden Appetit spürte, die Makronen zu verspeisen begann, fragte Rosina: «Hattet Ihr Erfolg, Madame Augusta? Habt Ihr mit dem Richter gesprochen?»

Augusta nickte und rutschte unbehaglich auf der Bank hin und her. «Ja und nein. Aber ich will Eure Plauderstunde nicht stören.»

«Sorgt Euch nicht wegen Lady Wickenham», sagte Rosina ungeduldig. «Sie wollte wissen, was ich in London tue, und so habe ich ihr die ganze Geschichte erzählt. Mehr oder weniger. Und? Ist die Tote Alma?»

«Ja, ohne jeden Zweifel. Leider. Es war nicht ganz einfach, zu Richter Fielding vorzudringen, es war ja schon fast Abend. Aber nach meiner dritten Versicherung, ich habe Auskünfte zu dem Mord in der Half Moon Street, hat mich sein Constabler, ein wahrer Zerberus, schließlich vorgelassen. Mr. Fielding ist ein erstaunlicher Mann, wirklich sehr erstaunlich. Die arme Alma.» Sie griff seufzend in die Keksschachtel und nahm ein Biskuit heraus. «Ich kannte sie kaum, sie hat nur einige Male bei Madame van Witten den Kaffee serviert, doch dabei erschien sie mir als ein so vernünftiges Mädchen. Wenn ich es aber jetzt bedenke, die Demut einer zukünftigen Diakonsfrau, das hatte die Senatorin für sie geplant, lag nicht in ihren Augen.»

«Und Landahl? Hat der Richter etwas über ihn gesagt? Hat er schon eine Spur?»

«Nein. Er hat zwar erklärt, das dürfe er mir nicht sagen, aber ich bin sicher, dass er keine hat. Ein bisschen habe ich doch aus ihm herausgequetscht. Es ist ziemlich mysteriös. In Almas Zimmer haben die Constablers ihr Reisepapier gefunden, es war auf Alma Severin aus Hamburg ausgestellt. Seltsamerweise mit einem holländischen Stempel, den Ort habe ich leider vergessen, aber ich denke, der ist jetzt nicht wichtig. Das bedeutet, sie hat Hamburg sehr plötzlich verlassen und keine Zeit gehabt, dort einen Pass ausstellen zu lassen.»

«Nachdem sie die Münzen gestohlen hatte, war es kaum angebracht, noch lange herumzutrödeln. Oder sie war zu schlau dazu. Den Pass hätte sie im Rathaus ausstellen lassen müssen, dort hätte der Senator bestimmt davon erfahren.»

«Daran habe ich nicht gedacht. Das stimmt natürlich, unser guter van Witten steckt seine Nase in alles. Aber wie konnte sie in Holland, wo sie ganz unbekannt war, Reisepapiere bekommen?»

Rosina zuckte mit den Achseln. «Das geht überall auf verschiedene Weise. Wenn man keine Bürgerrechte hat und das Kirchenbuch nicht zur Hand ist, also überall außer in der eigenen Heimatstadt, braucht man gewöhnlich jemanden, der dort selbst bekannt ist oder Papiere hat und beschwört, wer man ist. Ob es die Holländer anders machen, weiß ich nicht. Bis Holland sind wir nie gereist.»

«Nun gut, jedenfalls hatte sie so ein Papier. Von dem Mann, mit dem sie in der Half Moon Street gewohnt hat, haben sie gar nichts gefunden. Nicht mal ein Taschentuch. Der Richter wusste auch seinen Namen nicht, bis ich ihn nannte. Der Wirt, Mr. Dibber, hat nämlich behauptet, er wisse ihn nicht genau, weil er so vergesslich sei. Er glaubte sich zu erinnen, so sagte er jedenfalls, dass der Mann sich Miller genannt hat. Miller, ich bitte Euch! Fehlt dem Mann denn jede Phantasie? Der Richter hält das auch für einen falschen Namen, wobei er nicht entscheiden mochte, ob den sich Dibber oder der vermeintliche Mr. Miller selbst ausgedacht hat. Er war überrascht, als ich ihm den richtigen Namen nannte, gleichwohl fürchtet er, dass ihm das nicht viel hilft. Wenn Alma wirklich mit einem Felix Landahl aus Göttingen oder Hamburg nach London gereist sei und der Mensch sich hier Miller nenne, helfe der Name nicht viel, sagte der Richter. Außerdem: Woher wissen wir, ob Landahl sein richtiger Name ist? Mag sein, er hat schon in Hamburg einen falschen benutzt. Immerhin stimmt die Beschreibung, die der Senator von Almas Hamburger Freundin hatte, mit der überein, die eine junge Frau in der Half Moon Street dem Richter gegeben hat. Aber beide sind so vage und allgemein – sie treffen auf die halbe männliche, etwa dreißigjährige Bevölkerung Londons zu. Sogar auf Euren Gatten, Lady Wickenham. Verzeiht», sie klopfte sanft auf Florence' Rücken, bis sich deren erschreckter Hustenanfall wieder gelegt hatte, «das war ein Scherz, nur ein dummer Scherz.»

«Danke», flüsterte Florence heiser, «ich habe mich nur verschluckt, es hat gar nichts zu bedeuten.»

«Ich verstehe nicht», überlegte Rosina, «warum sie sich Papiere auf ihren Namen ausstellen ließ. In Holland musste irgendjemand bezeugen, wer sie ist – man kann doch alles bezeugen lassen, solange man gut bezahlen kann. Und das konnte sie, sie hatte die Münzen.»

«Ihr beschäftigt Euch zu viel mit Verbrechen, Rosina», sagte Augusta amüsiert. «Dass sie mit einem Halunken durchgebrannt ist, heißt noch nicht, dass sie auch nur Halunken kennt. Vielleicht waren sie in Holland bei äußerst ehrbaren Leuten. Ach, ich weiß es nicht», sie schüttelte unwirsch die Kekskrümel von ihren Röcken, «mir ist dies alles zu kompliziert. Dass sie durchgebrannt ist», fuhr sie nach einem Moment fort, «nehme ich ihr nicht übel, obwohl das selten gut ausgeht. Ich bedauere ihren schrecklichen Tod tief, aber dass sie van Witten bestohlen hat! Das ist eine Schande, die sie ihrer Patin und vor allem ihrer armen Mutter nicht hätte antun dürfen. Diese dumme Gans. Verzeiht, mein Zorn ist nicht gerade pietätvoll, und Ihr, Rosina, seht das vielleicht anders. Aber als Ihr durchgebrannt seid, habt Ihr keine kostbare Sammlung mitgenommen. Oder etwa doch?»

Beinahe hätte sich Florence auch noch an dem letzten Biskuitbröckchen verschluckt. Sie wusste von Rosinas Flucht aus deren Elternhaus, aber sie konnte sich absolut nicht vorstellen, dass eine Frau, die mit Madame Augusta und einem Bruder des königlichen Musikmeisters bekannt war, eine Diebin sein könnte.

«Nein», hörte sie Rosina kühl antworten, «keine kostbare Sammlung, obwohl ich dann sicher nicht so hungrig gewesen wäre. Ich habe nur dem Gärtner eine alte Jacke gestohlen und einem der Pagen die Kniehose. Meine Kleider eigneten sich nicht für ein solches Unternehmen, und ich wusste, mein Vater würde die Sachen ersetzen. Konntet Ihr Almas sterbliche Überreste vor dem Anatomischen Theater bewahren?»

Augusta nickte. Sie bereute schon ihre taktlose Frage und war Rosina für den abrupten Wechsel des delikaten Themas dankbar.

«Ja, gerade noch. Sie bekommt ein christliches Begräbnis, Mrs. Pratt wird mir helfen, es zu organisieren. Ich dachte, Ihr wolltet Euch hier nur um das wunderbare englische Theater kümmern, Rosina, und nun pfuscht Ihr unserem braven Wagner wieder ordentlich ins Handwerk.»

«Nicht wirklich», Rosina blinzelte mit zusammengekniffenen Augen in die Sonne, «und nun ist es vorüber. Die Patentochter der Senatorin ist tot, die Münzen sind wer weiß wo und Landahl über alle Berge. Wenn er nicht ganz dumm ist und nun, wo er als Mörder gesucht wird, noch in London bleibt.»

«Glaubt Ihr?» Augusta sah einem Rotkehlchen nach, das auf einem bröckligen Sarkophag entlangtrippelte und davonflog. «Falls er kein anderes Versteck in diesem Land weiß», fuhr sie fort, «tut er doch am besten daran, hier – in irgendeinem anderen Teil der Stadt – unterzuschlüpfen. In London, so heißt es, genau weiß das niemand, sollen 800 000 Menschen leben, achtmal so viele wie in Hamburg!, und es gibt Quartiere, in die setzt keine Wache, kein Soldat, kein Richter je einen Fuß. Wenn ich mich verstecken müsste, würde ich hier bleiben. In irgendeinem der zahllosen Höfe oder nahe der Themse in den sumpfigen Arealen östlich des Towers. Dort fände mich niemand.»

Rosina lachte hell auf. «Doch, Madame Augusta, Euch fände man bald. Weil Ihr sofort beginnen würdet, mit der Unordnung aufzuräumen. Ihr würdet Alte und Kranke mit eurem Rosmarin-Branntwein traktieren und den Pfarrer aufscheuchen, damit er bessere Predigten hält, vor allem kürzere. Eure Anwesenheit würde sich herumsprechen wie ein Lauffeuer.»

«Das hört sich ja schrecklich an.» Augusta schubste vergnügt einen Kiesel über den Weg. «Bin ich so schlimm?»

«Schlimmer», sagte Rosina milde, die selbst den Trost von Augustas so großem wie resolutem Herzen erfahren hatte.

«Dann will ich mich gleich noch einmal einmischen.

Ich glaube auch, dass Ihr Euch nun ganz den Londoner Vergnügungen widmen könnt. Wahrscheinlich ist Landahl, oder wie immer er tatsächlich heißt, nämlich längst auf einem Schiff nach Ostindien. Das wäre doch am schlausten. Weiter weg geht es kaum. Aber wegen van Wittens dummer Münzen kann uns vermutlich Mr. Cutler helfen, das würde Wagner sehr erleichtern. Euer Vater ist doch ein großer Sammler, Lady Wickenham hat er außer seinem Naturalienkabinett auch Münzen? Oder Medaillen? Dann kennt er gewiss ein paar der zwielichtigen Händler, die sind für so etwas immer die beste Adresse.»

«Nein.» Florence fand den Gedanken, ihr Vater könnte auch nur eine zwielichtige Person kennen, so befremdlich wie anregend. «Leider sammelt er nur Naturalien. Tote Käfer, getrocknete Pflanzen, ausgestopfte Schlangen, seltsame Muscheln und solcherlei Dinge. Ihr habt sie schon bewundern müssen. Neuerdings liebt er auch griechische und römische Statuen und Vasen, aber Münzen liebt er nur, wenn sie neu sind. Und könntet Ihr mich bitte einfach Florence nennen?»

Rosina fand, Florence hatte heute schon genug Neues erfahren. Es gab keinen Grund zu erwähnen, dass Mr. Cutler Namen und genaue Adressen *äußerst* zwielichtiger Händler sogar im Kopf hatte.

*

Augusta lauschte auf die grobe Stimme des Droschkenkutschers, der sich mit einem anderen darum stritt, wer zuerst eine Enge in der Straße passieren dürfe. Aber sie hörte nicht wirklich zu, denn sie war damit beschäftigt zu überlegen, was hinter Florence' Stirn vorgehen mochte.

Die saß ihr still gegenüber, die Hände im Schoß gefaltet, den Blick aus dem Droschkenfenster auf die langsam vorbeiziehenden Straßen gerichtet.

Von ihren wenigen Begegnungen kannte Augusta sie als zurückhaltende, niemals dumme oder törichte Gesprächspartnerin. Ihr spröder Witz, ihr unsentimentaler Blick auf ihre eigene Welt hatten Augusta überrascht und amüsiert. Sie hätte gerne gewusst, was Florence über ihre ‹Friedhofskonferenz› dachte. Doch nun zeigte sie wieder die gleiche steife Haltung, den gleichen angestrengten Ausdruck wie an jenem Vormittag im Salon, als William ihr die Leiter hinuntergeholfen hatte.

Was Haltung und Ausdruck betraf, mochte Augusta Recht haben. Hinter dieser Larve der Contenance, die Florence nach jahrelanger Dressur zur Selbstverständlichkeit geworden war, sah es allerdings ganz anders aus.

Sie hatte Augustas Einladung, in ihrer Droschke mit zum St. James Square zurückzufahren, gerne angenommen. Lange nicht mehr hatte sie einen so aufregenden Tag erlebt, nicht mehr, seit William um sie angehalten hatte. Oder seit sie sich als zu erwachsen empfunden hatte, mit Mollys Hilfe über die Gartenmauer in die Freiheit zu klettern. Es stimmte: Freiheit war auch anstrengend. Selbst wenn sie nur darin bestand, auf einem Friedhof unter blühenden Linden und struppigen Fliederbüschen zu sitzen und unpassende Geschichten zu hören. Und einen aufregenden Plan zu machen.

Der Gedanke daran ließ ihren Herzschlag einen kleinen Hüpfer machen. Vielleicht war das alles nur verrückt. Aber ihr blieb immer noch die Wahl. ‹Schickt mir eine Nachricht, wenn es so weit ist›, hatte Rosina gesagt. Ob sie das tun würde, lag einzig bei ihr selbst. Sie hoffte,

William werde ihr nicht zu viel Zeit lassen, darüber nachzudenken.

«Mrs. Kjellerup? Darf ich Euch etwas fragen?»

«Natürlich, Florence. Ich dachte, Ihr seid müde, und wollte Euch nicht mit Geschwätz stören. Was möchtet Ihr wissen?»

«Hat Rosina niemals Angst?»

Augusta überlegte einen Moment. «Doch», sagte sie dann, «natürlich hat sie Angst, vor vielerlei, wie jeder halbwegs vernünftige Mensch. Sie lässt sich nur nicht so leicht ins Bockshorn jagen. Mit der Angst hat es doch eine besondere Bewandtnis. Einerseits hilft sie uns, zu überleben und manches zu lassen, was nur schadet. Andererseits ist sie ein Hemmschuh. Wenn ich mich ständig davon bremsen lasse, etwas könnte gefährlich, brüskierend oder auch nur unbequem werden, bin ich irgendwann wie ein Vogel, der im Käfig das Fliegen verlernt hat. Ich glaube, Rosina versteht sich auf die Kunst, ihre Angst erst zu fühlen, wenn es angebracht ist. Das hört sich harmlos an, aber es ist ein Balanceakt der Seele, der auch gefährlich werden kann.»

Florence nickte langsam und ließ ihren Blick wieder aus dem Fenster wandern. Als die Droschke an Northumberland House vorbeirollte, beugte sie sich zum Fenster vor und blinzelte zu dem mächtigen steinernen Löwen hoch über dem Tor hinauf.

«Glaubt Ihr, man kann es lernen?», fragte sie plötzlich. «Selbst wenn man schon erwachsen ist?»

«Ich bin eine alte Frau, meine Liebe, und kann Euch versichern, dass das Lernen niemals aufhört. Wenn man es will und zulässt, es ist ja oft recht lästig und beunruhigend. Man kann alles lernen, Florence, sogar auf dem Seil zu tanzen. Wenn man geduldig und nicht zu streng mit sich ist. Womöglich ist es dabei hilfreich, wenn man seine Seele weniger nach Angst und mehr nach Mut durchforscht. Doch, das ist es ganz bestimmt.»

«Danke», sagte Florence. Mehr nicht, und Augusta spürte einen Moment der Rührung. So wie man fühlt, wenn man einen Menschen erlebt, der sich tapfer auf die Suche nach dem verschütteten Mut macht.

Den Rest der Fahrt legten sie schweigend zurück. Es war ein angenehmes Schweigen. Irgendwann fiel Augusta ein, dass sie vergessen hatte, Rosina nach dem Stand ihrer Suche nach Madame Boehlichs mörderischem Gesellen zu fragen. Es beunruhigte sie nur für einen Augenblick. Wenn es etwas Neues zu berichten gäbe, hätte Rosina das zweifellos getan.

*

An anderen Tagen hätte Mr. Cutler die Fahrt in seinem neuen Cabriolet genossen. Der Einspänner war von großer Eleganz, bewegte sich wendig und passierte auch enge Straßen ohne Kratzer und Karambolagen. Die leichte Federung war ein Labsal für seine steifen Knochen, auch wenn sie das Gefährt hin und wieder zu kleinen Bocksprüngen verführte (die er allerdings als Freudensprünge empfand). Nun jedoch dachte er an Madame Augusta und seufzte bekümmert.

Er war sicher gewesen, ihr Erfreuliches berichten zu können, und jetzt? Es nützte nichts, er musste es ihr sagen. Vielleicht besser erst morgen. Es wäre geradezu schändlich, einen trotz des dräuenden Himmels schönen Abend wie diesen mit grauen Gedanken zu verderben.

Umso mehr, als er selbst heute außerordentlich erfreuliche Nachrichten erhalten hatte.

Sein griechisch-römischer Hund, das hatte ihm Mr. Wilberhood stolz verkündet, sei endlich gefunden, in der römischen Villa eines uralten Adelsgeschlechts, das – leider, wirklich zu traurig! – während der letzten Jahrzehnte einen fatalen Niedergang erlebt hatte. Das Anwesen wurde seit Jahren nicht mehr wie in alter glanzvoller Zeit von Gästen besucht, weswegen niemand um die dort verstaubenden Schätze gewusst habe. Nun stehe die Villa zum Verkauf, einzig deshalb habe sein Agent das formidable Tier entdeckt und zu einem günstigen Preis erstanden. Es sei in *außergewöhnlich* gutem Zustand und schon verschifft, und bald, ja, bald werde es in London eintreffen, um Mr. Cutlers Haus zu schmücken, es sei nur eine Frage günstiger Winde. Wenn es dem Gentleman möglich wäre, eine bescheidene Anzahlung …

Vor lauter Freude – vielleicht auch aus Sorge, das gute Stück könne doch noch an einen höher bietenden Konkurrenten verschachert werden – hatte Mr. Cutler keine bescheidene, sondern eine saftige Anzahlung geleistet. Daraufhin war er mit einem Gefühl, wie er es seit den ersten Wochen seiner Verliebtheit in seine spätere Gattin nicht mehr empfunden hatte, in sein Cabriolet gestiegen und hatte sich umgehend zu *Lloyd's* kutschieren lassen.

Das hätte er nicht tun sollen. Jedenfalls nicht, bis er seine Freude über die bevorstehende Ankunft seines marmornen Tieres ausgekostet hatte. Aber Madame Augustas Bitte musste erfüllt werden, und was konnte ein solcher Tag des Triumphs anderes bringen als weitere Erfolge? Und tatsächlich, in den Schiffsmeldungen war gerade erst notiert, dass die *Queen of Greenwich* am vergangenen Abend von Philadelphia eingelaufen war.

Es dauerte nur einen beglückten Moment, bis diese frohe Kunde trübe wurde. Wenn ihr Schiff schon seit gestern im Londoner Hafen lag, wo waren dann die beiden Herrmanns'? Warum waren sie nicht längst im St. James Square aufgetaucht oder hatten zumindest eine Botschaft geschickt, wo sonst sie sich aufhielten?

Er ließ sich zu den Anlegern kutschieren, bei denen die Schiffe aus den amerikanischen Kolonien ankerten, und machte sich auf die Suche. Es kostete erhebliche Mühe und eine ganze Menge kleiner Münzen, bis er endlich den Kapitän auftrieb und hörte, was er befürchtet hatte.

Der Kapitän der *Queen of Greenwich* schien ein honoriger Mann, es gab keinen Grund, ihm zu misstrauen. Ja, bestätigte er, Mr. und Mrs. Herrmanns seien als Passagiere angemeldet gewesen, doch seien sie nicht gekommen. Er habe einen Tag über die vereinbarte Abfahrtszeit hinaus gewartet, dann habe er Segel setzen müssen, es sei eilige Fracht an Bord gewesen, und für die Unpünktlichkeit seiner Passagiere, eine im Übrigen scheußlich um sich greifende Unsitte, sei er nicht verantwortlich.

Mr. Cutler hatte ihm höflich zugestimmt und es bei sich doch recht kleinlich gefunden, die Zeit zum Ablegen eines Schiffes, das doch Wochen unterwegs sein würde, so eng zu bemessen. Er verabschiedete sich, murmelte etwas von guter Fahrt und stapfte zurück zu seiner Kutsche.

Der Kapitän ließ sich wieder zu seinem Schiff übersetzen und war mit sich zufrieden, weil er es trotz großer Versuchungen verstanden hatte, ein Geheimnis zu wahren.

Tatsächlich hatte er vorgehabt, noch einige Tage länger im Hafen von Philadelphia zu liegen und auf die beiden gut zahlenden Passagiere zu warten. Bis zwei andere kamen und darauf bestanden, mitgenommen zu werden. Er war ein freier Mann und Herrscher auf dem Schiff, aber konnte man einen Lord Witherborrough mit seinem Sekretär zurückweisen? Anders als die beiden Herrmanns' waren sie geborene Engländer wie er und – das hatte der Lord ihm unter dem Siegel der Verschwiegenheit anvertraut – mit brisanten Nachrichten für den König im Gepäck.

Seit Jahren gärte es übel in den Kolonien, erneut seit dem Aufruhr in Boston, bei dem erst wenige Wochen vor ihrer Abfahrt Soldaten eines britischen Regiments fünf amerikanische Bürger erschossen hatten. Das war gewiss unklug gewesen, doch wo sollte das enden, wenn sich nun schon bis dahin rechtschaffene Bürger wie Pöbel aufführten?

So hatte er die beiden Männer in die einzige für vornehme Gäste geeignete Kajüte seines Schiffes einquartiert und Segel setzen lassen – erleichtert, dass die beiden angemeldeten Passagiere nicht noch im letzten Moment auftauchten und ihr Recht forderten. Geheimnachrichten für die Krone hatten Vorrang. Punktum. Die beiden Deutschen würden schon ein anderes Schiff finden.

Vielleicht wäre Mr. Cutler nicht ganz so beklommen zumute gewesen, wenn er von diesen Umständen gewusst hätte. Sie hätten ihm eingeleuchtet, denn auch er sah die Entwicklung in den Kolonien mit großer Sorge. Zweifellos war der König schlecht beraten, wenn er die aufblühende Wirtschaft dort drüben immer wieder mit fragwürdigen Gesetzen, Steuern und Zöllen zu ersticken suchte oder gar die Besiedlung westlich des Allegheny-gebirges verbot. Dennoch, Aufruhr konnte niemals zu etwas Gutem führen, vor allem nicht für den Handel. Es sei denn, man produzierte Waffen. Vielleicht war es nützlich, einmal darüber nachzudenken, sich an diesen Geschäften zu beteiligen.

Er lehnte sich seufzend in seinen gepolsterten Sitz zurück, froh, dass er seine Geschäfte längst seinen Söhnen überlassen hatte und sich darüber keine Gedanken zu machen brauchte. Besser sollte er darüber nachdenken, wie er Madame Augusta die Sorge um ihren Großneffen und dessen Gattin – immerhin aus englischer Familie, wenn auch von der Insel Jersey und damit beinahe eine Französin – nehmen konnte. Aber wie? Wer ein Schiff versäumte, musste triftige Gründe haben. Mr. Cutler hoffte, dass es in diesem Fall selbst gewählte waren.

*

Die ersten beiden Männer, die ihr einen guten Preis versprachen, wies Rosina noch entschieden, doch halbwegs höflich ab. Der dritte hatte Pech. Bevor er auch nur die üblichen auffordernden Worte loswerden konnte, jagte ihn eine Schimpfkanonade in die Flucht, die ihn, einen braven Familienvater aus East Anglia bei seinem ersten Versuch, lasterhaft zu sein, die Londoner Huren hinfort fürchten ließ wie die Straßenräuber. Rosina sah ihm mit grimmiger Genugtuung nach, ignorierte die neugierigen Blicke der Passanten und die anzüglichen Pfiffe dreier halbwüchsiger Rotznasen und eilte endlich in die Ave Maria Lane. Sie hatte absolut keine Lust, herumzustehen und sich noch einmal als etwas begaffen und ansprechen zu lassen, was sie nicht war.

Das hatte sie nun von ihrem Versprechen, nicht mehr allein zu ‹Verabredungen mit ungewissem Ausgang› zu gehen. So waren Helenas Worte gewesen, und obwohl die Verabredung, die sie für heute getroffen hatte, ihr keineswegs unsicher erschien, hatte sie Muto gebeten, sie zu begleiten. Er war begeistert gewesen. Eine Druckerei, hatte er ihr zu verstehen gegeben, habe er immer schon einmal genau ansehen wollen, und ob dort auch Zeitungen gedruckt würden, es gebe in London doch so viele verschiedene.

Und dann verging die verabredete Zeit, und Muto kam nicht. Niemand wusste, wo er war, nur Manon vermutete, er sei bei dem Pantomimen auf der Piazza, dort verbringe er neuerdings die meiste Zeit.

Rosina wusste nichts von einem Pantomimen und spürte ihr Gewissen. Seit sie in London und ohne die gemeinsame Arbeit für ihr Theater waren, ging jeder seiner Wege. Sie genoss diese neue Freiheit, umso mehr, als sie wusste, dass es nur eine Freiheit auf Zeit war, wie eine Sommerfrische. Sie hatte angenommen (wenn sie überhaupt während der letzten Tage daran gedacht hatte), Muto erkunde mit Fritz und oft auch mit dessen Schwester Manon die Stadt, aber nie gefragt, was sie erlebt hatten. Hoffentlich taten es die anderen.

Dass er bei einem Pantomimen war, gefiel ihr nicht. Er sollte nicht lernen, seine Stummheit noch besser auszugleichen, sondern endlich laut zu sprechen.

Sie hatten Muto vor einigen Jahren in einer Leipziger Gosse gefunden, ein blutendes stummes Kind, ihn gesund gepflegt und, weil fahrendes Volk von den Sesshaften gern des Kinderraubs verdächtigt wird, schweren Herzens ins Findelhaus gebracht. Eine halbe Meile vor der Stadt kam er ihnen jedoch nachgerannt, da versteckten sie ihn unter einer Plane, und seither gehörte er zur Becker'schen Gesellschaft. Ein Kind von der Straße, so wie sie um noch einige Jahre früher eines gewesen war.

Sie wussten nichts von seiner Herkunft, sie musste einfach sein, wie die Kleider gewesen waren, die er getragen hatte. Sie wussten auch nichts von dem Schrecken, den er erlebt hatte. Mittlerweile wussten sie immerhin, dass seine Stummheit nicht an einem Mangel seines Körpers lag. Da war etwas in seinem Kopf oder seiner Seele, das ihm das Sprechen verbot. Inzwischen war er fast ein Mann. Er hatte sich zu einem eleganten Akrobaten gemausert, und weil er klug war und voller Phantasie, hatte er schnell seine eigene Sprache gefunden, mit seinen Händen, seiner Miene, seinem ganzen Körper.

Wenn Rosina sich mit ihm unterhielt, vergaß sie oft, dass er nicht mit Lauten redete, und manchmal antwortete sie ihm, ohne es zu bemerken, auf seine Weise. Alle Mitglieder der Becker'schen Gesellschaft verstanden Mutos Sprache und alle mischten ganz selbstverständlich Teile davon in ihre eigene. Für die Begegnungen mit Fremden trug er immer ein Schiefertäfelchen und ein Stück Kreide bei sich. Dennoch, ob mit dem Täfelchen oder mit seiner eigenen Sprache – auf Fragen nach seiner Herkunft und nach dem, was damals in Leipzig geschehen war, wollte er nie antworten. Vielleicht konnte er es nicht. Es gebe Menschen, hatte Dr. Struensee ihr erklärt, die nach einem schweren Unfall oder einem anderen entsetzlichen Erlebnis alles Vorherige oder – was häufiger vorkomme – das Geschehen um das Unglück selbst vergäßen.

‹Stumm hin, stumm her›, dachte Rosina, als sie MacGavins Druckerei erreichte, ‹eine wichtige Verabredung zu vergessen, entschuldigt das nicht.›

Als er ausblieb, hatte sie sich nicht gesorgt. Er war sechzehn oder siebzehn Jahre alt, genau wusste auch das niemand, außer – vielleicht – ihm selbst, da ist die Welt noch voller fesselnder Wunder, die alles andere vergessen machen können. So hatte sie auf der Piazza nach ihm gesucht, ein sinnloses Unterfangen, dort drängten sich die Menschen an einem Sommerabend zu Tausenden, von Muto wie von dem Pantomimen war weit und breit nichts zu sehen gewesen.

Um noch halbwegs pünktlich die Ave Maria Lane zu erreichen, war sie in eine Droschke gestiegen. Sie hatte an der Ecke Ludgate Street halten lassen, just als es von der Kathedrale achtmal schlug.

‹Kommt gegen acht Uhr›, hatte er gesagt, ‹dann sind Eure Listen ganz sicher fertig. Dann ist auch die meiste Arbeit getan und wir stören niemanden, wenn ich Euch das Drucken zeige.›

Gegen acht, das durfte auch ein wenig nach acht sein. Sie konnte noch an der Ecke warten, vielleicht war Muto inzwischen in der Henrietta Street gewesen und Helena hatte ihn ihr gleich nachgeschickt. Die Droschke war langsam gerollt, und er war ein flinker Läufer.

Doch nun mochte sie nicht mehr warten. Falls Bendix Hebbel zur Ungeduld neigte, riskierte sie, dass er nach vergeblichem Warten die Druckerei verließ. Vielleicht durch den anderen Ausgang zur Pater Noster Row.

Aus dem Durchgang zum Innenhof der Druckerei kamen ihr Männer und Jungen entgegen, das mussten die Drucker, Setzer, Korrektoren und Lehrlinge sein, alle eilig, nach getaner Arbeit auf dem Weg nach Hause zu ihren Familien.

Diesmal stand die Tür zur Druckerei weit offen. Rosina trat in einen Vorraum mit einem von schweren, schon vor sehr langer Zeit verlegten Steinplatten bedeckten Boden. Links und rechts führten zwei Türen zu Lagerräumen, gegenüber der Eingangstür einige ebenfalls steinerne Stufen zum Hochparterre. Auch dessen Tür stand offen, so trat sie ein und fand sich in der Druckerei wieder. Sie war erheblich größer als die Boehlich'sche in Hamburg. Dort gab es nur drei Pressen, hier standen sechs, auch wirkten sie schwerer und zwei von ihnen beinahe neu. Alle waren gut gepflegt und frei von Staub wie der ganze große Raum. Mr. MacGavin hielt auf gute Ordnung, hier stand nichts Unnützes herum. Die kleinen Wannen waren geleert und wie die lederbezogenen, mit einem kräftigen Griff versehenen Ballen für die Druckerschwärze gründlich gesäubert, die Lettern in ihren Setzkästen auf den schrägen Tischen schimmerten matt, wie es sich gehörte, in langen Regalen entlang einer Wand lag Papier, nach Qualitäten und Sorten akkurat gestapelt. Über hoch unter der Decke angebrachten Leinen hingen lange Reihen bedruckter Bögen zum Trocknen.

Obwohl der Raum tief in das Gebäude reichte, war er licht, jedenfalls musste er es bis weit in den Nachmittag sein. Obwohl diese Sommertage so nahe bei Johanni die längsten des Jahres waren, kroch der abendliche Dämmer nun in den Raum. Die Sonne stand zwar noch am Himmel, doch schon tief, und als sie aus der Droschke gestiegen war, hatten sich von Westen her dunkle Wolken herangeschoben, die nun den Raum immer mehr verdüsterten.

An einem großen Tisch vor einem der Fenster saßen,

durch halb hohe hölzerne Wände vor der gewöhnlichen Betriebsamkeit geschützt, zwei Korrektoren über frisch bedruckten Bögen. Die Augen auf den Lauf der Zeilen konzentriert, bewegten sie ihre Lippen rasch und lautlos und hielten die Federn für die Korrekturzeichen mit ihrer ganz eigenen Sprache bereit.

Sie beachteten die späte Besucherin nicht, und Rosina verstand, dass sie so kurz vor ihrem Feierabend keinesfalls gestört werden wollten.

«Guten Abend», sagte eine leise Stimme hinter ihr, sie fuhr herum und sah in Bendix Hebbels lächelndes Gesicht. «Verzeiht, wenn ich Euch erschreckt habe, ich dachte, Ihr hättet meine Schritte gehört. Eure Listen sind fertig, ich hoffe, sie gefallen Euch. Wenn Ihr mir bitte folgen wollt ...»

Mit einer kleinen Verbeugung wies er auf einen Tisch vor dem letzten Fenster am Ende des Raumes und ging voraus.

Er nahm behutsam den obersten Bogen von einem flachen Stapel, der als einziger neben zwei Musterbüchern auf dem Tisch lag, und reichte ihn Rosina.

«Da Ihr mir die Wahl der Schriften überlassen habt», erklärte er, «wollte ich zuerst eine von Fleischmann aus Den Haag oder von Baskerville aus Birmingham nehmen. Baskerville hat besonders schöne neue Antiquaschriften geschaffen. Sie zeichnen sich durch die breiten senkrechten und besonders feinen waagerechten Striche aus. Ich kenne die Schrifttypen beider schon aus Hamburg, sie werden in ganz Europa verwandt. Besonders die neueren von Baskerville. Er war ein Perfektionist, müsst Ihr wissen, manche sagen auch: ein Pedant. Er hat sieben Jahre für die Entwicklung und Herstellung seiner Typen gebraucht, bevor er endlich zufrieden war. Ich gebe zu, so etwas beeindruckt mich sehr. Sogar die Druckerschwärze für seine Buchdruckerei ließ er nach eigenem geheimem Rezept herstellen. Niemals brächte ich so viel Geduld auf.»

Rosina betrachtete den Bogen, sah den sauberen Druck und bedauerte, dass diese gute Arbeit nun kaum mehr Verwendung finden würde. Die Münzen waren nach Almas Tod mehr oder weniger belanglos geworden. Andererseits würde Wagner die Suche sicher noch nicht aufgeben, um seinen Senator womöglich doch noch zufrieden stellen zu können. Sie hätte ihn gerne zu Hebbel mitgenommen, schließlich suchte er auch und noch immer – so hoffte sie jedenfalls – den Mörder des Boehlich'schen Faktors. Aber sie hatte ihn den ganzen Tag nicht gesehen und Hebbel würde kaum weglaufen, Wagner konnte ihn auch morgen noch besuchen und befragen. Wenn auch ohne viel Nutzen, das sagte ihr ihr Gefühl, und auf das konnte sie sich verlassen. Jedenfalls meistens.

«Sehr schön», sagte sie, «wirklich.» Wie lobte man einen auf sein Handwerk so offensichtlich stolzen Drucker? «Keine Letter sitzt schief. Und die Abstände zwischen den Buchstaben und Wörtern», das fiel ihr gerade noch ein, «sehen wunderbar gleichmäßig aus.»

«Nicht wahr? Harvey hat sie gesetzt, er ist einer der besten Setzer. Ich hätte Euch gerne bekannt gemacht, aber um diese Stunde», mit einer ausholenden Handbewegung zeigte er auf den menschenleeren Raum, «sind schon alle fort. Er brachte mich auch auf die Idee, besser die Typen von Caslon zu verwenden. Der war Graveur bei einem gefragten Londoner Büchsenmacher, bevor er

Typenschneider wurde und endlich eine eigene Gießerei eröffnete. Das kunstvolle Ziselieren der Gewehrläufe erfordert die höchste Akkuratesse und Fingerfertigkeit, das ist die beste Voraussetzung für einen Typenschneider. Und weil er die Kunst, die Literatur wie die Musik und das Theater liebte, wie es heißt auch gutes Essen, anregende Gesellschaft und gewürztes Bier, hat er die beständig wachsenden Geschäfte schon sehr früh seinem Sohn übergeben. Wenn man die Zeilen genau betrachtet», er zog eifrig eines der Musterbücher heran, schlug es zielsicher bei einem Merkzeichen auf und schob es Rosina zu, «dann sieht man gleich, wie gut er es verstand, Handwerk und Kunst zu verbinden, findet Ihr nicht? Leider ist er vor einigen Jahren gestorben, im gesegneten Alter von 74 Jahren und nicht nur von seiner Zunft, sondern auch vom König geehrt. Er hatte ein beneidenswertes Leben, wenn ich später – du meine Güte, Mademoiselle Hardenstein, ich rede und rede, und dazu von nichts als meinen eigenen Belangen. Ihr müsst verzeihen, bei diesem Thema vergesse ich allzu gern, dass es nicht jeden Menschen so begeistert wie mich.»

«Aber nein», sagte Rosina, «es ist interessant. Bisher war die Art der Schrift für mich kaum von Belang. Wenn man ein Buch oder eine Zeitung liest, bedenkt man niemals, wie viel Mühe, Phantasie und Fertigkeiten vonnöten sind, um auch nur die Schrift zu machen.»

«Nicht wahr? Und die Titelblätter natürlich, für Bücher werden die häufig ganz in Kupfer gestochen. Auch Karten, Bilder und Ornamente, mit denen der Text ergänzt sein kann.»

Sein Blick glitt plötzlich unruhig zu den beiden Korrektoren hinüber, die immer noch über ihren Bögen saßen. Einer von ihnen legte gerade den letzten zur Seite, wischte die Feder trocken und reckte die nach lange getaner Arbeit steifen Schultern.

«Dabei ist das eigentlich das Wichtigste», fuhr er fort. «Wenn Lettern nicht gut geschnitten und gegossen sind, wird der ganze Druck nichts. Und wenn man sich für die falsche Schrift entscheidet, für eine, die zu dem Anlass und Inhalt des Bogens nicht passt, hat er nur die halbe Wirkung. Der Inhalt des Textes kann durch die Schrift sehr wohl verlieren oder gewinnen. Unsere Augen – nun fange ich schon wieder an.»

Rosina lachte, allerdings nur halbherzig, denn auch sie bemerkte, dass die Korrektoren ihre Arbeit beendeten. Dann ist die meiste Arbeit getan, hatte er gesagt, als er ihr diese späte Stunde vorschlug, um die Listen abzuholen und die Druckerei kennen zu lernen. Dass die Arbeit dann *ganz* getan sein und niemand außer ihr und ihm mehr da sein würde, hatte sie nicht gedacht. Sie schickte Muto einen grimmigen Gedanken zu, schalt ihr plötzlich beklommenes Herz hasenfüßig und sagte munter: «Das macht nichts. Aber ich glaube, es ist recht spät, sicher wollt Ihr auch nach Hause. Ihr könnt mir das Drucken ein anderes Mal zeigen. Besonders da mein junger Freund, den Euer Handwerk noch mehr interessiert als mich, heute nicht mitkommen konnte.»

«Aber nein, es ist nicht zu spät. Ich habe alles vorbereitet. Und oben, im Kontor im ersten Stock, wird gewiss noch gearbeitet. Mr. MacGavin ist ein unermüdlicher Mensch. Einen guten Abend», rief er den beiden Korrektoren nach, die mit einem gemurmelten Gruß und nun doch neugierigen Blicken die Druckerei verließen. «Es dauert nicht lange. Wartet bitte einen Moment.»

Er lief den beiden Männern nach, gewiss hatte er mit ihnen noch etwas zu bereden, und Rosina trat näher an das Fenster und blickte in den Hof hinunter. Es war nicht der mit dem Hermes inmitten des Buchsbaumrondells, durch den sie das Anwesen betreten hatte. Wie sie schon bei ihrem ersten Besuch vermutet hatte, gab es einen zweiten, breiteren Zugang. Dieser Hof war auch größer. Neben einem halbrunden Tor, gewiss verbarg sich dahinter der Pferdestall, war eine Kutsche abgestellt, ein wendiges, nicht zu großes Gefährt, gerade richtig für Stadtfahrten, links davon lehnten zwei Lastkarren an der Wand, daneben stapelten sich einige Tonnen und Kisten, bei der Pumpe war ein mächtiger Haufen frischen Feuerholzes aufgeschüttet, daneben ein zweiter von Torf.

Sie sah sich nach Hebbel um und horchte. Es war absolut still, also wandte sie sich wieder dem Fenster zu. Ein von zwei Maultieren gezogenes Fuhrwerk rollte in den Hof. Der Fuhrmann sprang vom Bock, öffnete die hintere Klappe und zerrte die erste, eine nur mittelgroße, doch offenbar bleischwere Kiste an den Rand. Sie war fest mit Nägeln verschlossen, nur an den Seiten hatte sich Stroh durch die Ritzen der kräftigen Bretter gedrückt. Der Mann rieb sich unwirsch mit dem Handrücken den Schweiß von der Stirn, machte noch einen Versuch, warf ärgerlich seine Mütze auf den Karren und verschwand durch die Tür bei der Pumpe.

Papier konnte bleischwer sein. Sie hatte oft genug Kisten mit den Büchern und Textheften geschleppt. Aber in Stroh verpackt? Vielleicht war es eine Lieferung wertvoller Bücher für den Laden.

«Da bin ich wieder», sagte Hebbel hinter ihr. «Ich

musste Jefferson noch etwas fragen. Wenn Ihr mir nun zu der hinteren Presse folgen wollt? Sie steht nahe am Fenster, dort haben wir noch Licht. Aber vielleicht», sagte er, legte einen großen Schlüssel auf den Rand der Presse und holte zwei Tranlampen von einem Wandbrett, «wird es nicht reichen.»

Er entzündete die Lampen, deren trübes Licht sein Gesicht seltsam veränderte, und trat an den Setzkasten neben der Presse.

«Ach, der Schlüssel», murmelte er, griff nach ihm und steckte ihn in die Rocktasche. «Ich habe abgeschlossen. Man weiß nie, wer sich in einer so großen Stadt an fremden Türen zu schaffen macht, und wenn vorne jemand hereinkommt und gleich in die Lagerräume schleicht, hören wir es hier nicht. Das Haus hat dicke Wände und solide Türen.»

Rosina schalt sich immer noch hasenfüßig. Außerdem gab es noch eine zweite, schmalere Tür, nur wenige Schritte weit von der Presse. Sie stand halb offen, trotzdem wirkte sie wenig verheißungsvoll. Hinter ihr waren nichts als einige Stufen zu sehen, die sich in der Schwärze eines Kellergewölbes verloren.

*

Er blieb keuchend stehen und sah sich entmutigt um. ‹Beeil dich›, hatte Helena ihm nachgerufen, ‹dann holst du sie noch ein.› Und er hatte sich beeilt, war die ganze Strecke von Covent Garden bis zur St.-Paul's-Kathedrale gerannt. Den Weg war er schon gegangen, als er mit Fritz und Manon in Blackwall gewesen war, er war nicht zu verfehlen: die Strand hinunter, durch den Temple Bar und dann immer nur geradeaus. Die Ave Maria Lane, das wusste er von Rosina, war eine der Gassen, die kurz vor der Kathedrale abzweigten. Aber welche? Er hatte nach seinem Täfelchen gegriffen, um einen der Passanten zu fragen, doch das Täfelchen steckte nicht in seinem Rock, sondern lag noch bei dem Pantomimen, obwohl er es dort gar nicht brauchte.

Nun hatte er sich schon in zwei Höfe verirrt und auch zwei Gassen nach der Druckerei abgesucht. Selbst wenn es keine weit ausladenden Schilder gab, so machte sich doch nahezu jeder Laden, jede Werkstatt und ganz bestimmt eine große Druckerei mit einer über die Tür genagelten Namenstafel bekannt. Die konnte er doch nicht verfehlt haben.

Wenn er Rosina überholt hatte? Weil sie auf der anderen Straßenseite gegangen war oder er sie im Gedränge übersehen hatte? Aber es musste mindestens halb neun sein, und sie war bestimmt längst in der Druckerei. Sie würde wütend sein, nicht weil sie sich in Gefahr wähnte und auf die Unterstützung seiner Gegenwart hoffte, wie Helena versichert hatte (er glaubte an keinerlei Gefahr), sondern weil er sie hatte warten lassen und ausgeblieben war. Dabei wollte er die Druckerei so gerne sehen.

Und nun? Einfach zurückgehen? Er dachte an Helena und verwarf den Gedanken sofort. Er könnte in einem der Papierwarenläden Papier und Bleistift kaufen und gleich den Namen der Druckerei mit einem großen Fragezeichen aufschreiben. Er würde schon begreifen, was sie ihm darauf sagten. Er tastete nach seinen Münzen und fand zwei halbe Pennys. Zu wenig. Er hätte doch nicht so viel in der Garküche ausgeben sollen.

Er lehnte sich an eine Hauswand, ließ den Blick durch

die Menge gleiten, auch über die Kutschen, Wagen und Reiter, die auf der Ludgate Street an ihm vorüberzogen, und plötzlich entdeckte er einen rundlichen, ziemlich kurzbeinigen Mann, der auf der anderen Straßenseite rasch ausschritt und sich mit einem großen roten Schnupftuch Stirn und Nacken wischte.

Muto versuchte zu schreien und verschloss zornig die Lippen. Manchmal vergaß er, dass er nicht schreien konnte.

*

«Nein», sagte Hebbel, «die Buchstaben sind nicht alle nach dem Alphabet geordnet. Nur die großen, die in wiederum zwei verschiedenen Größen in den oberen Fächern liegen. Darunter liegen die Kleinbuchstaben und in den untersten Fächern, Ihr seht, sie sind anders als die oberen von unterschiedlichem Fassungsvermögen, liegen die Buchstaben und Zeichen, die besonders häufig gebraucht werden. Ein Setzkasten für unsere lateinische Schrift hat 125 Fächer, die für das e und das n zum Beispiel, für das i, auch für das u sind besonders groß. Und dort drüben», Hebbel zeigte mit dem Kinn zu einem Regal aus nur wenigen Zoll hohen Fächern, «liegen Setzkästen mit verschiedenen anderen Schrifttypen. Es gibt viele Schriften, jede hat ihren eignen Namen, und dann haben wir auch besondere fremdländische wie für die hebräische, griechische oder die arabischen Sprachen, die haben ja ganz andere Zeichen als unsere lateinischen. Wir können sogar kyrillische Buchstaben drucken, und kürzlich hat Mr. MacGavin auch Lettern in Marathi gekauft, das ist eine indische Sprache, obwohl für die kaum Bedarf besteht. Und nun», er griff einen Winkelhaken, fasste ihn leicht und fest zugleich mit der linken Hand, «beginnt das Setzen. Seht Ihr?»

Er nahm eines der kleinen Metallstäbchen aus einem der Fächer des Setzkastens und hielt es ins Licht.

«Man beginnt immer in der Mitte der Zeile, weil so die Buchstaben nach beiden Seiten schön gleichmäßig gesetzt werden können. Damit es noch besser geht, gibt es das kleine a und e in fünf verschiedenen Breiten. Mit einem flüchtigen Blick bemerkt Ihr den Unterschied kaum, doch für die Akkuratesse ist das unverzichtbar. Dies», er zeigte ihr ein winziges silbriges Stäbchen mit einem Buchstaben auf der Spitze, «ist ein kleines a, natürlich seitenverkehrt gegossen, damit es auf dem gedruckten Bogen richtig herum erscheint. Es ist recht schwer für sein Maß, denn die Lettern bestehen aus einer Legierung von Blei, Zinn und ein wenig Antimon, das wird geschmolzen und in eine Form gegossen. Und nun», er griff in die Fächer, langsam, denn als Drucker wussten seine Finger anders als die der Setzer ohne die Hilfe der Augen nicht das Richtige zu finden, «nun fügt man einfach Buchstaben an Buchstaben, bis das Wort, bis die Zeile und schließlich die Seite fertig ist.

«Die Lettern sind so winzig», sagte Rosina, «ist es nicht mühsam, stets darauf zu achten, dass sie auch mit dem Buchstaben nach oben liegen?»

«Das wäre es, wenn nicht jede Letter eine kleine Kerbe hätte, durch die der Setzer es fühlt. Ihr solltet unsere Setzer bei ihrer Arbeit sehen – ihre Finger füllen den Winkelhaken unglaublich flink. Oh, da haben wir ja einen Zwiebelfisch.»

«Zwiebelfisch?» Rosina lachte. «Was ist das?»

«Ein Ausreißer, sozusagen. Die Setzer und Drucker haben eine ganze Menge eigener Begriffe, wie jedes andere Gewerbe auch. Ich weiß nicht, warum, aber eine Letter, die in den Setzkasten einer anderen Schriftgröße oder -art geraten ist, wird bei uns Zwiebelfisch genannt. So was kommt hin und wieder vor, wenn die nach dem Drucken gereinigten Lettern wieder in ihre Kästen sortiert werden. Wenn nicht schon die Setzer, bemerken die Korrektoren den Fehler auf dem Probedruck sofort, dann werden diese Lettern wie auch bei anderen Fehlern einfach im Satz ausgewechselt.

Vor das nächste Wort», erklärte er weiter «wird eine Spatie gesetzt, ein flaches Stück Blei ohne Buchstaben für den Zwischenraum. Es gibt sie in verschiedener Breite, wie das a und das e, damit man die Zwischenräume so ausgleichen kann, um für jede Zeile akkurat genau die gleiche Länge zu erreichen. Zwischen die einzelnen Zeilen wiederum werden Metallstreifen gelegt, die Regletten, so werden sie schön sauber voneinander getrennt und gut lesbar. Viel schneller, fast als schriebe man mit der Feder, ginge das Setzen, wenn man nicht nur einzelne Buchstaben, sondern auch ganze Silben setzen könnte, es gibt ja etliche, die oft vorkommen. Aber das hat noch niemand ausgetüftelt.»

Der Streifen, nach dem er zu flink gegriffen hatte, entglitt seiner Hand und fiel zu Boden.

«Das würde den Setzern kaum passieren.» Er bückte sich und tastete unter dem Tisch nach der Reglette. «Sie arbeiten bei aller Schnelligkeit doch sicher und sorgfältig, aber dazu bedarf es sehr langer Übung.»

Er tauchte wieder auf, den Streifen endlich in der Hand, und warf einen raschen Blick aus dem Fenster. Das hatte er, während er seinen gelehrsamen Vortrag hielt, einige Male getan, diesmal ließ Rosina ihren Blick dem seinen folgen.

Das Fuhrwerk stand immer noch im Hof, zwei Kisten warteten noch darauf, abgeladen zu werden. Gerade trat der Kutscher mit einem zweiten Mann aus der Tür nahe der Pumpe, der schwang sich auf den Wagen und begann die vorletzte Kiste an den Rand zu schieben, auch sie offenbar schwer wie Granit. Als er sie endlich ein Stück weit über die Wagenkante geschoben hatte, griff der Fuhrmann zu, dabei hob er sein Gesicht und Rosina erkannte ihn sofort. Er war der Mann, der ihr in der Half Moon Street begegnet war, als er seine Lieferung in Mr. Dibbers Schenke schleppte. Was entlud er jetzt? Das Gleiche, dachte sie, in dem Stroh liegen keine wertvollen Bücher, sondern Flaschen. Mr. MacGavin ließ seinen Weinkeller auffüllen. Was sonst?

Dass ein wohlhabender Druckereibesitzer den gleichen Lieferanten bestellte wie der Wirt einer muffigen Spelunke, schien ihr eigentümlich. Auch glaubte sie nicht, dass im *King's Belly* Wein aus Flaschen ausgeschenkt wurde. Dort gab es ganz sicher nur Bier, Gin und billigen sauren Wein aus Fässern.

«Was wird dort geliefert?», fragte sie. «In den Kisten ist etwas in Stroh verpackt.»

Hebbel beugte sich vor und sah hinunter auf die letzte Kiste auf dem Fuhrwerk. «Glaubt Ihr? Ich kann keins sehen. Bücher jedenfalls nicht, die werden meistens gut gepolstert in Tonnen transportiert. Darin sind sie besser gegen Feuchtigkeit geschützt. Wahrscheinlich ist es nichts für die Druckerei, sondern etwas für Mrs. MacGavins Haushalt.»

Er schloss das Fenster, das noch einige Zollbreit offen gestanden hatte, und schob einen Riegel vor.

«Es dunkelt nun doch rasch», sagte er, «lasst uns schnell an die Presse gehen. Ich habe den Satz für Euren ersten Bogen aufgehoben und bereitgestellt. Dann könnt Ihr sehen, wie der Druck vor sich geht.»

Sie folgte ihm zu der Presse, doch dann blieb sie zögernd stehen. Das kleine schabende Geräusch des Riegels klang noch in ihrem Ohr, warum hatte er das Fenster geschlossen?

‹Wegen der Zugluft›, sagte die vernünftige Stimme in ihrem Kopf, ‹warum sonst?›

‹Damit mich niemand hören kann›, zischte die andere, die unvernünftige.

Helena war schuld. Die hatte so lange davon geredet, dass Hebbel ein Mörder sein konnte. Nun war das Fenster verschlossen, niemand, der sie noch hören könnte – was für ein Unsinn. Sie musste nur entschieden sagen, dass sie gehen wolle. Er würde den Schlüssel aus der Tasche holen und die Tür aufschließen – und sie würde sich töricht vorkommen. Ganz gewiss sehr töricht.

Eine Diele knarrte leise und er stand wieder vor ihr. «Ist Euch nicht wohl?», fragte er.

«Doch, sehr wohl», log sie. «Wirklich. Es ist nur spät, ich sollte besser gehen. Wenn Ihr so freundlich wärt, die Tür aufzuschließen. Meine Familie sorgt sich, wenn ich noch länger ausbleibe. Ich werde erwartet. Man weiß, wo ich bin, auch bei wem, aber ich werde doch längst erwartet.»

Da hob er die Hand und sie sprang erschreckt einen Schritt zurück. Langsam ließ er die Hand sinken.

«Ihr habt Angst», sagte er leise. «Ihr habt vor mir Angst. Warum?»

«Aber nein, überhaupt nicht. Ich bin einfach eine dumme, schreckhafte Person. Aber wie ich schon sagte, ich werde erwartet, und wenn ich …»

«Natürlich.» Er fuhr sich heftig mit beiden Händen durch das Haar, die Nackenschleife löste sich und rutschte über seinen Rücken zu Boden. «Natürlich. Jetzt weiß ich, warum Ihr mir gleich so vertraut erschient. Ich habe Euch in Hamburg gesehen. Wer immer dieser ‹Onkel› mit den Münzen sein mag, *Ihr* seid die Komödiantin, die im vorletzten Jahr den Mörder dieses Lehrers gefunden hat. Alle haben davon geredet und der alte Hachmann hat mir Euch auf Eurer Bühne gezeigt. Nur saht Ihr unter der Schminke und in den Kostümen anders aus.» Er lachte laut auf. «Sucht Ihr nun etwa Kloths Mörder? Hier in London?» Und plötzlich begriff er: «Denkt Ihr etwa, ich habe Kloth getötet?»

Sie starrten einander an und er trat behutsam einen Schritt zurück. Langsam zog er den Schlüssel aus der Tasche und hielt ihn hoch.

«Genau das denkt Ihr, ich kann es in Eurem Gesicht lesen. Ihr müsst sehr dumm sein», stieß er bitter hervor. «Euch am Abend allein zu einem Mörder zu wagen. Der Geselle tötet seinen Faktor. Warum? Aus blinder Eifersucht? Findet Ihr das nicht ein bisschen zu simpel? Ob Ihr es glaubt oder nicht: Ich bin es nicht gewesen. Ich bin schon am Tag vor Kloths Tod abgereist. Es ist absurd», rief er und schlug mit der flachen Hand auf den Deckel der Presse, «ich könnte niemals etwas tun, was Madame Boehlich Kummer bereitet. Wenn Ihr herausfinden wollt, wer Kloth getötet hat, wäret Ihr besser in Hamburg geblieben, der feine Herr Faktor war nämlich gar nicht …»

Das Dröhnen kräftiger Faustschläge gegen die Eingangstür ließ ihn erschreckt zusammenfahren. Vor wenigen Minuten noch hätte Rosina das ungestüme Hämmern als Erlösung empfunden. Doch obwohl es, wie Hebbel selbst gesagt hatte, vielleicht wirklich dumm war, hatten seine bitteren Worte und die Verletzlichkeit in seinen Augen ihre Angst weggewischt, jedenfalls genug, um ihre Neugier wieder die Oberhand gewinnen zu lassen.

«Es stimmt», sagte sie rasch, «Ihr steht in diesem Verdacht, wenn auch nicht mehr bei mir.» Wieder hämmerte eine Faust gegen die Tür. «Ihr solltet besser aufschließen, bevor das Holz in Stücke geht. Und dann möchte ich von Euch hören, was Kloth *nicht* war. Dass Ihr Euren Satz beendet», erklärte sie ungeduldig, als er immer noch dastand und sie anstarrte, «Ihr habt gesagt: ‹Kloth war gar nicht ...›.»

Sie griff nach dem Schlüssel in seiner Hand, rannte durch den Raum, sprang die Stufen hinunter und öffnete die Tür.

«Endlich», rief Wagner, «ich dachte schon, Ihr wäret tot. Verdammt, Rosina, wie könnt Ihr so leichtfertig sein! Allein hierher zu gehen, am Abend, wenn die Druckerei leer ist.»

«Regt Euch nicht auf, Wagner, es ist ganz umsonst. Aber ich freue mich sehr, Euch zu sehen und dich auch», sie strubbelte Muto durch sein zerzaustes rotes Haar. «Ihr kommt gerade zur rechten Zeit, ich glaube, es gibt endlich Neues zu hören.»

KAPITEL 10

Die Nacht war schon schwarz, als Rosina, Wagner und Muto den Temple Bar passierten und weiter die Butcher Row hinuntergingen, nur ab und zu zeigten sich zwischen Wolkenfetzen ein paar Sterne. Anders als in Hamburg, wo um diese Stunde längst die Nachtwächter patrouillierten und mit heiseren Rufen aufforderten, Feuer und Licht zu löschen, war in London immer noch Leben auf den Straßen, umso mehr, je näher sie Covent Garden kamen. Die Luft unter der nahezu lückenlosen Wolkendecke war mild, aus den allenthalben offen stehenden Türen der Schenken, Gasthäuser und zahllosen Ginkeller drangen Stimmen und Gelächter, manchmal auch trunkener Gesang oder der Klang einer Fidel.

Rosina blieb unter einem Schild mit der Aufschrift *Clifton's Chop House* stehen und schnupperte selig den Geruch von gebratenem Fleisch und gerösteten Zwiebeln.

«Kommt zurück, Wagner», rief sie dem unbeirrt weitermarschierenden Weddemeister nach. «Ich bin fast verhungert, wenn ich nicht sofort etwas esse, müsst Ihr mich bis zur Henrietta Street tragen.»

Muto war völlig ihrer Meinung. Er steckte seinen Kopf durch das halb geöffnete Fenster neben der Tür und bedeutete Rosina, sie habe eine gute Wahl getroffen. Wagner zögerte. Als er jedoch sah, dass dies keine der feinen Tavernen, sondern ein schlichtes Kotelette-Haus war, stapfte er schnurstracks hinein. Nicht nur Rosina war hungrig.

In dem schmalen Raum, nur spärlich beleuchtet und dunstig vom Qualm der Tabakspfeifen, standen die Tische mit ihren einfachen Bänken in zwei langen Reihen. Sie waren noch gut von munter schwatzenden Männern und Frauen besetzt, die Fleischportionen auf einigen Tellern verhießen, den knurrendsten Magen zu besänftigen. Erst am Ende der zweiten Reihe fanden sie eine Lücke, groß genug, um sich ungestört zu unterhalten. Rosina hatte tatsächlich großen Hunger, seit ihrer letzten Mahlzeit waren viele Stunden vergangen, vor allem aber plagte sie heftige Neugier.

Den ganzen Weg von der Ave Maria Lane war Wagner schweigend, die Fäuste tief in den Rocktaschen, vor ihr und Muto hergestapft. Sie kannte ihn lange und gut genug, um zu erkennen, dass in seinem Kopf etwas arbeitete, das sie unbedingt wissen wollte. In der Henrietta Street angekommen, würde er sofort in seinem und Karlas Zimmer verschwinden, und sie dachte nicht daran, die erste Hälfte der Nacht zu grübeln, nur um in der zweiten wieder seltsamen Träumen von ungelösten Rätseln zu begegnen.

Sie bestellten am Schanktisch Rindfleisch, Brot und Bier – etwas anderes gab es in diesen Häusern nicht –, und kaum dass sie auf der Bank saßen, standen schon drei bis an den Rand gefüllte Krüge vor ihnen. Das Bier war stark gewürzt und so köstlich, das Wagner seinen Krug im ersten Zug beinahe leerte. Er lehnte sich zurück an die Wand, gönnte sich einen behaglichen Rülpser, faltete die Hände wohlig vor dem Bauch und sagte: «Nun ja.»

«Was heißt ‹nun ja›?» Rosina wischte sich einen Bierrest von der Oberlippe. «Ein bisschen mehr könntet Ihr uns schon anvertrauen. Warum seid Ihr wieder so eine Auster?»

«Nun ja», wiederholte Wagner; hätte Rosina ihn nicht besser gekannt, hätte sie vermutet, er genieße ihre Ungeduld. «Das war ein sehr interessanter Abend», fuhr er fort. «Auch wenn nicht gewiss ist, ob man Hebbel alles glauben kann, was er erzählt hat, war es doch interessant.»

Muto grinste und Rosina versuchte sich in Geduld. «Ich verstehe Euch nicht. Ihr macht diese weite Reise, um Kloths Mörder zu suchen, und Ihr habt gedacht, der sei Bendix Hebbel. Nun wisst Ihr, dass er es nicht war, Muto hat es uns bewiesen. Dennoch seht Ihr vollkommen zufrieden aus. Ihr müsstet enttäuscht sein. Es sei denn», der Wirt brachte drei Teller, jeder bis an den Rand mit einer gewaltigen Fleischscheibe gefüllt, und schob sie auf den Tisch, er holte Messer und Gabel aus der Tasche seiner nicht mehr ganz reinlichen Schürze, legte sie daneben und verschwand mit einem gemurmelten Gruß wieder in seiner Küche, «es sei denn», fuhr Rosina nun etwas leiser fort, «mein Verdacht ist richtig: Wagner, Ihr habt gelogen. Es geht nicht um den Mord in der Druckerei, jedenfalls nicht nur, es geht – mal wieder – um etwas anderes, und das will ich endlich wissen. Und warum habt Ihr Euch von Hebbel so genau das Drucken zeigen lassen? Ihr hattet ganz anderes im Kopf, ich hab's genau gesehen. Und sagt nicht wieder ‹nun ja›, sondern erzählt.»

Wagner stach mit der Messerspitze in seine Fleischportion, nickte zufrieden und schnitt ein ordentliches Stück davon ab.

«Wenn Ihr erlaubt», sagte er, schon genüsslich kauend, «nach den ersten beiden Bissen.»

Dann begann er endlich zu erzählen.

Bendix Hebbel hatte ihn in der Tat nicht besonders interessiert. Wohl war es nahe liegend, ihn zu verdächtigen, während der kurzen Zeit zwischen dem Mord in der Boehlich'schen Druckerei und der Abreise nach London sei er diesem Verdacht auch nachgegangen. Allerdings habe es keinerlei handfeste Hinweise gegeben, leider. Niemand habe den Drucker in jener Nacht in der Nähe der Druckerei gesehen.

Auch habe die Wirtin erklärt, Hebbel sei schon am Tag vor dem Mord nach London abgereist, aber tatsächlich gesehen hatte sie nur, wie er das Haus verließ. Lauter Ungewissheiten, die Hebbel nicht von jedem Verdacht freisprachen. Doch habe ihn das nicht kümmern dürfen, er musste sich endlich seinem eigentlichen Auftrag zuwenden.

«Tatsächlich der Suche nach van Wittens Münzen? Erzählt mir nicht, es ging dem Senator vor allem um das Glück der Patentochter seiner Frau.»

«Ja und nein. Ich meine, die Münzen sind sehr wertvoll, aber sie sind auch die Spur, der ich zu einem anderen Ziel folgen soll. Sozusagen. Wenn Ihr erlaubt ...» Er steckte wieder einen Bissen Fleisch in den Mund und schob ein in Bier getauchtes Stück Brot nach. «Ich musste ihre bedauernswerte Mutter befragen», nuschelte er kauend, «eine sehr traurige Angelegenheit, und ihre Freundin, alle, die etwas über ihre Pläne, ihren Aufenthalt und ihren Begleiter wissen mochten. Es waren nicht viele und niemand wusste mehr als das, was der Senator schon berichtet hatte. Sehr unerfreulich, in der Tat.»

Muto legte Messer und Gabel auf seinen Teller, berührte Rosinas Ellenbogen, um ihre Aufmerksamkeit zu bekommen, und versuchte auf seine Weise etwas zu fragen. Doch er war zu ungeduldig, er griff nach Wagners Bleistiftstummel und einem der Zettel, die neben dessen Teller auf dem Tisch lagen, kritzelte rasch einige Worte und schob ihn Wagner über den Tisch.

«Weil man nie wissen kann», erklärte Wagner, nachdem er den Zettel nahe an die Kerze gehalten und die Frage entziffert hatte. «Der Verbrecher an sich ist unberechenbar, und selbst mit viel Erfahrung, die in meinem Gewerbe unerlässlich ist, absolut unerlässlich, ja, kommt es vor, dass man irrt. Das ist bedauerlich, aber wahr.»

«Was steht auf dem Zettel?», rief Rosina. «Was hast du gefragt, Muto?»

«Er will wissen, warum ich so heftig an die Tür der Druckerei gehämmert habe, wenn ich Hebbel für», er beugte sich mit zusammengekniffenen Augen wieder über den Papierfetzen, «wenn ich ihn für unbedeutend hielt. Wie ich schon sagte, weil man nie wissen kann. Was die Wirtin versichert hatte, wog nicht schwer. Sie hatte ihn vor ihrer Tür verabschiedet, sie hatte aber nicht gesehen, ob er auf das Schiff gegangen war, erst recht nicht, ob er darauf geblieben war, bis es ablegte. Er hätte leicht wieder an Land gehen und mit einem anderen fahren können. Oder die Postkutsche nach Holland nehmen und von Hellevoetsluis nach England übersetzen.»

Als Wagner in die Henrietta Street zurückkehrte und Helena ihm vorhielt, Rosina sei mit Muto zu Hebbel in die Druckerei gegangen, warum er das zulasse, schließlich sei er der Weddemeister und Rosina nur eine Komödiantin, fühlte er sich zu Unrecht gekränkt.

Weil sie ihm nichts davon gesagt habe, murmelte er, drehte sich auf dem Absatz um, und in der Hoffnung, Karla sei in guter Obhut, machte er sich auf den Weg in die Ave Maria Lane.

Helena sah ihm verblüfft nach. Wagners Stimme hatte sich beinahe nach aufgebrachtem Knurren angehört. Das Leben fern von Amt und Senator zeigte ungeahnte Wirkungen.

Je länger Wagner die Straßen entlanghastete – eine Gangart, die er gar nicht liebte –, umso unruhiger wurde er. Vielleicht lag es nur an dem sich beständig verdüsternden Himmel. Als er schließlich Muto traf, der ihn auf der anderen Straßenseite überholt haben musste, und auch noch die Tür zur Druckerei verschlossen war, fand er höfliches Klopfen nicht mehr angemessen. Seit er Karla kannte, neigte er dazu, sich allzu schnell zu sorgen, eine sehr lästige Eigenschaft, die er leider nicht nur auf seine junge Ehefrau beschränken konnte. Seine Liebe zu ihr erschien ihm wie ein beglückendes Wunder, dass sie eine Kehrseite haben könnte, nämlich die seit seiner wenig erfreulichen Kindheit verschüttete fürsorgliche Seite seiner Seele neu zu beleben, traf ihn völlig unerwartet.

Rosina so vergnügt zu sehen, besserte seine Stimmung nur gering. Er marschierte grimmig in die Druckerei, und als sie Muto und ihn vorstellte, mit Namen und Amt, erkannte er mit Befriedigung Hebbels Beunruhigung.

«Ihr müsst denken, ich wollte Euch übertölpeln», wandte sich Rosina hastig an den Drucker, «aber ich wusste nicht, dass Wagner Muto begleiten würde. Ich wusste es wirklich nicht.»

«Das ist einerlei», sagte Wagner streng. «Ob heute oder morgen, ich wäre sowieso gekommen. Der Mann, der Euer Faktor war, ist getötet worden, Ihr werdet etwas dazu zu sagen haben.»

«Natürlich, nämlich dass ich ihn nicht gemocht und trotzdem nicht getötet habe. Aber ich bin mehr als froh, dass er Madame Boehlich keinen Schaden mehr zufügen kann. Ganz einfach und nicht mehr. Es ist nicht meine Art, unliebsame Kerle zu erschlagen. Wenn Worte nichts ausrichten, gehe ich ihnen aus dem Weg, und sei es bis nach London. Auch ganz einfach. Und nun ruft endlich Euren Jungen zur Ordnung, er ist doch kein Kind mehr, dass er einfach an fremder Leute Sachen geht.»

Muto hatte Rosina am Ärmel gezupft und ungeduldig versucht, ihr etwas zu bedeuten. Da sie ihn nicht beachtete, war er zu dem Tisch der Korrektoren gelaufen, hatte eine Feder genommen, ein Tintenglas geöffnet und eifrig zu schreiben begonnen.

Rosina beugte sich über seine Schulter und las.

«Bist du ganz sicher?», fragte sie, und als Muto eifrig nickte: «Warum?»

«Was sagt er?», wollte Wagner wissen.

«Er sagt, er sei völlig sicher. Auf dem Bogen hier», sie hielt ihn fröhlich hoch, «steht, dass er Monsieur Hebbel im Hamburger Hafen auf einem Schiff gesehen hat, das nach London auslief. Und zwar schon Sonnabendmittag, also lange bevor der Faktor getötet wurde. Er kann Kloth nicht ermordet haben. Auf gar keinen Fall.»

In nur wenigen Zeilen hatte Muto aufgeschrieben, was tatsächlich einige Stunden in Anspruch genommen hatte.

Wie oft, wenn die Jungen freie Zeit hatten, war er mit Fritz zum Hafen hinuntergelaufen. Sie mischten sich gern in den Trubel bei den Anlegern, hörten auf die Stimmen der Männer aus fremden Ländern, beobachteten das Beladen und das Löschen der Fracht, überlegten, welche Art Waren sich in den Tonnen, Kisten, Ballen oder Säcken verbargen und aus welchem Teil der Welt sie kamen. Sie liebten es auch, einfach die Schiffe anzusehen oder das Ablegen und Auslaufen der großen Segler zu erleben, das in dem längst zu engen Hafen zwischen all den anderen Schiffen, Booten und Schuten die ganze Seemannskunst erforderte.

Manchmal gelang es ihnen sogar, einen Trägerdienst zu ergattern und das Gepäck wohlhabender Reisender in die kleinen Boote zu wuchten, die die Passagiere zu den ankernden Schiffen brachten. An jenem Sonnabend trugen sie für einen Kaufmann vom Englischen Haus dessen Reisekiste und drei große Taschen aus festem Leinen über eine Planke an Bord einer Brigg, die nahe an den Vorsetzen beim Baumwall festgemacht hatte und schon bereit zum Ablegen war. An der Reling stand ein Mann und beobachtete, wie sie sich mit ihrer Last auf dem schwankenden Brett mühten, und als Muto mit der dritten Tasche beim letzten Schritt strauchelte, griff er flink zu und zog die Tasche mitsamt dem Jungen an Deck.

Zurück an Land, warteten Muto und Fritz, beide einen Dreiling in der Tasche, bis sich die Brigg behäbig mit dem ablaufenden Wasser aus dem Hafen und in die Elbe hinausschob. Der Mann, der Bendix Hebbel war, stand immer noch an der Reling, er winkte ihnen zu, bevor er sich abwandte und einen besseren Platz beim Bug suchte.

«Du warst das?» Bendix Hebbel trat näher an Muto heran, und ein Lächeln guter Erinnerung wischte den Grimm aus seinem Gesicht. «Jetzt erkenne ich dich», sagte er. «Du hast mir den Dreiling gezeigt, den du für deinen Dienst bekommen hast, stimmt's?»

Muto nickte. Schon wieder bewegten sich seine Hände flink und beredt, und Wagner und Hebbel sahen Rosina fragend an.

«Er ist ganz sicher», übersetzte sie zu Hebbel gewandt, «dass Ihr der Mann wart, und er ist dankbar, dass Ihr ihn nicht in Wasser plumpsen ließt, dann hätte er nämlich kaum seinen Lohn bekommen.»

«Nun gut.» Wagners Blick glitt prüfend zwischen Muto und Hebbel hin und her. Wenn er auch wusste, dass Muto nicht dumm war, blieb ihm stets ein leiser Zweifel, ob er den Augen und dem Gedächtnis eines Jungen, der nicht sprechen konnte, wirklich trauen sollte. «Das ist geklärt.»

«Ja», sagte Rosina, die ahnte, was Wagner dachte, «endgültig. Und jetzt will ich wissen, was Ihr mir vorhin über Kloth erzählen wolltet, Monsieur Hebbel, gerade als Wagner versuchte, die Tür einzuschlagen.»

Bendix Hebbel zuckte mit den Achseln. «Viel ist da nicht zu sagen. Es mag auch sein, dass ich in meinem Urteil über den Faktor nicht gerecht bin. Ich mochte ihn nicht, aus vielerlei Gründen. Aber tatsächlich gibt es da zwei», er zögerte, «zwei befremdliche Dinge. Während der letzten Wochen, vielleicht auch während der letzten zwei oder drei Monate, schien er mehr Geld zu haben, als es für einen Faktor gewöhnlich ist. Er ließ sich neue Kleider machen, und zwar von dem Schneider in der Caffamacherreihe, der nur teure Stoffe verwendet und einen so saftigen Lohn verlangt, dass er kaum Leute unserer Art zu seiner Kundschaft zählt.»

«Vielleicht hatte er etwas geerbt», wandte Rosina ein.

«Oder in der Lotterie gewonnen», sagte Wagner.

«Vielleicht. Aber das hätte sich gewiss herumgesprochen. Vor allem ist da aber eine andere Sache. Ihr habt gesagt, Mademoiselle Hardenstein, dass er in der Nacht von Sonntag auf Montag in der Druckerei getötet wurde. Ihr habt auch gesagt, Madame Boehlich habe es zunächst für unwahrscheinlich gehalten, dass er zuvor etwas gedruckt hat, weil sie nicht versteht, warum er bei Nacht, insbesondere am Sonntag, wo alle Arbeit zu ruhen hat, an der Presse stehen sollte.»

«Er hat trotzdem gedruckt», unterbrach ihn Wagner. «Die Wanne mit der Druckerschwärze war nicht sauber, und an einigen der Lettern, die auf dem Boden verstreut lagen, klebte noch Farbe. Madame Boehlichs Altgeselle schwört, als er am Sonnabend die Druckerei verließ, war alles sauber und aufgeräumt.»

«Auf Hachmann könnt Ihr vertrauen», versicherte Hebbel, «und solange ich dort gearbeitet habe, war es tatsächlich nie anders. Ohne Sauberkeit gibt es nun mal keinen guten Druck. Hingen denn keine Bögen zum Trocknen auf den Leinen?»

«Zum Trocknen? Auf welchen Leinen?»

«Wenn Ihr sie nicht gesehen habt, waren keine da. Ihr hättet sie sonst bemerkt. So wie dort», er wandte sich um und zeigte auf die knapp unter der Decke gespannten Leinen am anderen Ende des Raumes, über denen lückenlos Papierbögen hingen. «Dies ist eine große Druckerei, die Leinen, die Ihr hier seht, reichen nicht aus, es gibt einen weiteren Raum, in dem die frischen Drucke getrocknet werden. In der Boehlich'schen gibt es nur die Leinen in dem Raum, in dem auch gedruckt wird.»

Wagner nickte und versuchte sich zu erinnern. Die

Leinen hingen hoch, um die Männer bei der Arbeit nicht zu stören, das würde in Hamburg kaum anders ein. Dennoch, die Bögen, die hier auf den Leinen hingen, hatte er sofort bemerkt. In Hamburg war er am Schauplatz eines Mordes besonders aufmerksam gewesen. Hätten dort Bögen gehangen, so hätte er sie zweifellos gesehen.

«Könntet Ihr uns das Drucken zeigen?», fragte er Hebbel plötzlich. «Demonstrieren, sozusagen. Ich möchte gerne sehen, wie es vor sich geht.»

«Natürlich. Das wollte ich gerade tun, als Ihr kamt. Mademoiselle Hardenstein möchte es auch sehen. Es ist zwar schon recht dämmerig, aber mit den Lampen wird es noch gehen.»

«Ihr wolltet uns noch etwas anderes von Kloth sagen», erinnerte Rosina, «die teuren Kleider waren das eine. Was war das andere?»

Hebbel trat an die Presse, befestigte die Druckform mit dem Schriftsatz auf einer Karren genannten beweglichen Platte, griff nach zwei Druckerballen, jede mit Rosshaar prall gefüllt und an einem Holzgriff befestigt, und tunkte den ersten leicht in die Druckerschwärze. Als er sie – immer noch schweigend – gegeneinander rieb, um die Farbe dünn und gleichmäßig auf dem Hundeleder zu verteilen, wippte Wagner ungeduldig auf den Fußspitzen.

«Das andere», mahnte er schließlich, «was war das andere, das Ihr uns von Kloth sagen wolltet?»

«Das andere, ja.» Er begann die Lettern mit den beiden eingefärbten Ballen zu betupfen, behutsam, damit keine kleben blieb und herausgezogen wurde. «Das macht natürlich sonst der Ballenmeister», murmelte er, «wir Drucker drucken nur. Aber ja, das andere. Die Nacht, in der er starb, war nicht die einzige, in der er in der Druckerei war. Ich weiß nicht genau, wann ich ihn dort antraf, wahrscheinlich Ende März, Madame Boehlichs Tulpen steckten schon die Spitzen aus der Erde, aber es war noch ziemlich kalt. Meine Wirtin besuchte für einige Tage Verwandte, so hatte ich selbst den Hausschlüssel, ein großes altes Ding, sehr schwer. Ich legte ihn tagsüber in einen Schrank im vorderen Lagerraum der Druckerei, damit er mich nicht bei der Arbeit störte. An einem Abend habe ich ihn vergessen, also ging ich zurück zum Valentinskamp. Nicht sofort, auf meinem Heimweg hatte ich einen Freund getroffen, und wir tranken einen Krug Bier und aßen eine Suppe im *Bremer Schlüssel.* So mag es etwa zwei Stunden gedauert haben, bis ich vor dem Haus meiner Wirtin bemerkte, dass ich den Schlüssel vergessen hatte. Um diese Stunde war die Druckerei natürlich längst abgesperrt, also würde ich Madame Boehlich herausklopfen müssen, damit sie mir aufschlösse. Das war unangenehm, aber es war viel zu kalt, um die Nacht draußen zu verbringen. Ich fand das Hoftor unverriegelt, was mich schon erstaunte, und aus der Druckerei kam ein matter Lichtschein. Ich dachte, es könne nur Madame Boehlich sein, und klopfte, aber Kloth öffnete, alles andere als erfreut, mich zu sehen.»

«Und?», fragte Rosina. «Hat er erklärt, was er da tat? Mitten in der Nacht?»

Hebbel besah sich mit zusammengekniffenen Augen den geschwärzten Satz und schüttelte den Kopf. «Er hat nichts gesagt, und mir stand nicht zu, den Faktor danach zu fragen. Ich holte nur rasch meinen Schlüssel und ging. Aber dann, als ich durch das Hoftor wieder auf die Straße trat, stand ein Mann davor. Als er mich sah, ging er rasch weiter. Kurz darauf drehte ich mich noch einmal um, da schob er gerade das Tor auf und verschwand in der Druckerei. Er muss hinter einer Ecke gewartet haben und zurückgekehrt sein, als er glaubte, dass ich weit genug weg war.»

«Wie sah er aus?», fragte Rosina. «Habt Ihr ihn genau gesehen? Auch sein Gesicht?»

«Natürlich, es war eine helle Nacht, beinahe Vollmond, und am Tor stand er direkt vor mir und blickte mich an. Er sah nicht besonders aus. Etwa so groß wie ich, vielleicht ein wenig größer, er war gut gekleidet, nicht reich oder aufwendig, aber gut. Den Dreispitz trug er unterm Arm, deshalb weiß ich, dass er keine Perücke trug, schon gar keine gepuderte, sein Haar wirkte in der Nacht dunkel, aber nicht schwarz. Ich denke, es ist eher hellbraun.»

Wagner schnaufte. Wieder diese Beschreibung, die auf jeden Dritten passte.

«Erst später fiel mir ein», fuhr Hebbel fort, «dass Kloth das Tor nicht hinter mir verriegelt hatte, was doch natürlich gewesen wäre. Das kann nur bedeuten, er hat den Mann erwartet und wollte nicht, dass der klopfte, weil es sonst jemand hätte hören können.»

«Alles andere wäre auch dumm gewesen», sagte Rosina, «wenn er dort etwas gedruckt hat, von dem niemand wissen durfte. Nur um etwas zu besprechen, wäre jeder andere Ort unauffälliger gewesen.»

«Und das ist alles, was Ihr von ihm wisst?» Wagner war enttäuscht. Er hatte mehr und Überraschenderes erwartet.

«Ja. Das heißt …», er zögerte und Wagner sah ihn streng an. «Ich bin während meiner letzten Hamburger Wochen noch einige Male in der Nacht durch den Valentinskamp gegangen. Zufällig», beteuerte er, «ganz zufällig, und zweimal, vielleicht auch dreimal, glaubte ich Licht zu sehen. Aber ich war nicht sicher. Wenn das Tor geschlossen ist, erkennt man nicht genau, ob so ein matter Lampenschein aus der Druckerei oder aus einem der seitlichen Räume des Wohnhauses kommt. Das Hoftor war in diesen Nächten aber verschlossen. Natürlich hat es mich nicht zu kümmern, wann Madame Boehlich ihr Hoftor verriegelt», beeilte er zu versichern, «aber ein Tor sollte nachts nun mal verriegelt sein. Dazu ist es da.»

«Sicher habt Ihr Madame Boehlich davon berichtet», sagte Wagner, «was hat sie gesagt?»

«Nein.» Hebbel wandte sich ab und legte einen Bogen auf den Deckel, den die schwere Spindelschraube auf den Satz pressen würde. Er prüfte den papiernen Rahmen, der wiederum über den Bogen geklappt wurde, um die nicht zu bedruckenden Teile vor Schmutz und Farbe zu schützen, und drückte endlich Papier auf die Punkturen des Deckels und zuckte erschreckt zurück. Bevor er den Finger in den Mund stecken konnte, fiel ein kleiner Blutstropfen herab und begann langsam in das frische Papier zu sickern. Bendix Hebbel, stellten Rosina und Wagner für sich fest, wurde bei dem Thema Maria-Luise Boehlich nervös. Allerdings vermuteten beide einen sehr verschiedenen Grund.

«Warum habt Ihr nichts gesagt?», fragte Wagner, und Rosina seufzte leise vor so viel Unverstand.

«Weil es mich nichts anging. Kloth war ihr zukünftiger Ehemann, ich nur der dritte Geselle. Braucht Ihr noch mehr Gründe?»

Wagner legte den Kopf schief und machte ein harmloses Gesicht. «Sicher war das auch gar nicht nötig. Madame Boehlich gehört die Druckerei, sie wird wissen, was ihr Faktor und zukünftiger Ehemann nachts darin tut. Gewiss hat er es mit ihrem Einverständnis getan.»

«Das ist Unsinn», brauste Hebbel auf. «Völliger Unsinn. Madame Boehlich würde nie Unrechtes tun, und den Faktor wollte sie nur heiraten, weil sie es dem alten Boehlich auf seinem Sterbebett versprochen hatte. Der Alte hatte einen Narren an Kloth gefressen, und keiner wusste, warum. Auch wenn sie nicht glücklich darüber war, galt ihr dieses Versprechen als unauflöslich.»

Er ließ sich erschöpft auf den Hocker neben der Presse fallen und drückte die Hände gegen die Augen.

«Glaubt mir», sagte er schließlich, «seit ich weiß, was geschehen ist, habe ich mir tausendmal vorgeworfen, dass ich nichts gesagt habe. Tausendmal. Wie leicht hätte *ihr* etwas zustoßen können. Oder den Kindern. Ich war einfach zu stolz, Ihr könnt es ruhig dumm nennen. Natürlich hätte ich ihr davon berichten müssen, aber wie? Sie vertraute Kloth, und ich, ich habe Kloth verflucht, weil ich so gerne an seiner Stelle sein wollte. Nicht in der Druckerei, das war mir egal, aber ...» Er verstummte und starrte blind durch das Fenster in den abendroten Himmel.

«Seid Ihr deshalb nach London gegangen?», fragte Rosina leise.

«Ja», sagte er und sah sie an. «Ich konnte dort nicht bleiben. Und zusehen, wie Kloth sich zum Herrn ihres Hauses macht.»

«Woher wusstet Ihr überhaupt, dass hier ein Drucker gebraucht wird?», fragte Wagner, der endlich auch die wahre Ursache für Hebbels Unruhe begriff. «Gerade in dieser Druckerei, meine ich.»

«Das war ganz einfach. Kloth war weder dumm noch blind. Als ich sagte, ich wolle Madame Boehlich bitten, meinen Vertrag zu lösen und mir woanders Arbeit suchen, war er ganz schnell mit guten Ratschlägen zur Stelle. Ich hatte eher an Lüneburg oder Lübeck gedacht. Aber sein Vorschlag, mir eine Arbeit in London zu vermitteln, gefiel mir. Es schien gut, sehr weit wegzugehen.»

«Dann kannte Kloth also Euren jetzigen Dienstherren.»

Hebbel schüttelte den Kopf. «Nicht persönlich. Aber er war viel herumgekommen, bevor er sich endgültig in Hamburg niederließ, und hatte viele Verbindungen. Woher er diese hatte, weiß ich nicht. Es passte gut und war mir gleichgültig. Ich habe nicht viel gefragt.»

Wagner nahm eine der Lampen, ging durch den Raum bis unter die Trockenleinen. Er legte den Kopf in den Nacken und betrachtete die Bögen. «Wie lange dauert das Trocknen?», fragte er schließlich.

«Das kommt auf das Wetter an, je nachdem, wie warm und feucht die Luft ist. Auch auf die Dicke des Papiers. Es wird vor dem Drucken leicht angefeuchtet, damit es die Druckerschwärze besser aufnimmt. So müssen nach dem Druck die Feuchtigkeit und die Schwärze trocknen. Es dauert auf alle Fälle einige Stunden, am besten über Nacht. Was Ihr dort seht, sind neue Seiten für das Heiratsregister des Magistrats. Die werden in London schon seit siebzehn Jahren gedruckt, von Anfang an bei MacGavin.»

«Und was druckt Ihr sonst noch?», fragte Rosina. Sie fand, wenn Madame Augustas Rosmarin-Branntwein schon nicht zur Verfügung stand, brauche Hebbel dringend eine belanglose Frage zur Atempause.

«Nahezu alles außer Zeitungen. Von Büchern bis zu Visitenkarten. Theaterzettel, vor allem für das Drury Lane Theatre, alle möglichen Register für den Magistrat, Policen für die Assekuranzen, verschiedenste Billetts, Warenlisten für die Händler und Läden, Kataloge von Sammlungen oder für Auktionen, Einladungen – was eben so zu drucken ist.»

«Was sind das eigentlich für Nadeln, an denen Ihr Euch gerade gestochen habt?», fragte Wagner und kehrte an die Presse zurück. Er beugte sich vor und prüfte mit der Spitze seines Zeigefingers eine der dünnen metallenen Spitzen, die in der Mitte des oberen und unteren Randes der Deckel genannten Halterung für den Papierbogen aufragten.

«Das sind die Punkturen», erklärte der Drucker, «feine Nadeln, die den Bogen akkurat im Deckel halten. Besonders wichtig sind sie für das Bedrucken der Rückseite. Wenn die Druckerschwärze auf der zuerst bedruckten Seite getrocknet ist, wird der Bogen wieder eingelegt und die Rückseite bedruckt. Damit die Zeilen dort genau auf die gleiche Stelle wie die auf der Vorderseite gedruckten treffen – sie könnten sonst durchscheinen und das Schriftbild unklar werden lassen –, wird der Bogen über die winzigen Löcher vom ersten Einlegen auf die Punkturen gelegt.»

«Hm», sagte Wagner, «und dann? Kann es sein, dass das Papier reißt, wenn man den Bogen zu rasch herunterzieht, und ein Fetzen hängen bleibt?»

«Einem Drucker passiert das kaum, obwohl so ein angefeuchteter Bogen natürlich behutsam zu behandeln ist. Es kommt auch auf die Qualität und Art des Papiers an. Wenn es recht dünn oder weich ist und wenn man daran zerrt, zerreißt es schnell. Aber die Punkturen sind in der Mitte des Bogens, man muss sehr ungeschickt sein, damit an ihnen ein Fetzchen zurückbleibt.»

«Oder sehr in Eile?»

«Möglich. Aber ein ordentlicher Drucker ...»

«Wenn es aber jemand versucht, der kein Drucker *und* in Eile ist?»

Hebbel sah Wagner irritiert an. Er schien diese Frage ziemlich dumm und unnötig beharrlich zu finden.

«Möglich ist letztlich alles, Weddemeister. Aber es ist unwahrscheinlich, umso mehr, als sich die – jetzt verstehe ich Eure Fragen. Ihr denkt, der Mann, der Kloth in jener Nacht getroffen und ihn sicher auch getötet hat, riss eilig einen Bogen aus der Presse, um ihn mitzunehmen.»

Die Bänke in *Clifton's Chop House* waren nur noch spärlich besetzt. Der Wirt hockte gähnend hinter seinem Schanktisch, blätterte lustlos in einem schon ziemlich zerfledderten und fettigen Exemplar des *Public Advertiser* und wartete darauf, dass die letzten Gäste endlich gingen. Schließlich hob er den Kopf, rief ‹Letzte Bestellung, Leute› und begann, ohne eine Antwort abzuwarten, einige Krüge mit Bier zu füllen. Zur letzten Runde wollten immer alle noch ein Bier.

«Er hat also den Bogen mitgenommen, damit niemand entdeckt, was Kloth gedruckt hat», sagte Rosina, als der Wirt drei Bierkrüge auf ihren Tisch stellte. «Und Ihr wolltet Hebbel beim Drucken zusehen, um herauszufinden, ob das die Erklärung für das Fetzchen ist, das Ihr in der Presse gefunden habt?»

«Und ob er unruhig wird, wenn ich ihn danach frage. Ja.»

«Und? Seid Ihr zufrieden? Er war mächtig unruhig, aber ich denke, aus ganz anderem Grund.» Als Wagner schwieg, fuhr sie fort: «Ihr seid schrecklich, Wagner. Ich bin sicher, Ihr habt eine Vermutung, was das für ein geheimnisvolles Papier war, für das der Faktor sterben musste. Pamphlete gegen den Senat? Oder gegen die Kirche? Was kann da so gefährlich sein? In den amerikanischen Kolonien und auch in London wird ständig Aufruhr oder gar eine Revolution befürchtet. Aber doch nicht in Hamburg. Da gibt es immer wieder mal Unruhe bei den Handwerkern und Arbeitern, aber Pamphlete und Spottschriften, die ab und zu kursieren, haben schon längere Zeit niemanden ernstlich alarmiert. Müsste man dafür töten? Außerdem scheint er mit seinen nächtlichen Umtrieben gutes Geld verdient zu haben, wer verbotene Schriften drucken lässt, hat aber für gewöhnlich keines.»

Wagner war anderer Meinung. Auch in Hamburg waren schon Männer aus der Stadt verbannt worden, weil sie die Autoritäten verspottet oder verunglimpft hatten, und Verbannte fanden nur selten irgendwo einen warmen Unterschlupf. Die Strafe bedeutete nicht nur ein einsames Leben in der Fremde, sondern meistens auch Hunger und Elend. Doch er war zu müde, um mit Rosina zu streiten. Ihr Verhältnis zur Obrigkeit unterschied sich viel zu sehr von seinem.

«Nun sagt es endlich», fuhr sie schon fort, «und kommt mir nicht wieder mit Eurem Senator, der wird nie erfahren, ob Ihr es uns anvertraut habt. Senatoren gehören nicht gerade zu den engen Freunden von Wanderkomödianten.»

«Eine Police», sagte Wagner mit einem Schnaufer. Er zog ein großes rotes Schnupftuch aus der Tasche und wischte sich seine Stirn, obwohl die nicht im Geringsten feucht war.

«Wagner», rief Rosina hell auflachend, «wo ist Euer blaues Tuch? Wie könnt Ihr uns verwirren und nach all den Jahren zu einer so verwegenen Farbe wechseln?»

«Verloren», murmelte er, «irgendwo verloren. Nun ja. Erinnert Ihr Euch, was bei MacGavin gedruckt wird?»

«Alles außer Zeitungen, hat Hebbel gesagt. Bücher, Visitenkarten, Theaterzettel, Register für den Magistrat, Billetts, Warenlisten, Kataloge von Sammlungen – was noch?»

«Policen», sagte Wagner wieder und erklärte: «Verträge für Assekuranzen. Die Formulare werden gedruckt und die einzelnen Vereinbarungen mit der Feder eingefügt. Ich hätte es viel schneller begreifen müssen und nicht erst, als Hebbel sagte, dass MacGavin Policen druckt. Da ist es mir schlagartig klar geworden: Der Kerl, den ich in London suche, ist der gleiche, der den Faktor getötet hat. Weil der Faktor die Formulare gedruckt hat.»

«Wieso denn? Ich verstehe nicht das Geringste von Assekuranzen, aber soviel ich weiß, sind sie in keiner Weise gegen irgendein Gesetz. Warum sollte Kloth sie klammheimlich in der Nacht drucken? Wollte er eigene Geschäfte machen und Madame Boehlich um den Preis für die Arbeit betrügen?»

«Ich weiß nicht, ob die an dem Geschäft teilhatte. Noch nicht, leider. Auf alle Fälle aber hat er die Formulare in der Nacht gedruckt, weil niemand davon wissen durfte. Die Policen waren nicht für die Hamburger Assekuradeure, die ihre Unternehmen in ordentlichen Kontoren und an der Börse betreiben. Sie waren für Betrüger, die ein äußerst einträgliches Geschäft damit machen, das nicht nur schädlich für die Betrogenen, sondern auch für die ehrbaren Assekuradeure ist. Wenn sich herumspricht, dass die Versicherungen in Hamburg nicht verlässlich sind, wird bald niemand mehr bei ihnen Schiffe und Ladungen versichern. Darauf warten die Holländer und die Engländer oder Kopenhagener nur. Ich weiß noch nicht, warum Kloth sterben musste, aber dass es dabei um genau diese Sache ging, das sagt mir meine Nase. Unbedingt.»

*

Stanton Bixborn wischte sich den Schweiß von der Stirn und lehnte die Schaufel gegen den Stamm der Linde. Er mochte den Baum, weniger, weil er ein stolzes altes Gewächs war und im Frühsommer süß duftete, sondern weil er seinen Hof vor neugierigen Blicken aus den oberen Etagen des Findelkinderheimes schützte. Der hohe Bretterzaun, den er im letzten Jahr um sein kleines Grundstück gezogen hatte, hatte ihm endgültig den Ruf eines menschenscheuen Eigenbrötlers eingebracht. Es störte ihn nicht, er legte tatsächlich keinen Wert auf nachbarschaftliches Geschwätz oder unerwartete Besuche. Das hatte er nie getan, auch nicht in den Zeiten, bevor der Zaun nötig wurde. Die weit ausladende Krone jedoch machte die Abgeschlossenheit seines Hofes erst perfekt. So beeinflusste der Baum auch den Rhythmus seiner Arbeit, denn Bixborn war ein vorsichtiger Mensch. Nachdem die Äste im Herbst ihre Blätter abgeworfen hatten, ließ er das Tümpelchen hinter dem Schuppen, tatsächlich nicht viel mehr als ein morastiger Flecken, unberührt.

Von Zeit zu Zeit schüttete er Jauche in den Morast.

Das war eine harte Prüfung für seine Nase und lockte noch mehr Ungeziefer an, doch für den Erfolg seiner Arbeit war die stinkende Brühe unerlässlich. Er hatte sich bald daran gewöhnt, und der Schuppen, der zwischen dem Morast und seiner Kate stand, schützte ihn vor dem Schlimmsten – zumindest solange der Wind günstig stand, was er zum Glück meistens tat.

«Wir brauchen jetzt den Gaul», sagte einer der beiden Männer, die ihre Spaten fallen und sich neben ihn unter den Baum fallen ließen. «Du solltest dir mal neue Taue kaufen, ich weiß nicht, ob die alten das schwere Zeug noch aushalten.»

«Scheißarbeit», schnaufte der andere, rappelte sich wieder auf und ging um den Schuppen herum zur Pumpe, um sich die bis zu den Achseln schlammigen Arme abzuwaschen.

«Bring den Bierkrug mit», rief Bixborn ihm leise nach. Der Mann zu seinen Füßen, eine hagere Gestalt mit harten Muskeln, im Gesicht eine schiefe Nase, wischte sich die Arme mit einer Hand voll Heu ab und knurrte: «Ich dachte schon, du hast es vergessen und wir müssen Wasser trinken.»

Der andere kehrte zurück, sein nackter Oberkörper schimmerte bleich in der schwarzen Nacht, er reichte den Krug weiter und sah zum Himmel auf. «Wir müss'n uns beeilen», sagte er. «Riecht nach schwer'm Regen, ich hab keine Lust, mit Wasser von unten und von oben zu schuften.»

«Das von oben», sagte der mit der schiefen Nase grinsend, «stinkt wenigstens nicht so.»

Das Pferd, kurzbeinig und kompakt, tat seine nächtliche Arbeit willig und ohne verräterischen Lärm.

Als Erstes zogen sie den Sockel heraus. Das war einfach. Das zweite Stück machte Schwierigkeiten, dreimal rutschten die Taue ab, jedes Mal sprang Bixborn in den Morast, ließ seine Hände über den schlammigen glatten Stein gleiten, bevor er die Taue erneut befestigte. Schließlich gab das moderige Loch seinen Schatz mit sattem Schmatzen frei, und während seine beiden Kumpane den zweiten Bierkrug aus der Kate holten, kniete Bixborn in dem herabgerutschten Schlamm, seine Finger fuhren tastend über die schmutzige Gestalt, prüften Ohren und Schnauze, Pfoten und Fell, fanden auch die vermeintlich im Laufe vieler Jahrhunderte abgeschlagenen Stellen, bis er endlich einen Fetzen Sackleinen in die Wanne mit reinem Pumpenwasser tauchte und sein bisher größtes Werk, einen großen Hund aus italienischem Marmor, den das wochenlange jauchige Schlammbad mit der nötigen Patina des Alters versehen hatte, zärtlich zu waschen begann, als sei es sein erstgeborenes Kind.

*

«Und nun?», fragte Rosina. «Was wollt Ihr nun tun?»

Wagner schob die halb leere Schüssel mit der Frühstücksgrütze zur Seite, stützte die Ellenbogen auf den Tisch, legte schnaufend das Kinn auf die geballten Fäuste und sagte: «Nun ja.»

«Wir stecken in einer Sackgasse, Wagner, in einer Straße, die vor einer Wand endet. Wollt Ihr etwa dort stehen bleiben und die Steine anstarren?»

«Doch», knurrte Wagner, «am liebsten würde ich das tun. In dieser Stadt bleibt mir kaum anderes übrig, ich weiß einfach nicht, wo ich ihn hier suchen soll. Versteht doch: Für gewöhnlich findet man einen Dieb wie einen Totschläger nicht weit von dem Ort seiner Untat. Irgendjemand weiß immer etwas, und mit Glück hat sogar einer was gesehen. Hamburg ist weit, in der Half Moon Street hat keiner was gesehen, und der Kerl, der da mit Alma gewohnt oder ihr auch nur das Zimmer gemietet hat, ist längst von dort verschwunden. Wo soll ich jetzt suchen? Wen soll ich nach ihm fragen?»

Rosina seufzte. Leider hatte Wagner Recht, und ihre Ungeduld war wieder einmal voreilig gewesen.

«Wenn ich Euch gestern auf dem Heimweg richtig verstanden habe», sagte sie, «nehmt Ihr an, er werde sein betrügerisches Geschäft hier weiter betreiben. Warum befragt Ihr nicht die Londoner Assekuradeure? Vielleicht kennt ihn einer von ihnen.»

«Das würde ihn nur warnen. Aber es ist auch nicht wahrscheinlich, seine Geschäfte sind gegen das Gesetz, ja, und solche Geschäfte betreibt man nicht bei ehrbaren Kaufleuten. Außerdem», er räusperte sich umständlich und rieb sich müde die Augen, «der Senator wünscht nicht, dass man hier davon erfährt, bevor die Sache bereinigt ist. Das schadet den Hamburger Geschäften, wie ich schon sagte. Wo ein fauler Apfel ist, traut man den übrigen auch nicht mehr, seien sie noch so glänzend.»

«Das müsst Ihr mir erklären, Wagner, ich verstehe von Assekuranzen so wenig wie von der Schifffahrt.»

Die Assekuradeure, erfuhr Rosina nun, hatten, schon bald nachdem sie ihre Geschäfte aufnahmen, mit Betrügern Malaisen gehabt. Um in Seenot geratene Schiffe vor dem Untergang zu bewahren, konnte es vorkommen, dass die Besatzung Teile der Ladung über Bord werfen musste – auch dieser Verlust war Bestandteil der Seeversicherungen – und nahezu unmöglich zu überprüfen. Wie viel Ladung vermeintlich zur Rettung des Schiffes über Bord ging, in Wahrheit aber von den Schiffsführern für die eigene und die Tasche ihrer Mannschaften verkauft wurde, wusste niemand. Und einige Kapitäne und deren erste Leute – zweifellos im Bunde mit den Schiffseignern – ließen ihre Schiffe absichtlich havarieren.

«Vor allem vor den skandinavischen Küsten, wo nahe dem Land viele Klippen sind, haben sie Schiffe auflaufen lassen, wahrscheinlich machen sie es an den tückischen Abschnitten der englischen Küsten nicht anders. Die Assekuradeure mussten die Reparatur und die vom eindringenden Wasser verdorbene Fracht bezahlen. Keiner kann ganz genau prüfen, ob da wirklich nur repariert oder das ganze Schiff überholt wurde und was tatsächlich verdorben war. Das ist schon schlimm genug, aber unser Betrüger», Wagner zerrte an seiner Halsbinde, bis sie sich endlich löste, und fuhr fort: «der hat sich in Glückstadt, in Stade, Lübeck und wohl auch in Emden, das war bei unserer Abreise noch nicht gewiss, als Vertreter der Hamburger Assekuradeure vorgestellt und Schiffe und Ladungen versichert. Er hat ordentliche Policen vorgelegt, wie sie in Hamburg üblich sind, und eine gesiegelte Bestätigung unseres Senats. Das Siegel war natürlich gefälscht, was aber keiner bemerkte. Ja, und dann verschwanden die Schiffe mitsamt ihrer Fracht – und als die Eigner ihre Entschädigung forderten, war niemand da, von dem sie sie einfordern konnten. Die Assekuranz, die auf der Police angegeben war, gab es ebenso wenig wie die Wohnung, die als Anschrift genannt war. Sie haben sich schließlich an die Assekuradeure gewandt, und so kam die Nachricht schnell auch ins Rathaus.»

«Aber wo sind die Schiffe geblieben? Und vor allem: die Mannschaften?»

Wagner zuckte mit den Achseln. «Auf den Meeren gehen oft Schiffe verloren, sehr viele sogar. Aber diese wurden irgendwo entladen, die Fracht verkauft – das machte den größten Reibach –, und nun fahren sie weiß Gott wo rum.»

«Das ist doch unmöglich. Die Männer auf den Schiffen können nie mehr in ihre Heimathäfen zurück, viele von ihnen haben sicher Familien, die lässt man nicht so einfach zurück.»

«Sie tun es trotzdem, Rosina. In den Häfen sammeln sich viele, die nur zu gerne ihr altes Leben hinter sich lassen. Erst recht für ein ordentliches Entgelt. Zu gerne, ja. Es waren alles alte Schiffe, deshalb hat der Lump besonders hohe Gebühren gefordert, mit kleinen Mannschaften von allen möglichen Küsten und Inseln. Die Männer waren auch nicht alle registriert, wie es in Hamburg Vorschrift ist. Das spricht für etliches übles Volk. Es waren fünf Schiffe, soviel man weiß, und der Senator glaubt, zumindest bei einigen waren nur der Kapitän und sein Steuermann eingeweiht, die haben wahrscheinlich den Rest mit dem Kahn absaufen lassen. Nach dem Löschen natürlich. Es ist eine wahrhaft sündige Angelegenheit, in der Tat. Sündig. Aber vielleicht», Wagners Gesicht verzog sich bei dem Gedanken an so viele Tote kummervoll, «vielleicht machen sie sich alle längst ein reiches Leben auf den Westindischen Inseln, dort kommt kaum ein Schiff von unseren Küsten hin. Aber einer eben nicht.»

«Einer? Wer?»

«Von dem man die ganze Geschichte erfahren hat. Einer hatte, nun ja, er hatte Heimweh, einer der Kapitäne wohl, ein anderer hätte kaum um alle Umstände gewusst. Er ist heimlich nach Stade zurückgekehrt, um sein Mädchen zu holen, bei Nacht und Nebel. Aber Stade ist klein, da bleibt nichts heimlich. Es kostete wenig Zeit und Mühe, bis er alles verriet. Dann haben sie ihn gehenkt.»

Auf der Treppe kamen rasche Schritte näher, die Tür flog auf und Helena stürmte herein. «Sitzt ihr noch immer in der Stube?», rief sie. «Seht mal, was ich hier habe», triumphierend hielt sie ein kleines Bündel Papier hoch. «Billetts für das Drury Lane Theatre, heute Abend, für uns alle. Ist das nicht wunderbar? Mr. Garrick ist wieder zurück und Mr. Lancing hat sein Versprechen gehalten, obwohl Jean und Rudolf ihm ständig an den Fersen kleben und nach seiner formidablen Bühnenmaschinerie ausfragen. Gott segne ihn. Aber nun muss ich laufen, Manon und die Jungen warten, wir wollen in die St.-Pauls-Kathedrale. Fast dreihundert Stufen hoch in der riesigen Kuppel gibt es eine Galerie, auf der soll man jedes geflüsterte Wort von der anderen Seite verstehen, obwohl die schrecklich weit entfernt ist. Wir hoffen grausigste und galanteste Geheimnisse zu belauschen.»

Sie warf ihnen vergnügt eine Kusshand zu und war schon wieder aus der Tür, ihre Schritte verklangen auf der Treppe genauso schnell, wie sie heraufgekommen waren.

«Manon?», fragte Rosina. «Ich dachte, sie ist bei Karla.»

«Heute nicht», sagte Wagner, «Karla ist mit Gesine auf der Piazza.»

Für einen Moment glättete sich sein kummervolles Gesicht. Eine passendere Begleitung für Karla konnte es kaum geben, Manons Mutter war jeglicher Leichtsinn fremd wie die Sünde.

An jedem anderen Tag hätte Rosina Helenas Begeisterung über die Billetts geteilt, nun musste die Freude über Mr. Lancings formidables Geschenk noch ein wenig warten.

«Sie haben ihn gehenkt», erinnerte sie Wagner an seinen letzten Satz. «Das war dumm, er war doch der Einzige, der den Mann erkennen konnte.»

«Da der verschwunden war, hat das niemanden interessiert.» Wagner zog seine Schale heran und begann lustlos in der kalten Grütze herumzurühren. «Ich habe dem Senator gleich gesagt, dass ich der falsche Mann für solcherlei Verbrechen und Nachforschungen bin, in Hamburg wäre ich …»

«Das stimmt doch nicht, Wagner», rief Rosina. «Jeder andere schlüge sich mit dem gleichen Dilemma herum. Warum schickt van Witten Euch auch auf die Suche nach einem Mann, von dem Ihr nur wisst, was er getan hat, aber nicht, wie er wirklich heißt, wie er aussieht und welche Bekanntschaften er hier haben könnte. Eines begreife ich immer noch nicht. Der Mann, den Ihr finden sollt, hat in allen möglichen Städten betrogen und vielleicht sogar dafür gesorgt, dass einige Schiffe mit Mann und Maus verschwunden oder untergegangen sind. Nun habt Ihr die ganze Zeit Almas Entführer gesucht, um das Mädchen, das nun leider tot ist, und diese dummen Münzen zu finden. Was hat das miteinander zu tun?»

«Habe ich das nicht gesagt?» Wagner sah erstaunt von seiner Grütze auf. «Es ist ganz einfach: Er ist ein und derselbe Mann. Ganz einfach, ja.»

Was Wagner nun erzählte, klang für Rosina nicht vollends überzeugend, aber es war auch nicht von der Hand zu weisen.

Die Beschreibungen, die die betrogenen Schiffseigner von dem vermeintlichen Assekuradeur gegeben hatten, stimmten mit der überein, die Almas Freundin von deren ‹Entführer› gegeben hatte. Eine sehr allgemeine Beschreibung, die – wie Wagner immer wieder feststellte – auf unzählige Männer passte, in London wie in Hamburg. Der Abschiedsbrief jedoch, den sie ihrer Mutter hinterließ, erwies sich als verräterischer. Er war auf einem Stück Papier geschrieben, das von einem größeren Bogen abgeteilt worden war. Alma bat ihre Mutter neben vielen anderen Entschuldigungen auch um Abbitte für dieses Papier, das auf der Rückseite nicht mehr ganz rein sei. Sie habe kein anderes gehabt, schrieb sie, aber auch an dem feinen Papier erkenne man, dass ihr zukünftiger Ehegatte bedeutenden Geschäften nachgehe. Von denen wisse sie zwar nicht viel, da sie wie oft im Handel mit größter Diskretion zu betreiben seien, aber sie versprächen jedenfalls eine goldene Zukunft. Im Übrigen hoffe sie auf Verzeihung ihres Eigensinns, umso mehr, als sie sich wünsche, ihre Mutter werde ihr folgen, sobald das Haus eingerichtet sei.»

«Wo? Etwa in London?», fragte Rosina. Von diesem Brief hatte Wagner bisher nie erzählt. «Ich dachte, Ihr wisst von London nur durch die Andeutungen, die Alma in der Küche ihrer Patin gemacht hat.»

«Das stimmt, und auch bei dieser Freundin in der Kunstblumen-Manufaktur. Sie hat nicht geschrieben, wohin sie mit ihm will. Aber das Papier. Das war das Wichtige. Madame Severin hat es der Senatorin gezeigt, und Madame van Witten ist eine gründliche Person. Sie hat gemerkt, dass auf der Rückseite etwas in Spiegelschrift stand. Es war nur etwa ein Viertel eines ganzen Bogens und die Schrift war nicht vollständig.

Mit ein wenig Mühe, einem Spiegel und einer Vergrößerungslinse konnte man doch erkennen, dass es der Abdruck einer Police war. Versteht Ihr?»

Rosina sah ihn ratlos an. «Nicht wirklich. Eine Police, ja. Aber wie kam der Abdruck auf den Papierbogen?»

«Das weiß ich nicht.» Nun war es an Wagner, ungeduldig zu werden. «Jetzt, nachdem Hebbel uns sein Handwerk erklärt hat, denke ich, der Kerl hat die gerade gedruckten Policen mitgenommen, nachdem er Kloth getötet hat. Womöglich will er sie noch verwenden. Und weil die Bögen noch nicht trocken waren, besonders der letzte, den er so hastig herausgerissen haben muss, hat er sie mit einem reinen Bogen bedeckt. So drückten sich die Zeilen in Spiegelschrift auf das Papier.»

«Und wie kam das zu Alma?»

«Das weiß ich auch nicht. Das ist jetzt doch einerlei. Vielleicht hat er ihr auf der anderen Hälfte eine Botschaft zugesteckt, wer weiß?»

«Oder sie hat es nur irgendwo gefunden.»

«Auf keinen Fall. So teures Papier liegt nirgendwo herum. Manchmal glaube ich, Ihr denkt zu viel und dabei zu wenig geradeaus.»

«Seht mich nicht so grimmig an, Wagner, es mag sein, Ihr habt damit Recht. Ihn in London zu suchen, scheint mir vernünftig. Dies ist die Stadt der bedeutendsten Assekuradeure. In deren Fahrwasser wird es auch solche geben, die trübe Geschäfte machen. Trotz alledem gibt es keinen Beweis, dass er am Abend des Mordes in der Boehlich'schen Druckerei war.»

«Nein, keine Beweise.» Wagner rutschte unruhig auf seinem Hocker herum, blieb endlich auf der vorderen Kante sitzen und schob mit dem Zeigefinger drei dunkelbraune Zuckerkrümel zusammen. «Aber einen *Hin*weis. Leider habe ich ihn nicht beachtet, ja. Tatsächlich hat jemand einen Mann, auf den die Beschreibung wieder mal passt, im Valentinskamp bei der Druckerei und sogar durch das Tor verschwinden gesehen, in der Sonntagnacht. Ich habe das nicht beachtet, leider, weil dieser Mensch alle Tage in der Fronerei steht, voll von Fusel, und behauptet, dies gesehen, jenes gehört zu haben. Es stimmt nie, aber diesmal – ein schwerer Fehler. Ja, sehr schwer.»

«Findet Ihr? Was wäre anders, wenn Ihr die Schnapsnase ernst genommen hättet? Gar nichts. Was der Mann gesehen hat, bedeutet doch nur, dass Eure Vermutung richtig ist. Der Betrüger, mit dem Alma davongelaufen ist, ist auch Kloths Mörder. Jedenfalls ziemlich sicher. Wenn in dieser vertrakten Angelegenheit überhaupt etwas sicher ist.»

«Trotzdem», sagte Wagner, «ich hätte begreifen müssen, dass es zwischen dem Mann, den ich suchen soll, und dem Mörder des Faktors einen Zusammenhang gibt. Nicht erst gestern, als ich in der Druckerei die Policen sah. Viel eher, unbedingt.»

«Aber wie denn, Wagner? Das konnte niemand merken. Die Betrügereien waren in anderen Städten passiert, warum solltet Ihr denken, er lasse seine Policen ausgerechnet in Hamburg drucken?»

«Weil sie nach dem Muster der Hamburger Assekuradeure gemacht waren, ziemlich genau sogar, nur in einer anderen Schrift. Dieser Kerl, den Hebbel im März in der Druckerei verschwinden sah, hat ihn getötet. Da bin ich sicher. Und auch Alma Severin, Gott weiß, warum. Nun läuft der feine Herr hier herum, macht sich mit den Münzen des Senators ein gutes Leben und geht weiter seinem üblen Tagewerk nach.»

«Nun hört endlich auf, über vermeintliche Versäumnisse nachzudenken, Wagner, und lasst uns überlegen, wie es weitergeht. Wobei ich gleich gestehen muss, dass mir nichts einfällt, das Euch dienlich wäre!»

KAPITEL 11

Wagner bog um die Ecke und sah sich suchend um. Das vierte Haus, hatte die Würstchenverkäuferin unter den Piazza-Arkaden gesagt, direkt gegenüber des *Brown Bear Coffee House*. Er zog sein großes rotes Tuch aus der Tasche, wischte sich die Stirn, obwohl die ganz trocken war, und hockte sich auf einen der steinernen Klötze, die die Fuhrwerke und Kutschen von den Fassaden fern halten sollten. Er war immer noch nicht sicher, ob dieser Besuch eine gute Idee war. Vielleicht wäre es viel besser, tatsächlich zu *Lloyd's Kaffeehaus* zu gehen, so wie er es Karla und den Becker'schen erzählt hatte. Leider, aber es sei nötig, unbedingt, ja, gerade heute Abend, dort noch einmal nach dem betrügerischen Assekuradeur zu suchen. In seinem ganzen Leben hatte er nicht so viel gelogen wie in diesen Londoner Tagen.

Zum Glück klang Rosinas Angebot, ihn zu begleiten, nur sehr halbherzig. Um nichts in der Welt hätte sie den Besuch im Drury Lane Theatre versäumen wollen, sie akzeptierte seine Beteuerung, es mache ihm gar nichts aus, alleine zu gehen, sofort. Außerdem, hatte er auch beteuert, seien Frauen dort nicht gerade erwünscht und es sei wirklich nicht wichtig genug, wieder in eine ihrer Männerverkleidungen zu schlüpfen. Wenn sie aber ein Auge auf Karla haben könnte, damit sie in dem großen

Theater nicht verloren gehe, was doch leicht möglich sei, wäre er sehr dankbar.

Und nun saß er auf diesem Stein, lauschte auf die Musik der lauten Stadt, auf die Stimmen und das Räderknarren, auf die Hufschläge und das eilige Trappeln der Füße der Sänftenträger, die unermüdlichen Rufe der Straßenverkäufer, und ließ die Zeit davonlaufen. Die Billetts von Mr. Lancing waren ihm gerade recht gekommen. Alle waren heute Abend beschäftigt, niemand stellte zu viele Fragen nach seinen Plänen. Vielleicht wäre es gut, noch etwas zu essen, bevor er sich endgültig auf den Weg machte, das Würstchen war doch sehr klein und mager gewesen. Vielleicht …

Da stand er auf und ging eilig die letzten Schritte bis zum vierten Haus. Noch einmal wischte er sich über die Stirn, dann klopfte er entschlossen an die Tür. Erst nach dem zweiten Klopfen hörte er Schritte heranschlurfen und endlich wurde die Tür geöffnet.

Er hatte einen dieser Diener erwartet, hinter deren guten Manieren sich nichts als Herablassung gegenüber dem ungebetenen Gast verbarg. Aber in der Tür stand eine grauhaarige Frau, die Schürze über dem dunkelblauen Rock mehlbestäubt, und sie hatte überhaupt keine guten Manieren. Sie blickte ihn nur vorwurfsvoll fragend an, und Wagners Nervosität schwand. Solche Blicke war er gewöhnt, sie stärkten seinen Kampfgeist.

So gelang es ihm schließlich, zum Herrn des Hauses vorgelassen zu werden. Richter Fielding saß, die schwarze Binde über den Augen, in seiner Küche vor einem Teller nach Rindfleisch und Muskat duftenden Stews, und Wagner sah, dass er an diesem Abend nicht der einzige Besucher des Richters war.

Seine Nervosität kehrte schlagartig zurück. Doch egal, wie dieser Besuch verlaufen würde, es war immer noch besser, als fünf Stunden in einem Theater zu verbringen.

*

Der Lärm war – wieder einmal – unbeschreiblich. Mehr als tausend Menschen drängten sich im Parkett und in den Logen, auf den Rängen und der Galerie des Königlichen Theaters in der Drury Lane. Immer noch waren nicht alle Zuschauer da, viele kamen erst in der Pause nach dem dritten Aufzug, weil sie sich weniger für das lange Drama als für das lustige Nachspiel interessierten, dafür zahlten sie auch nur den halben Eintrittspreis. Auf der Suche nach Freunden und einem besseren Platz wanderten die Menschen umher wie auf einem Jahrmarkt, sie umlagerten die Orangenverkäuferinnen, tauschten Klatsch und Familiennachrichten aus, zankten über die Politik oder über den Zustand der Londoner Straßen. Einige waren sogar in Gespräche über die Qualitäten der Stücke und Akteure vertieft, verglichen Mr. Garrick mit Mr. Foote und Mr. Macklin oder schwelgten immer noch in der Erinnerung an das erste große Shakespeare-Jubelfest, zu dem im vergangenen September Tausende in das Städtchen Stratford gepilgert waren, um die Aufführungen, Umzüge und Feuerwerke zu Ehren des größten Dichters aller Zeiten zu erleben.

Dazu war eigens nahe dem Fluss ein Oktogon mit tausend Plätzen errichtet worden, Mr. Garrick – Initiator des Ganzen – hatte eine (ziemlich lange) Ode verfasst, Dr. Thomas Arne, dessen glorreiches Lied *Rule Britannia* seit Jahren ganz London sang, eine erhebende Musik für

Chor und Orchester dazu komponiert. Ein Denkmal des großen Poeten wurde enthüllt, und auch der anschließende Maskenball suchte seinesgleichen. Nur das Feuerwerk verweigerte sich wegen des unermüdlichen Regens, so wie die venezianischen Gondeln wegen des Avon-Hochwassers in den Schuppen bleiben mussten.

Der grandiose Erfolg hatte Mr. Garrick veranlasst, seine Ode (samt Chor und Orchester) im Winter auch auf der Londoner Bühne zu präsentieren. Die Vorstellung war ausverkauft, dennoch waren sich alle einig, dass das grandiose Spektakel in Shakespeares Heimatstadt unwiederholbar war. Die Tage auf den Wiesen vor der Stadt, die Schlafplätze in Zeltstädten, auf Karren – selbst etliche Edelleute hatten keine Herberge als ihre Kutschen gefunden – waren eben ein einziges buntes Abenteuer gewesen. Fast so schön wie die erhabenen Kunstgenüsse zu Ehren des Jubilars.

Rosina und Helena sahen auf das Gewoge der Menge hinunter und versuchten den Rest der Becker'schen Gesellschaft zu entdecken. Der war ihnen schon abhanden gekommen, als sie sich, ihre Billetts fest in der Hand, durch die noch auf Einlass wartende riesige Menschenmenge zum Portal zwängten.

Sie hatten Glück gehabt und Plätze an der Brüstung des zweiten Ranges ergattert. Die Schwüle war aber genauso drückend wie auf der Galerie unter dem Dach, und als Rosina die Orangenverkäuferinnen im Parkett entdeckte, überließ sie Helena die Verteidigung ihrer Plätze und drängelte sich die Stufen wieder hinunter.

Die Mädchen, jedes einen Knirps zur Seite, der darauf achtete, dass niemand in die Körbe mit den saftigen Früchten griff, ohne zu bezahlen, waren umlagert. Rosina machte ein hilfloses Gesicht zur piepsigen Stimme, eine Rolle, die ihr harte Übung abgefordert hatte, und schnell waren zwei breite Herren in seidenen Röcken lautstark damit beschäftigt, die zarte Miss mit Orangen zu versorgen. Sollten sie dafür anderes als die Pennies für die Früchte erwartet haben, wurden sie enttäuscht. Rosina wickelte ihre Beute in ihr Schultertuch, hoffte, sie unzerquetscht bis zu Helena zu bringen, und schob sich zurück zur Treppe.

«Miss Hardenstein?», hörte sie plötzlich eine amüsierte Stimme. «Ihr seid es tatsächlich. Beinahe hätte ich Euch nicht erkannt.»

Ein schlanker Mann im eleganten nachtblauen Seidenrock trat von der letzten Stufe hinunter ins Parkett und beugte sich leicht über ihre Hand.

Rosina schluckte. Selbst wenn sie darüber nachgedacht hätte, hätte sie nicht erwartet, in diesem Gewühl ausgerechnet einen der Gäste von Mrs. Culters Soiree zu treffen. Der Unterschied zwischen der Seidenrobe (die tatsächlich einmal der Herzogin von York gehört hatte) zu ihrem schlichten Kattunkleid musste sie als eine Schwindlerin erscheinen lassen. Was nicht ganz falsch war. Andererseits galten die Engländer als exzentrisch genug, eine unpassende Garderobe als Marotte zu empfinden. Leider waren weder er noch sie Engländer.

Trotzdem zeigte sein Gesicht kein Erstaunen oder gar Missfallen. Mrs. Cutler hatte nicht versäumt, die wahre Identität von Madame Augustas junger Freundin umgehend in den Salons zu verbreiten.

«Guten Abend, Graf Alwitz», sagte sie mit allem, was ihr an Würde und Contenance zusammenzukratzen gelang. «Wie reizend, Euch hier zu treffen. Gehört Ihr auch zu den Verehrern Mr. Garricks?»

«Unbedingt. Das muss ich, selbst wenn ich es nicht wollte», versicherte er mit heiterem Spott. «In London leistet sich niemand Ignoranz gegenüber einem Mann, der so *en vogue* ist. Wobei ich gestehe, dass er mir in den Komödien besser gefällt. Da haben wir also noch etwas gemeinsam. Außer unserer Bekanntschaft mit den Cutlers und Lord und Lady Wickenham», fügte er maliziös hinzu. «Die charmante Madame Kjellerup nicht zu vergessen.»

«O ja, natürlich. Madame Augusta. Und Eure Gattin? Ist sie auch hier, um Mr. Garrick zu feiern?»

«Nein.» Von Alwitz' Stimme klang eine Nuance weniger amüsiert. «Sie fühlt sich dieser Tage unwohl. Sicher liegt es nur an der schwülen Hitze, daran ist sie noch nicht gewöhnt. Und ein solch drängendes Gewimmel, all diese Gerüche …», er ließ einen raschen Blick über die Menge der Köpfe gleiten, «… nun ja, der unterschiedlichsten Menschen erscheinen ihr beängstigend. Doch nun müsst Ihr mich leider entschuldigen. Wenn ich nicht bald in meine Loge zurückkehre, halten meine Freunde mich für verloren. Ihr erinnert Euch gewiss an Eschburg und den jungen Dagenskøld? Aber wenn Ihr Begleitung zu Eurem Platz braucht …»

«Vielen Dank, aber mein Platz ist schnell und ohne Beschwer zu erreichen», log sie fröhlich. «Ich wünsche Euch einen anregenden Abend, Graf Alwitz. Die besten Genesungswünsche an Eure Gattin.»

Bevor er sich wieder über ihre Hand beugen konnte – oder es versäumen –, lief sie die Treppe hinauf und kehrte zu Helena auf den zweiten Balkon zurück.

Im Drury Lane Theatre drängte sich alles, von den Majestäten bis zur Blumenverkäuferin. «Das müssen die königlichen Plätze sein», rief Helena, nahe zu Rosinas Ohr gebeugt, «dort drüben, in einer der Proszeniumslogen. Siehst du sie? Sie ist vornehmer und reicher dekoriert als die anderen.»

Rosina hatte die besondere Loge über der Bühnenrampe schon entdeckt. Viel mehr beindruckte sie jedoch die Harmonie des großen Theaterraumes. Die mächtigen korinthischen Säulen bei der Bühne, die zierlicheren entlang der beiden Ränge, die mit Putten, üppiger Flora und schönen, nur mangelhaft bekleideten Damen ausgemalte Decke. Die Kronleuchter darunter trugen erstklassige Kerzen, sie gaben gutes Licht, beinahe ohne zu tropfen. Auch die hinter der Rampe verborgenen Laternen waren schon entzündet und schickten ihr Leuchten den Vorhang hinauf.

Das Theater war mehr als hundert Jahre alt. Schon lange suchte der Prinzipal, Mr. Garrick, nach einem Gönner, der ihm helfe, die Kosten für ein neues, größeres Haus mit einer weiten Bühne und ausgefeilteren Maschinerie zu tragen. Da er ein gern gesehener Gast in den vornehmsten Häusern und bei Gelegenheit sogar im königlichen Salon im St. James Palace war, zweifelte niemand an seinem Erfolg. Es hieß, er bemühe sich schon um einen Maler, der sich wie kein zweiter auf die Kunst des Bühnenbildes und die Geheimnisse des Lichts verstehe. Leider sei dieser Mr. de Loutherbourg kein Engländer, was man doch für dieses Theater, das gleichsam Shakespeare ein neues Podest gebaut hatte, erwarten dürfe, sondern ein noch junger, aus dem seit langem französischen Elsass gebürtiger Mann, den Mr. Garrick bei seiner großen Reise über den Kontinent in Paris oder Italien kennen gelernt habe.

Die königliche Familie, so hatte Mr. Lancing gesagt, besuche an jedem Donnerstag eines der großen Theater. Die Majestäten zahlten einen vielfachen Preis für ihre Billetts, anstatt der zwei bis höchstens sieben Shillinge ganze sechzehn Guineen, die den Theaterkassen eine gute Grundlage sicherten. Wurden sie nicht erwartet, stand die Loge anderen Gästen zur Verfügung, sie war an keinem Abend leer. Nicht nur, weil sie den besten Blick auf die Bühne bot. In diesem Land, in dem der König nicht annähernd als so unantastbar galt wie in anderen, saßen viele gern einmal auf seinem Stuhl – sei es auch nur im Theater.

«Da ist Titus», rief Rosina und zeigte auf die linke Seite des Parketts, «dort steht er, neben der zweiten Säule.»

«Ich sehe ihn, aber Himmel!, wo ist Karla? Haben wir sie im Getümmel verloren?»

Beide beugten sich über die Brüstung und suchten in dem Meer der Gesichter und Körper nach Karlas dünner Gestalt.

«Auch dort unten», rief Rosina schließlich lachend, «direkt hinter Titus. Er ist so groß und breit, er verdeckt sie wie eine Mauer. Bei Titus ist sie in diesem Getümmel allemal am sichersten, im Zweifelsfall klemmt er sie sich einfach unter den Arm. Wahrscheinlich hat er sie aber an sich festgebunden. Sollten wir zu ihnen hinuntergehen?»

«Auf gar keinen Fall.» Helena umklammerte die Brüstung und verteidigte mit breiten Ellenbogen ihren Platz gegen einen vierschrötigen Mann mit den Ausdünstungen einer Ginbude, der entschlossen versuchte, seine kaum manierlicher duftende Begleiterin aus der zweiten Reihe nach vorn zu schieben. «Im Parkett sehen wir nichts als Köpfe und Schultern, glaub mir, und von hier blicken wir direkt auf die Bühne.» Sie schob ihren Fuß einige Zoll zurück und trat fest auf, hörte mit Genugtuung einen Schmerzenslaut, und das Drängen in ihrem Rücken schwand. «Ich bin schrecklich aufgeregt, Rosina. Wenn er nur nicht stolpert. Oder seinen Text vergisst.»

«Es sind doch nur vier Sätze», beruhigte Rosina sie. «Und wenn er tatsächlich stolpert, wird er es als genialen Einfall zu verkaufen wissen. Sonst wäre er nicht unser Prinzipal. Außerdem, als Geist eines ermordeten Königs darf er schon mal straucheln. Erst recht im Schlafgemach seiner untreuen Witwe.»

«Wüsste ich es nicht besser», rief Helena gegen den Lärm, «würde ich dich für eine Ignorantin halten. Glaubst du, es dauert noch lange?»

Rosina schüttelte den Kopf. «Mr. Lancing hat gesagt, der Vorhang hebt sich immer pünktlich, egal, ob König und Königin erschienen sind oder nicht. Aber sieh mal», sie zeigte auf die königliche Loge, «wenn man vom Teufel spricht.»

Ein Raunen ging durch die Menge, und als König Georg und Königin Sophie-Charlotte mit ihrem ältesten Sohn, einem Kind von noch nicht ganz acht Jahren, an die Brüstung ihrer Loge traten, wurde Beifall laut. Doch nur kurz und wenig leidenschaftlich, wie immer, wenn irgendein neuer Erlass, eine verweigerte Begnadigung oder neue Steuer das Volk empörte. Ebenso wenig gefiel heute der junge Prinz, der sich den für den Beifall dankenden Verbeugungen der Majestäten nur allzu flüchtig anschloss.

«Tiefer», brüllte eine schrille Stimme. «Tiefer, tiefer», johlten andere ihr nach.

Helena hielt den Atem an, ihre Augen suchten schon nach der Garde, doch die Königin drückte nur mit einem Lächeln den Kopf ihre Sohnes tiefer hinunter, winkte ihrem nun endlich jubelnden Volk zu, und das Schauspiel auf der Bühne konnte beginnen: *Hamlet, Prinz von Dänemark.*

Der dunkelrote Vorhang hob sich mit feierlicher Langsamkeit, und das lärmende Konzert der Stimmen aus dem Auditorium erstarb abrupt. Die Bühne, die nun die Terrasse des Schlosses von Helsingør zeigte, war kleiner als die des neuen Theaters am Hamburger Gänsemarkt, sie war wohl hoch, doch ein rechter Guckkasten, kaum geräumiger als in den Bretterbuden der großen Wandertheater.

Auf ein Vorspiel wurde heute verzichtet. Nicht wegen der Dauer des zu erwartenden fünfaktigen Dramas, sondern wegen des Nachspiels, das von allen aufs Höchste geliebte lustig-pompöse *Entertainment* mit Ballett, Gesang und Pantomimen, das an diesem Abend als besonders aufwendig und umfänglich angekündigt war. Aus gutem Grund, aber das wusste im Publikum zu diesem Zeitpunkt noch niemand. Auch ohne Vorspiel würde der Abend wie gewöhnlich vier, wenn nicht gar fünf Stunden dauern.

Jeans erster Auftritt fand gleich in der ersten Szene statt und geriet großartig. Vielleicht ging er ein wenig näher an die Rampe, als es Mr. Shakespeare und auch Mr. Garrick vorgesehen hatten, vielleicht auch ein wenig zu zögerlich von der Bühne, doch er gab einen wahrhaft königlichen Geist und trug die Rüstung mit angemessener Würde.

«Wer bist du, der sich dieser Nachtzeit anmaßt», fragte Horatio bebend, *«und dieser edlen kriegrischen Gestalt, worin die Hoheit des begrabnen Dänemark weiland einherging? Ich beschwöre dich beim Himmel, sprich!»*

Nur Helena erkannte, wie groß die Versuchung für Jean war, den schweigenden Geist des ermordeten Königs eine von Mr. Shakespeare nicht vorgesehene Brandrede halten zu lassen, sondern still, wie es sich für diese Spukgestalt gehörte, wieder abzugehen. Nicht mal ein winziges schauriges Buhu, das er auf seiner eigenen Bühne keinesfalls ausgelassen hätte, kam über seine blass geschminkten Lippen. Aber auf seiner Bühne hätte er sich auch niemals mit einer so winzigen Rolle beschieden. Auf diesen Brettern jedoch, die Mr. Garrick sozusagen zur Weihestätte der Theaterkunst gemacht hatte, glich ihm selbst ein solcher Auftritt einem Lorbeerkranz. Oder wenigstens dem Hauptgewinn in der Lotterie.

Jean hatte nie geglaubt, dass er eine solch miese Rolle einmal als Höhepunkt seines Komödiantenlebens betrachten könnte. Dass er diese unerwartete Ehre einzig dem Schleimfieber verdankte, das einige der Schauspieler ereilt hatte, würde er bald vergessen. Ein ernsthafter Akteur lässt sich durch nichts von der Bühne und seinen Pflichten fern halten, doch krampfendes Bauchgrimmen und unberechenbare Entleerungen der Eingeweide beeinträchtigen selbst das edelste Drama. Kurz und gut, der Geist war zu besetzen, und Mr. Lancings Vorschlag, den deutschen Prinzipal mit dieser kleinen und kaum beredten Rolle zu betrauen, fand endlich Mr. Garricks Zustimmung – nicht zuletzt, weil es niemand anderen dafür gab.

Ein erfahrener Heldendarsteller wie Mr. Becker, hatte Mr. Lancing tapfer behauptet, könne schnell seinen stummen Auftritt im ersten Aufzug und auch die wenigen Sätze lernen, die der Geist später an seinen wütenden Sohn Hamlet zu richten habe. Bis dahin, nämlich bis zur vierten Szene des dritten Aufzugs, reiche die Zeit vollauf.

So lärmend das Publikum vor dem Heben des Vorhangs gewesen war, so still blieb es danach: kein Zwischenruf, kein trunkenes Geschrei, kein Hin- und Hergerenne. Abgesehen von einigen Schluchzern, schweren Seufzern und verhaltenem Füßescharren war nichts zuhören als das Geschehen auf der Bühne. Besonders die, die wohl das Schauspiel kannten, jedoch Mr. Garrick und seine Schauspieler nie zuvor erlebt hatten, zeigten sich rundum sprachlos.

Mr. Garrick war klein von Gestalt, doch wenn er spielte, ohne den herkömmlichen Bombast in der Stimme, ohne das Gesicht zur absurden Maske zu verzerren, den Körper zu verrenken, wirkten alle Mitspieler wie Marionetten. Sein natürliches Spiel, seine Fähigkeit, mit zarten Nuancen Tiefes auszudrücken, ließ das Auditorium vergessen, dass es nur einem Spiel zusah. In keinem Theater gab es so viele Ohnmachten, wurden so viele Tränen (des Mitleidens wie des Lachens) vergossen wie in der Drury Lane.

Als schließlich, am Ende des dritten Aktes, Hamlet den Degen zog und den hinter einer Tapete im Schlafzimmer seiner Mutter verborgenen Polonius erstach – *«Ja, gute Mutter, eine blut'ge Tat. So schlimm beinah', als einen König töten und in die Eh' mit seinem Bruder treten»* –, ging ein Aufstöhnen durch den Saal, gleich darauf ein zweites; als er den toten Oberkämmerer rüde mit sich von der Bühne zerrte – *«Ich will den Wanst ins nächste Zimmer schleppen. Nun,*

Mutter, gute Nacht!» –, brandete zum Niederschweben des Vorhangs tosender Beifall auf, unterstützt von begeistertem Pfeifen und Trampeln.

«Heilige Thalia», brüllte Helena gegen den Lärm, «und ich dachte immer, dieser Hamlet ist wirklich ein edler Prinz! Warum hast du mich nicht gewarnt, Rosina? Ich hätte das Stück vorher lesen sollen. Mit der armen Ophelia geht es auch nicht gut aus, oder?»

«Nein», rief Rosina, der Applaus ebbte zwar ab, doch dafür wurden die Stimmen des Publikums, das umgehend seine Plaudereien und Debatten und die Wanderungen durch alle Etagen des Hauses wieder aufnahm, umso lauter. «Es ist schließlich keine Komödie. Im Drama geht es doch selten gut aus. Bist du mit Jean zufrieden?»

«War er nicht wunderbar?» Helena klatschte stolz und glücklich in die Hände. «Ganz wunderbar. Und hast du dieses kunstvolle Grollen in seiner Stimme gehört? Keiner im Saal, der nicht erschüttert war, ich hab es genau gemerkt. Es war meisterhaft. Glaubst du, Mr. Garrick hat es ihm gezeigt?»

«Bestimmt», sagte Rosina, doch sie hörte nicht mehr richtig zu. In einer der unteren Logen hatte sie Graf Alwitz entdeckt. Er saß an der Brüstung, die beiden Stühle neben ihm waren leer, doch er sprach, halb zurückgewandt, ein mit Rotwein gefülltes Glas in der Hand, mit jemandem im hinteren Teil der Loge. Sie schirmte die Augen gegen das Licht der Kronleuchter ab, doch die Loge blieb trotz der beiden seitlichen Kerzenhalter zu sehr im Dunkeln, als dass sie jemanden hätte erkennen können. Nun trat ein zweiter Mann an die Brüstung, lehnte sich, ihr den Rücken zugewandt, dagegen und füllte sein Glas aus Alwitz' Weinkrug. Wickenham, dachte sie, er sah genauso aus wie Lady Florence' eigensinniger Ehemann. Aber sie war nicht sicher, sie kannte ihn zu wenig, um ihn nur an seiner Gestalt zu erkennen. Immer noch wandten sich die beiden, Graf Alwitz schien gut gelaunt, einem unsichtbaren Dritten zu. Vielleicht war es Florence. Vielleicht war ihr Kummer verflogen und ihrer beider Verabredung überflüssig. Aber saß eine Dame nicht immer auf den besten Plätzen direkt an der Logenbrüstung? Würde nicht gerade Florence sich an einem solchen Abend stolz an der Seite ihres Mannes zeigen, um dem bösen Getuschel über ihre Ehe endlich ein Ende zu bereiten?

Es war nicht Florence. Der unsichtbare Dritte trat einen Schritt vor, Rosina sah weiße Strümpfe, eine seidig glänzende dunkle Kniehose – mehr nicht.

«Einen Schritt noch», murmelte sie, «nur einen kleinen Schritt.»

Ihr Wunsch blieb unerfüllt. Die Kniehose samt den hellen Stümpfen verschwand wieder im Dunkel der Loge.

«Wir müssen das Stück unbedingt in unser Repertoire aufnehmen», hörte sie Helena voller Eifer sagen. «Du wärst eine ergreifende Ophelia, Rosina. Jean ist Hamlet und ich spiele die Königin, das ist selbstverständlich. Ob Titus als dieser brudermörderische König, dieser Claudius, gut wäre? Auf alle Fälle ist der Geist eine wunderbare Rolle für Rudolf, er spricht doch ohnehin so wenig. Haben wir noch eine Orange?»

Während sie die Schale von der überreifen Frucht löste, fuhr sie fort: «Wir müssen natürlich ein paar der kleineren Rollen streichen, schade, aber es sind einfach zu viele für unsere Gesellschaft. Und den Prinzen sollten wir auch ein bisschen polieren. Die Leute sehen ja gerne Blut und Schlägereien, aber für einen dänischen Prinzen ist mir der Kerl doch zu blindwütig. Und die liebe Ophelia sollte …»

Sie verstummte, denn Rosina wandte sich einem jungen Mann zu, der schüchtern ihren Arm berührt hatte.

Bendix Hebbel besuchte an diesem Abend schon zum zweiten Mal das Drury Lane Theatre. Anders als Helena gefiel ihm der zornig rächende Prinz ausnehmend gut. Er zwängte sich in eine gerade frei werdende Lücke an der Brüstung, beugte sich behutsam vor und sah auf die Menge hinunter.

«Ihr mögt es für töricht halten», sagte er, «aber ich mag die Pausen fast so gern wie die Stücke. Sie bieten auch Theater, findet Ihr nicht? Fast wie ein Zwischenspiel.»

«Unbedingt», sagte Rosina. «Allerdings habe ich auf dieser Seite des Vorhanges wenig Erfahrung. Ich stehe ja meistens auf der Bühne. Oder dahinter. Der Zuschauerraum ist mir beinahe so ungewohnt wie Euch der Aufenthalt hinter dem Vorhang.»

«Könntet Ihr uns die bedeutenden Leute zeigen, Mr. Hebbel?», bat Helena. «Ihr kennt Euch gewiss schon gut in London aus.»

Hebbel grinste breit und verlor endlich alle Schüchternheit. «Die gleiche Frage habe ich dem zweiten Gesellen von MacGavin gestellt, als er mich zu meinem ersten Besuch hierher mitnahm. Das will ich gerne versuchen, Mrs. Becker. Viele kenne ich zwar nicht, aber doch einige. Dort in der königlichen Loge zum Beispiel seht Ihr …»

«Die Majestäten», rief Helena, «natürlich. Die haben wir schon entdeckt.»

«Ja. Aber das Paar, das gerade eingetreten ist, dem der König nun selbst den Wein einschenkt, das sind Miss Kauffmann, sie ist selbst schön wie ein Bild, findet Ihr nicht?, und Mr. Reynolds. Der andere, der jüngere Herr, ist wohl Mr. Füssli – da bin ich aber nicht ganz sicher –, er ist wie Mr. Reynolds Maler und sein Protegé.»

«Angelika Kauffmann?», frage Rosina. «Die Malerin aus der Schweiz?»

Paul Tulipan, der Hamburger Porträtist mit den betörend türkisfarbenen Augen und dem wankelmütigen Herzen, der ihr im vergangenen Jahr die Freuden abendlicher Bootsfahrten auf der Alster (und auch einige andere) gezeigt hatte, hatte voller Begeisterung von der Frau gesprochen, die trotz ihres hinderlichen Geschlechts eine gefeierte Künstlerin war und sogar zu den ersten Mitgliedern der Königlichen Kunstakademie zählte. Selbst den famosen Skandal wegen ihres kurzzeitigen Ehemanns, der sich dummerweise als Bigamist und Hochstapler entpuppte, hatte man ihr schnell verziehen.

«Ja, sie ist unglaublich berühmt», bestätigte Hebbel, «zumindest in London. Es heißt, Mr. Reynolds habe ihr die Ehe angetragen, aber sie hat abgelehnt. Mr. Garrick soll auch in sie verliebt gewesen sein, als er sie vor einigen Jahren in Rom kennen lernte, sogar heftig. Obwohl seine Gattin, Violetta, von feinem Charakter und immer noch eine Schönheit ist. Jedenfalls soll das Porträt, das Miss Kauffmann damals von ihm gemalt hat, das beste sein, das es von ihm gibt.

Und auf der linken Seite», sein ausgestreckter Arm wies nun in diese Richtung, «in der unteren Loge, seht Ihr den beleibten Herrn mit der dicken Perücke und den roten Wangen? Das ist Dr. Samuel Johnson mit einigen seiner Freunde. Der Herr mit der Brille ist Thomas Davies, der Buchhändler aus der Russel Street, vielleicht wart Ihr schon mal in seinem Laden? Er und seine Frau kennen alle Literaten der Stadt. Früher waren sie Schauspieler. Johnson und Davies sind auch mit Mr. Reynolds und Mr. Garrick sehr vertraut. Selbst der König hat Dr. Johnson einmal eingeladen und lange mit ihm geplaudert, obwohl es heißt, der halte nicht viel von Königen und tue das gerne kund. Trotzdem bekommt er vom Hof eine jährliche Pension. Seither hat er ein sorgenfreies Leben.»

«Warum eine Pension? Was ist an ihm so besonders? Er sieht aus wie ein sauertöpfischer Advokat.»

«Das dürft Ihr ihn niemals hören lassen, Mademoiselle Hardenstein, zumindest in England ist er eine Berühmtheit und empfindet sich selbst als eine noch bedeutendere. Er ist Schriftsteller und hat vor Jahren das Wörterbuch der englischen Sprache geschrieben. Ein immenses und verdienstvolles Werk, dem er seinen hervorragenden Ruf in erster Linie verdankt. Vor fünf Jahren hat er Mr. Shakespeares Werke neu herausgegeben, wofür Mr. Garrick ihm tief verbunden ist. Ihr solltet Dr. Johnson erleben, wenn er im *St. Paul's Kaffeehaus* oder in der *Turk's Head Tavern* Hof hält! Zum Beispiel, als er sich mit Dr. Fordyce über Macphersons fragwürdige Fingal- und Ossian-Dichtungen stritt! Ich hörte das zufällig in der Taverne, seine Zunge zeigte sich als wahres Florett. Er hat überhaupt zu allem etwas zu sagen, was er auch unerbittlich tut, und putzt jeden Widerspruch vom Tisch wie eine Schankmagd Bierlachen. Selbst sein Humor kann giftig sein wie Fingerhut. Trotzdem hat er eine Armee von Verehrern. Aber es heißt, dass er seit dem Tod seiner Frau nur seine Katzen wirklich liebt.»

«Und ‹La Galli›?», fragte Helena, die sich wenig für Wörterbücher verfassende dicke Herren von giftigem Humor interessierte. «Ist sie auch hier? Ich möchte sie zu gerne sehen.»

Von der eher berüchtigten als berühmten italienischen Aktrice hatte Hebbel noch nichts gehört.

«Aber alle sprechen doch von der Versteigerung. Wie kann es sein, dass Ihr nichts davon wisst?»

Die einst gefeierte italienische Opernsängerin Caterina Galli, erklärte ihm Helena, galt seit etlichen Jahren als eine der kostspieligsten Courtisanen Londons. Nachdem sie von ihrem letzten Liebhaber, Graf Musin-Puschkin, dem Botschafter der Zarin am englischen Hof, kurz bevor sie ihn ruinierte, vor die Tür gesetzt worden war, hatte sie eine empörende Idee, die sie sogleich in die Tat umsetzte. Vor wenigen Tagen erst hatte die so verschwenderische wie begehrenswerte Dame sich von ihrem treu sorgenden Ehemann in der *Shakespeare's Head Tavern* versteigern lassen. Gewinner wurde ein bis dahin kaum bekannter Mr. Julian Howard. Mit dreihundert Pfund, so hatte Helena auf der Piazza gehört. Das klänge wohl viel, dafür könne man für ein ganzes Jahr ein herrschaftliches Haus an einem der vornehmen Squares mieten, die Spitzen für das Staatsbett der Königin allerdings hätten mehr als zehnmal so viel gekostet, und so seien dreihundert Pfund gleichzeitig viel und wenig. Für Leute wie ‹La Galli› eher wenig.

Die Wetten, wie lange der allgemein als bedauernswert empfundene Mr. Howard sie auszuhalten vermöchte und wann die nächste Versteigerung der Dame nötig würde, kletterten in der brodelnden Gerüchteküche um die Covent Garden Piazza ebenso rasch wie die vermutete Höhe von Howards Vermögen. Auch die Wetten um das baldige Ende der Karriere der Galli in einem der exklusiven Bordelle standen gut.

Hebbel lachte schallend. «Ihr glaubt doch nicht, dass ich Euch diese absurde Posse abkaufe, Mrs. Becker?», rief er, immer noch grinsend.

«Aber sie ist wahr. Es hat sogar in einer der Londoner Zeitungen gestanden. Natürlich nicht das von dem Bordell und den Wetten, das weiß ich von Mrs. Tottle, aber alles andere.»

Die Stimmen im Saal waren zu einem stetig auf und ab wogenden Summen geronnen, das nur von einigen lauten, zornigen Stimmen aus dem Foyer übertönt wurde.

«Die Pause muss gleich zu Ende sein, Rosina», sagte Helena. «Glaubst du, sie lassen mich hinter die Bühne zu Jean?»

«Wahrscheinlich nicht. Mr. Garrick hat dafür gesorgt, dass dem Publikum die Bühne und die Garderoben strikt versperrt bleiben, und für einen Versuch am Bühneneingang in der Russel Street ist es schon zu spät. Warum wartest du nicht einfach? Der Geist hat nun seine Schuldigkeit getan und tritt nicht mehr auf, sicher kommt Jean gleich.»

«Bist du verrückt? Du kannst nicht glauben, dass er sich den Schlussapplaus und die Verbeugungen entgehen lässt. An der Seite von Mr. Garrick! Würdest du das tun? Außerdem kann er uns hier niemals finden.»

Damit schob sie sich in die Menge und war gleich darauf auf der Treppe verschwunden.

Rosina blieb keine Zeit zu entscheiden, ob sie ihr nachlaufen solle. Wieder drangen vom Foyer heftige Stimmen in den Saal, und Bendix Hebbel beugte sich so gefährlich weit vor, dass Rosina nach seinen Rockschößen griff und ihn festhielt.

«Nichts zu sehen», sagte er, als er sich wieder aufrichtete, «und vielen Dank für Euren Halt. Sicher gibt es nur einen der üblichen Händel beim Entree. Das kommt alle Tage ...»

Plötzlich versteifte sich sein Rücken und er starrte mit noch halb geöffnetem Mund zur rechten Seite des Parketts hinunter.

«Seht Ihr das graue Gespenst?», fragte Rosina, aber er hörte sie nicht.

«Dort», rief er, «seht Ihr? Im Parkett auf der rechten Seite, an der Balustrade des ersten Ranges, kurz vor den Logen. Seht Ihr denn nicht?»

«Was denn? Was soll ich sehen?»

Die Kronleuchter waren inzwischen niedergelassen und mit neuen Kerzen versehen wieder hochgezogen worden, auch die zierlichen Kandelaber in den Logen und an den bühnennahen Wänden des ersten Ranges waren neu bestückt. Deshalb war der Theatersaal noch lange nicht hell, doch zumindest die Gesichter nahe bei den Kerzen konnte sie erkennen.

«Da!» Hebbels Stimme war nun angestrengtes Flüstern. «Da unten steht der Mensch, den ich vor der Druckerei gesehen habe. Wie er in der Nacht durch das Tor ging. Versteht doch, der Kloth besucht hat, den Faktor.»

«Wo?» Rosina griff heftig nach seinem Arm. Just an der Stelle, die Hebbel beschrieben hatte, entdeckte sie nun den jungen Dagenskøld, jedenfalls schien er es zu sein, genau erinnerte sie sich nicht mehr an das Gesicht, dessen Jugend noch wenig Charakteristisches zeigte. Er stand neben Eschburg, Graf Alwitz' schüchternem Freund. Der Dritte, er hatte sich gerade umgedreht und zeigte nur noch seinen Rücken, musste Alwitz selbst sein.

«Meint Ihr etwa einen der drei Männer, die mit einem anderen hinter der Brüstung reden?»

«Ja, der im dunklen Rock, ich erkenne ihn ganz genau, glaubt mir.»

«Ich glaube Euch ja», versicherte Rosina und zweifelte dennoch. Bendix Hebbel musste Adleraugen haben. «Aber sie tragen alle drei einen dunklen Rock. Kommt», rief sie, bevor er zu neuen Erklärungen anheben konnte, griff nach seiner Hand und zog ihn mit sich die Treppe hinunter. «Der Vorhang zittert schon, gleich geht er wieder hoch, aber ich will den Mann jetzt von nahem sehen», rief sie über die Schulter zu Hebbel zurück, «passt auf, dass er Euch nicht sieht. Am Ende erinnert er sich genauso gut wie Ihr.»

Während sie sich die Treppe hinunterdrängten, wurde der Lärm aus dem Foyer immer lauter und erreichte den Saal, getragen von zornigen Stimmen und gegeneinander gehauenen Degen. Die Kunde von den im Foyer angeschlagenen Zetteln verbreitete sich wie ein Feuer. Im Königlichen Theater an der Drury Lane, war darauf bekannt gemacht, gebe es von morgen an keine halben Preise mehr. Wem es beliebe, erst nach der Pause zu kommen, werde zwar noch eingelassen, jedoch nur um den vollen Preis.

Rosina und Bendix standen auf den Stufen und sahen fassungslos auf die Revolte. Hungrigen Tieren gleich, denen es endlich gelungen war, ihren Pferch zu durchbrechen, drängte und trampelte die Menge zur Bühne, als gelte es, den König zu stürzen und nicht nur gegen neue Theaterpreise zu protestieren. Stimmen schrien und kreischten, wütend, lust- oder angstvoll, wer versuchte, sich aus dem Brodeln zu den rettenden Brüstungen und Treppen durchzuschlagen, wurde mitgerissen. Schon kletterten die ersten Männer über die Barriere in den Orchestergraben, schubsten Stühle und schreckensstarre Musiker zur Seite, staubende Perücken flogen durch die Luft, einer griff eine Violine und schwang sie über dem Kopf wie einen Knüppel, angefeuert von denen, die das tobende Schauspiel aus der sicheren Entfernung des oberen Ranges und der Galerie genossen.

«So kommt doch weiter», schrie Rosina. Egal, was hier passierte, sie konnte sich das Gesicht des Mannes nicht entgehen lassen, den Wagner so hoffnungslos suchte.

«Nein, Rosina!!», schrie Hebbel, «nein, bleibt hier! Sie treten Euch tot.»

«Wenn wir an der Brüstung bleiben ...», ‹geschieht uns nichts›, hatte sie sagen wollen. Doch da drängte ein Pulk ‹Hal-be Prei-se, hal-be Prei-se› johlender Männer hinter ihnen ins Parterre und zog sie mit. Wütend schlug sie um sich, strauchelte, zog sich an fremden Kleidern wieder hoch, und als sie wie durch ein Wunder die Brüstung des ersten, nur wenig über dem Parkett erhöhten Ranges erreichte, schlug ihr schon die nächste Woge von Körpern entgegen. Zornig suchte sie nach einem Halt an den Schnitzereien, doch die Menge schob sie unerbittlich weiter – bis plötzlich zwei Hände hart nach ihr griffen und versuchten, sie über die Brüstung zu ziehen.

«Verdammt», presste eine angestrengte Männerstimme hervor. «Ihr seid schwerer, als Ihr ausseht. Wenn Ihr ein wenig mithelfen könntet ...»

Doch da war sie schon über die Brüstung gezogen, zerzaust und eine blutige Schramme auf der Stirn, mit zerrissenem Rock und nur mehr einem Schuh.

«Das war knapp», sagte ihr Retter kalt, «wie konntet Ihr so verdammt dumm sein, Euch in diese tobsüchtige Horde zu wagen.»

Rosina starrte ihn an und wusste, wo sie war. Genau bei den Plätzen, bei denen erst wenige Minuten zuvor die Männer gestanden hatten, auf die Hebbel gezeigt hatte und die nun verschwunden waren. Nur einer war noch da, der vierte Mann im Hintergrund. Magnus Vinstedt. Der hatte sie wie einen Fisch aus der Brandung gezogen. Es war zu dumm, dass ausgerechnet jetzt Titus auftauchte, gleich nachdem Vinstedt sie aus dem Theateraufruhr gezogen hatte. Er hatte sie in der Menge untergehen sehen und sich wie eine Bulldogge durch das Gewoge gekämpft. Kaum war er über die Brüstung auf den Balkon geklettert, verschwand Vinstedt, den sie doch unbedingt einiges fragen wollte, mit ein paar gemurmelten Worten in der Dunkelheit wie ein Gespenst.

Inzwischen begann sich der Mob im Parkett zu beruhigen. Mr. Garrick, immer noch im Kostüm des Hamlet, war tapfer auf die Bühne getreten, etliche bewaffnete Männer an seiner Seite, die ganz und gar nicht nach empfindsamen Schauspielern aussahen. Er verkündete mit zornbebender Stimme, er sei von dem Aufruhr tief erschüttert, man wolle die Sache noch einmal überdenken, in den nächsten Tagen werde es neue Nachrichten geben, aber auch das verehrte Publikum möge etwas bedenken. Nämlich dass so ein Theater ein äußerst kostspieliges Unternehmen sei, besonders die *Entertainments*, auf die gewiss niemand verzichten wolle. Leider sei nichts im Leben umsonst, schon gar nicht das Vergnügen. Nun sei die Vorstellung für heute beendet, er bitte sehr um ruhiges Entfernen, wer es wünsche, könne morgen das heutige Billett noch einmal benutzen, allerdings nur zur Hälfte.

Erneute Unmutsäußerungen wurden durch den Anblick der Soldaten erstickt, die an allen Ausgängen auftauchten, und bald darauf drängten sich die Menschen in den Tavernen, Ginbuden und Kotelette-Häusern von Covent Garden, die in dieser Nacht das beste Geschäft des ganzen Sommers machten.

*

Nachdem die alte Bark die Scilly-Inseln, etwa zwanzig Meilen vor der Südwestspitze Englands, am Spätnachmittag mit respektvollem Abstand passiert hatte, empfand Claes Herrmanns ein tiefes Glücksgefühl. Nach wochenlanger Fahrt endlich wieder Land. Ein schmaler schemenhafter Streifen nur, aber eben doch Land. Möwen umkreisten wieder die Masten, und ihr schrilles Geschrei, das er nie besonders gemocht hatte, erschien ihm als die schönste Kantate. Er dachte an Noah. Der konnte kaum glücklicher gewesen sein, als er nach vierzig Tagen über der Wasserwüste die Taube mit dem Ölblatt im Schnabel entdeckte.

Der Gedanke legte sich tröstlich über die Erinnerung an die zahllosen Seeleute, deren Schiffe an den berüchtigten Felsenriffen um diese Inseln gescheitert waren. Dass der Kapitän ausgerechnet an diesem Morgen von dem schlimmsten Unglück dieser Region erzählen musste, fand er nicht sehr taktvoll. Vier britische Kriegsschiffe kehrten anno 1707 nach siegreicher Seeschlacht gegen den Franzosen bei Gibraltar heim und gerieten in einer nebligen Oktobernacht in die tückischen Gewässer bei den Scillys. Sie gingen binnen Minuten unter, nahezu zweitausend Soldaten der Königlichen Marine ertranken damals, nur zwei überlebten.

Er hatte beschützend seine Hand auf die seiner Frau gelegt, doch Anne schien die Geschichte nicht zu ängstigen. ‹Wie gut›, hatte sie nur lächelnd gesagt, ‹dass wir in diesen schönen Junitagen kaum Nebel haben.›

Überhaupt machte ihr die lange beschwerliche Überfahrt wenig aus, obwohl das Schiff, für das sie sich in Philadelphia entscheiden mussten, nicht annähernd den Komfort bot wie Jules Braniffs elegante Brigg, mit der Anne Hamburg verlassen hatte.

Dass sie die komfortable *Queen of Greenwich* verpasst hatten, lag einzig an Annes Leidenschaft für die Elektrizität, ganz besonders für Mr. Franklins Erfindung eines Blitzableiters. Eine Marotte, die ihm nicht mehr als kapriziös schien. Dennoch hätte auch Claes gerne Mr. Franklins Bekanntschaft gemacht, allerdings aus völlig anderen Gründen. Franklin war weit über Philadelphia hinaus als ein weitsichtiger und äußerst unternehmender Gentleman (mit fröhlichen Trinkgewohnheiten) bekannt und galt schon seit Jahren als eine der wichtigsten Stimmen in den amerikanischen Kolonien.

Leider hielt er sich schon seit geraumer Zeit in London auf, und dass sich einer seiner Apostel, Herr eines ausgedehnten Landgutes drei Stunden von Philadelphia entfernt, anbot, Mrs. Herrmanns das Wunder der Ableitung eines Blitzes zu demonstrieren, gefiel ihm überhaupt nicht. Er sei mit solcherlei Experimenten völlig vertraut, erklärte ihr neuer Gastgeber eifrig, man müsse nur auf das nächste Gewitter warten und einen eigens zu diesem Zweck präparierten Drachen aufsteigen lassen.

Anne war begeistert. Ein solches Experiment würde sie reichlich dafür entschädigen, dass sie die Installation des Blitzableiters auf dem Turm der Hamburger Kirche St. Jakobi versäumt hatte. Claes hingegen war nicht begeistert. Als durch und durch vernünftiger Mensch fürchtete er Gewitter, die doch zu nichts nütze waren, als Feuer und Verheerung zu bringen. Wenn gleißende Blitze über tiefschwarze Himmel rasten, wenn die Donner über dem Land explodierten, verstand er – Vernunft hin oder her – den Glauben der Alten an heidnische Götter.

Dieses ganze Unternehmen hielt er für nichts als ein gefahrvolles Lotteriespiel. Aber er dachte an die Ermahnungen der klugen Augusta zur Rettung seiner Ehe, und auch wenn er argwöhnte, der charmante junge Herr wolle sich nur ein wenig länger in Annes Nähe und Interesse sonnen, fügte er sich willig in die Warterei. Zudem war Claes in großzügiger Stimmung. Die überall in den Kolonien spürbare Unruhe mochte die Engländer empören, einem Kaufmann vom Kontinent bedeutete sie die Verheißung zukünftiger lukrativer Geschäfte.

Das Gewitter ließ auf sich warten (hatte er es nicht gleich gewusst?), und schließlich gestand Anne zu, wenn sie ihr Schiff noch erreichen wollten, sei es höchste Zeit für die Kutsche nach Philadelphia. Und dann, sie waren kaum eine Stunde unterwegs, kam das Gewitter, auf das sie so lange gewartet hatten. Der Himmel öffnete alle Schleusen und im Handumdrehen wurde das Bächlein, dessen Furt sie auf der Herfahrt kaum wahrgenommen hatten, zum reißenden, unüberwindlichen Fluss. Als sie Philadelphia mit dreitägiger Verspätung erreichten, durchschnitt die *Queen of Greenwich* schon die Wellen der Delaware Bay, den weiten Atlantik voraus.

Claes hätte lieber auf ein besseres Schiff gewartet, doch da Anne es plötzlich sehr eilig hatte zurückzukehren, überredete er den Kapitän mit einem gehörigen Aufschlag auf den üblichen Preis, die unerwarteten Passagiere mitzunehmen. Der schien ihm ein seltsamer Vogel. Wozu wollte er wissen, ob Mr. Herrmanns etwas von der Seefahrt verstehe? Claes erklärte, er sei Kaufmann und verstehe nichts vom Setzen der Segel oder der Navigation, dafür umso mehr von der Ladung, jedenfalls sobald sie in seinen Speichern liege. Er wolle schließlich nicht als Maat anheuern, sondern nur für sich und seine Frau die Kajüte mieten.

Seine Fracht, erklärte der Kapitän, sei vor allem Tabak aus Virginia und Reis aus Carolina, aber die Luken seien verschlossen und blieben es auch bis nach London. Er habe sie schon in Baltimore an Bord genommen, nach Philadelphia sei er nur gekommen, um im Auftrag eines Londoner Kürschners einige Ballen Pelze abzuholen. Kostbare Fracht, für die sich jeder Umweg lohne. Doch nun müsse man ohne jede Verzögerung ablegen, wenn die Herrschaften dazu bereit seien, sich mit geringstem Komfort zu arrangieren, wolle er eine Ausnahme machen und sie mitnehmen.

Das mit dem geringsten Komfort stimmte. Die Mahlzeiten waren auf allen Schiffen bescheiden, doch so schlecht hatte Claes noch nie gegessen und so wenig Bedienung noch nie erfahren. Die Besatzung zählte nur zwölf Männer, wortkarge Kerle allesamt, und wenn der Gedanke nicht so töricht gewesen wäre, hätte er darauf gewettet, dass der Kapitän ihnen das Sprechen mit den

Passagieren verboten hatte. Selbst Anne, die doch leicht mit jedermann ins Gespräch kam und in allem Interessantes entdeckte, bekam nur karge Antworten. Einzig der Kapitän, mit dem sie die Mahlzeiten teilten, sprach mit ihnen, wenn auch nur über die See und das Wetter.

Die Scillys mit ihren Riffen waren nun längst hinter dem dunstigen Horizont verschwunden, die Sonne stand niedrig und der Wind frischte auf. Jetzt war es bald geschafft. Dass er so lange Zeit, nahezu zehn Monate, auf Reisen war, erschien Claes unwirklich. Wie Anne freute er sich, zurückzukehren zu allem, was ihm vertraut war. Zugleich bereiteten ihm die Gedanken an sein Haus, an das Kontor, an die einander ähnelnden Gespräche an der Börse und im Kaffeehaus ein seltsames Unbehagen. Als drohe ihm, dort wieder zu verlieren, was er während er vergangenen Monate entdeckt hatte.

Die einsame Reise mit Anne empfand er als reines Glück. So lange auf See, ganz ohne Pflichten, Einladungen und Beschäftigungen, zur Unterhaltung nichts als die Farbenspiele und Bewegungen von Himmel und Ozean und das einzige Buch an Bord, die Bibel, hatte sie einander neu, womöglich überhaupt zum ersten Mal, finden lassen. Egal, was vor ihnen liegen mochte, so hatten sie einander versichert, nun konnte sie nichts und niemand mehr trennen.

«Nichts und niemand», rief er vergnügt einer hoch über ihm auf dem Wind gleitenden Möwe zu und kümmerte sich nicht darum, ob einer der Seeleute ihn für wunderlich halten mochte. Er ließ den Blick über die Segel gleiten, und nun, so kurz vor dem Ziel, beunruhigten ihn die zahllosen Flicken in der alten Leinwand nicht mehr.

Es musste lange nach Mitternacht sein, als er von einem kreischenden Poltern und Stoßen und dem Trampeln eiliger Füße geweckt wurde. Da flog auch schon die Kajütentür auf, ein struppiger Kopf, in der Dunkelheit kaum zu erkennen, schob sich herein, brüllte etwas von ‹Havarie› und ‹schnell, schnell›, das Boot sei schon im Wasser, und verschwand wieder. Erst jetzt spürte er die schwere Schlagseite des Schiffes, Anne sprang schon aus der Koje und eine Minute später krochen sie über das Deck zur Reling. Die Nacht war schwarz wie eine Kohlengrube, tief unter ihnen dümpelte das Beiboot im Wasser, das Schaumkronen tanzen ließ, als freue es sich schon auf die sichere Beute.

Nur der Kapitän war noch an Bord. Er schob Anne hastig zur Strickleiter, griff nach ihren Handgelenken, gleich darauf rutschte sie hinunter, wurde von den Männern im Boot aufgefangen und zur Seite geschoben wie ein Stück Ladung.

«Los», schrie der Kapitän gegen den Wind und stieß Claes vorwärts, «los jetzt. Oder wollt Ihr mit absaufen?»

Claes rutschte an den nassen Stricken hinab, ‹durch nichts und niemanden trennen›, schoss ihm durch den Kopf, da hob eine Welle das Beiboot, drängte es zur Seite, und Claes Herrmanns, den seine Unfähigkeit zu schwimmen ihm schon zweimal fast das Leben gekostet hatte, hörte Anne aufschreien und fühlte die Kälte des Ozeans über sich zusammenschlagen.

KAPITEL 12

Schließlich gab Molly auf. Sie rang immer noch die Hände, beschwor immer noch die ganz gewiss schrecklichen Folgen, doch da sie endlich und mit großer Erleichterung begriffen hatte, dass Lady Florence diesen Ausflug ohne ihre Zofe unternehmen wollte, lief sie davon, um ihren Auftrag zu erfüllen. Sie würde schon etwas finden, wenigstens brauchte Lady Florence keine fremden Schuhe, die schweren ledernen, mit denen sie in den Parks herummarschierte, würden gerade richtig sein. Vor allem wenn sie ihre Röcke raffen und blitzschnell davonlaufen musste. Molly zweifelte keine Sekunde daran, dass dieser Moment unausweichlich kommen würde.

Florence lauschte kurz Mollys sich rasch entfernenden Schritten im Flur nach und wandte sich wieder den Schränken ihres Ankleidezimmers zu. Bis heute hatte sie gedacht, dass sich darin auch Praktisches für jede Gelegenheit fand. Aber es stimmte nicht, jedenfalls nicht für heute Abend. Sie begegnete ihrem Bild in dem Spiegel zwischen den beiden schmalen Fenstern, stellte sich vor, wie sie bald aussehen würde, und floh in das Schlafzimmer. Wenigstens ihr Mieder und ihre Unterröcke würde sie tragen können, niemand würde sie sehen.

Sie ging zu ihrem Lieblingsplatz am Fenster, ließ ihren Blick über die Wege des kleinen Gartens wandern, langsam, Schritt für Schritt, bis zur Pforte in der Mauer, und kicherte nervös. Vielleicht war sie verrückt, ihr Kichern hörte sich durchaus danach an, aber in ihr war nichts als freudige Erregung. Gleichgültig, was der Abend bringen, was sie erfahren würde, das hilflose Warten, dieses Gefühl der Starre, war bald zu Ende. So oder so.

Auf der Fensterbank lag ein kleiner Fetzen Spitze. Sie legte ihn behutsam auf ihre Hand und fuhr mit dem Zeigefinger die Linien des zarten Gewebes nach. Sie hatte gedacht, ihr Ring habe es abgerissen, doch nun sah sie, dass die frei hängenden Fäden schmutzig waren. Irgendetwas Scharfes oder Kantiges, etwas wie ein rostiger Nagel oder Haken hatte die Spitze eingerissen, bevor sich ihr Ring darin verfing, als Willliam hastig seinen Arm zurückzog.

Sie war in ihr Zimmer gelaufen, und an diesem Fenster hatte sie darauf gewartet, dass er ihr folgte. Eine dumme Hoffnung. Das hatte sie auch gestern Nacht gewusst, sie hatte es trotzdem getan und gefühlt, wie sehr sie es sich wünschte. Und dann war endlich dieser Zorn in ihr aufgestiegen – heiß und belebend wie ein bitteres Elixier gegen die Melancholie – und jagte letzte Zweifel an ihrem Plan davon.

Sie hatte nicht gewusst, dass Liebe und Zorn – das Wort Hass wagte sie nicht zu denken – so eng miteinander verwandt sind. Und zum ersten Mal dachte sie, dass auch seine Kälte und die verborgene Wut, die sie oft bei ihm spürte, vielleicht ebenso wenig rein und klar waren wie die ihre. Das Leben der Männer unterschied sich wohl grundlegend von dem der Frauen, aber vielleicht fühlten sie in der Tiefe ihrer Seelen doch nicht völlig verschieden?

Er war spät in der Nacht heimgekommen. Sie hatte seine leisen Schritte auf der Treppe gehört, wie so oft. Anders als gewöhnlich wurde es in seinem Schlafzimmer jedoch nicht bald darauf still. Sie hörte ihn mit seinem Diener reden, nicht mehr als ein Murmeln drang zu ihr herüber, dann entfernten sich Georges Schritte auf der Treppe zu den Gesindezimmern.

Müde kroch sie unter ihre Decke und schloss die Augen, aber sie konnte nicht einschlafen. Wieder hörte sie ihn umhergehen und wusste, dass er nun das Fenster öffnete – das tat er immer, bevor er zu Bett ging – und begann, seine Kleider abzulegen. Er hatte George noch nie erlaubt, ihm dabei zu helfen, wie es doch die Pflicht eines Kammerdieners ist. In dieser Nacht hörten die Schritte nicht auf. Sie waren leise, doch unermüdlich. Immer wenn sie dachte, er habe endlich Ruhe gefunden, begannen sie von neuem. Schließlich zog sie die Decke über den Kopf und befahl sich zu schlafen.

Da fiel ihr der Wolf ein, den sie vor vielen Jahren in einem Zwinger bei den Ställen eines der großen Güter gesehen hatte. Er war unermüdlich an dem Gitter, das ihn von der Freiheit trennte, entlanggelaufen, hin und her, hin und her. Sie hatte das große struppige Tier mit den schmalen unergründlichen Augen nie vergessen. Als sie damals erfuhr, dass man ihn bald töten würde, weinte sie und ihre Brüder lachten sie aus. Ein Wolf sei nur ein böses wildes Vieh, erklärten sie, es reiße die Lämmer, töte sogar Menschen und müsse deshalb selbst getötet werden.

Später entwischte sie ihrer Gouvernante und lief zu dem Zwinger zurück. Sie steckte ihre Finger zwischen den Gitterstäben hindurch und versuchte, den Wolf tröstend zu berühren. Er unterbrach seine ruhelose Wanderung und sah sie an. Langsam, als zögere er und erfülle nur seine Pflicht, zog er die Lefzen hoch und gab das kräftige Gebiss mit den Reißzähnen frei, ein tiefes Knurren stieg aus seiner Kehle auf, und da hörte sie den Schrei ihrer Gouvernante, fühlte sie sich zurückgerissen, und das Tier hinter den Gitterstäben nahm seine Wanderung wieder auf, als habe es sie nie unterbrochen. Florence glaubte bis heute nicht, dass er sie gebissen hätte.

Wie töricht, jetzt an den Wolf zu denken. Als habe ausgerechnet William, dieses Muster vornehmer Erziehung, irgendetwas mit einem wilden Tier gemein.

Sie schlug die Decke zurück, setzte sich auf, und da war es wieder, dieses ruhelose Umherwandern. Rasch, bevor die Vernunft sie einholen konnte, glitt sie aus dem Bett, warf sich den Frisiermantel über ihr Nachtgewand und öffnete die Tür zu Williams Zimmer.

Er stand am Fenster und blickte in die Dunkelheit hinaus, mit den Gedanken zu weit fort, um ihr Eintreten zu bemerken.

«William», sagte sie leise.

Sein Rücken richtete sich steif auf, er wandte sich um und sah sie mit fremden Augen an.

«Florence», sagte er und sein Blick wurde wieder vertraut: kühl und höflich. «Ich habe dich geweckt, verzeih. Geh wieder zu Bett, ich werde nicht mehr herumlaufen und mit den Dielen knarren.»

Sie ignorierte, was er sagte. Er sah wirklich nicht aus wie ein Wolf, doch sein Gesicht war selbst im sanften Schein der Kerzen bleich und seine Augen tief umschattet, sein Haar, gewöhnlich makellos frisiert, lag wirr auf seinen Schultern. Er hatte Rock und Weste abgelegt und sein Hemd geöffnet, als habe ihm die Halsbinde den Atem abgeschnürt.

«So lass mich dir doch helfen, William», sagte sie. «Ich bin nicht dumm, falls du das denken solltest, irrst du. Ich weiß, dass es dir nicht gut geht.»

«Aber *du* irrst dich, Florence. Es geht mir gut, ich bin nur ein wenig müde. Ich sollte weniger ausgehen, das ist alles. Morgen ...»

«Nein, William.» Florence' Stimme klang sanft, doch unerschüttert. «Nein. Das ist es nicht.» Sie trat näher zu ihm und hielt seinen Blick fest. «Andere mögen auf deine Heiterkeit hereinfallen, ich nicht. Du trägst eine Last, und ich mag nicht länger zusehen. Nein», sie griff nach seinen Händen, die er beschwichtigend erhob, und drückte sie wieder hinunter. «Hör mir zu. Wäre ich sanft und edel, würde ich dir anbieten, unsere Ehe auflösen zu lassen. Aber das bin ich nicht, und so schnell gebe ich nicht auf. Wenn du Schulden oder irgendwelche Händel hast, werden wir das lösen. Vergiss nicht, ich habe vier Brüder und weiß um diese Dinge. Ich meine auch nicht das Geld meines Vaters», fügte sie rasch hinzu, «ich habe selbst, nun ja, einiges, von dem du nichts weißt. Meine Großmutter war reich und eine kluge Frau.»

«Kannst du immer nur an das verdammte Geld denken?» Seine Stimme klang müde. «Geld ist nicht alles, Florence. Aber vielleicht hast du Recht und es ist am besten, wenn wir diese Ehe auflösen. Wenn du das Geschwätz der Leute erträgst, will ich ...»

«Nein! Du hast nicht zugehört. Ich habe gesagt, dass ich das *nicht* will. Noch nicht. Bitte, William, könntest du versuchen, mir zu vertrauen? Nur versuchen? Ich liebe dich, auch wenn dir das eine weitere Last sein mag, und ich will nicht, dass unsere beider Leben sich immer weiter voneinander entfernen, wir sind jetzt schon wie Fremde und …»

Da schloss er sie plötzlich fest in seine Arme und der Rest ihrer Worte, die allerdings schon ganz überflüssig waren, erstickten an der warmen Haut seiner Halsbeuge.

«Du hast schlecht gewählt», hörte sie seine Stimme in ihrem Haar flüstern. «Ich wollte alles richtig machen und habe alles falsch gemacht. Kein Geld, Florence, das ist es diesmal nicht. Oder doch», er lachte leise und hart, «das ist es, nur ganz anders, als du denkst. Florence», er löste seine Arme gerade genug, um sie anzusehen, «wenn du mich wirklich …»

Er presste die Lippen aufeinander.

«‹Liebst›», half sie mit tapferem Trotz aus, «‹wirklich liebst›.»

«Wenn du mich wirklich liebst», wiederholte er wie ein Kind bei einer Grammatikübung mit einem vorsichtigen Lächeln, «gib mir noch einige Tage Zeit. Was ich getan habe, ist schändlich, mehr als das, und ich muss versuchen, einen Weg zu finden, da herauszukommen. Wenn es überhaupt einen gibt. Vielleicht muss ich England verlassen, dann kannst du neu über unsere Ehe entscheiden. Nur ein paar Tage noch, Florence. Aber ich weiß nicht, ob du mir dann noch verzeihen kannst. Es ist nicht zu verzeihen.»

«Versuch es, William. Sag es mir gleich und du wirst sehen.»

Da ließ er sie unvermittelt los und trat einen halben Schritt zurück. «Du hast gesagt, ich soll dir vertrauen. Wie kann ich das, wenn du mir nicht vertraust?»

Seine Worte trafen sie wie eine Ohrfeige. «Das ist ganz einfach, Willliam», sagte sie schroff. «Weil ich dir bisher keinen Grund zum Misstrauen gegeben habe, du mir aber sehr wohl. Viele Gründe.» Sie spürte ihre Fingernägel schmerzhaft in ihren Handflächen und versuchte ihren Zorn zu besänftigen. «Aber es macht nichts», fuhr sie fort, schon auf dem Weg zur Tür. «Ich werde warten. Einige Tage, wie du gesagt hast. Und vergiss nicht, ich bin stärker, als du denkst.»

Bevor sie die Tür ins Schloss zog, drehte sie sich noch einmal zu ihm um. «Ist es ein Duell, William?»

«Nein.» Er schüttelte den Kopf. «Kein Duell, ganz bestimmt nicht. Es tut mir Leid, Florence, ich wollte dich nicht ...»

Da schloss sie schnell die Tür, und so sehr sie auch darauf wartete, er öffnete sie nicht wieder.

Als sie am Morgen erwachte, ganz gegen ihre Erwartung hatte sie doch einige Stunden tief geschlafen, schien die Sonne in ihr Zimmer. Im Garten zwitscherten Vögel im Übermut, und für einen Augenblick lang glaubte sie, die nächtliche Szene nur geträumt zu haben. Dann sprang sie aus dem Bett, wieder voller Zuversicht und Tatendrang, und beschloss, dass ihre Versicherung, einige Tage zu warten, kein echtes Versprechen gewesen war. Sie hatte das Warten satt. Egal, was William wünschte.

«Lady Florence», Molly schob die Tür auf, einen gefüllten Korb in den Armen und kippte seinen Inhalt schwungvoll auf das Bett. «Wir finden bestimmt etwas. Nur für Euer Haar müssen wir uns noch etwas einfallen lassen. Am besten mit der Brennschere, ja. Und dies hier», sie zog ein zierlich bemaltes Döschen aus ihrer

Rocktasche, «wird sicher auch helfen. Es ist eine schrecklich ordinäre Farbe.»

Mit ernstem Gesicht öffnete sie den Deckel und Florence nickte zufrieden. Das Rouge sah in der Tat wunderbar ordinär aus.

*

Die Droschke rumpelte durch die schmale Hintergasse und hielt neben einer Remisentür, der Schlag flog auf, ein schlanker junger Mann steckte den Kopf heraus und sah sich suchend um.

«Und?», brummte eine Stimme aus der Kutsche. «Ist sie da?»

Eine Antwort erübrigte sich, denn eine Gestalt in wasserblauem Kattun, trotz des warmen Abends fest in ein üppiges Schultertuch gehüllt, huschte auf festen ledernen Schuhen hinter einem Haselstrauch hervor und sprang rasch in den Wagen.

«Verzeiht mein Zögern», sagte sie, als die Droschke sofort wieder anfuhr, «ich habe Euch nicht gleich erkannt. Eure Maskerade ist einfach perfekt, Rosina, niemand kann Euch für etwas anderes als einen jungen Herrn halten.»

Rosina lachte. «Alles nur eine Frage der Übung», versicherte sie. Florence' Überraschung erstaunte sie nicht, es war die übliche Reaktion, wenn sie als Reichenbach, der junge Reisende aus Sachsen, auftrat. Eine Rolle, die nicht für die Bühne, sondern ausschließlich für das reale Leben reserviert war, für einige Stunden in männlicher Bewegungsfreiheit, und die sich schon oft als hilfreich erwiesen hatte. Heute hatte sie die Maske um dunkel gepudertes Haar variiert. Ihr natürliches helles Blond veränderte sie zu wenig, vor allem aber konnte es im Dunkeln zu einem verräterischen hellen Fleck werden.

«Ihr seid auch gut gelungen, Florence», sagte sie. «Niemand würde Euch für eine echte Lady halten. Dennoch hoffe ich, dass Euer Gatte nicht zu genau hinsieht. Wo, um Himmels willen, habt Ihr dieses Rouge aufgetrieben?»

«Meine Zofe hat es irgendwo ausgegraben, aber glaubt nicht, dass sie es selbst benutzen würde.» Florence zog einen winzigen Spiegel aus ihrem Täschchen, beugte sich zum Fenster und betrachtete im letzten Licht des Tages ihr buntes Gesicht. «Es ist wunderbar schrecklich, nicht wahr? Allein deswegen darf mich niemand erkennen, ich könnte mich in keinem Salon mehr sehen lassen. Und Ihr seid Mr. Titus?», wandte sie sich an den Mann mit dem struppigen gelben Haar, der ihr und Rosina gegenübersaß und beinahe die ganze Breite der Bank einnahm.

«Titus», er neigte höflich den Kopf, «nur Titus.»

«Ich bin Euch sehr dankbar, dass Ihr uns begleitet, Titus, wirklich. Es ist immer gut, jemanden zur Seite zu haben, der, nun ja, der sich auskennt.»

Titus nickte schnaufend zu den würdigen Worten und schwieg. Natürlich hatte er keine Sekunde gezögert, als Rosina ihn bat, mit ihr zu dem Cockpit auf den Tothill Fields zu fahren. Es war ihm allemal lieber, sie an seltsame Orte zu begleiten, als sich vorzustellen, wo sie sich wieder alleine herumtrieb, nämlich mit Vorliebe dort, wo Frauen nichts zu suchen hatten, schon gar nicht ohne männlichen Schutz. Dieser Ausflug, so hatte er gedacht, würde ihm auch noch Vergnügen bieten, denn so ein englisches Cockpit wollte er unbedingt erleben. Dass Rosina dort dem Mann nachspionieren wollte, der wahrscheinlich diesen zwielichtigen Hamburger Faktor und auch Alma Severin getötet hatte, war ihm nur recht. Er hatte nichts dagegen, den Kerl in die Finger zu kriegen.

Die Sache mit der an ihrem Ehemann leidenden Lady hatte sie ihm erst ganz zum Schluss gesagt. Auch dazu hatte er nur schweigend genickt, obwohl er es für keine gute Idee hielt. Doch es war nun mal abgesprochen und Titus verschwendete nur ungern Worte.

Es war in der Tat schwierig, sich vorzustellen, dass diese als Ladenmädchen im Sonntagsstaat ausstaffierte junge Frau mit den wirren, tief ins Gesicht frisierten Haaren zu den reichen Familien der Stadt gehörte. Die ein wenig zu große Haube, fest über ihre mahagonifarbenen Locken gezogen, schien ihm nicht einmal ganz rein. Das einzig Verräterische war ihr Dekolleté. Es war eindeutig zu züchtig für die Rolle, die Lady Florence heute spielen wollte, aber vielleicht war das gar nicht dumm. Je tiefer der Ausschnitt, umso genauer gafften die Kerle, umso größer die Gefahr, dass einer der feinen Herren, die sich dort auch aufhalten sollten, sie erkannte. Diesem Mädchen würde kaum einer zweimal hinterhersehen.

Bevor er endgültig seinen Blick dem Fenster und den vorbeiziehenden Straßen zuwandte, betrachtete er noch einmal die beiden Frauen, die ihm gegenübersaßen, und fand, dass sie durchaus als ein reisender Student vom Kontinent mit seiner Zwei-Tage-Liebschaft durchgehen konnten. Dennoch befürchtete er das Schlimmste. Es war schwer genug, auf Rosina allein aufzupassen. Aber die wusste sich auf fremdem Terrain sicher zu bewegen und erkannte brenzlige Situationen (was leider nicht hieß, dass sie ihnen aus dem Weg ging!). Die junge Lady hingegen würde in jede Falle laufen und gewiss in Ohnmacht fallen, wenn sich die erste klebrige Männerhand an ihren vornehmen Körper verirrte.

«Ihr müsst versprechen, immer bei uns zu bleiben», hörte er Rosina sagen, als die Droschke die Straße zur Pferdefähre und damit die letzten Häuser hinter sich ließ, um auf den Weg über die Tothill Fields einzubiegen, «solltet Ihr mich im Gedränge verlieren, haltet Euch an Titus. Egal, wie düster und voll es dort sein mag, er ist nicht zu übersehen.»

Titus unterdrückte ein Schnaufen. Für einen Moment argwöhnte er, Rosina habe die Sache mit Lady Florence absichtlich arrangiert, damit er beschäftigt und von ihr abgelenkt sei.

«Das ist ein leichtes Versprechen», antwortete Florence und blies eine der herabhängenden Locken von ihrer Nase. «Ich muss gestehen, dass ich sehr aufgeregt bin und mit Vergnügen neugierig, obwohl dieses Unternehmen einen traurigen Anlass hat. Aber ich bin nicht töricht und werde an Euch kleben wie Leim, ich wüsste ja nicht einmal, wie ich von dort wieder nach Hause finden sollte.»

«Und lasst Euch von niemandem zu Branntwein verführen», fuhr Rosina streng fort. «Oder zu Gin. Ihr seid solche Getränke nicht gewöhnt, jedenfalls nehme ich das an, sie könnten Euch zu äußerst ungesundem Leichtsinn verführen.»

Florence nickte seufzend. Sie hatte gedacht, die Zeiten der Gouvernanten seien längst und endgültig vorbei.

Wieder fiel ihr der Wolf ein, doch nur, weil sie sich auch jetzt wie in einem Traum fühlte. Da saß sie in Kleidern aus den Vorräten für das Gesinde in einer ruckelnden, außerordentlich schlecht gefederten Droschke, neben sich eine verkleidete Komödiantin, gegenüber einen Hanswurst, der weniger nach einem Spaßmacher aussah als an einen der Normannen erinnerte, die einst England überrannt hatten. Und vor ihr lag der Besuch eines schmutzigen Cockpits und – vielleicht – die Lösung des Rätsels von Williams Geheimnis. Ihr Geist war überwach, ihr Körper gespannt wie die harte Sehne eines Bogens, in ihrer Kehle lauerte ein beständiges Kichern und ihre Hände berührten einander kalt und feucht.

Es war Rosinas Idee gewesen, gemeinsam hierher zu fahren. Zweifellos eine rettende Idee, alleine hätte sie sich bei aller Entschlossenheit kaum getraut, und Molly wäre bei diesem Unternehmen wahrhaftig keine Hilfe gewesen. Als sie Rosina auf dem Friedhof traf, hatte sie sie nur um etwas bitten wollen.

«Wenn es möglich ist», hatte sie gesagt, immer im Gefühl, Mrs. Kjellerups Freundin zu beleidigen, «nur wenn es möglich ist, könntet Ihr mir vielleicht zeigen, wie man sich grob benimmt? Verzeiht, Ihr seid nicht grob, ganz gewiss nicht. Aber ich dachte, nun, ich dachte, auf der Bühne spielt Ihr sicher auch Rollen, zu denen Grobheit gehört, zumindest hin und wieder.»

Sie wolle lernen, sich wie eine Schankmagd zu verhalten oder wie die Frauen auf den Märkten und in den Kellern am Hafen. Mrs. Kjellerup habe gesagt, Miss Hardenstein spiele, falls es notwendig erscheine, auch mancherlei Rollen, wenn sie nicht auf der Bühne stehe.

«Könnt Ihr mir zeigen, wie Ihr das macht? Wie es geht, sich grob und gewöhnlich zu benehmen?»

Es dauerte nicht lange, bis sie der doch beinahe völlig fremden Frau neben ihr auf der Bank nicht nur erzählt hatte, für welchen Ort sie diesen Mangel an Talenten beheben wollte, sondern auch, warum sie dort hingehen wollte und was sie herauszufinden hoffte. Beides war für Rosina keine Überraschung, doch es gab keinen Grund, das zu erwähnen.

«Ich bin ganz sicher, dass William in schlechte Gesellschaft geraten ist und dass sich diese Männer dort treffen», erklärte Lady Florence. «Er ist nämlich oft in diesem Cockpit und sicher nicht, weil er so gerne zusieht, wie sich Hunde zerfleischen. Er liebt Hunde, die Kämpfe dort können ihm kein Vergnügen sein. Deshalb will ich endlich wissen, was er dort tut. Und warum.»

«Und dann?», fragte Rosina skeptisch. «Was Ihr dort erleben oder herausfinden werdet, wird Euch kaum gefallen, egal, was es ist. Im besten Fall trifft er sich nur mit Freunden, die Hunde nicht ganz so gern haben wie er, und trinkt zu viel und wettet zu hoch.» Sie fand es nicht nötig zu erwähnen, das er möglicherweise die Gesellschaft von Damen suchte, die ohne Gouvernante und Anstandsunterricht erzogen worden waren. «Was wollt Ihr dann tun? Euren Vater seine Schulden bezahlen lassen und auf seine Dankbarkeit hoffen? Ihr könntet genau das Gegenteil erreichen.»

Die harten Worte schreckten Florence nicht. «Aber deshalb doch die ganze Maskerade. Er darf nie erfahren, das ich dort war. Nie. Schulden wären meinem Vater egal. William kann kaum welche machen, die die Cutlers ruinieren könnten. Aber wenn nicht irgendjemand etwas unternimmt, wird er sich selbst ruinieren, seinen dummen Stolz, seine Ehre, die kann niemand für ihn kaufen. Im Übrigen», sie richtete sich zu ihrer ganzen kleinen Größe auf, «im Übrigen glaube ich nicht, dass es nur um

Spiel- oder Wettschulden geht. Ach, es ist egal. Ich muss einfach wissen, was dort vorgeht, sonst werde ich verrückt. Könnt Ihr mir nun zeigen, wie eine Frau sich an einem solchen Ort unauffällig verhält, oder nicht?»

Rosina nickte. Offenbar hatte Florence keine Ahnung, um welche Summen in London gespielt wurde. Doch dann hatte sie den viel besseren Vorschlag von dem gemeinsamen Besuch des Cockpits gemacht.

Rosina befürchtete, sie könnten zu früh ankommen und das Cockpit noch nicht voll genug sein, um unauffällig in der Menge unterzutauchen. Doch auf dem Hof des Anwesens – ein Wohnhaus, kaum mehr als eine Kate aus altem Fachwerk, eine Scheune und einige angebaute Schuppen – standen schon eine ganze Reihe von Kutschen und Fuhrwerken. An einer Stange warteten Reitpferde, vom eleganten Vollblut bis zum breiten Ackergaul, auf ihre Herren. Kleine Gruppen von Männern standen herum und schwatzten, lange Tonpfeifen oder Bierkrüge in den Händen. Niemand fand die drei Neuankömmlinge mehr als einen kurzen Blick wert, nicht einmal die junge Frau, die als Letzte aus der Droschke stieg und sich durch das Gekräusel ihrer Locken mit verstohlener Neugier umsah.

Aus der Scheune drang fröhliches Lärmen und wies ihnen den richtigen Weg. Ihr großes Tor war verschlossen, doch die schmale Seitentür, einst Zugang zu den Verschlägen für Schweine und Kleinvieh, stand weit offen. Titus griff nach Rosinas Arm, zog sie sacht zurück und schob sich als Erster hindurch.

Was einmal eine ganz normale, einfach gebaute Scheune mit einem fest gestampften Lehmboden gewesen war, glich nun einem bescheidenen Amphitheater. Um die nicht ganz runde, durch eine hölzerne Brüstung gesicherte Arena verlief ein etwa zehn Fuß breiter freier Streifen. Dahinter stiegen in etwa drei Viertel des Runds drei grob gezimmerte Ränge auf. Eine Galerie war nur an der Stirnwand angebracht, so kurz unter dem niedrigen Dach, dass sich jeder, der mehr als fünfeinhalb Fuß maß, dort mit eingezogenem Kopf bewegen musste, wollte er nicht Bekanntschaft mit der Härte dicker alter Balken machen.

In die Längswände waren kurz unter dem Dach einige fensterähnliche Löcher geschnitten. Sie nützten nicht viel, die Luft war dick und heiß, der Gestank nach Staub, Schweiß, Kot und Blut überlagerte den schalen Geruch von Bier und Pfeifenrauch. Am Tag mochten die Löcher auch Licht spenden, doch die Sonne war gerade untergegangen und es dunkelte rasch. Über der Arena hing ein einem Wagenrad nachempfundener, reichlich mit Kerzen bestückter Kronleuchter, der allerdings nur in seiner Funktion den Lüstern in den Salons und Theatern glich.

Auch auf den Rängen, sogar auf der Galerie, gaben einige billige, nach Talg und Ruß riechende Kerzen mattes Licht; die mannshoch aus grobem Eisen geschmiedeten Kandelaber auf dem Vorplatz beleuchteten vor allem den Schanktisch mit den Fässern voller Bier, Branntwein oder Gin. Wer Wein vorzog, musste ihn selbst mitbringen, was etliche der besser gekleideten unter den Besuchern auch taten.

Rosina schob Florence zwischen sich und Titus, und so folgten sie ihm, der die Menge teilte, als sei sie ein zähes Gestrüpp, durch die schon gut gefüllte Scheune bis zur Arena.

Die erste Runde der Kämpfe war gerade vorüber, zwei Jungen wischten die letzten Reste von Blut und Kot auf.

Am Schanktisch drängten sich die Männer, neue Wetten wurden abgeschlossen, die letzten Kämpfe diskutiert.

Florence blickte zu dem Korb hinauf, der auch heute mit kräftigen Seilen verzurrt über der Arena hing. Er war leer, und sie unterdrückte einen erleichterten Seufzer. Sie hatte den armen Mr. Webber nicht vergessen. Williams plötzliche Blässe, als sie bei der Soiree dieses Cockpit und Mrs. Kjellerup den Tod des Tuchhändlers zur Diskussion stellten, war schließlich der erste Anlass für ihren Ausflug an diesen Ort gewesen. Sie fröstelte in der stickigen Hitze, zog sich noch ein paar Locken über die Stirn und begann, sich nach William umzusehen.

Dass er heute Abend auf die Tothill Fields wollte, wusste sie von Molly, die es wiederum George abgerungen hatte (natürlich unter dem Siegel der Verschwiegenheit und nur, weil er sie tief verehrte), der immer wusste, wo William sich aufhielt. Aber vielleicht war das ein Irrtum, dem George ebenso unterlag wie sie selbst. Wenn William auf Abwege geraten war, würde er das kaum seinem Kammerdiener anvertrauen, wenn der ihn auch noch so lange kannte und der Inbegriff diskreter Loyalität war.

Ihr Blick blieb bei zwei Frauen hängen, offensichtlich Mutter und Tochter, die mit geröteten Gesichtern auf der ersten Bankreihe saßen, und sich aus einem Korb mit fetter Wurst, Zwiebeln und dunklem Brot bedienten. Florence beobachtete voller Spannung, wie die Ältere mit ihrem nur noch spärlich mit Zähnen ausgestatteten Mund ein Stück von der Wurst biss, ohne auch nur für einen Moment ihr Schwatzen zu unterbrechen. Ein dicker Brocken verschwand in ihrem großzügigen Dekolleté, wurde mit fettigen Fingern wieder herausgefischt, in ihren Mund gesteckt und mit Bier hinuntergespült.

Ein ekliger, doch für Florence ungemein faszinierender Anblick. Sie begann, Vergnügen an diesem Ort zu finden, der ihr mehr als alles, was sie je gesehen hatte, einem Theater glich, und ertappte sich bei der Hoffnung, William werde nicht kommen. Mit ihm musste das Theater einer Realität weichen, die sie fürchtete.

«Könnt Ihr ihn schon entdecken?», fragte sie, zupfte Rosina am Ärmel und fügte spöttisch «Mr. Reichenbach» hinzu.

«Nein», sagte Rosina und warf Florence einen besorgten Blick zu. Die unter dem violett schimmernden Rouge geröteten Wangen, die glänzenden unruhigen Augen der jungen Lady gefielen ihr ganz und gar nicht. Erschreckte Blässe und schockiert niedergeschlagene Lider wären ihr lieber gewesen. Wenigstens auf Titus war Verlass. Sollte Florence auf leichtfertige Gedanken kommen, würden sein langer Arm und seine großen Fäuste sie schon zurückziehen. «Nein», wiederholte sie und ließ ihren Blick weiter suchend über die Gesichter gleiten, «auch seine Freunde nicht. Vielleicht sind wir zu früh gekommen.»

«Bestimmt nicht», versicherte Florence, «das Cockpit ist nur die erste Station bei ihren Abendvergnügungen. Danach warten die Theater und Kaffeehäuser. Oder die Clubs mit ihren Spieltischen», fügte sie hinzu, «William ist Mitglied bei *White's*. Ich glaube, dort hat er auch Graf Alwitz kennen gelernt.»

Oder die türkischen Bäder und Bordelle von Covent Garden, dachte Rosina, und da endlich entdeckte sie Lord Wickenham. Er stand im Schatten der Galerie hinter der Arena, genau an der Stelle, an der die Seile für den Schuldnerkorb festgemacht waren, und nippte lustlos an einem Bierkrug. Er unterhielt sich mit einem dicken Mann. Vor wenigen Minuten hatte er dort noch nicht gestanden, er musste durch eine andere, für sie verborgene Tür hereingekommen sein.

Um mehr zu erkennen als die Köpfe und Schultern der beiden Männer, stellte sie sich auf die Zehenspitzen und reckte den Hals. Der dicke Mann versuchte William etwas zu geben, der wehrte ab, doch der andere ließ nicht locker. Als er endlich William etwas in die Rocktasche schob, zog der es ärgerlich wieder heraus, gab es zurück und zeigte unwirsch mit den Kinn in die Dunkelheit hinter sich. Der andere zuckte mit den Schultern, wandte sein Gesicht der Arena zu und Rosina erkannte Mr. Dibber. Was er nun wieder in seinen Händen hielt, war ein kleiner Beutel, wie man ihn für Münzen verwendete. Woher kannte ein Mann wie Lord Wickenham den Wirt des *King's Belly* in der Half Moon Street? Und warum versuchte der ihm Geld aufzudrängen? Wofür?

«Habt Ihr etwas entdeckt?», fragte Florence.

«Nein», log Rosina. «Das dachte ich, aber ich habe mich geirrt.»

«Aber dort, seht Ihr?» Florence zeigte aufgeregt zur oberen Reihe der Bänke auf der rechten Seite hinauf, «da sitzt Graf Dagenskøld. Neben Mr. West, dem Maler aus den amerikanischen Kolonien. Er ist ein Freund des Königs, obwohl er ein Quäker ist. Seht Ihr ihn?»

Rosina hatte keine Ahnung, wer Mr. West war und schon gar nicht, wie er aussah. Aber sie erkannte Dagenskøld neben einem etwa dreißigjährigen, sehr schlanken Mann im mauvefarbenen Seidenrock und makellos gepuderter Perücke, dessen perfekte, gleichwohl unaufdringliche Eleganz den jungen Dänen wie einen unerfahrenen

Landjunker erscheinen ließ. Und dann, auf der Galerie direkt über West und Dagenskøld, entdeckte sie ein anderes vertrautes Gesicht. Magnus Vinstedt lehnte auf der Brüstung und blickte auf die Menge hinunter. Einen kleinen Moment lang trafen sich ihre Blicke und sie glaubte ein Erkennen in seinen Augen zu sehen. Aber das war in diesem diffusen Licht unmöglich, nur wer sie gut kannte und ihre Kostümierung erwartete, erkannte sie mit der männlichen Verkleidung. Oder wer über einen so schnellen Blick verfügte wie Wagner. Der hatte sie vor einigen Jahren selbst als den vermeintlichen Schreiber Mylau, mollig und mit rot gefärbtem Haar, die vollen Lippen blass und schmal, die Wangen hohl geschminkt, sofort erkannt.

Rasch glitten ihre Augen weiter. Wagner war den ganzen Nachmittag nicht zurückgekehrt, so hatte sie ihm von ihrem Cockpit-Plan nichts erzählen können. Sicher hätte er sie begleitet. Doch wenn Vinstedt hier war, den Wagner doch suchen musste, war er womöglich auch hier?

Sie blickte zu William zurück, gerade als Dibber hinter ihm in der Dunkelheit verschwand. Dort musste noch eine Tür sein. Ein rascher Blick auf die Galerie zeigte ihr, dass Vinstedt auch nicht mehr an der Brüstung stand. Dagenskøld hingegen hockte noch auf der Bankreihe darunter, zu ihm und seinem Begleiter hatten sich einige andere, ebenfalls teuer gekleidete junge Männer gesellt, sie alle schienen sich gut zu unterhalten, keiner sah in die Arena hinunter.

Wo blieb Bendix Hebbel? Muto hatte ihm den Brief selbst übergeben, aber wenn er nicht kam, war das ganze Unternehmen vergeblich.

«Titus?» Sie zupfte ihn am Ärmel und neigte sich nahe

zu seinem Ohr. «Ich sehe mich mal auf dem Vorplatz um. Vielleicht wartet Hebbel draußen», fügte sie rasch hinzu, als seine Brauen sich unwillig hoben. Sie sei gleich zurück, erklärte sie Florence rasch, sie möge sich unbedingt an Titus halten.

«Setz besser deinen Hut auf», mahnte Titus. «Der ist zwar seltsam, aber das wird die Leute weniger stören, als wenn sie deine Maskerade durchschauen.»

Vor der Scheune standen immer noch etliche Männer herum, die meisten scharten sich bei der Eiche um einen der Hundebesitzer und fachsimpelten über die Qualitäten des an einem kurzen Riemen gehaltenen goldbraunen Mastiffs. Die breiten Stirnfalten in dem dunklen Gesicht des Tieres, der lederne Maulkorb über dem kurzen breiten Fang ließen ihn weniger gefährlich als traurig erscheinen. Als einer der Männer ihn mutig hinter den Ohren kraulte, wedelte er dankbar und lehnte sich vertraulich an seinen Herrn. Rosina würde nie begreifen, wie jemand ein Tier freundlich begrüßen konnte, nur um sich gleich darauf an seinem Todeskampf zu begeistern. Sein Kontrahent, so hatte sie in der Scheune gehört, war heute Nacht ein Bullterrier, ein kampferprobtes, bisher immer siegreiches Tier.

Sie drückte die breite weiche Krempe ihres Hutes tiefer in die Stirn und versuchte in der Dunkelheit die Gesichter der Männer zu erkennen. Mit wenig Erfolg. Trotzdem glaubte sie nicht, dass Hebbel unter ihnen war. Ganz sicher würde er sie in der Scheune nahe dem Schanktisch suchen, so wie sie es für den Fall, dass sie einander versäumten, vorgeschlagen hatte.

Es war weit von der Ave Maria Lane zu den Tothill Fields, vielleicht hatte er die Wegstrecke unterschätzt.

Eine andere Gruppe fiel ihr auf, eigentlich keine Gruppe, eher eine lockere Reihe von Menschen, die aus der Dunkelheit des hinteren Hofes, jedenfalls von der Rückseite der Scheune aus den Pfad über die Wiesen einschlugen. Rosina sah ihnen nach, die meisten waren Frauen und halbwüchsige Kinder, alle auffallend wohlgenährt und die Frauen und Mädchen in weit ausladenden Röcken. Irgendetwas war da befremdlich, doch abgesehen davon, dass es überhaupt befremdlich war, an diesem Ort so viele Frauen und Kinder anzutreffen, fiel ihr nichts ein, was es sein könnte. Vielleicht befand sich hinter der Scheune eine Manufaktur, es gab viele, in denen vor allem Frauen und Kinder mit ihren flinkeren, gewandteren Fingern beschäftigt wurden. Und – nicht zu vergessen – den billigeren Löhnen.

Sie stand im Schatten der Scheune, niemand beachtete sie, und so glitt sie an der Wand entlang und um die Ecke. Hier war kein Mensch, sie hörte die Stimmen aus dem Rund um die Arena, fühlte den Abendwind, roch den warmen Dunst eines Pferdestalles, irgendwo in den hinteren Gebäuden jaulte aufgeregt eine tiefe Hundestimme auf. Sie dachte an den Bullterrier und hoffte, dass das dazugehörige Tier noch in einem gut versperrten Käfig hockte.

Vorsichtig lugte sie um die nächste Ecke der Scheune und blickte endlich in den hinteren Hof. Auch hier war es stockdunkel, der matte Lichtschein aus zwei kleinen Fenstern ließ immerhin Konturen erkennen. Dass die Schuppenfenster, dazu bei einem so ärmlichen Anwesen, verglast waren, war mehr als ungewöhnlich. Der Besitzer des Cockpits musste wahrhaft gute Einnahmen machen.

Die Tür wurde aufgestoßen, und bis die herausstrebenden beiden Frauen ihr den Blick versperrten und eine unsichtbare Hand die Tür rasch wieder zuzog, sah sie einen knochigen Mann und ein Mädchen, das unter seinem hochgerafften Rock ein Gebilde aus festem Stoff mit vielen aufgenähten Taschen zeigte, in die jemand, Rosina sah nur einen gebeugten dunklen Rücken, etwas hineinzustopfen schien.

Eine etwas eigenwillige Art der Verteilung milder Gaben fand hier bestimmt nicht statt. Was es bedeutete, begriff sie erst, als die beiden Frauen breit und behäbig auf der anderen Seite der Scheune hinter den Eichen in die Dunkelheit watschelten. Sie waren nicht wohlgenährt. Die Tuche, mit denen sie unter ihren einfachen Kleidern umwickelt waren, die in ihre Röcke eingenähten, gefüllten Beutel ließen sie nur dick und ihren Gang schwerfällig erscheinen. An diesem dunklen Ort wurde Schmuggelware von der Küste umgeladen und verteilt. An ihren Körpern trugen sie chinesischen Tee, flandrische Spitze, französische Seiden und Galanteriewaren oder bescheidene Portionen holländischen Genever zu Kleinhändlern. Größere Lieferungen konnten sie kaum bewältigen.

Rosina presste sich an die Scheunenwand und hielt lauschend den Atem an. Es wäre gar nicht gut, wenn sie jemand erwischte, während sie dem illegalen Treiben zusah.

Auch in Hamburg versuchten Bäuerinnen und Kleinhändlerinnen in versteckten Taschen ihrer Röcke unverzollte Ware in die Stadt zu schmuggeln, die sie dort teurer verkaufen konnten als in Altona oder den umliegenden Dörfern. In Hamburg mit seinen unüberwindlichen Festungsmauern und den scharf kontrollierenden Wachen an den Stadttoren standen ihre Chancen schlecht, London hingegen war schon lange eine offene Stadt. Und dass der Schmuggel an den Küsten der großen Insel, besonders im Süden und Südwesten, ein immenses Geschäft war, wusste jeder im Königreich.

Was hier geschah, wirkte wenig heimlich, sie hatten sich nicht einmal die Mühe gemacht, die Fenster richtig zu verhängen. Dabei warteten nur einige Schritte entfernt mindestens hundert Männer müßig auf den nächsten Kampf, zweifellos standen einige unter ihnen König und Parlament nahe.

Bevor der nächste Lastträger in die Dunkelheit und auf seinen heimlichen Weg geschickt wurde, flitzte sie über den Hof und duckte sich unter das Fenster. Titus würde schon nach ihr Ausschau halten, aber ein oder zwei Minuten mehr würden ihn kaum unruhiger werden lassen. Sie hörte Stimmen aus dem Schuppen, doch zu leise, um die Worte und deren Sinn zu verstehen. Das Jaulen des Hundes hatte aufgehört – ob das ein gutes Zeichen war, war allerdings fraglich. Andererseits wurde er vielleicht gerade zur Scheune geführt, dann begann gleich der nächste Kampf und damit das anfeuernde Grölen der Menge um die Arena. Es würde jedes Geräusch, das sie verursachte, übertönen.

Sie wagte einen Blick durch die trübe Scheibe. Es warteten nur noch wenige auf die Ware, die ihnen von zwei Männern zugeteilt wurde, ein dritter hockte mit Feder, Tintenfass und Papier an einem roh gezimmerten Tisch, auf dem auch eine Waage stand, und notierte, was die Besitzer wechselte. Da war noch jemand, den sie im dunklen Hintergrund nur als Schatten wahrnahm. Der ausladende Bauch erinnerte an den Wirt des *King's Belly*. Das passte perfekt. Suchte sie für ein Theaterstück den vertrauten Kunden und Komplizen von Schmugglern, wäre ein Mann wie Dibber die ideale Besetzung.

Aber wie passte all das, wie passte Dibber zu Lord Wickenham? Plötzlich begriff sie, ein leiser Pfiff entfuhr ihr und sie legte rasch die Hand auf den Mund. Aber vielleicht erinnerte sie sich nur falsch, sie musste Florence noch einmal fragen. Womöglich war das schon die Lösung des Rätsels um William – die würde Florence allemal lieber sein als turmhohe Wettschulden, ein drohendes Duell oder gar eine andere Frau.

Leichte Schritte bewegten sich von der Scheune zu der Kate, sie duckte sich gegen die Wand und zog ihren Hut vor das weiß leuchtende Leinen ihres Hemdes. Sie hatte dort kein Licht gesehen, aber da sie nur den vorderen Teil des Hauses sah, musste das nichts heißen. Die anderen Schuppen und Verschläge schienen ihr verlassen, so huschte sie um ein dickes Gebüsch zur Rückseite und fand dort doch ein erleuchtetes Fenster. Es war heller als die des Schuppens, das bedeutete mehr Kerzen oder Öllampen. Hinter der Kate erstreckte sich ein vernachlässigter, von einer struppigen Hecke umgebener Gemüsegarten. Kein anderes Haus oder Gehöft weit und breit, nichts als weites Feld in der Dunkelheit. Sie hoffte, dass dort draußen kein Sumpf lag. Sie hatte gerne festen Boden unter den Füßen, wenn die Lage misslich wurde und nichts als blinde Flucht erforderte.

Auch wenn ihre Augen schon an die Finsternis gewöhnt waren, hätte sie nichts dagegen gehabt, wenn gerade jetzt der Mond aufstiege, aber selbst wenn er seinen Lauf schon begonnen hatte, verbarg er sich noch hinter den Eichen auf der anderen Seite der Scheune.

Wieder hörte sie gemurmelte Worte, sie schlich näher

und drückte sich unter dem Fenster an die Wand. Die Nacht war warm, es stand einen guten Spaltbreit offen, und nun verstand sie beinahe alles, was gesprochen wurde. Sie unterschied zwei Stimmen, die eine von unterdrückter Heftigkeit, die andere kühl. Die Unterhaltung wurde in Deutsch geführt – sie war am Ziel. Und dort war sie ziemlich allein.

«… bodenlose Dummheit», sagte die kühle Stimme. «Du kannst froh sein, ein so gutes Versteck zu haben. Was glaubst du, wozu es da ist? Damit du dich bei der nächsten Gelegenheit auf ein Pferd setzt, nach London zurückreitest und ausgerechnet im Theater auftauchst, wo dich jeder sehen kann? Das ist egal», wies er einen murrenden Einwand der anderen Stimme zurück, den Rosina nicht verstanden hatte, «auch unter tausend Gesichtern kann dich jemand erkennen, gerade im Drury Lane, wo sich alles mögliche Volk herumtreibt. Warum nicht auch diese aufdringlichen pfälzischen Nachbarn aus der Half Moon Street? Verdammt», nun wurde auch die kühle Stimme grob, «wie konntest du so dumm sein, das Mädchen auch noch mitzubringen? War es nicht dumm genug, sich überhaupt mit ihr einzulassen?»

Rasche, kurze Schritte bewegten sich auf das Fenster zu und Rosina hielt den Atem an.

«Ich musste sie mitnehmen», hörte sie die heftige Stimme, die sie bisher nicht verstehen konnte, nun ganz deutlich – schrill und hastig. «Sie hätte mich verraten können, das habe ich dir doch erklärt. Dieser gierige Drucker … als ich ihm sagte, dass er in dieser Nacht die letzten Policen für mich druckte, weil das Geschäft aus sei, hat er mehr Geld gefordert, er hat geglaubt, er hätte mich in der Hand und könnte mich bei der Wedde verpfeifen, der Idiot! Er hat mich bis zur Weißglut gereizt, und plötzlich lag er da. Ich kann nichts dafür. Und Alma, sie war zu Anfang ganz zahm. Ich mochte sie. Du hast hier ein ganz normales Leben, und von mir verlangst du, dass ich wie ein Mönch lebe.»

«Und weil du sie so mochtest, konntest du deinen verdammten Jähzorn nicht im Zaum halten und musstest ihr ein Kissen aufs Gesicht drücken?»

«Hört endlich auf», mischte sich eine ungeduldige dritte Stimme mit deutlich englischem Akzent ein. «Er verschwindet mit dem ersten Morgenlicht nach Sussex. In dem feuchten alten Kasten ist er sicher, bis Daniels ein Schiff für ihn hat, und damit ist die Sache erledigt. Da draußen sind nur zwei uralte Diener, neugierigen Besuch gibt's da schon lange nicht mehr. In London hat niemand eine Spur von ihm, und wegen einer unbekannten Toten in einer schäbigen Absteige macht sich sowieso keiner viel Mühe.»

Sie war am Ziel. Was hier verhandelt wurde, war nicht nur Almas Tod. Sie wusste, wer in der Kate stritt, wenn auch nicht, welche Stimme zu welchem Gesicht gehörte. Sie erhob sich behutsam aus der Hocke, um einen Blick durch das Fenster zu wagen. Ihr linker Fuß war eingeschlafen, und als sie ihr Gewicht auf den anderen verlagerte, hörte sie einen dünnen Ast unter ihrem Schuh brechen. In der Stille der Nacht klang es in ihren Ohren wie ein Schuss, die Männer mussten es gehört haben. Aber bevor sie entscheiden konnte, ob es schon Zeit zur Flucht in die Scheune sei, sprach die Stimme schon weiter: «Und jetzt lasst uns über unsere Geschäfte reden. Ich möchte wissen, wie viel die letzte Ladung in der Chesapeake Bay gebracht hat.»

Der letzte Satz war in Englisch gesprochen, und gerade als eine weitere Stimme, eine vierte in der gleichen Sprache, zu antworten begann, hörte Rosina, wie die Tür des Zimmers aufflog. Die Stimme brach ab und endlich traute sie sich, über das Fenstersims zu sehen. Was sie sah, glich einem Gemälde. Vier Männer standen bewegungslos und starrten die Frau an, die plötzlich mitten im Zimmer stand, Florence, bleich, mit gerötetem Gesicht und geweiteten Augen.

Bevor Rosina auch nur darüber nachdenken konnte, was zu tun war, nämlich hineinlaufen, irgendetwas von ‹Du dummes betrunkenes Ding, man geht nicht einfach in fremde Häuser› rufen, Florence blitzschnell mit sich hinausziehen und laufen, laufen, laufen, fühlte sie eine Hand in ihrem Genick und eine zweite auf ihrem Mund. Der Bluthund, der sich groß wie ein Kalb vor ihr aufrichtete, seine breiten Pfoten auf ihre Schultern legte und ihr die nasse Nase gegen das Kinn drückte, ließ sie jeden Gedanken an Gegenwehr vergessen.

Titus fühlte sich unbehaglich. Natürlich hatte er gewusst, dass Rosina ihn mit der Lady allein lassen würde, es hielt sie nie lange auf einem Fleck. Aber diese Lady war ihm unheimlich. Sie war zappelig wie ein Frosch und ständig flüsterte sie ihm etwas zu, das er nicht verstand, seine dünnen Kenntnisse der fremden Sprache wurden in diesem Lärm wahrhaft mager. Er hätte sich doch mehr Mühe bei Rosinas Unterricht geben sollen. Nicht, dass er je ein schwatzhafter Mensch gewesen wäre, aber bis auf ein freundliches Brummen ab und zu so ganz stumm zu bleiben, schien ihm äußerst ungalant. Wahrscheinlich hielt sie ihn schon für dumm.

Immerhin hatte er ihr einen Dienst erweisen können, als ein aufdringlich riechender junger Mensch ihr frech die teuer beringte Hand unters Kinn legte und ein eindeutiges Angebot machte (in diesen Dingen war die Sprache in jedem Land gleich). Er war sicher, der Kerl würde es nicht noch einmal versuchen – ebenso wenig die Kerle, die das kleine Rencontre und das schmerzverzerrte Gesicht des Möchtegern-Galans beobachtet hatten. Ganz gegen Titus' Erwartungen war die Lady nicht in Ohnmacht gefallen. Sie war nicht einmal blass geworden, hatte auch nicht auf die vorwitzigen Finger geschlagen, wie es sich gehört hätte, sondern nur errötend gekichert, was zweifellos an ihrer mangelnden Erfahrung mit solchen Orten und Attacken lag.

Als jemand an seinem Ärmel zupfte, fuhr er wütend herum, doch er sah nur in das erschreckte Gesicht eines schmalen jungen Mannes.

«Verzeihung», sagte der, «ich dachte nur, vielleicht seid Ihr Titus? Miss Hardenstein hat Euch beschrieben und ich habe Euch auch im Theater gesehen, aber nur flüchtig.»

Er sah Titus forschend an und atmete erleichtert auf, als sich dessen unwillige Miene zu einem halbwegs freundlichen Grinsen verzog.

«Hebbel?», fragte Titus. «Seid Ihr Hebbel? Na, endlich», sagte er, als der Drucker nickte. «Wir warten schon auf Euch.»

«Der Weg ist länger, als ich dachte. Es war schon spät, als die Arbeit in der Druckerei getan war, und ich war dumm genug, keine Droschke zu nehmen. Ich wollte das Geld sparen. Wo ist Mademoiselle Hardenstein?»

«Keine Ahnung. Sie schnappt ein bisschen frische

Luft, so nennt sie das. Ich kann die Lady nicht allein lassen, ich hab's Rosina versprochen.»

Er wandte sich zu Florence um, die dem kurzen Gespräch der beiden Männer mit neugierigen Augen gelauscht und kein Wort verstanden hatte. Sie wusste, dass Rosina noch jemanden erwartete, allerdings nicht, warum. Alles hatte Rosina ihr nicht verraten. Der Mann, den Hebbel wiedererkennen sollte, hatte schließlich nichts mit Florence' Cockpit-Besuch zu tun. So begrüßte sie ihn höflich und wandte sich sofort wieder ihrer Suche nach William zu, ein mühsames Unterfangen, denn während der meisten Zeit sah sie außer der oberen Bankreihe und der Galerie nichts als breite Rücken. Selbst Dagenskøld, von dem sie gehofft hatte, dass er William vor ihr entdecken und lautstark begrüßen würde, hatte seinen Platz auf den Bänken verlassen.

Die Sitzreihen waren nun wieder dicht gefüllt. Immer noch liefen Schankmägde auf und ab und füllten die letzten leeren Krüge und Becher, immer noch wurden Wetten abgeschlossen, doch die Hundekämpfe mussten nun bald beginnen. Während der letzten Tage war sie viel zu sehr mit William und ihrer wunderbaren Rolle als seine Retterin beschäftigt gewesen, um zu überlegen, was sie tun würde, wenn die Tiere in die Arena geführt wurden. Sie hatte sich das neue Glück ihrer Ehe ausgemalt. Der Gedanke an die einander zerfleischenden Hunde bereitete ihr Übelkeit, selbst wenn sie sich hinter Titus' breitem Rücken verkroch, die Geräusche und Gerüche würden ihrer Phantasie genügen.

«Miss?» Bendix Hebbel hielt ihr einen Krug Bier entgegen, den er für sie vom Schanktisch mitgebracht hatte, und sah sie freundlich auffordernd an. Er hatte keine Ahnung, wer die junge Frau war, die Titus nur als Miss Florence vorgestellt hatte, so wie es in der Droschke verabredet worden war.

Erst jetzt spürte Florence, wie durstig sie war, und nahm den Krug dankbar entgegen. Titus und Bendix vertieften sich sogleich in ein Gespräch, bei dem zumeist Hebbel redete, ohne zu vergessen, die Augen suchend über die Gesichter gleiten zu lassen, und Titus zustimmend oder ablehnend brummte. Dabei vergaßen sie die Frau an ihrer Seite, wie es eben die Art der Männer ist, wenn sie wichtige Dinge erwägen wie die Qualität des englischen Biers, die Vorzüge alter Hunderassen oder die Wahrscheinlichkeit, ein wenig bekanntes Gesicht in einer solchen Menge zu finden.

Als sie sich an Florence erinnerten, Titus glaubte später, es sei just in dem Moment gewesen, als der zweite Hund hereingeführt wurde, war sie verschwunden.

Rosinas Kopf dröhnte und ihr Herz hämmerte. Sie war so wütend, dass sie ihre Angst kaum spürte. Wie hatte sie sich so ertappen lassen können! Dumm und unaufmerksam, als habe sie in solcherlei Dingen um kein Deut mehr Erfahrung als Florence. Die Fesseln um ihre Handgelenke und Knöchel waren viel zu fest, jeder Versuch, sie zu lockern, schien sie nur noch fester zusammenzuziehen.

Sie hätte nicht schreien sollen, das war dumm gewesen, schon beim ersten Laut hatte der Mann, von dem sie nun wusste, dass er Jack Daniels, der Besitzer des Cockpits war, wieder seine große Hand auf ihren Mund gepresst. Es hatte ihm Spaß gemacht, sie festzuhalten, auch wenn er da noch nicht wusste, dass sie eine Frau war. Es wäre auch vergeblich gewesen, die nächsten Kämpfe begannen in der Scheune, da war niemand mehr, der im Hof oder auf dem Vorplatz in die Dunkelheit hinaus und auf Nachtigallen oder befremdliche Töne lauschte. Selbst wenn jemand einen Schrei hörte – an Orten wie diesem galt Weghören als eine der eigenen Gesundheit förderliche Tugend.

Nun lag sie da, gefesselt und über dem Mund ein fest verknotetes Taschentuch, immerhin war es sauber und spitzengesäumt, zwischen Gerümpel und Feuerholz und konnte gar nichts tun. Sie schickte ein Stoßgebet zum Himmel, Titus möge in dieser Nacht besonders schlau sein und auf der Suche nach ihr und Florence nicht auch in die Falle gehen. Sie versuchte Florence' Gesicht zu erkennen, doch es war zu dunkel, um mehr als einen hellen Fleck zu erkennen, und sie hatten sie nicht nebeneinander liegen lassen. Darauf hatte Rosina gehofft. Zwar waren ihre Handgelenke gefesselt, aber ihre Finger konnte sie bewegen, wenn sie nahe aneinander rücken könnten, wäre es ganz sicher möglich, die Knoten zu lösen und aus dem Fenster zu fliehen. Aber es ging nicht, die Männer waren nicht dumm und hatten sie zwei Schritte voneinander entfernt an dicke Balken gebunden. Da hockten sie wie zwei Schafe im letzten Stündlein vor dem Schlachthaus.

Sie war am Ziel, wusste, was sie wissen musste, und wenn nicht ein Wunder geschah, würde es nichts mehr nützen. Nie zuvor hatte sie so fest an Wunder geglaubt.

Titus wäre nicht Titus, wenn er nicht längst nach ihnen suchte. Aber was, wenn er die Männer fände? Er kannte keinen von ihnen, für ihn saßen da ein paar Gentlemen zusammen und unterhielten sich. Was sollte er sagen? ‹Entschuldigung, meine Herren, habt Ihr womöglich einen jungen Mann im schwarzen Rock mit seltsamem Hut und eine junge Frau im billigen Kattunkleid gesehen?›

Selbst wenn er argwöhnte, was geschehen war – sie waren zu fünft, er war allein.

Die Gedanken rasten durch ihren Kopf, immer im Kreis.

«Er hat unter dem Fenster gehockt», sagte Daniels, als er sie im Zimmer vor den anderen Männern auf den Boden fallen ließ, «er muss 'ne ganze Menge gehört haben.»

Die Männer sahen schweigend auf sie herab. Zwei von ihnen – den kleineren verriet die Kleidung als Seemann, der andere trug zur teuren Perücke einen Rock aus dunklem Tuch und passte eher in ein Kontor als hierher – hatte sie nie zuvor gesehen.

Der dritte stutzte und griff nach der Lampe. Er beugte sich zu ihr hinunter, hielt das Licht näher an ihr Gesicht und griff in ihr Haar. Er zerrieb den dunklen Puder zwischen den Fingern und musterte zufrieden das Ergebnis.

«Mein Kompliment, Mademoiselle Hardenstein», sagte Graf Alwitz und ignorierte die erstaunten Laute der anderen Männer. «Es ist wirklich schade, dass wir Euch nun nicht mehr auf der Bühne erleben werden. Eure Maske ist ziemlich überzeugend, solange man nicht zu genau hinsieht. Felix», wandte er sich an den vierten Mann, der bei Daniels' Eintreten rasch in den Schatten zurückgewichen war, «hättest du gedacht, dass die reizende Mademoiselle Hardenstein, die bei Tisch so manierlich zu plaudern versteht, in Männerkleidern herumläuft und sich in Dinge einmischt, die sie absolut nichts angehen?»

Wilhelm Eschburg, auf der Soiree bei den Cutlers von Alwitz' schüchterner Freund, wagte einen halben Schritt aus dem Schatten und sah auf Rosina hinunter. Das Licht der Lampe beleuchtete sein schreckensblasses Gesicht von unten und umschattete seine Augen schwarz wie bei einem dilettantisch geschminkten Gespenst.

«Felix?», stieß Rosina hervor und wischte sich voller Ekel die Berührung der fremden Hand von ihrem Mund. «Ihr seid Felix Landahl? Warum habt Ihr Alma umgebracht?»

Sie hatte Alma nicht gekannt, wahrscheinlich hätte sie sie nicht einmal gemocht, doch plötzlich fühlte sie sich dem toten Mädchen verbunden wie einer Schwester. Alwitz hob die Hand und Landahl schwieg.

«Das geht Euch gar nichts an», sagte Alwitz mit derselben kühlen Stimme, die sie schon durch das Fenster gehört hatte. «Ein bedauerlicher Vorfall, zugegeben, und sicher überflüssig. Sie war nicht mal annähernd so neugierig wie Ihr. Nur ein bisschen zu eitel, um geduldig im Verborgenen zu warten. Und Ihr?» Er hob die Lampe, leuchtete Florence ins Gesicht und schob ihr die Locken aus der Stirn. «Auch nicht schlecht, Lady Florence, aber doch erheblich schwächer. Ich hätte Euch einen besseren Geschmack zugetraut.»

«Was jetzt?», fragte Landahl. Seine Stimme klang unnatürlich hoch und auf seiner Stirn glänzte Schweiß. «Was tun wir jetzt?»

«Sei still.» Alwitz' Befehl klang wie ein Schlag. «Jetzt werden Daniels und Perkins die beiden Damen nett verschnüren», fuhr er wieder in gewohnter Kühle fort, «und in der Kammer in Sicherheit bringen. Und damit Ihr auf keine überflüssigen Ideen kommt, Mademoiselle Hardenstein …» Er zog ein Taschentuch aus seinem Rock und band es ihr mit raschen, sicheren Bewegungen über den Mund. «Und Ihr, Lady Florence, werdet schön brav sein. Sollte Euch einfallen zu schreien, werdet Ihr leider zusehen müssen, wie Eure stumme Freundin dafür büßt. Ihr solltet das sehr ernst nehmen, *unser* Freund hier», er zeigte träge mit dem Kinn zu Daniels, «ist es gewöhnt, halb tote Hunde und Hähne abzustechen. Er wird sich auch bei anderen Geschöpfen keine Skrupel leisten.»

Es dauerte kaum zwei Minuten, bis sie gefesselt und in der Kammer angebunden waren.

«Es tut mir so Leid», flüsterte Florence in die Dunkelheit, «so schrecklich Leid. Ich habe William gesehen und dachte, er ist hier, und da …»

Dann sagte sie nichts mehr und Rosina wartete auf das leise Schluchzen, das nun folgen musste. Doch sie hörte nichts als einen schweren Seufzer und leises, ab und zu von verbissenem Schnaufen unterbrochenes Atmen.

Vielleicht lag es daran, dass hinter der Tür der Name Wickenham gefallen war. Dass die Männer sich nicht die geringste Mühe machten, leise zu sprechen. Das konnte nur Unheil bedeuten, aber darüber nachzudenken war später Zeit.

«Bestimmt nicht. Wickenham weiß auf keinen Fall, dass seine Lady hier ist», hörte sie von Alwitz sagen. «Er käme nicht mal auf den Gedanken, auch wenn sie neulich Abend so ein abstruses Interesse gezeigt hat. Du kannst sicher sein: Hätte er sie in der Scheune entdeckt, hätte er sie sofort weggebracht.»

«Ich habe dir gesagt, dass da was nicht stimmt.» Landahls Stimme klang immer noch schrill. «Die Hardenstein kam mir von Anfang an komisch vor. Ich bin ihr an dem Abend nicht umsonst gefolgt, Gäste von Leuten wie die Cutlers wohnen nicht in der Henrietta Street. Aber du wolltest nicht hören, du …»

«Hör auf, Felix. Es ist zu spät, und wer sie ist, auch woher sie kommt, pfiffen schon am nächsten Tag die Spatzen von den Dächern. Wenn sie dir so gefährlich erschien, umso mehr, wenn du wusstest, dass sie vom Theater ist, wärst du erst recht besser auf Wickenham geblieben, anstatt in der Drury Lane aufzutauchen und dein Gesicht herumzuzeigen.»

«Mir reicht es jetzt.» Die Stimme mit dem englischen Akzent klang mehr als ärgerlich. «Was ihr mit den Frauen macht, ist eure Sache, damit will ich nichts zu tun haben. Wickenham macht auch so genug Schwierigkeiten, macht ihm klar, dass er nicht so einfach aussteigen kann, und wenn es nötig ist, erpresst ihn mit seiner Frau. Obwohl ich finde, dass das ein viel zu großes Risiko ist. Irgendein Mädchen aus dem Ausland in der Half Moon Street zum Schweigen zu bringen ist eine Sache, aber eine steinreiche englische Lady … Ohne mich. Und jetzt will ich endlich die Abrechnung sehen und wissen, auf welchen Banken die Erträge liegen. Es wird langsam zu heiß, selbst die Leute in Liverpool und Hull schließen ihre Assekuranzen inzwischen lieber über *Lloyd's* ab als bei einem unbekannten Versicherer. Der ganze Ärger, den Landahls Geschäfte an den deutschen Küsten eingebracht haben, hat sich, verdammt nochmal, kaum gelohnt. Und jetzt das hier!»

Etwas Weiches berührte Rosinas Gesicht und sie zuckte erschreckt zurück. «Pssst», hörte sie Florence' Stimme leise an ihrem Ohr. «Ich hab's geschafft.» Eilige Hände tasteten an ihren Armen entlang, fanden die Fesseln an den Handgelenken, und mit leisem Fluchen versuchte Florence die Stricke um Rosinas Handgelenke hinter dem Balken zu lösen.

«Verflucht, sie sitzen viel fester als meine», murmelte sie angestrengt. «Ich schaffe es in der Dunkelheit nicht. Vielleicht finde ich hier ein Messer oder so etwas.»

«Nein», presste Rosina hinter ihrem Knebel hervor und schüttelte heftig mit dem Kopf, «die Dielen knarren. Macht weiter, es geht, ganz bestimmt. Einfach weitermachen.»

«Da ist jemand», flüsterte Florence plötzlich aufgeregt, «jemand war eben am Fenster, ich glaube, William. Es ist William, er holt uns hier raus, er gehört nicht zu denen, das kann gar nicht sein.»

Nichts hätte Rosina in diesem Moment lieber getan, als Florence den Mund zuzuhalten. Die Stimmen im vorderen Raum waren zu einem Murmeln herabgesunken, sicher saßen Alwitz, Landahl und ihre Kumpane über ihren Listen und Abrechnungen.

Aber da hörten sie etwas ganz anderes. Die Tür zum vorderen Zimmer wurde aufgestoßen, laute Stimmen flogen durcheinander, eine klang tatsächlich wie Wagners, was aber gewiss nicht sein konnte. Schwere Stiefel trampelten durch das Haus und eine dunkle Gestalt, die ganz nach Daniels aussah, rannte in die Kammer und zum Fenster. Doch bevor er es öffnen konnte, sprang Florence mit einem wütenden Schrei auf, griff das Nächste, das ihr in die Finger kam, trat ihm gegen ein Schienbein und schlug mit aller Kraft zu.

Sie hatte ein dickes Buchenscheit erwischt, Jack Daniels fiel zu Boden wie ein nasser Sack. Ein zweiter Mann betrat das Zimmer, wehrte mit schnellem Griff Florence' nicht mehr ganz so kräftigen Angriff ab und schob sie durch die Tür in das vordere Zimmer, in dem sich Männer in dunklen Röcken und roten Uniformen drängten, allen voran Titus und Wagner.

«Ob Ihr es glaubt oder nicht», sagte Magnus Vinstedt vergnügt, während er ein Messer hervorzog und begann, Rosinas Fesseln zu zerschneiden, «für ein oder zwei Tage habe ich Euch tatsächlich für Alma Severin gehalten. Ich bin sehr froh, dass Ihr es nicht seid. Wirklich sehr froh.»

Hamburg 1770
Im August

KAPITEL 13

Der Platz unter der Robinie war Augusta an warmen Tagen wie heute der liebste. Der Blick über die tiefblaue Außenalster in der Nachmittagssonne, das Plätschern des kleinen Springbrunnens und all die anderen sanften Geräusche, die ein sommerlicher Garten bot, gaben ihr das Gefühl von heiterem Frieden. In diesem Sommer brauchte sie den mehr denn je. Die Endlichkeit des Lebens wurde ihr immer deutlicher bewusst, und jene Tage in London, bis endlich die erlösende Nachricht kam, waren eine Marter gewesen. Zuerst hatte Frederick Cutler sie davon überzeugt, dass kein Grund zur Sorge bestehe, nur weil die Herrmanns nicht auf der *Queen of Greenwich* gewesen waren. Doch als er dann die Nachricht brachte, bei Kap Lizard sei ein Schiff auf der Heimfahrt von Philadelphia untergegangen, halfen seine Beruhigungen nicht mehr. Erst drei Tage später hielt eine Kutsche am St. James Square, und Anne und Claes standen vor der Tür. Ohne Gepäck, in billiger Kleidung, aber ganz und gar lebendig.

Dass Claes beinahe ertrunken war, erzählten sie erst später, als herauskam, dass Perkins, der Kapitän, seine alte Bark absichtlich auf die Felsen gesteuert hatte. Die Ladung hatte er, noch vor Philadelphia, in einer der labyrinthischen Buchten der Chesapeake Bay gelöscht und durch Ballast ersetzt, um die Assekuradeure doppelt zu betrügen.

Die Gier des Kapitäns geriet den Herrmanns zum Glück. Seine Auftraggeber hätten es gewiss lieber gesehen, wenn er die beiden Zeugen mit dem Schiff hätte untergehen lassen, doch die Aussicht auf Dankbarkeit in klingender Münze ließ ihn anders handeln. Vielleicht auch, weil Anne ins Meer sprang, als Claes zu ertrinken drohte, und verzweifelt versuchte, ihn über Wasser zu halten. Weder Anne noch Claes konnten sich genau erinnern, wie sie wieder in das Boot gelangt waren. Es war ja noch Nacht gewesen, und auch bei der ruhigen See mussten sie neben den Matrosen, die sie ins Boot zogen, eine ganze Schar von Schutzengeln gehabt haben.

Augusta sah zu der schmalen Gestalt im leichten schilfgrünen Musselinkleid am Ufer hinüber und fühlte eine Welle der Dankbarkeit. Annes Leben hatte in jener Nacht an einem genauso dünnen Faden gehangen wie Claes'. Sie war eine gute Schwimmerin, selten genug für eine Frau, ihre Chancen waren dennoch mehr als gering gewesen.

«Siehst du ihn noch?», rief sie.

Anne drehte sich um und nickte. «Aber ja», rief sie zurück, «dass er endlich schwimmen gelernt hat, hat ihm Gott sei Dank nicht die Liebe zur Ufernähe genommen.» Sie wandte sich wieder dem See zu, sah den Schwimmer mit dem hoch über das Wasser gereckten Kopf näher kommen und schlenderte zu Augusta unter die Robinie. «Ich glaube, er mag es nicht, wenn ich wie eine besorgte Entenmutter am Ufer stehe, sobald er seine Schwimmübungen macht.»

«Wirklich? Ich bin sicher, er fände es auch nicht angenehm, wenn du dich gar nicht sorgtest.»

Anne lächelte und schwieg. Sie sah ihren Mann nun schon nahe am Ufer und beneidete ihn. Bis sie, schon Mitte der dreißig, der Liebe wegen nach Hamburg kam, hatte sie ihr ganzes Leben auf der Insel Jersey verbracht. Auch dort galt es für eine Dame nicht gerade als gesittet, wenn sie wie ein Bauernkind im Meer schwamm. Aber hier war es ganz unmöglich, jedenfalls tagsüber. Umso mehr genoss sie ihre heimlichen Schwimmausflüge in den warmen Sommernächten, auch als Aufbegehren gegen das enge Korsett der hanseatischen Konvention.

Sie setzte sich zu Augusta und seufzte wohlig. «Sieh mal», sagte sie und zeigte auf ihren Ehemann, der sich noch einmal in den See hinaustreiben ließ. «Er hat immer noch nicht genug.»

Dann blickte sie über die lange, gedeckte Tafel im Halbschatten – Blohm und Benni hatten alles, was im Herrmanns'schen Sommerhaus als Esstisch gelten konnte, herausgeschleppt und aneinander gestellt – und fragte halbherzig: «Denkst du, ich sollte Elsbeth helfen?»

«Auf gar keinen Fall. Kennst du sie immer noch nicht genug, um zu wissen, dass sie zwar ein angemessenes Lob erwartet, aber Hilfe in ihrer Küche als unerhörte Einmischung empfindet?»

«Ich liebe Claes wirklich», seufzte Anne, «aber sicher würde ich ihn weniger lieben, wenn Elsbeth nicht eine so wunderbare Köchin wäre und nicht nur seine Küche, sondern überhaupt den ganzen Haushalt regierte. Ich bin immer noch völlig ungeeignet für solche Dinge.»

«*Euren* Haushalt, meine Liebe. Im Übrigen schätzt Elsbeth dich doppelt, weil du ihr nicht ins Handwerk pfuschst, und das weißt du auch. Also mach dir keine Gedanken. Und schau, wer die wahre Entenmutter ist.»

Der alte Blohm, Diener im Hause Herrmanns, seit Claes ein Schuljunge war, stakste mit steifen Beinen, ein großes Leintuch über dem Arm, zum Ufer und wartete mit strengem Blick, bis sein Herr endlich aus dem Wasser stieg und sich in das Tuch wickeln ließ. Anne und Augusta sahen amüsiert die beiden Männer, von denen einer einem Leichenbitter glich, der andere einem zwar tropfenden, aber stolzen Römer in einer Toga, zum Haus gehen. Und während Claes sich dort in einen sonntäglichen Kaufmann zurückverwandelte, trafen schon die ersten Gäste ein.

Anne, Claes und Augusta waren im Juli nach Hamburg zurückgekehrt, nur einige Tage nach Wagner und Karla, diesmal auf einem sicheren Schiff mit einem zuverlässigen Kapitän. Die Becker'schen Komödianten hingegen hatten sich erst Anfang August von London verabschiedet und waren vor wenigen Tagen in Hamburg eingetroffen. Nun war es höchste Zeit, die letzten Neuigkeiten über die englische Episode auszutauschen und das glückliche Ende des Sommers zu feiern.

Eine halbe Stunde später saßen alle an der langen Tafel. Rudolf und Gesine, die sich in Gesellschaft reicher Leute stets unbehaglich fühlten, hatten es vorgezogen, einen Besuch bei Matti und der alten Lies auf dem Hamburger Berg zu machen, Fritz und Manon begleiteten Muto zu einer Vorstellung der englischen Pantomimen, die auf dem gleichen Schiff wie die Becker'sche Gesellschaft nach Hamburg gereist waren und heute ihre erste Vorstellung im kleinen Komödienhaus am Dragonerstall gaben. So waren nur Rosina, Titus, Jean und Helena von der Fuhlentwiete durch das Dammtor hinaus an die Alster gewandert. Am Valentinskamp hatten sie Luise Boehlich abgeholt, die für diese Einladung endlich ihre Trauerkleidung gegen ein mit roten und blauen Streublumen bedrucktes Kattunkleid vertauscht hatte. Sie sah aus wie das blühende Leben. Was nicht unbedingt daran lag, dass sie Cornelis Kloths Tod äußerst rasch verschmerzt hatte, sondern vielmehr an dem Brief, den sie, seit er vor einigen Tagen angekommen war, stets bei sich trug.

Es war ein langer Brief, und zum Schluss hatte Bendix Hebbel geschrieben, Mr. MacGavin habe sich großzügig bereit erklärt, ihn schon zu Michaelis aus seinem Vertrag zu entlassen, er werde noch im Oktober in Hamburg eintreffen. In London habe er trotz seines kurzen Aufenthaltes viel gelernt, und er hoffe, dass noch ein Platz an einer ihrer Pressen für ihn frei sei.

Beim Gasthaus *Alte Rabe* trafen sie Wagner und Karla, die schon dringend auf sie warteten. Nichts wäre Wagner peinlicher gewesen, als Erste, sozusagen allein, bei den Herrmanns' einzutreffen.

Als die Terrine mit der Schildkrötensuppe leer und die Teller abgeräumt waren, fanden alle, dass die Ergebnisse von Elsbeths Kochkunst sich keinesfalls hinter der Delikatesse der *Shakespeare's Head Tavern* verstecken müssten. Die Platten und Schüsseln mit Kirschsoße zu in Zwiebeln, Lorbeer, Thymian, Ingwer und Nelken gesottenen Enten, zart gekochtes Rindfleisch mit Pfefferminzsoße, Seezungen-Rouladen mit Champignons, junge Erbsen und Gurkensalat in Dill wurden aufgetragen, und endlich waren auch die höflichen Fragen nach dem gegenseitigen Wohlergehen, der Austausch über das Wetter auf der jeweiligen Überfahrt wie im Allgemeinen erledigt.

Während Schüsseln herumgereicht und Teller gefüllt wurden, Blohm ganz nach Belieben leichten weißen

Wein oder Zitronenwasser einschenkte, verschwand Titus in die Küche, um endlich der seit Jahren so tief wie heimlich verehrten Elsbeth seine Aufwartung zu machen, und Augusta konnte ihre Neugier nicht mehr bezähmen.

«Cilly Cutler hat mir geschrieben, William und Florence haben England nun verlassen. Wie konnte er das? Letztlich gehörte er doch zu der Bande von Schmugglern.»

«Ihr vergesst, dass er ein Lord ist, Madame Augusta», sagte Rosina. «So einen henkt man nicht so leicht in England. Gehenkt haben sie bisher nur Landahl wegen des Mordes an Alma, den er schließlich gestanden hat. Sie war zornig, weil er sie nicht zu seinen Freunden und in die Theater mitnahm, sondern in der düsteren Half Moon Street versteckte. So hatte sie sich das nicht vorgestellt. Sie war ihm lästig, in jener Nacht haben sie sich wieder gestritten, und da hat er ihr das Kissen aufs Gesicht gedrückt, bis sie still war. Alwitz sitzt noch im Gefängnis, in Newgate, wie seine Komplizen. Es muss die Hölle sein, aber es heißt, sie haben den deutschen Grafen nicht in die stinkenden Höhlen zu den gewöhnlichen Gefangenen gesperrt. Wahrscheinlich wird er deportiert. Seine Frau ist jedenfalls wieder bei ihrer Familie in Amsterdam und will nichts mehr von ihm wissen.»

Graf Alwitz war nicht der Kopf der Bande, die während der letzten Jahre ein gut organisiertes Netz bis über den Atlantik aufgebaut hatte. Mit der Verteilung von Schmuggelware von der Südküste hatte es angefangen, die Betrügereien der Versicherungen waren sozusagen die Ausweitung des Geschäftes bis auf den amerikanischen Kontinent. Die Idee, seinen alten Freund Felix Landahl mit einer Dependance an den norddeutschen Küsten zu betrauen, geriet zum Anfang vom Ende. Landahl war nicht kühl genug für solche Geschäfte, und ohne seine Morde an Kloth und Alma wäre es zweifellos noch geraume Zeit gut gegangen.

«Und wer war nun der Kopf der Bande?», fragte Claes, dem unbegreiflich war, dass eine so unerhörte Schädigung des ehrbaren Handels nicht bis in die Wurzeln ausgerottet werden sollte.

Rosina hob ratlos die Hände. «Die scheint vielfältig verzweigt. Der englische Kaufmann, der mit Alwitz, Landahl und Kapitän Perkins in der Kate geschnappt wurde, war zwar mit Alwitz so etwas wie die Londoner Zentrale, aber Richter Fielding glaubt, ein so weit reichendes, durchorganisiertes Geschäft habe mehrere Köpfe. Er glaubt auch, dass die nur abwarten, bis sich die Wogen geglättet haben, und sich etwas Neues einfallen lassen. Ob in London, Bristol, Baltimore, Philadelphia, auf den Westindischen Inseln oder sonst wo.»

«Und Lord William?», erinnerte Anne, die dabei allerdings mehr an Florence dachte, die sie in London kennen und mögen gelernt hatte. «Als Mitglied des hohen Adels kann er nur vom Oberhaus abgeurteilt werden, und tatsächlich hat er doch gar nichts getan. Eigentlich.»

«Wenn Ihr erlaubt, Madame Herrmanns», meldete sich Wagner zu Wort. Alle Gesichter wandten sich dem kleinen dicken Weddemeister zu, der sich sonst in einer solchen Runde mit Vorliebe unsichtbar machte. Annes Bemerkung musste sein Gerechtigkeitsempfinden tief getroffen haben. «Mit Verlaub, Madame, er hat sehr wohl, nun ja, etwas getan. Er hat den Keller von Schloss Wickenham und einen unterirdischen Gang als Zwischenlager für die Schmuggelware, nun ja, zur Verfügung gestellt. Das ist gegen das Gesetz. Außerdem …»

«Ach Wagner», rief Helena, schluckte schnell ein Stückchen der köstlichen Seezunge hinunter und fuhr fort: «Habt Ihr denn gar keinen Familiensinn? Er wollte mit dem Geld, das er dafür bekam, doch nur sein baufälliges Schloss retten. Er war es eben leid, immer das Geld von Mr. Cutler nehmen zu müssen. Ich finde, Madame Herrmanns hat völlig Recht: Er hat eigentlich nichts getan. Außerdem wollte er nicht länger mitmachen, aber weil Schloss Wickenham für diese Geschäfte ein ideales Versteck ist, hat Alwitz ihn nicht losgelassen.»

«Er wollte aber nur deshalb aufhören, weil er Angst bekommen hatte», wandte Jean ein, der ausnahmsweise, wahrscheinlich zum ersten Mal, mit Wagner einer Meinung war. «Nicht wegen der Schmuggelei, sondern weil er gesehen hat, wie einer der Söhne dieses schmuddeligen Cockpit-Besitzers das Seil durchschnitt und Mr. Webber so den Hunden zum Fraß vorgeworfen wurde. Ich glaube, er hatte nur Angst um seinen eigenen Hals.»

Während die Frage um William Wickenhams Angst ausführlich diskutiert wurde, goss Luise Boehlich noch ein wenig Kirschsoße über das letzte Stück Entenbrust auf ihrem Teller und bedauerte ein weiteres Mal, dass sie die Idee einer ihren schlaflosen Nächte nicht in die Tat umgesetzt hatte. Natürlich hätte sich die ganze Stadt darüber erregt, dennoch – sie hätte auch nach London reisen sollen. Nun würde sie niemals mehr in eine so wunderbar ungehörige Geschichte geraten. Aber diesen Gedanken verriet sie niemandem. Nicht einmal Bendix, als er endlich zu ihr zurückkehrte.

«Außerdem», sagte Wagner gegen den nahezu ganzen

Rest der Gesellschaft, «macht die Sache mit Mr. Webber es nur schlimmer. Er hat einen Mord gesehen und ihn nicht gemeldet.»

«Jedenfalls», rief Rosina schnell, der die Debatte um Williams Ehrbarkeit längst fruchtlos erschien, «ist er nicht mehr in England.» Schlagartig wurde es still und alle, die die Geschichte noch nicht gehört hatten, sahen sie gespannt an. «Vor unserer Abfahrt habe ich Florence noch einmal getroffen. Sie hat erzählt, dass er zwar im Tower eingesperrt war, aber schließlich freigelassen wurde. Nun sind sie unterwegs nach den amerikanischen Kolonien und ...» – «Wirklich mit Florence?», fragte Augusta rasch und seufzte mit zufriedener Erleichterung, als Rosina nickte.

«Ja, mit Florence. So oder so ist in England sein Ruf nicht mehr der beste. Dickhäutigere Gemüter als Lord Wickenham würden sich daran wenig stören und einfach abwarten, bis der nächste Skandal den ihren vergessen macht.»

Eine Kutsche hielt, und gleich darauf stand Senator van Witten auf der Terrasse, trotz der Wärme des Tages mit einer mächtigen Perücke geschmückt, an seiner Seite Madame van Witten, in einer verwegenen Kreation von groß geblümtem burgunderfarbenem Zitzkattun.

In der nun folgenden allgemeinen Unruhe der Begrüßung blieb leider unerwähnt, dass die Wickenhams am Hudson, zwei Tagereisen von New York flussaufwärts und weit weg von der guten Gesellschaft in Philadelphia, endlich Pferde züchten wollten und, da war Rosina sicher, abgesehen von der Last des Heimwehs gute Aussichten auf eine bessere Zukunft hatten.

Die van Wittens waren nicht aus Nachlässigkeit zu

spät gekommen. Sie brachten einen unerwarteten, gleichwohl hochwillkommenen Gast mit, Magnus Vinstedt, der auch der Grund für ihr spätes Eintreffen war.

Vinstedt war als Letzter, nämlich erst gestern, von London an die Elbe zurückgekehrt. Der lange Ritt von Holland, wo er zur Entdeckung des holländischen Zweiges der Betrügerbande beitragen konnte, hatte sein dunkelblondes Haar flachshell und sein Gesicht dunkel werden lassen. Alle im Herrmanns'schen Garten hatten inzwischen von seiner Mission gehört. Selbst Wagner hatte ihm verziehen, wenn er auch immer noch fand, dass es nicht angehe, Privatpersonen mit sozusagen amtlichen Aufgaben zu betreuen.

«Wir haben in London zwar schon einiges darüber gehört, was Ihr dort gemacht habt», sagte Claes, «könnt Ihr uns nun endgültige Aufklärung geben?»

Vinstedt reichte Madame van Witten den Teller mit der Mandelrahmtorte und sah den Senator fragend an.

«Nur zu», sagte der, «jetzt ist es vorbei, und spätestens mit der nächsten Ausgabe des *Hamburgischen Correspondenten* erfährt es sowieso alle Welt.»

«Zuerst», begann Vinstedt, «muss ich mich bei Madame Wagner und Mademoiselle Rosina entschuldigen. Ich hielt es zu Anfang für wahrscheinlich, dass eine der beiden die vermisste Diebin war. Zwar passten Mademoiselle Rosinas Haare nicht zu der Beschreibung, aber mit einer Brennschere kann man einiges bewirken.»

Wagner fand es zwar ein wenig unhöflich, aber doch sehr beruhigend, dass Vinstedt dabei nur Rosina ansah.

«Ich war im Auftrag der Hamburger Assekuradeure in London. Ich sollte Landahl suchen und mich bei den Londoner Assekuradeuren umhören, ob es da, wie sie vermuteten, eine Verbindung gebe, und feststellen, ob das ganze Unternehmen womöglich von London aus organisiert wurde. Dass der Senator einen Weddemeister nach London geschickt hatte, erfuhr ich aus einem Brief, der mich aber erst just an dem Tag erreichte, als ich ihn bei Richter Fielding kennen lernte.»

Bis zu jenem Abend, als die gesamte Becker'sche Gesellschaft mit Karla, aber ohne Wagner in den Aufruhr im Theater an der Drury Lane geriet, hatte Vinstedt schon herausgefunden, dass Jack Daniels' Cockpit einer ihrer Treffpunkte war. Anders als Wagner besaß er Empfehlungen und gute Verbindungen zu den Londoner Assekuradeuren, die bei *Lloyd's* ihre Geschäfte abschlossen. Dass er in der Kate beim Cockpit geradewegs in die Zentrale stolpern würde, hatte er allerdings nicht gewusst.

Als er Richter Fielding besuchte, um ihn um Rat und Hilfe zu fragen, stand Wagner plötzlich im Zimmer, mit genau dem gleichen Anliegen, und so wurde ein Plan für den nächsten Abend beschlossen.

«Ich war mehr als überrascht, in dem vermeintlichen Mitglied der deutschen Komödiantengesellschaft den angekündigten Hamburger Weddemeister zu sehen. Ich muss gestehen, Monsieur Wagner, dass mich Eure geschickte Tarnung als Komödiant immer noch beeindruckt.»

«Sehr brav, der gute Wagner», unterbrach ihn der Senator und gönnte Wagner einen anerkennenden Blick. «Ich wusste gleich, dass unser Erster Weddemeister der richtige Mann für ein solches Unternehmen ist. Immer zu jedem Einsatz bereit, sei er noch so schwierig. Nur gut, dass ich daran gedacht hatte, Euch ein Empfehlungsschreiben mitzugeben, was, Wagner? Ohne so ein gesiegeltes Papier wärt Ihr kaum vorangekommen. Wollt Ihr Eurer Frau nicht den Rücken klopfen? Sie hat sich verschluckt. Ich sage es immer: Diese Hamburger Götterspeise ist wahrhaft göttlich, aber die Johannisbeeren darin sind tückisch.»

«Aber warum haben sie Euch geschickt?», fragte Anne. «Ich meine: Warum gerade Euch?»

«Das hat keinen tieferen Grund, Madame Herrmanns. Ich war bei einem Eurer Assekuradeure zu Besuch, Monsieur Wendts Gattin ist eine Verwandte meiner Mutter, und ich hatte Zeit. Ich kenne mich in London ganz gut aus und stand einfach gerade zur Verfügung.»

«Und wieso konnte Mr. Fielding Euch helfen?», fragte nun Augusta, die sich gerne an ihren Besuch bei dem Richter erinnerte. «Er ist doch nur der Richter für die Region um Covent Garden.»

«Das stimmt, Madame Kjellerup. Aber für ihn war es leicht, den für die Tothill Fields zuständigen Magistrat zu informieren und dafür zu sorgen, dass einige Dragoner bereitstanden, falls, wie ich sicher annahm, Alwitz und Konsorten an jenem Abend dort zusammentrafen. Er hat sogar einige seiner Constablers geschickt, die sich mit großem Vergnügen in Zivil unter das Publikum gemischt haben. Als ich allerdings Mademoiselle Rosina bei der Arena entdeckte, war ich nicht mehr so sicher, ob dieser Abend gut gewählt war.»

«Im Gegenteil», rief Anne. «Ich mag keine Sekunde daran denken, was aus Rosina und Lady Florence geworden wäre, wenn Ihr einen anderen Abend gewählt hättet.»

«Wieso habt Ihr mich überhaupt erkannt?», fiel ihr Rosina schnell ins Wort, bevor die nächste unerquickliche

Diskussion über ihren einsamen Ausflug in die Kate beginnen konnte. «Ihr habt mich doch nur von der Galerie gesehen.»

«Ich stand auch eine Weile bei der Arena direkt hinter Euch», erklärte Vinstedt fröhlich. «Ihr habt mich nur nicht bemerkt, was ich durchaus betrüblich fand.»

Rosina hatte jetzt keinen Sinn für Galanterien und spürte ärgerlich ein sanftes Erröten. «Ihr hättet uns warnen können, Monsieur Vinstedt», sagte sie kühl. «Warum habt Ihr das nicht getan?»

«Das wollte ich, sobald ich Wagner entdecken würde, der mit den Constablern von der Bow Street kommen sollte. Ich war schon sehr viel früher dort. Als ich mich schließlich nach Euch umsah, wart Ihr und auch Lady Florence, die ich allerdings nicht für eine Lady hielt, verschwunden. Als ich Euch suchte, sah ich gerade noch, wie Ihr in die Kate getragen wurdet und sich die Tür hinter Euch schloss.»

«Und Ihr seid mir nicht zu Hilfe gekommen? Der Kerl hätte mich doch gleich töten können.»

Vinstedt zuckte bedauernd mit den Achseln. «Ich bitte um Vergebung, Mademoiselle, ich bin nicht Herkules. Dass in der Kate mindestens drei Männer waren, wusste ich schon. Außerdem hatte ich gleich darauf genug damit zu tun, Hebbel und Titus zurückzuhalten, bis die Dragoner da waren.»

Rosina war immer noch nicht zufrieden. «An dem Abend, als Ihr den Richter besucht haben wollt, wart Ihr doch im Theater.»

Vinstedt nickte. «Ich hatte so eine Idee, als könnte ich dort gebraucht werden», erklärte er mit todernstem Gesicht. «Ich bin aber erst in der Pause gekommen, von der

Bow Street sind es nur wenige Schritte bis zur Drury Lane.»

Der Senator legte manierlich Messer und Gabel auf seinen Teller. Während alle anderen schon beim Dessert waren, auch Madame van Witten und Vinstedt, hatte er sich noch von der Ente und der Kirschsoße servieren lassen.

«Und nun, meine Lieben», entschied er, «haben wir genug von diesen unerfreulichen Dingen geredet. Nun möchte ich endlich den erfreulichen Teil hören. London», fügte er, der doch niemals gerne reiste, großzügig hinzu, «ist immer eine Reise wert.»

«Wenn Ihr erlaubt.» Madame Boehlich zeigte zu Wagners Verwunderung nicht die geringste Befangenheit gegenüber dem mächtigen Mann aus dem Senat. «Eine Frage habe ich doch noch. Ich habe auch von diesem Tuchhändler gehört, durch einen Brief aus London», erklärte sie. «Warum wurde dieser Mann, Ihr habt ihn vorhin auch erwähnt, Monsieur Jean, in dem Cockpit getötet? Hatte er auch mit dem Schmuggel zu tun? Wollte er etwas verraten?»

«Nein», antwortete Rosina, «Mr. Webber wurde das Opfer einer Wette, die er dumm genug gewesen war, abzuschließen.»

«Eine Wette? Um sein Leben?»

Wie überall in London, erfuhr sie nun, wurde auch auf den Tothill Fields um alles nur erdenklich Mögliche gewettet. Selbst das Wetten auf Menschenleben war nichts Besonderes, obwohl es hieß, seit der König gehört hatte, dass auch auf sein und das Leben der Königin spekuliert werde, erwäge er, diese Wetten zu verbieten. Mr. Webber war Opfer einer doppelten Wette geworden. Zunächst hatte er eine Lebensversicherung abgeschlossen, wie man sie in England schon lange für die Marine, aber seit geraumer Zeit auch für Privatpersonen hat. Allerdings hatte er das nicht bei seriösen Assekuradeuren getan, die die verzinste Summe im Todesfall an einen im Vertrag notierten Hinterbliebenen auszahlten, sondern bei Jack Daniels. Dessen Versicherung war gar keine, sondern letztlich nichts als eine Wette. Im Todesfall bekam Daniels die ganze Summe, wer überlebte, bekam die Summe nach einer vereinbarten Zeitspanne samt einer Prämie. Da Webber keinesfalls vor hatte zu sterben, hatte er an ein leichtes, wenn auch nicht besonders wichtiges Nebengeschäft geglaubt, das ihn zudem als Spiel mit dem Schicksal einen angenehmen Kitzel fühlen ließ.

Diese Wette fand – dummerweise – in feuchtfröhlicher Runde statt, und zwar mit Männern, die auf solche, die sich durch eigene Arbeit ernähren mussten, herabsahen. Sie sahen in Webber nur einen eitlen Mann und machten sich einen Spaß mit ihm, indem sie flugs darauf wetteten, bis zu welcher Höhe Webber seine Wette abzuschließen wagen würde. Webber genoss die ungewohnte Beachtung und die Summe schaukelte sich immer höher.

«Ich weiß nicht, um wie viel», fuhr Rosina fort, «aber es muss um eine beträchtliche Summe gegangen sein. Jedenfalls, als Webber einige Zeit später dort oben in seinem Korb saß, so hübsch direkt über den mörderischen Hunden, kamen Daniels und seine Söhne auf die Idee, Mr. Webbers Leben zu beenden und von der fatalen Wette satt zu profitieren.»

«Das Cockpit ist jetzt geschlossen, hat mir Cilly Cutler geschrieben», ergänzte Augusta. «Obwohl das allgemein bedauert wird, selbst mit einem neuen Wirt hätte die Scheune einen grandiosen Zulauf gehabt. Die Liste der Gentlemen, die an diesem Abend auf den Tothill Fields von den Dragonern notiert und befragt worden waren, soll lang sein und weit über London hinaus blitzschnell die Runde gemacht haben, wobei sie auf geheimnisvolle Weise immer länger wurde. Denn schon nach wenigen Tagen, schreibt Cilly, galt es in den Clubs und in ähnlichen Etablissements als Zeichen von mangelnder Männlichkeit, bei dem Spektakel nicht dabei gewesen zu sein.»

Der Himmel rötete sich im Westen, Blohm brachte Kerzen, Pfeifen und Tabak für die Herren, eine Schale mit kleinen Rumkugeln aus feiner Schokolade mit Sultaninen und Puderzucker für die Damen und Karaffen mit Sherry und Portwein für alle.

Der Senator erinnerte an seinen Wunsch, die angenehmen Erlebnisse der Londonreise zu hören, und Jean sah endlich seine große Stunde gekommen. Da er selten so gut zu essen bekam wie bei den Herrmanns', hatte er sich bisher ganz gegen seine übliche Gewohnheit schweigend auf seinen Teller konzentriert.

Nun war die richtige Zeit, von seinem denkwürdigen Auftritt auf der Bühne des *Drury Lane Theatre* zu erzählen. Leider kamen ihm Anne und Claes Herrmanns zuvor und begannen von ihrer großen Reise nach den Kolonien zu berichten, wobei sie dem Senator zuliebe das nasse Ende der Überfahrt ausließen.

Alle plauderten, waren heiter und mit sich und dem Leben zufrieden. Nur Helena fühlte leise Melancholie. Erst als der Mond über den Baumkronen aufstieg, hatte sie bemerkt, dass die Stühle von Rosina und Magnus Vinstedt leer waren. Sie sah die beiden am Ufer stehen, viel zu nah beieinander, wie sie fand, und fröstelte. Irgendwann, so dachte sie, würde Rosina sie doch verlassen.

Sie wandte sich Madame Boehlich zu, um über irgendetwas Heiteres und ganz und gar Unbedrohliches zu plaudern, doch die hatte einen der Leuchter herangezogen und las mit sanftem Lächeln einen Brief, der so aussah, als sei er schon viele Male gelesen worden.

GLOSSAR

Abel, Carl Friedrich (1723–1787) war seit seiner Kindheit in Köthen mit der Fam. Bach befreundet. Er studierte in Leipzig, wo er in J. S. Bachs Kantatenkonzerten als Gambenspieler hervortrat. 1748 wurde er Mitglied der Dresdener Hofkapelle, 1758 ging er nach London, wo er mit J. Christian ☛ Bach die bei der High Society berühmten, von Januar bis Mai wöchentlich stattfindenden *Bach-Abel-Concerts* (1765–1782; Kammermusiken, ‹empfindsame› Symphonien, Konzerte im ‹italienisch-mannheimischen› Stil) ins Leben rief. 1759 wurde er Kammermusiker der Königin. Der Viola da Gamba-Virtuose spielte auch exzellent Cembalo, Horn und ein seltsames Instrument namens Pentachord. Nach J. Chr. B.s Tod soll er sich dem Trunke ergeben haben, was aber nicht gewiss ist.

Amt Andere Bezeichnung für Zunft.

Anatomisches Theater Damals üblicher Seziersaal zu Studienzwecken in der Form des klassischen Arena-Theaters.

Arne, Thomas Augustine, Dr. (1710–1778) arbeitete viele Jahre als Hauskomponist des ☛ *Drury Lane Theatre*, für das er etwa vierzig Bühnenwerke verschiedenster Gattungen produzierte. Neben Musiken vor allem zu Stücken von Shakespeare und Milton und Singspielen schrieb er Opern, Oratorien, Kantaten, Symphonien und Orgel-, Klavier- und Cembalokonzerte. *Rule, Britannia,* die volkstümliche Melodie (und Verherrlichung britischer Großmacht), stammt aus dem Finale des Stückes *The Mask of Alfred* (1740).

Bach, Johann Christian (1735–1782) Der jüngste Bach-Sohn (Schüler seines Vaters Johann Sebastian und Bruders Carl Philipp Emanuel) ging 1754 als Lehrling nach Italien, schrieb fromme Musik und konvertierte zum Katholizismus. 1760 schrieb er seine erste Oper, der umgehend zwei noch erfolgreichere folgten. Die melodiösen Arien für die italienischen Gesangsstars, große Chorszenen, sein erweitertes Orchester, aufwendige Dekorationen und bühnentechnische Effekte machten ihn schnell zum Publikumsliebling. 1762 reiste er ‹für ein Jahr› nach London (im 18. Jh. neben Paris die in den Künsten führende Stadt), wo er bis an sein Lebensende blieb. Er war Musikmeister der jungen Königin, Darling der Londoner Society und trotzdem sehr fleißig, neben elf Opern schrieb er zwei Oratorien, neunzig Symphonien und zahlreiche Kantaten, Arien, Klavierkonzerte und Kammermusiken. J. Chr. B. machte das neue Hammerklavier populär. Er gilt als der ‹mozartische›, der heiterste, weltlich-eleganteste unter den Bach-Söhnen. Mozart bewunderte und verehrte J. Chr. B. seit seinem London-Besuch 1764/65.

Bänkelsänger ergötzten das Publikum etwa ab dem 17. Jh. auf Jahrmärkten und Plätzen mit Liedern über (mehr oder weniger wahre) aktuelle, vor allem grauenerregende Ereignisse. Der Verkauf von oft bebilderten Kopien ihrer Texte brachte dabei den größten Gewinn. Um in der Menge besser gesehen und gehört zu werden, standen sie oft auf einer kleinen Bank, eben dem ‹Bänkel›.

Boston-Massaker Zum Schutz der Kolonialverwaltung und der königl. Steuereintreiber waren ab 1768 in Boston britische Soldaten stationiert. Nach Unruhen im Juli und Oktober 1769 bedrohte eine Gruppe ‹radikaler Patrioten›, die sich ‹Söhne der Freiheit› nannten, im März 1770 die Wachposten vor dem Zollamt, indem sie sie verspotteten und mit Steinen und Schneebällen bewarfen. Soldaten marschierten auf, schossen in die Menge und töteten fünf Männer, die später zu den ersten Märtyrern der amerikanischen Revolution wurden.

British Museum wurde 1753 für den Nachlass des prominenten Arztes und Präsidenten der Gesellschaft der Wissenschaften Sir Hans Sloane (1660–1753) gegründet. Für die Unterbringung der umfangreichen Naturaliensammlung, der Bibliothek und einiger Antiquitäten wurde eigens *Montague House* in der Great Russel Street (Bloomsbury) gekauft, wo die Sloane-Sammlung schnell durch weitere Sammlungen und Stiftungen erweitert wurde. Besonderes Aufsehen erregte 1756 die erste Mumie in London. Neben tatsächlichen, zumeist antiken Kostbarkeiten konnten auch bizarre Sehenswürdigkeiten bestaunt werden: z. B. Nägel, die nach dem verheerenden Erdbeben von 1755 in Lissabons Trümmern gefunden worden waren, ein Ziegel aus dem Fundament des Turms von Babel (!), riesige Knochen eines unbekannten Tieres oder ein zweiköpfiges Küken. Heute ist das B. M. eines der größten und beeindruckendsten Museen der Welt.

Bruce, James (1730–1794) Der schottische Afrikaforscher bereiste ab 1763 die südlichen und östlichen Mittelmeerländer. 1770 entdeckte er die Quelle des Blauen Nils neu, zu der schon 1613 einige Jesuiten vorgedrungen waren. Er gilt als einer der Begründer der Äthiopienkunde.

Butler Die Bezeichnung leitet sich aus dem altfranzösischen ‹bouteiller› (Kellermeister) ab. Für den ersten Hausdiener im englischen Kulturraum wurde sie tatsächlich erst zu Beginn des 20. Jhs. eingeführt. Wie in der Literatur allgemein üblich, habe ich sie trotzdem verwendet.

Byron, John, Admiral (1723–1786) Der Großvater des engl. Dichters Lord Byron brachte es bis zum Konteradmiral, obwohl seine Fahrten (darunter zwei Weltumsegelungen) seit seiner Schiffsjungenzeit von schweren Unwettern und Havarien, Misserfolgen bei der Suche nach neuen Inseln und Ländern und verlorenen Schlachten bestimmt waren. Das brachte ihm den Spitznamen ‹Foulweatherjack› und schließlich die ungnädige Verabschiedung durch seinen König ein.

Byron, William, Lord Der ältere Bruder von John ☛ Byron war ein beispielloser Verschwender und bösartiger Mensch, er ruinierte den damals noch erheblichen Familienbesitz. Ein Mord brachte ihm 1765 den Spitznamen ‹The wicked Lord› ein: Bei einem Streit im Londoner Gasthaus *Stern und Hosenbandorden* tötete er mit seinem Degen seinen Cousin und Gutsnachbarn Chaworth. Die Lords des Oberhauses, einzige Strafinstanz für einen Peer des Königreiches, sprachen ihn ‹nicht schuldig des Mordes, schuldig des Totschlags›, was in diesen Kreisen seltsamerweise einem Freispruch gleichkam. B. hängte den mörderischen Degen als Trophäe über sein Bett. Am Ende seines Lebens war er von seiner Frau verlassen, von der Gesellschaft als wahnsinnig gemieden und stets gut bewaffnet, selbst wenn er in seiner Küche seiner nach Verschwendung und Zerstörung größten Leidenschaft nachging, der Zucht von Grillen.

Cat (Katschiff) Im 17. und 18. Jh. meist dreimastiges Frachtschiff mit flachem Boden aus den Niederlanden, Skandinavien und England.

Davies, Thomas (1712 (?)–1785) war wie seine wegen ihrer Schönheit gepriesene Ehefrau Schauspieler, bevor er in der Russel Street Nr. 8 (nahe dem *Drury Lane Theatre*) einen Buchladen eröffnete, der bald zum Treffpunkt der Londoner ‹literary lions› wurde. Er war gebildet, spöttisch-humorvoll und gastfreundlich, zu seinen Freunden gehörten neben S. ☛ Johnson auch J. ☛ Reynolds und D. ☛ Garrick, dessen heute noch zitierte Biographie er schrieb.

Diamanten Seit der Mitte des 18. Jhs. liefen Diamanten in der Gunst der Society den bis dahin bevorzugten Perlen den Rang ab. Perlen kamen zumeist aus China (auch ziemlich perfekte künstliche), Diamanten aus Minen in Brasilien und Ostindien. Die Bearbeitungstechniken entwickelten sich in dieser Zeit enorm, und der Reichtum eines Mannes wurde nun an der Diamantenlast im Haar und am Körper seiner Gattin gemessen. 1769 berichtete das *Gentleman's Magazin*, auf dem Ball des Duke of Bolton hätten allein drei der anwesenden Damen Juwelen im Wert von 270 000 £ getragen, wenige Monate später Lady Temple ganz allein für 150 000 £.

Dreiling Die kleinste Münzeinheit in Hamburg war seit dem Mittelalter der Pfennig. Im 14. und 15. Jh. wurden auch 2- (Blaffert), 3- (Dreiling), 4- (Witte), 6- (Sechsling), 12- (Schilling) und 24-Pfennigstücke (Doppelschilling) geprägt. 192 Pfennige entsprachen einer Mark (= 16 Schillinge). Im Laufe der Jahrhunderte veränderten sich die Münzen und ihre Wertigkeiten, bes. 1619 und 1725; D. gab es bis 1855.

Drury Lane Theatre Das berühmte Haus besteht seit 1663, man nimmt an, dass es aus einem *cockpit*, einer Hahnenkampfarena, entstand. Das hier beschriebene zweite Gebäude wurde von *Christopher Wren* (1632 bis 1723) erbaut, dem größten Baumeister seiner Zeit, und 1674 eröffnet. Bei der Gestaltung des Innenraums orientierte Wren sich an einem altrömischen Theater, das in Illustrationen des ital. Renaissance-Baumeisters und Bühnenbildners *Sebastiano Serlino* (1475–1554 o. 1555) überliefert war. Der Neubau 1775 erfolgte durch den nicht minder berühmten *Robert Adams* (1728–1792). Unter der Leitung von D. ☛ Garrick wurde das D. L. Th. zur besten Bühne Londons.

East India Company wurde 1600 als engl. Handelsgesellschaft gegründet. Sie erhielt von Elisabeth I. das Monopol im Handel mit Ostindien und war de facto Herrscher über ‹Britisch-Indien› mit allen souveränen Rechten. Ihr Handelsgebiet schloss China und Persien ein. Erst nach der Auflösung der E. I. C. 1858 wurde Indien tatsächlich Kolonie der brit. Krone.

Englisches Haus Sitz der Vertretung der englischen Kaufleute in Hamburg. Deren Gilde ‹Right Worshipful Company of Merchant Adventurers› hatte im 17. Jh. das alleinige Recht, sich auf dem Festland niederzulassen und englische Ware zu lagern und zu verkaufen. Der Rat garantierte ihnen 1605 nahezu die gleichen

Rechte wie den Hamburgern. Lager- und Kontorräume, Wohnungen von Courtmaster, Schreiber und Aufseher befanden sich im ‹E. H.›, einem spätgotischen (erb. 1478) Gebäude aus massivem Backstein mit hohem Staffelgiebel beim Hafen in der Gröninger Straße (abger. 1819). Mitte des 18. Jhs. hatte die Vereinigung fast nur noch gesellschaftl. Bedeutung.

Equipage Herrschaftliche Kutsche in vielfältiger Form. Mr. Cutler benutzt eine Entwicklung des Rokoko, ein Cabriolet, d. h. eine leichte, gut gefederte zwei- bis dreisitzige E., einspännig und nach vorne offen mit herunterklappbarem Verdeck (wegen der Leichtigkeit nach dem frz. cabrioler: Luftsprünge machen). Ebenfalls eine ‹halbierte› E. ist das allerdings geschlossene Coupé (coupiert).

Faktor (facere = lateinisch tun, machen) Aufseher in einer Werkstatt, Werkmeister o. Geschäftsführer besonders in einer (Buch-)Druckerei.

Fielding, John (1721–1780), ab den späten 60er Jahren Sir) Der legendäre blinde Richter war der Halbbruder von *Henry Fielding* (1707–1754), einem der bedeutendsten engl. Erzähler und Dramatiker des 18. Jhs. (z. B.: *The History of Tom Jones.*) Nach massivem Ärger mit der Zensur wegen seiner satirisch-gesellschaftlichen Komödien und Balladen, deren Aufführung zur Schließung etlicher Theater und Verschärfung der Gesetze führte, studierte Henry in London Jura und war ab 1748 so eine Art Oberfriedensrichter für den Bezirk Westminster am Gericht in der Bow Street. Er versuchte das von Willkür und Korruption bestimmte Polizei- und Gerichtswesen zu reformieren und kämpfte entschieden und immer optimistisch gegen soziale Missstände. Nach seinem frühen Tod übernahm *John F.* das Amt, wie Henry Jurist und ein engagierter und unermüdlicher Kämpfer. Er gilt auch als der eigentliche Gründer der ‹Bow Street Runners›, einer ersten kleinen Detektiv-Truppe, die heute als die Urzelle der Londoner ‹Metropolitan Police Force› gilt.

Fingal- und Ossian-Dichtungen Schon seit der Veröffentlichung in den frühen 1760er Jahren wurde die Echtheit der von *James Macpherson* als Übersetzung alter gälischer Texte ausgegebenen Dichtungen bezweifelt. Doch in der Zeit unbedingter Verehrung der klassischen Antike war die Sehnsucht nach ureigenen, nordeuropäischen Wurzeln groß. Das Urteil einer Expertenkommission (1805), nach dem es sich tatsächlich um Fälschungen und Eigendichtungen Macphersons handelte, schmälerte die Begeisterung kaum. Die lyrischen Naturschilderungen und der einsam-heldische Barde begeisterten auch deutsche Dichter von Klopstock bis Goethe und Herder und beeinflussten Dichtung und bildende Kunst bis in die Romantik.

Füssli, Johann Heinrich (1741–1825; in England Henry Fusely). Engl. Maler, Zeichner und Kunstschriftsteller Schweizer Herkunft. Nach beendetem Theologiestudium und Ärger mit der Zensur in Zürich floh er 1764 nach London, wo er von J. ☛ Reynolds zum Malen ermuntert wurde. 1770 reiste er nach Rom, um die Werke der Antike und Michelangelos zu studieren, neun Jahre später kehrte er nach London zurück und brachte es dort bis zum Direktor der *Royal Academy of Arts*. Der Schwerpunkt seines Werkes liegt in den Illustrationen klassischer Dichtungen, am populärsten ist heute jedoch sein Gemälde ‹Der Nachtmahr› (1781).

Garrick, David (1717–1779) Der berühmteste brit. Schauspieler des 18. Jhs. wurde durch seinen realistischen, eindringlichen und vom Bombast freien Darstellungsstil Vorbild auch für die Arbeit an deutschen Theatern. Er brillierte ebenso in der Komödie wie in der Tragödie. Neben ihm, so hieß es, wirkten alle auf der Bühne wie Marionetten. Er initiierte in England und damit in ganz Europa eine Shakespeare-Renaissance. Neben seinen Talenten als Schauspieler und als Theaterleiter gelang es ihm auch, den Schauspielerberuf ehrbar zu machen. Er gehörte zu einem Freundeskreis der gebildetsten und interessantesten adeligen wie bürgerlichen Londoner/innen seiner Zeit. 1749 heiratete er *Eva Maria Veigel* (1724–1822, Bühnenname Madame Violette), eine Tänzerin von ätherischer Schönheit, die 1746 aus Wien nach London gekommen war und nach ihrem Debüt an der Haymarket-Oper einen kometenhaften künstlerischen wie gesellschaftlichen Aufstieg erlebte. Sie überlebte G., der 1779 in Westminster Abbey zu Grabe getragen wurde, um 43 Jahre.

Grand Tour Die große Reise gehörte im 18. Jh. zum Bildungsprogramm reicher junger Männer. Sie führte gewöhnlich durch Europa, fast immer nach Italien, ganz Mutige verschlug es auch bis in ein seltsames, von antiken Ruinen umgebenes Dorf namens Athen. Bes. in der zweiten Hälfte des 18. Jhs. machten sich auch abenteuerlustige englische Damen auf die große Reise (einige mit einer ganzen Karawane von Kutschen voller Personal und Gepäck), um ihre intellektuellen wie romantischen Bedürfnisse zu befriedigen.

Guinee Die engl. Währungseinheit war das Pfund Sterling, das jedoch nur als Rechnungseinheit galt. Als Silbermünzen kursierten Shilling (12 Sh = 1 Pfund), Pence (12 p = 1 sh), crowns (= 5 sh) und halfcrowns, eine G. entsprach 21 Shilling. Der Halfpenny war eine Kupfermünze.

Hamburgischer Correspondent Die Zeitung erschien seit 1731 viermal wöchentlich mit einer Auflage von bis zu 30 000 Exemplaren. Sie blieb bis 1851 führend und war viele Jahre die meistgelesene Zeitung Europas. Neben Handels- und Schifffahrtsnachrichten wurden auch geistesgeschichtlich wichtige Diskussionen gedruckt, z. B. zw. Lessing, Goeze, Bodmer, Gottsched und Lichtenberg. Aber ebenso – damals eine Sensation – Heiratsanzeigen.

Händel, Georg Friedrich (1685–1759; in England George Frideric Handel) Der sächsische Komponist war Organist in Haale/Saale, Geiger und ‹maestro al cembalo› an der Hamburger Oper und bereiste (natürlich!) Italien, bevor er 1710 kurfürstl. Kapellmeister in Hannover wurde und seinem 1714 zum engl. König berufenen Kurfürsten nach London folgte. Besonders seine Opern, Oratorien und höfischen Festmusiken verbreiteten seinen Ruhm über ganz Europa. Er gilt als der erste deutsche Musiker von Weltruhm. H. erblindete 1752, er starb 1759 und wurde in der *Westminster Abbey* beigesetzt.

Hellevoetsluis Von der kleinen holländischen Hafenstadt nahe Rotterdam gingen regelmäßig Paketboote, auf denen auch viele Passagiere befördert wurden, nach Harwich. Die Überfahrt dauerte normalerweise nur zw. zehn und vierundzwanzig Stunden, bei widrigen Umständen auch erheblich länger. Um 1600 war H. ein bedeutender Kriegshafen.

Hermes Der vielfältig, auch künstlerisch talentierte Sohn des Zeus war enorm beschäftigt: als Gott der Hirten und Herden (Hirtengott Pan gilt als ein Sohn), als Gott des Handels und Gewerbes, als Schutzpatron der Diebe, Schelme, Kaufleute, Redner. Als Gott der Reisenden begleitet er auch die Seelen auf ihrer letzten Reise bis zu Charon, dem Fährmann, der die Toten auf seinem Kahn über die drei Grenzflüsse zum Hades, dem Totenreich, hinüberrudert. Als Götterbote (Mittler zwischen den Göttern und den Menschen) ist er an geflügeltem Reisehut und -schuhen und dem Heroldstab zu erkennen. Letzterer war ursprünglich ein Zauberstab, dessen Berührung Träume, Glück und Reichtum bringen konnte.

Johanni Der 24. Juni wurde von der Kirche nach dem Geburtstag Johannes des Täufers (‹Leuchte der Menschheit›) benannt, um die von Germanen, Kelten und Slaven gleichermaßen begangene Mitsommer-Sonnenwende zu verdrängen. Was nur teilweise gelang. Dieser längste Tag bzw. die kürzeste Nacht des Jahres heißt heute noch in England midsummer und in Schweden Midsommar. Das Datum war (und ist) mit vielerlei Mythen belegt. In Thüringen z. B. glaubte man, dass um die Mittagsstunde verwunschene Jungfrauen Erlösung fänden und viele Kräuter nur wirkten, wenn sie zu J. geschnitten werden, besonders die gegen Fallsucht, böse Leute und Viehkrankheiten. Englische Mädchen beschworen das leibhaftige Erscheinen ihres zukünftigen Gatten, indem sie um Mitternacht Hanf säten und murmelten: ‹Hanfsamen, ich säe dich, Hanfsamen, ich behacke dich, wer mein Herzallerliebster ist, komm hinter mich und mähe mich.›

Johnson, Samuel, Dr. (1709–1784) Sein Studium musste er aus Geldmangel abbrechen, danach verdingte er sich ab 1737 in London als Lohnschreiber für das *Gentleman's Magazin*. Bekannt wurde er jedoch bald durch beißende kulturkritische Schriften. Sein *Dictionary of the English Language*, in neun Jahren ohne finanz. Unterstützung erarbeitet, legte engl. Wortschatz und Aussprache allgemein gültig fest. Er gab Shakespeares Werke neu heraus, Essays u. a. Schriften zeigen ihn als einen der Aufklärung verbundenen Moralisten. Wie ☛ Garrick und ☛ Reynolds war er eng mit der intellektuellen und künstlerischen Londoner Elite seiner Zeit verbunden. 1763 traf er bei ☛ Davies John Boswell, einen jungen schottischen Juristen, der ihm fortan wie ein Schatten folgte. Boswells unter dem Titel *Das Leben S. Johnsons und das Tagebuch einer Reise nach den Hebriden* veröffentlichte biographische Notizen zeigen ein plastisches Bild Johnsons und seiner Zeitgenossen.

Kauffmann, Angelica (1741–1807) Die schweizer Malerin ließ sich nach langem, enorm erfolgreichem Italienaufenthalt 1766 in London nieder. Sie engagierte sich für die Rechte der Künstlerinnen, gründete u. a. mit ☛ Reynolds, dem seinerzeit populärsten Maler der Society, die *British Royal Academy of Arts*, lehnte seinen Heiratsantrag ab, genoss ihr Leben und ihren großen Erfolg in ihrem Palais mit der Londoner Elite. Nach einem Reinfall mit einem schwedischen Betrüger heiratete sie einen unbedeutenden venezianischen Maler und kehrte 1782 mit ihm nach Italien zurück. Auch in Rom war ihr Haus ein gesellschaftlicher und geistiger Mittelpunkt. Goethe, ein enger Freund und ihr Schüler in Fragen der Kunst, beklagte ihre langweilige Ehe mit dem geldgierigen faulen Gatten, der sie zwinge, ständig Auftragsarbeiten anzunehmen, anstatt ihren künstlerischen Ambitionen zu folgen. Zur Beerdigung der Frau, von der der Philosoph und Dichter J. G. Herder sagte: «Bei aller demütigen Engelsklarheit und Unschuld ist sie vielleicht die kultivierteste Frau in Europa», eilten Künstler aus ganz Europa nach Rom.

Kotelette-Haus Die englische Bezeichnung *chop-house* ist hier wörtlich übersetzt. Diese kleinen Gasthäuser waren wie die noch zahlreicheren, in denen Mahlzeiten ‹außer› Haus verkauft wurden, so eine Art Fastfood-Restaurants. Sie wurden auch (Steak- oder) Beefsteak-House genannt und waren sehr beliebt, nicht zuletzt, weil hier in den kalten Monaten immer gut geheizt wurde. Die Speisen waren für die geringen Preise gut und reichlich (gewöhnlich Rindfleisch, Brot und Bier für einen Shilling, einen Penny Trinkgeld incl.), die Gäste konnten dennoch wie in ‹ordentlichen› Tavernen so lange herumsitzen, wie sie wollten. In der Regel wurde an langen Tischen gegessen, an denen man sich einen freien Platz suchte und ganz nach Belieben mit den Nachbarn schwatzen oder – für die damalige Zeit auch in fremder Gesellschaft ganz unüblich – vor sich hin schweigen konnte.

Leichter Verschiedene Arten zumeist offener kleiner Boote mit oder ohne Besegelung (ähnlich den nordd. Ewern und Schuten), häufig mit flachem Boden. Da seit dem 15. Jh. die Größe der Segelschiffe erheblich zunahm, mussten sie immer häufiger entfernt von den Anlegern im tieferen Wasser ankern. Zum Transport der Ladung von und zu den Schiffen wurden (und werden) Leichter eingesetzt.

Levante Der Begriff leitet sich vom italienischen Begriff für Sonnenaufgang (levata del sole) ab und meint seit dem Mittelalter die östlichen Mittelmeerländer. Er wurde von den italienischen Stadtstaaten geprägt, die mit dieser Region in engen Handelsbeziehungen standen. Der Levantiner – in der älteren Lit. gern als Prototyp ebenso für den romantischen Abenteurer wie für das undurchsichtige Schlitzohr verwandt – steht für einen Vertreter der dort entstandenen europäisch-orientalischen Mischbevölkerung, aber auch als gemeinsamer Begriff für die armenischen, griechischen, italienischen und jüdischen Händler aus den Hafenstädten dieser Region.

Loutherbourg, Philippe Jacques de (1740–1812; in England Philip James de L.) berühmter engl. Bühnenbildner (und Maler) elsässischer Herkunft. Nach Ausbildung in Paris und Aufenthalt in Italien ging er 1771 nach London, wo er zehn Jahre für das *Drury Lane Theatre* arbeitete. Er revolutionierte das starre Bühnenbild u. a. durch Perspektivmalerei, naturnahe visuelle, akustische und Lichteffekte. 1781 erfand er das ‹Eidophusikon›, ein Guckkastentheater für bewegliche Bilder mit Musik.

Mastiff Die Ahnen der großen kräftigen Hunde mit den sorgenfaltenreichen Gesichtern haben angeblich schon im alten Assyrien existiert. Dass sie aus Kämpfen mit Löwen siegreich hervorgingen, halten Hundekenner schlicht für Blödsinn. Gleichwohl mussten sie in den englischen Cockpits des 18. Jhs. gegen Bären, Stiere und ihre Artgenossen kämpfen.

Negligé (franz.: négliger = vernachlässigen) meinte ursprünglich alle Kleider, die nicht für den großen Auftritt (bes. bei Hof) gemacht waren, später ein bequemes, hauptsächlich am Morgen getragenes Hauskleid.

Neuwerk Auf der kleinen Insel in der Elbmündung bauten die Hamburger anno 1300 einen dicken Backsteinturm als Seezeichen, das für die Schifffahrt von großer Bedeutung war. Bis auf die Jahre 1937–1961 gehörte Neuwerk immer und bis heute zum Hamburger Hoheitsgebiet.

Nordwestpassage Der Schiffsweg zw. Atlantik und Pazifik durch die kanad. Arktis und das Nordpolarmeer wurde seit dem 16. Jh. in zahlreichen Expeditionen gesucht. Zum ersten Mal gelang die Passage (mit mehreren Überwinterungen) von 1903–06 durch R. Amundsen. Für die Handelsschifffahrt blieb sie ungeeignet.

Papier Urahne des P.s ist das in der Antike aus dem Stängelmark der gleichnamigen Staude hergestellte Papyrus. 105 n. Chr. wurde in China erstmals P. aus Baumrinde, Hanf und Lumpen hergestellt. Europa erreichte die Technik erst gute tausend Jahre später, die erste P.mühle in Deutschland (Nürnberg) ist von 1390 überliefert, England 1494. Rohstoff waren Hadern: Lumpen und Reste aus Leinen und Baumwolle. Sie wurden grob zerschnitten, bis zur beginnenden Fäulnis in Wasser eingeweicht und in mit Wasserkraft oder über Windmühlen betriebenen Stampfwerken (mächtige mit Eisenzapfen bewehrte ‹Hämmer› in Steinbecken mit Wasserzulauf) in 12–36 Stunden zu Brei zerkleinert. Zum Bleichen wurden ‹Kalkmilch› und Asche zugesetzt. Der Faserbrei wurde in Wasser (Verhältnis je nach gewünschter Qualität) verrührt und mit in hölzerne Rahmen gespannte Siebe aus feinem Draht ‹geschöpft›. Wasserzeichen durch Drahtmuster in den Sieben waren Markenzeichen der P.mühlen. Aus den geschöpften Bögen wurden einmal mit, einmal ohne Filz-Zwischenlagen das Wasser herausgepresst und getrocknet. Schreib- und Druckpapier erhielt einen stark verdünnten Leimüberzug, damit die Tinte/Druckerschwärze nicht verlief. Das getrocknete P. wurde erst in einer Presse, dann Bogen für Bogen mit einem feinen Messer oder polierten Stein geglättet, bis es ganz glatt und fehlerlos war. P.formate waren im 18. Jh. schon genormt. Der geschöpfte Bogen (Folioformat) entsprach etwa unserem DIN A2 (43 x 60 cm), er konnte in der Druckerei in vier Briefbögen (Quartf.) und weiter in 16 Bögen (Oktavf.) zerschnitten werden, wie sie für viele Zeitungen und die ersten ‹Taschenbücher› üblich waren. Der Drucker kaufte das P. in der P.mühle nicht nach Bögen, sondern in großen Mengen nach Ries: 1 Ries = 20 Lagen (oder Bücher) = 500 Bögen Folio. Das Hadernschneiden war überwiegend Frauenarbeit und wg. des Staubs und der mit Krankheitserregern verseuchten Lumpen sehr ungesund, deshalb wurden später Schneidemaschinen entwickelt. Ab Mitte des 19. Jh. wurden hölzerne Fasern zum P.grundstoff.

Portlandstein stammt von den Kalksteinbrüchen auf der Halbinsel Portland an der englischen Kanalküste.

Punch und Judy Ab ca. 1670 gehören P. und seine Frau J. als Spaßmacher zum engl. Volkstheater. Im engl. Puppenspiel entspricht Punch in etwa dem deutschen Kasperl.

Ramschverkäufe von neuen Büchern, d. h. die ersten ‹modernen Antiquariate›, gab es in England zum Ende des 18. Jhs., sie erwiesen sich als hervorragendes Geschäft.

Reynolds, Joshua (1723–1792, Sir ab 1768) gehörte zu den beliebtesten Porträtmalern seiner Zeit und zur Spitze der Londoner (Künstler-)Prominenz. Als Mitbegründer (1768) der *Royal Academy of Arts* war er bis 1792 ihr Präsident. Sein Einfluss auf Moden wie Karrieren in der Malerei war immens. Er war stark von antiken und italienischen Vorbildern beeinflusst, wie es dem Zeitgeist entsprach, in späteren Jahren auch von Rubens. Seine Porträts, oft in Form von Familienszenen gehalten, repräsentieren die vornehme wie die künstlerische Londoner Gesellschaft seiner Zeit. R. förderte zahlreiche jüngere Künstler, so auch Angelica ☛ Kauffmann, die er sehr verehrte. Leider lehnte sie ab, Mrs. Reynolds zu werden.

Sklaven/schwarze Diener/schwarze Bevölkerung in L. Eigentlich war jeder Sklave, jede Sklavin beim Betreten engl. Bodens laut Gesetz frei. Tatsächlich wurden in Zeitungsanzeigen offen dunkelhäutige Menschen zum Verkauf angeboten, ebenso wurden entlaufene Diener-Sklaven gegen satte Belohnung gesucht. Auch wenn einige Berichte belegen, dass es ehemaligen Sklaven (zumeist von den Westindischen Inseln) in London hin und wieder gelang, eine bürgerliche Existenz aufzubauen, entstand schnell eine sehr arme schwarze Community in East London. In der Mitte des 18. Jhs. wurde deshalb ein Verbot erlassen, bei der Rückkehr aus Ostindien indisches Personal mitzubringen, das kaum beachtet wurde.

Tierkämpfe galten in England seit jeher als großes blutiges Vergnügen aller Stände. Daniel Defoe, Autor des *Robinson Crusoe* und nicht als zimperlich bekannt, schrieb 1724: ‹Wenn ein Italiener, Deutscher oder

Franzose zufällig in die Cockpits käme ... würde er die Gesellschaft dort sicher für verrückt halten.› Elisabeth I. befahl zum Entertainment für ihren 17. Geburtstag Bären, Bullen und Affen zum Kampf. Seit der Zeit ihres Vaters Henry VIII waren T. zum königlichen Vergnügen geworden – gleich neben Tennis. In London und am südl. Themseufer gab es etliche Tierkampfarenen, die einander mit blutigen Grausamkeiten zu überbieten suchten. Der prestigereichste war der *Royal Cockpit* im St. James Park, wo es um Gewinne bis 200 Guineas ging, in Kneipen und Hinterhöfen wurden Hahnenkämpfe auch um ein paar Pennies veranstaltet.

Tothill Fields Das weite, damals nur am Rande bebaute Areal lag südwestlich von London. Tatsächlich kämpften auf den T. F. Hunde gegen Bären (bear-baiting, bis 1793) und gegen Stiere (bull-baiting, bis 1820). Beliebt war es, auf den Rücken der Stiere Feuerwerk zu entzünden, um sie rasend zu machen.

Wedde Die Organisation der Hamburger Behörden und Verwaltungen im 18. Jh. unterschied sich sehr stark von der heutigen. So ist auch die alte Wedde nicht mit der heutigen Polizei gleichzusetzen, doch auch zu ihren Aufgaben gehörte die Aufsicht über «die allgemeine Ordnung» und die Jagd auf Spitzbuben aller Art.

West, Benjamin (1738–1820) Das 10. Kind eines Gastwirts in Pennsylvania, kaum des Schreibens kundig, lernte von den Indianern, in der Wildnis Farbpigmente zu finden. Mit unerschütterlichem Selbstbewusstsein, Charme, einer Portion Glück und trotz seiner bescheidenen Quäkerherkunft großem gesellschaftlichem Geschick wurde er mit seinen Historiengemälden schnell berühmt und der ‹amerikanische Raffael› genannt. Er war über Philadelphia und Rom 1763 nach London gelangt, wo er neun Jahre später Hofmaler und 1792 zum Präsidenten der *Royal Academy of Arts* gewählt wurde. Er war einer der Ersten, der die Personen zeitgenössischer heldenhafter Ereignisse (‹The Death of General Wolfe›, 1770) auch in zeitgenössischer Kleidung anstatt griechisch-römischen Gewändern darstellte. Als engagierter Lehrer junger Amerikaner (in London) hatte er großen Einfluss auf die Entwicklung der nordamerikanischen Malerei.

Weymouth Das kleine Seebad in Dorset und damit überhaupt die Sommerfrische am Meer wurde durch die Besuche König Georges III (1738–1820) populär, der ein begeisterter Schwimmer war. Bath, Treffpunkt der Reichen, Vornehmen und ihrer Epigonen, war ihm zu trubelig und mit seinem chronischen Verkehrschaos zu laut. Erst unter seinem Sohn und Nachfolger George IV (1762–1830), wurde *Brighton* zum Modebad des Adels und des Großbürgertums. Auch in London konnten Gentlemen schwimmen, im 18. Jh. gab es mindestens zwei Freibäder, Peerless Pool nahe Old Street und ein weiteres in den Goodman's Fields. Beide hatten je ein kaltes und ein gewärmtes Becken, die etwa vierzig mal zwanzig Fuß maßen. Schwimmunterricht (natürlich nur für Männer) fand bei Bedarf täglich statt.

DANKSAGUNG

Bis auf einige historisch bedeutende Persönlichkeiten wie z. B. C. F. Abel oder David Garrick, die anno 1770 tatsächlich in London gelebt haben, sind Personen und Handlung dieses Romans Produkte meiner Phantasie. Ähnlichkeiten mit vergangener oder gegenwärtiger Realität wären reiner Zufall.

Wieder konnte ich aus dem großen Fundus der Fachliteratur und der Museen, Bibliotheken und Archive vor allem in Hamburg und London schöpfen. Für Unterstützung bei meiner Recherche zu diesem Buch habe ich vielen zu danken, besonders Prof. Dr. Peter Koch, Spezialist f. Versicherungsgeschichte in Aachen. Prof. Dr. Peter Berghaus in Münster, Dr. Ralf Wiechmann, Leiter der Münzsammlung des Museums f. Hamb. Geschichte. Günter Poppenborg im Museum der Arbeit in Hamburg, Dr. Harry Neß vom Internat. Arbeitskreis Druckgeschichte. Etwaige sachliche Fehler gehen einzig auf mein Konto. Meiner Lektorin Bettina von Bülow danke ich für ihre so beruhigende wie anregende professionelle Begleitung und das geduldige Krisenmanagement.

Ein besonderer Dank geht an Maria-Luise Boehlich, die bei einer ‹Auktion der unbezahlbaren Gelegenheiten› im Oktober 2001 mit einer veritablen Spende an den Hamburger Verein ‹Nutzmüll› auch ihren Namen für diesen Roman zur Verfügung stellte.

Petra Oelker

«Petra Oelker hat lustvoll in Hamburgs Vergangenheit gestöbert – ein amüsantes, stimmungsvolles Sittengemälde aus vergangener Zeit ...» Der Spiegel

Petra Oelker arbeitete als freie Journalistin und veröffentlichte Jugend- und Sachbücher. Dem Erfolg von «Tod am Zollhaus» folgten bislang fünf weitere Romane über Hamburg im 18. Jahrhundert.

Tod am Zollhaus
Ein historischer Kriminalroman
3-499-22116-0

Der Sommer des Kometen
Ein historischer Kriminalroman
3-499-22256-6
Hamburg im Juni des Jahres 1766: Drückende Schwüle liegt über der Stadt, in den engen Gassen steht die modrige Luft. Auf dem Gänsemarkt warnt ein mysteriöser Kometenbeschwörer vor nahendem Unheil.

Lorettas letzter Vorhang
Ein historischer Kriminalroman
3-499-22444-5
Komödiantin Rosina und Großkaufmann Herrmanns auf Mörderjagd zwischen Theater und Börse, Kaffeehaus, Hafen, Spelunken und feinen Bürgersalons.

Die zerbrochene Uhr
Ein historischer Kriminalroman
3-499-22667-7

Die englische Episode
Ein historischer Kriminalroman
3-499-23289-8

3-499-22668-5